广东外语外贸大学特色创新项目资助出版

南方诗论

以广东新诗批评为中心

何光顺——著

中国社会科学出版社

图书在版编目(CIP)数据

南方诗论:以广东新诗批评为中心/何光顺著. —北京:中国社会科学出版社,2022.6

ISBN 978-7-5203-9685-1

Ⅰ.①南… Ⅱ.①何… Ⅲ.①诗歌评论—广东—当代
Ⅳ.①I207.22

中国版本图书馆 CIP 数据核字(2022)第 021959 号

出 版 人 赵剑英
责任编辑 郭晓鸿
特约编辑 杜若佳
责任校对 师敏革
责任印制 戴 宽

出 版 中国社会科学出版社
社 址 北京鼓楼西大街甲 158 号
邮 编 100720
网 址 http://www.csspw.cn
发 行 部 010-84083685
门 市 部 010-84029450
经 销 新华书店及其他书店

印 刷 北京明恒达印务有限公司
装 订 廊坊市广阳区广增装订厂
版 次 2022 年 6 月第 1 版
印 次 2022 年 6 月第 1 次印刷

开 本 710×1000 1/16
印 张 21
插 页 2
字 数 305 千字
定 价 118.00 元

目　录

别篇　南方诗人的艺术缘域

序　南方精神的谱系和当代中国新诗的未来

南方诗歌是由南方精神孕育的，而南方精神又是在南方诗歌中出场的。《南方诗选》是对于南方精神与南方诗歌的一次重要命名和整体推出，而《南方诗论》就是在《南方诗选》的基础上推出的关于南方诗歌精神和南方新诗生态群落的阶段性研究成果，它主要是中国当代诗歌的诗学理论、诗歌批评和诗歌散论的合辑，而其重心则在于南方诗歌和南方精神，全书共分四篇，上篇为当代汉语诗学的理论建构；中篇为南方诗人群落的多元景观；下篇为南方诗人的个案研究；别篇为南方诗人的艺术缘域。

上篇包括《文学的神性》《诗歌写作从何处开始》《命名的自觉和敏感者的特质》《诗人为民族而写作》四篇，主要探讨了在文学的三性（物性、人性、神性）中，如何实现文学从一性独白到三性混融的回归，分析了良知作为诗歌写作的起点，意象作为诗歌写作的道成肉身的展开以及如何在语言中获得一种陌生化的表达，揭示了诗人写作的理性和感性的不同路向以及诗人与民族的关系问题。中篇从不同角度研究了当代南方诗歌的三个区域的诗歌状况，即东南端的广东新诗群体、西南端的四川新诗群体，以及连接东南和西南发端于湖北的“湍流”新诗群体。在这几个南方区域的诗歌群体中，又主要对以广东为中心的南方“70后”诗人群体、当代女诗人群体展开探讨。下篇重点研究了向以鲜、郑小琼、黄礼孩、浪子、陈会玲、阿翔和翟文熙、余秀华等一些具有代表性意义的南方诗人个体，别篇主要谈了诗人温远辉诗中的信仰化建构、陶春诗歌的高贵精神和超凡气质、海上的岩画创作、马莉的肖像画和抽象画创作、陈会玲诗歌的艺术维度与灵性精神。

《南方诗论》又和《南方诗选》共为双璧，自从笔者主编的《南方诗选》和同时期参与主编的《珠江诗派》推出后，其中提出的以广东地区或珠三角为中心构建的南方诗歌生态圈及其南方诗歌精神，在国内诗歌界、理论界引起了极大的反响。如果说，《南方诗选》的体例重在对于当代以广东为中心的南方诗坛进行一次较全面的立体观照，重在诗歌群落的编排和诗人个体所属历史位置的叙述的话，那么，《南方诗论》则以《南方诗选》等重要诗歌文本为基础，尝试建构当代中国的新诗理论，其研究范围则渐渐扩展到了中国西南的四川新诗群落，以及连接西南和东南的湖北诗人群落。《南方诗论》的目标，就是期望对最具变革性的当代的新诗精神和汉语诗学做出具体而微的研究和探讨。

《南方诗论》与《南方诗选》、《珠江诗派》一起，就形成了一个当代南方诗歌精神生长的历史谱系。《珠江诗派》包括了从 1840 年代以来的广东珠三角的旧体诗、民国诗歌，1949—1978 年的革命浪漫主义和现实主义诗歌、1980 年代受朦胧诗潮影响的创作，1990 年代以来的外省和本省崛起的不同诗人群体、粤语歌词等。《南方诗选》主要包括 1990 年代以后的广东新兴的诗人群落和独立诗人，以及一些“90 后”的年轻诗人，对于当代广东诗坛的最新扫描，虽然所收纳诗人还不够全面，但其所具有的独特的诗学视角和民族诗学建构，已然引起批评界和学术界的关注。《南方诗论》则是笔者从中国悠久的古典文学和人文传统出发以进入当代中国诗歌而展开的多角度的最新研究成果。

那么，当我们强调“南方之音”、“南方之诗”和“南方精神”这几个概念时，“南方”究竟在哪里？“南方”该如何划界？“南方诗歌”是属于以地域进行划分的诗歌概念吗？“南方精神”又有其何种独特品格？而且这本即将推出的《南方诗论》又似乎远远超出了《南方诗选》

的范围，其中所论诗人和诗歌，又远涉四川、湖北、北京等地，这是否有随意列举之嫌？是不是一个批评家过于武断的剪裁？应当说，这些质疑的声音，都是有其道理的，一个认真的诗歌编选者和严肃的批评家，都是不会回避这些问题的。就比如说关于南方究竟在何处，该如何划界的问题，在《南方诗选》推出后，当时就有读者提出：南方是一个很大的地区，怎么看到《南方诗选》里面选的主要是广东的诗人？广东能代表整个南方吗？这种选择是不是以小概念取代了一个大概念？

我当时为《南方诗选》所作的辩护，仍旧是适用于今天我们推出的《南方诗论》的，这个问题在《南方诗选》序文和这部专著《南方诗论》的中篇已有详细论说，我们再做进一步的推展论述。我们始终强调，诗歌中的南方是被建构的，正如古典文学中的江南也是被建构的。在古典时代，江南，不是地理意义上的长江以南，而是专指长江中下游以南，从文化上说，它几乎就是才子风流、名士精神、诗酒情怀的代称，它意味着一种从儒家圣贤君子文化中解放出来的个人的灵性的文化以及其延伸出来的诗歌写作理想。南方，则是比江南更进了一步，它更多地在当代经济、政治和文化学中被体现为一种革新的启蒙的力量，它在地域上、文化上也是具有弹性的，是伸缩性的概念。自鸦片战争以来，一种革新的经济和政治力量就始终活跃在南方，它从其开端处就跳出了古典江南的范围，这个跳出的契机是和特殊的政治时代相关的，那就是在清朝的种族统治和闭关锁国时代，一个在古典时代不起眼的、不甚重要的珠三角广州一隅，被开辟为面向海外的唯一通商口岸，它的经济的活跃性、文化的弹性和政治的开放性，都开始超出北方，也超出江南。

至于南方诗歌是否是属于以地域进行划分的诗歌概念，南方精神又有何种独特品格的问题，这也在读者追问《南方诗选》时有过提出，南方作为一个被主编提出和建构的近代文化和诗学概念，它是否有一个自己的线索或概念的衍生过程？笔者对于这个问题也做了较详细回复，在笔者看来，从文化上来说，近代以来的“南方”至少发生了三次变迁：第一次是以鸦片战争、太平天国运动、洋务运动、戊戌变法（南方的北上）为其典型事件，它主要是经济、政治和技术的。第二次是辛亥革命、北伐战争，甚至还可以囊括进红军中央苏区的万里长征北上，它主要是政治的、军事的。第三次是1980年代开始后的广州作为开放港口城市、珠三角作为经济开放带、深圳成立经济特区、香港和澳门回归，形成珠港澳经济带，这主要是经济的。在这三个阶段中，太平天国运动的拜上帝教运动，且不论其得失成败，但无疑就直接承受着来自海外西洋力量的冲击，是南方对于北方的一次具有现代意义的挑战。湖湘文化崛起，也可看作南方的，洋务运动的重镇也在这里。且不说辛亥革命、北伐战争都在重新酝酿着南方的区域概念和文化版图，都在孕育着精神的南方的崛起。而真正的南方精神，却主要是在1980年代特别是1990年代以来形成并发展成熟的。

作为真正的具有现代性意义上的南方及其南方精神，在1980年代以来，又是如何呈现的？对此，我也曾著文指出，在近代以来的关于“南方”的三次变迁中，第三次就显得尤其重要，它并没有形成政治和军事上的冲击，但却逐渐缔造了一种文化版图和诗歌版图上的“南方”，首先是1980年代的粤语歌曲、影视借着香港影视传媒的成功，席卷全国，而这也在温远辉、何光顺、林馥娜合作主编的《珠江诗派》中得到体现，其次是1990年代随着打工浪潮的兴起，底层打工诗歌异军突起，涤荡了以前由南下干部写作因着占据文联和作协所主导形成的革命的浪漫主义和现实主义诗歌，而展现着广东诗歌的崭新的现代性特质，它融入这个时代的经济和政治的改革开放大潮中，也融入世界性的工业文化中。

在底层打工诗歌崛起中，广东本土诗歌也在酝酿，其最早可追溯到1993年、1994年，那时广东有两个非常重要的刊物《面影》和《返回》，《返回》是华南师范大学祥子主持的，《面影》是中山大学的。在此之前，没有产生很大影响，和第三代诗歌运动同时，是尚钧鹏创办的小城诗派，这是源头。其中，还有一位诗人袁安，当时海子1989年、1990年的最后的诗篇，都是由他和路遥整理的。还有赵洪诚、沈浩波，他们在偏远的地方，虽然没有能走出来，但却开启了现代意义的诗歌，这些都是被埋没的，其中世宾等诗人也在1990年代逐渐开始写作，打工文学整体上会比较早，1990年代就开始有，诗歌也比较早，但要晚于小说。

应当说，外来打工诗歌的崛起和广东本土诗歌的现代性转换几乎是同步的。打工诗歌的重要写作者郑小琼也主要是2007年前后崛起的。但打工文学包括打工诗歌获得重要影响确实是从1990年代中期就开始了。广东本土的完整性写作诗群重要代表也在该时期开始写作，而到了2003年以后就形成了真正意义上的诗歌流派。其他诗人群落如口语诗群、新女性诗群、纯技术或玄学写作诗群、都市写作诗群、新乡土写作诗群、学者型写作诗群、垃圾写作诗群也都先后形成，从而促进了广东诗歌的繁荣。这些都是广东作为具有典型意义上的诗歌的南方所结出的硕果，它也凸显了其作为改革开放前沿地带的新异的革新精神，这种诗歌精神以“自由”为其内核，它接续了1916年开始在北京爆发的新文化运动，也是对于1980年代初的北京的朦胧诗运动和贯穿1980年代第三代诗运动之后的现代性诗歌精神的继承和延续。作为真正意义上的诗歌的南方，就是在1990年代特别是在20世纪后形成的。

这样，对于《南方诗选》的编纂和《南方诗论》的专评，就有必要再次阐说其在当代诗歌史的意义。在笔者看来，《南方诗选》如果说还主要是以广东为核心区域在呼唤一种自由的、开放的、包容的诗歌精神，一种大陆农耕文明在向海洋文明突进中所遭受到的痛苦书写和历史新生，那么《南方诗论》就将一种“精神”上的“南方”扩大到了整个当代华夏文明。如果说，北方意味着古老和保守，那么，南方就意味着现代和变革，这种精神的南方，正在中国每个地域成长为一种现实的形态，它正推动着整个民族不断向前，一种返回中的向前拓展。这样，南方精神，与笔者所提到的四川诗歌的陆地气质就并非冲突的，而是可以涵容的。南方精神，就是呼应着历史，呼应着一种作为经济、政治、文化和文学的历史运动而产生的，它命名了文学和诗歌意义上的现代性的南方，它最初以广东，以珠三角为现实的前方，但在诗歌中却是以整个中国的反抗运动为起点的。这个反抗运动，就把南方最早接触到的西洋文明或西方文明精神直接引入华夏大地或中国大陆。

于是，南方从地域上最早接触到西方，接触到一种具有现代性气质的工业和商业文化，形成一种既和个人主义本位相结合又具有强烈的民族精神自觉的文化，它进而弥漫在一个历史古国的每个地域中。因此，这种蔓延生长开来的精神素质，我们都可以视之为南方精神。这样，无论是民国时期的新月诗派、九叶诗派，还是1980年代的北京朦胧诗派、四川第三代诗歌运动，还是1990年代以后的底层打工诗歌写作，以及此后更多的诗群的崛起，都渗透着一种新异而卓特的南方精神。如果说，《珠江诗派》和《南方诗选》还主要是重点展现珠三角和广东的区域文学，以其为南方精神的具体承载者，那么，《南方诗论》却将中国当代诗歌在历史发展中的现代性精神凸显了出来，特别将其在1990年代到21世纪的诗歌运动和诗歌群落蓬勃发展中的诗歌精神给提炼和升华了出来。

这也正如诗人温远辉指出的："我先前谈到何光顺教授主编的《南方诗选》是继《珠江诗派》之后的又一本有关广东诗歌选本的力作，谈到我们一直没有一本关于'南方'的诗选，虽然较早前有诗人提出'南方以南'的概念，但都没有得到有力支持和宣传，我和何光顺教授、诗人林馥娜在编选《珠江诗派》时已明确重视以珠三角为中心的广东诗歌，强调广东诗歌的一个发展过程，而后何光顺教授主编的《南方诗选》则把这个'南方'概念凸显出来了，他把以前很多人想做而没有做成的事情给完成了。这无疑是非常有意义的。我相信，《南方诗论》将把'南方精神'和'南方之音'乃至'南方诗谱'都会再予以深度展开，并实现一个理论化和系统化的建构。我个人非常期待这部当代诗歌批评和诗学专著的推出。"

散文家艾云肯定了《南方诗选》对于南方精神的一种延伸性开掘，指出南方精神是一种务实的、钩沉的，具有经验主义的特质，认为一个诗歌选本就是要暴露出一个时代的诗人们写作的问题，也同时显现出他们创作的实绩，在诗歌编选之后，又当继之以诗学专论和系列化的诗歌批评文章，而这部《南方诗论》的推出，无疑让广东诗人和批评家在介入中国当代诗歌史和批评史方面，获得了一种组合效果。诗人郑小琼认为，《南方诗选》提出的“南方精神”概念，《南方诗论》展开的“南方精神”“南方诗人”“南方之音”的诗学话语建构，都显示了一位批评家和理论家对于当代中国诗歌所抱有的期待和所展开的切实推动。批评家杨汤琛将《珠江诗派》和《南方诗选》的出版视作广东诗歌界的两件大事，认为《南方诗论》以这两个诗歌选本为基础展开的诗学专题研究，在深化拓展当代汉语诗学的同时，也为当代中国诗歌批评做了一个示范性的工作。

作为近几年来介入当代中国新诗，也获得了诗歌界和批评界广泛认同当然也不乏批评声音的主编者和研究者来说，我个人是心怀感激的，常常觉得是老天厚爱，赐予了我如许难得的机缘。作为诗歌领域和批评领域的后来者，我常常向相关领域的先行者不断地学习和请教，也收获良多。因此，在诗歌编选、诗学批评与建构中，我也向更多的年轻者和后来者开放我自己所建设的平台和阵地。《南方诗选》如此，《南方诗论》也将同样如此。在《南方诗选》中，我已选入温咚获等一批“90后”的诗人，她们的诗虽入选不多，但却是意味着一种南方精神的延续，就是从一代一代人身上成长起来的传统在被培育着。还有在《南方诗论》这部著作中，我还有必要说明，我将以郑小琼为代表的底层打工诗群放在《南方诗选》的开篇，这是因为广东作为改革开放前沿阵地的南方诗歌的崛起是从底层打工诗歌开始的，中国当代诗歌的世界性影响也是在郑小琼为底层打工诗歌注入新鲜血液之后获得的。对于底层打工诗歌的研究，以及在外来诗人和诗歌刺激影响下的诗歌潮流的交汇和诗人群落的生长，我在《南方诗论》的诸多篇章中都有所涉及，也希望能赢得更多认真的批评家的回应。

底层打工诗人是当代中国的一个特殊诗群，他们在整个华夏大地上流动、跨越、挣扎和奋斗，有很多诗人沉没，也有不少优秀的诗人脱颖而出。底层打工诗歌写作就成为华夏民族内陆文化与现代工业文化激烈碰撞中的一种具有典型的现代性特质的写作方向。虽然，实际上在介入当代诗歌时，我接触广东本土的完整性写作诗群比接触底层打工诗歌更早，但我将底层打工诗群放置在完整性写作诗群之前，以凸显我所提倡的“南方精神”的那种跨地域的现代性品质，无疑是有着深意的。因为，广东完整性写作诗群，虽然其主要诗人代表如黄礼孩、世宾等是属于广东的，但其精神先驱东荡子却是从湖南来的，某种程度上也可以看作一个非典型底层打工者。对于东荡子来说，流浪和漂泊渗透在他的血液中，大气和苍凉是他的底色，自由和抗争形成他的先锋性所在。而这种精神已在和东荡子具有同样外省人身份的底层打工者那里露出了端倪，只是大多数底层打工诗人更为悲苦和不幸，也挣扎得更为艰难，成功的只是少数者。而且，我将底层打工诗歌视作作为大陆文明典型代表的四川第三代诗向作为面向海洋文明前沿的广东珠三角输血的文明迁徙和诗歌迁徙。在诗歌写作上虽然并不出色但却以其《中国新诗年鉴》名家的诗人杨克，就是第三代诗影响广东的一个重要案例，只是其影响主要依靠诗歌年鉴的编纂而获得。因此，后来居上的郑小琼，就是具有大陆精神或陆地气质的四川诗人向着现代工业文明进行勇敢挑战的夹缝中的诗人，这也使她具有了双重身份和双重气质，而郑小琼也在现实的痛苦境遇和身份的裂变中寻找到了出路。因此，在《南方诗论》中，我还凸显了如余秀华这样的完全是农民身份而后靠着诗歌写作获得现代诗人身份的崛起者，书写现代世界中的摇摇晃晃的传统身份的悲哀与尴尬，坚强与不屈，书写那畸形的、脆弱的心灵的一切遭际，就构成了“南方精神”的阴面，这正如阴阳和谐的太极鱼图形，阳面是奋进的、勇敢的，阴面却是悲伤的、受挫的。

底层打工诗群和完整性写作诗群就构成了广东诗歌的重要两翼。记得早前诗人浪子编选过《出生地：广东本土青年诗选》和《异乡人：广东外省青年诗选》，也恰好呼应了以广东为中心的南方诗歌的两极。

而玄学诗群、新女性诗群、口语诗群、都市写作诗群、学者型写作诗群、新乡土写作诗群、垃圾型写作诗群、独立写作诗群等就构成了以广东为中心的南方庞大诗歌生态群落的良好生长态势。这种生长态势，又开始反哺于早先的作为1980年代诗歌中心的四川或西南诗歌生态群落，并进而与安徽、湖北等各地区诗群形成联动共生的态势。我们看到，《南方诗选》在推出后获得巨大影响的原因很大程度上就在于，它既源于主编者参与此前《珠江诗派》囊括性编选1840年代以来整个广东诗歌发展的经验，又与1990年代以后整个中国诗歌边缘化，朦胧诗和四川第三代诗的热潮消退之后的广东诗歌的异军突起密切相关。整个广东诗歌的崛起，就是与1990年代以来中国工业进程加快和市场经济高速发展的整个时代背景深度契合的。无疑，广东诗歌的崛起，还未能引起学界的充分关注。传统的文学舆论焦点或当代中国新诗学术研究，还是受到北京等媒体垄断、学术垄断、高校资源垄断的强烈影响，还常常把目光放在北方，既模糊又有其政治文化焦点的北方。然而，在《南方诗选》主编看来，中国诗歌如果不加入南方的阵营，不让来自南方的自由海风吹拂，不让大陆农耕文明与现代海洋工业文明实现大规模碰撞，则中国的希望，中国文学的希望就会越趋晦暗。

因此，《南方诗论》以《南方诗选》为文本基础所提倡而又不断生长着的“南方精神”，就是笔者所强调的大陆农耕文明与西方现代海洋文明碰撞中的结晶，那是刺痛的、灼热的、冒险的、探索的、突围的、自由的、开放的、撕裂又寻找弥合的、矛盾又渐趋于融合的，它具有由内向外的发散，又由外向内的反哺的特征，它具有一个向更广阔的地域生长和扩展的自我生命的逻辑。于是，《南方诗选》的选本，就不是简单的广东或某种地域的南方诗歌的罗列，不是没有内在结构和线索的诗歌资料，整部《南方诗选》就是要展现出南方诗人和他们的写作的精神结构和发展线索。而且，这个南方诗歌的结构和线索是具有弹性的，是延伸和生长着的。在笔者看来，《南方诗选》虽然主要是关于广东当代诗歌的一个选本，但它已然成为当代中国学者、诗人和读者观察当代中国诗歌发展状况，展开诗歌群落研究的重要文本，全书对于广东诗人群落的划分和诗歌文本的选取，对于推动当代中国诗歌的发展都是具有重要意义的。同样，《南方诗论》不仅是关注广东的，而且是以广东为起点，来考察整个中国当代新诗的现代精神的，这种现代精神，我将其命名为“南方精神”，就主要是从其具有近代事变性质的珠三角的系列精神历史的运动为起点的。

无疑，南方诗歌精神的谱系，就必然超出《南方诗选》中所梳理的1990年代的广东诗人群落，而还需要在我视之为姊妹篇的《珠江诗派》中去溯源。《珠江诗派》是温远辉先生和我还有广东诗人林馥娜共同编撰完成的。在该书中，我们梳理了珠江诗派作为南方诗歌精神谱系建构的三个阶段。

第一阶段是从近代到现代的转型阶段，最初有黄遵宪、康有为、梁启超、谭嗣同、丘逢甲作为戊戌变法前后打起“诗界革命”旗帜的广东诗人群体，首先为中国新诗做出了某种现代性的准备。随后又有梁鼎芬、曾习经、罗惇曧、黄节作为“岭南四大家”登上广东诗坛，而孙中山、廖仲恺、胡汉民作为中华民国的建立者，不仅用诗篇唤醒沉睡的旧邦，而且用行动来改造故国，重启新命。苏曼殊、朱执信、汪北镛、詹安泰、陈洵、古直、叶恭绰、阮退之、黄海章、冼玉清、李金发、蒲风、梁宗岱、欧阳山、陈残云、黄宁婴、芦荻、温流、冯乃超、雷石榆、李育中、缪白苗、陈凡等大批广东诗人的涌现，更体现出广东之于中国近现代文学的重要意义。

第二阶段是1949—1978年三十年社会主义文学阶段，主要以政治诗为主，否定个人化的具有独立主体性的写作，而强调整体化的具有人民代言性的写作。这时期的广东诗人的代表主要有柯原、柯岩、王季思、刘逸生、韦丘、野曼、周钢鸣、欧阳翎、张永枚、李士非、欧外鸥、关振东、韩笑、西彤、岑桑、曾敏之、韩北屏、郭光豹、罗沙、于最、莫少云、沈仁康、西中扬、黄蒲生、叶知秋、向明、黄雨、梵扬、左夫、钟永华等。

第三阶段是新时期诗歌写作，前一段，广东诗歌更多是呼应北方的，诗歌的中心在北京，后转移到四川，而珠江流域，以广州为中心的珠三角城市群，正忙于经济改革所带来的效益增长。但这时期珠江流域也出现了许多优秀诗人，如洪三泰、筱敏、谭日超、郑玲、郭玉山、郑启谦、李经纶、吕海沐、桂汉标、唐德亮、赵红尘、郑木胜、刘虹、胡的清、晓音、卢卫平、方舟、张慧谋、张况等。后一段是在邓小平南方谈话后的1990年代开始的，在这一阶段，广东诗歌在某种程度上已经超越了北方。珠江诗派真正具有全国性的影响，也是从1990年代开始的。这一阶段的诗歌就与《南方诗选》所提出的广东诗歌的生态群落状况相呼应了，即出现了完整性写作诗群、底层打工写作诗群、新女性写作诗群、纯技术或玄学诗群、口语写作诗群、都市写作诗群、新乡土写作诗群、垃圾写作诗群。

在《南方诗选》《珠江诗派》的编选后，以“云山凤鸣”诗歌公众号为阵地的当代南方诗歌精神谱系的建构，又进而开始关注四川新诗群体及湖北新诗体群。我们认为，当代四川新诗的重要性，不仅在于1980年代从四川兴起的“第三代诗”席卷全国，成为其时中国诗歌的中心所在，而更重要的是从“第三代诗”到1990年代后“存在”诗群的演进所折射的“陆地气质”和“大陆精神”。这种“陆地气质”和“大陆精神”既是四川作为东亚大陆文化典型代表的内在品格的体现，同时也是华夏民族作为东亚唯一本原民族的历史精神的结晶，而且最终在与西方文明“海洋精神”的现代遭遇中形成其成熟形态。没有西方海洋文明中的“海洋精神”作为异己物的存在，就不会有中国大陆文明中的“陆地气质”的形成或“大陆精神”的成熟。当代四川新诗群体就正是在这种中西方本质精神的遭遇中展开其写作实践，是重造传统又借鉴西方并植根于本土性经验中生成其先锋性的艺术精神和艺术追求。可以说，以四川新诗群体为例来阐释华夏民族诗学精神的某种内在本质维度，也有利于在经历中西方文明碰撞的“差异性”体验中为当代中国新诗找到回归华夏文明“同一性”故乡的道路。

在2019年9月，为加强南方诗歌的联系，我委托绵阳第三代诗人雨田在绵阳西南科技大学组织了一场“四川诗人看《南方诗选》暨中国西南诗歌生态群落专题研讨会”。这场研讨有两个维度：一是四川诗人看《南方诗选》，以一种限制性视角来进入岭南和广东诗歌，并同时在对这个视角的批评性考察中确立更多的批评尺度；二是又以《南方诗选》所确认的诗歌群落研究方式同样进入对于中国西南诗歌生态群落的考察，以让中国西南诗歌在南方诗歌的概念中确立其不同于岭南诗歌的位置。本次活动由当代中国第三代著名诗人雨田主持，西南科技大学文学与艺术学院承办，绵阳诗人冯小涓、毛晓红、南地、马青虹、李资富、王开平、赵加辉、何仁君、野川、李月荷、郭诗莉、徐颖、秦歌、王琦雯、张益聪、刘强等参加和做了主题发言。另有批评家冯学全、郭名华、何琴英等也参加了此次研讨会。而在这场活动进行的前后，笔者又与四川其他诗人如胡马、李铣、白鹤林、陈于林等进行了交流。在这种个体的互动以及以《南方诗选》等文本为基础的南方诗歌的研讨，让一个中国西南和东南展开深度交流的场域或缘域就得以形成，南方诗歌的边界也由此扩展。四川新诗群体与广东新诗群体也由此共同构成了南方诗歌的东南与西南的两翼。

在这两翼之间，以湖北公安为最初起点的湍流诗群就形成了连接南方诗歌的西南和东南两端的一个重要纽带。湍流诗群从2010年开始酝酿，在2011年正式创办《湍流》诗刊，诗群最初成立于湖北公安，发起人野梵、蓝冰，并由野梵首倡“后语言主义写作”，创刊诗人不限于公安籍成员，主要有野梵、黑丰、许晓青、蓝冰、袁小平、仪桐、冬羽等，随后相继加盟的重要代表诗人及诗评家遍及各省市，他们是冰马、陈晓岚、王丛桦、吴长青、微紫、梁雪波、汪剑平、潘黎明、张钊伟、贾建国、默雷、税剑、罗勋章、今果、王迅、老非等，另外如林贤治、周伦佑、王家新、徐敬亚、朱大可、非默、陈应松、黄大荣等著名诗人、批评家、小说家亦是作为湍流之师友而给予了湍流诗群鼎力支持。

湍流诗群，可以被诠释为当代汉语诗学中的一种激烈的、前沿的、革新性的力量，除了反对政治上的后极权主义、反对思想上的犬儒化、反对艺术上的平庸化，同时，他们也在重建、修复现代汉语诗歌倾斜的审美尺度，低调地践行着朝向“诗与政治”、“人与世界”和“词与时间”的综合诗学，并在艺术上不断地实现了某种跨越。湍流的优秀诗人，正在这片古老的土地上像激流一样扩展开来，从湖北到山西，从南京到上海，从广东到四川，从南方到北方，它不断地穿越和汇集，不断地冲刷和重建。

我还需要特别说明的是，正在我着手推动南方诗歌的探讨和研究中，曾邀请我共同参与主编的广东诗人温远辉先生不幸去世。作为一位颇具实力并乐于帮助发现诗歌界人才的伯乐，他的离去，是南方诗歌的一大损失。为纪念这位优秀的南方诗人，广东和当代中国诗歌界发起了广泛的纪念活动。我个人在创作悼诗《天上的湖仍在寒夜闪烁》的同时，又撰写了带有追述与评论结合性质的文章《不会一切都被带走》，另外不同的报纸杂志，以及“云山凤鸣”诗歌公众号都做了持续的专题纪念推送。在纪念里，一种精神将得到更好地传承。在我看来，南方诗人的群体自觉，就在于他们在共同召唤着一种具有时代性的共同体的认同。此前既有作为完整性写作诗群重要代表的东荡子去世以后，有世宾等诗人发起组织的“东荡子诗歌奖”成为广东诗歌界乃至汉语诗歌界的重要奖项，以及更早前诗人黄礼孩发起组织的“诗歌与人”国际诗歌奖又联系起了中国南方诗歌与世界诗歌的纽带。今天，在对于诗人温远辉的纪念中，我再次看到了一条永恒的精神纽带，将更进一步地连接起广东诗人乃至中国的诗歌精神。

正是在这种民间自发的诗歌写作群落的自觉，以及南方诗歌批评家对于这种以四川、广东、湖北等地的新诗生态群落的关注中，南方诗歌交流范围不断扩大，南方诗歌精神的谱系也将继续扩展和完善，这是一个当代新诗的持续生长过程。中国诗歌的南方精神在不断成长。一切都处于生成过程之中，一切都在指向无限可能的未来……

当代汉语诗学的理论建构

我们提倡的南方精神，也就是南方诗歌中孕育的一种具有现代性的启蒙精神，虽是以珠三角出海口的广东为起点的，但它也并非与华夏民族的历史传统无关，而是有着古老的华夏民族诗学的根基，并关涉着自然、伦理和神圣的三重维度。但我们也要看到，自秦汉以来，华夏民族诗学也即汉语诗学的神性失落既久，而民族沉沦日甚，至于今日，一种寻求价值之超越与强调艺术审美的写作向度愈益得到重视，它就主要体现在东荡子、海上、黄礼孩等诗人的写作中，也体现在世宾的命名者写作和祥子的敏感者写作的争论中。在指向文学或诗歌的最高神性存在中，我们又将指出诗歌写作所具有的良知、意象和语言的三重维度，认为良知，即关心个体生命本身，关心民族和时代的生存与苦难，即为诗人写作的真正起点，那就是爱的起点；认为意象既需要承续中国古典的传统，但又必须实现当代性的转化，要让意象新颖，要有多重意象的复杂组合；认为语言必须具有陌生化的效果，不能落于俗套，必须在修辞、韵律等方面不断寻求其合适的形式。而在关于诗人作为命名者或敏感者的争论中，我们分析了这个时代的“拟经”或“伪经”式写作的可能或不可能。诗人的角色认同、语词运用、情感和思想沉淀，都不仅仅是完全个体化的，还是与其民族共同体关联着的。

我们始终主张诗人的个体性、民族性和世界性的三重统一，而这是我们在本篇需要奠定的重要理论基础。文学指向神性，那是个体生命的独自面向神灵和苍穹，是生命之存在的真理，是一种自我关心和自我疗养，它让孤弱的个体有了生命的浩瀚和辽阔；文学关乎族群，也即诗人所置身其中的社会伦理关系，因着对于它所深爱的地区文化族群、民族文化的关爱，文学所关心的自我生命获得了其现实化的途径，每一位诗人都是民族的喉舌，是民族文化的良知的声音，他也为他的民族和人民所铭记，诗人就是活在他的民族语言中的，就是在置身民族语境而获得其伦理主体自觉和人格塑造的；文学关乎世界，这其中涉及经济生活、政治治理、人文或宗教信仰，它都从极为广阔的生命时空作用或哺育着诗人，诗人则是以文学作为介入世界或治理世界的技术，而充当着治理者的角色，这无疑是不同于国王、官吏的心灵治理或精神治理术的。这样，文学就有了一个明确的“三一结构”，个体—民族—世界，即构成了其由内向外，又由外返内，相互支撑，相互纠缠的复杂性和丰富性，它也是文学的三重功能，这三重功能是统一的，是三而一、一而三的关系，是不当偏废而共相成就的。

中国文学的谱系发达，根深叶茂，自《诗三百》《楚辞》《庄子》的写作以来，个体（自我）—民族（国家）—世界（天下），就是共属一体的，作为个人，应当做好“格物—致知—诚意—正心—修身”的“慎独”功夫，其为民族和国家，则是“齐家—治国”的统一，是强调“夷狄之辨”，其世界性则是“平天下”的事业，是“达则兼善天下”，是仁义教化施于天下。中国历史上的士君子、士大夫和诗人，都延续着这样一个传统，孔子、孟子、司马迁、班固、曹植、陶渊明、李白、杜甫、欧阳修、范仲淹、苏轼、陆游、辛弃疾、文天祥、王阳明、黄宗羲、顾炎武、王夫之、曹雪芹、龚自珍等，都是“进则忧其君，退则思其民”“形在江海之上，心存魏阙之下”“先天下之忧而忧，后天下之乐而乐”。中国的文学既是慎独、王道和仁政的贯通，也是自然、性情和天道的传达。

自新文学传统确立以后，中国文学的古典传统并未完全消失，而是在其白话文的提倡中继续着诗人介入民族国家和现实政治的事业，这其中也确立了五四新文化传统，它既承续中国古典人文传统，又汲取西方的古典和现代思想传统，并同时受到苏俄政治文艺影响，既变得更为浩瀚，却也有驳杂之弊。当代中国的文学和诗歌批评，需要整理传统，以广大和纯正中国新诗批评。在笔者集结本书中，我们开篇，就确立文学的神性，诗歌写作中的良知、意象和语言，汉语诗学传统的带入和带出，文学的民族性和个体性、世界性的平衡等多个维度来予以切入，以望能为当代中国诗歌写作与批评奠定一个良好的基础。

第一章 文学的神性

趁河边的树叶还没有闪亮
洪水还没有袭击我阿斯加的村庄
宣读你内心那最后一页
失败者举起酒杯，和胜利的喜悦一样

——东荡子《宣读你内心那最后一页》

什么？神性？一个巨大的惊叹号或问号会立刻笼罩着读者的神经，不是神经了吧？经历了充分的唯物主义教育的中国人还理解神性？或者说还会相信诗人或文学家神神道道地宣称某种文学的特质？文学还有必要存在吗？诗歌不是早该淘汰了吗？读读唐诗宋词还可怡情养性，当代文学或当代诗歌就算了吧，还谈什么神性？在当下，文学不是早就成为人们的一种消费品？诗歌不就是人们茶余饭后的看看微信时的消遣？那些属于中世纪或神话时代的东西，又如何来忽悠现代人？这难道不是一个祛魅的时代？宗教岂不是沉浸在苦海里的人们的麻醉剂和鸦片？你谈文学的神性，难道不是将文学宗教化的另一种图谋？文学或诗歌现在只要写得足够好看，那就够了，为何还要重提那老掉牙的神性？

一连串的疑问在打击着那种对诗之本质或文学之为文学的坚持。然而，当你读到东荡子、海上的诗篇和文章时，一种源于最内在的发问却向你席卷而来。这种感觉是我这段时间读到这两位中国诗人时所引发的强烈感慨。当东荡子吟唱："土地丰厚，自有它的主宰"，"一片树叶离去，也会带走一个囚徒"（《一片树叶离去》），"对于诗歌，这是一个流氓的时代/对于心灵，这是一个流氓的时代""这个时代需要一秒钟的爱把硬币打开"（《硬币》）。当海上提示我们："当我们说'永恒、苍茫、沧桑、精神、亘古'等这些词藻时，我们真的没有觉得这些文字的象性本质就是通神和巫灵?"（《侘寂的魂影》）我认为我捕捉到了两位当代中国诗人的最敏感的神性之思。

这种"神性"之思或曰"神性"写作，就是真正的诗人的真正的坚持。这让我想起了在资本主义席卷世界的浪潮中，在现代性的破碎中，西方诗哲荷尔德林的追问和坚持："如果生活纯属劳累，/人还能举目仰望说：/我也甘于存在吗?""是的/只要善良，这种纯真，/尚与人心同在/人就不无欢喜/以神性来度量自身。"荷尔德林敏锐地洞见到，唯物主义某种程度上说就是功利主义的代名词，是资本时代拜物教的必然结果，是人群扰攘忙碌而卑微的可耻象征。荷尔德林坚信在城市的资本欲望之恶的席卷中，人仍当保持那最纯洁的神性仰望。这也正是海德格尔在以荷尔德林为典范的神性诗人的发现中，所提出的诗人的使命："在贫困时代里作为诗人意味着：吟唱着去摸索远逝诸神之踪迹。"（海德格尔《诗人何为》）

在中国当代文学中，文学的虚无化和边缘化实际是神性丧失之结果。这种神性丧失，又是文学市场化的必然产物，网络刷票、大众评选、体制裁定，完全取代了文学经典化所需要的漫长岁月和历史沧桑的考验，文学似乎被打了激素，在快速地催生出飞速成名的作家们。当诗人和作家成长得太快，成名得太快，他们就迅速被牵到了市场叫卖和被宰杀，大众和书商都在拿着钞票来购买。在这样一个拜物教泛滥的时代，作为华夏民族之诗人，植根于华夏民族历史渊源深处的神圣信仰，去为世人发现神圣的踪迹，或许就是东荡子、海上等诗人的使命和职志。这个时代不再是去遗忘神性，而是重行唤起神性。

我们必须清楚地知道，文学并不完全是某种利益化的商品和专家裁定的被动物。文学和诗歌的神性是要穿越历史的，历史的伟大，就在于会让庸俗死亡，而让神性与经典凸显。在未经过历史沉淀的当下，声色和表象掩盖着文学的纯洁。权力、金钱、人情、浮华都构成掩盖在文学纯洁性之上的粉尘，只有大浪淘沙才能让文学最内在的纯粹显现。这是文学的最高贵和最原始的品性，是属于文学而又超越于文学的神性追寻。这种神性的追寻，我们在当代诗人东荡子和海上的作品中看到了。东荡子告诉我们，“大地将把一切呼唤回来/尘土和光荣都会回到自己的位置”（东荡子《树叶曾经在高处》），而海上则“在太阳神的位置”带领我们“追根溯源地找到几万年前，祖先与神祇对话的山头。”（海上《朝觐太阳神》）

因此，在我看来，这神性就既是文学性的，又是非文学性的，是远在文学生成之前，就已植根于人类灵魂的深处。在那久远的时代，神性的祷辞、巫歌构成了其始源性的土壤，而神性就是先于今日所谓文学而存在，文学就是从非文学的神圣渊源流出的圣洁的泉水。只是文学生成时，神性遂贯注于文学，而成为文学最内在的品质，也从而将成为文学之永生的前提和基石。在更远的未来，我也相信，歌赞神圣，吟唱神性，始终是文学超越性的梦想。文学有触碰神灵的冲动，神性始终是文学不可企及的异质性因素和他者之维，是文学超越自我的内在追求，而这种他者性也终于内化为文学的灵魂，并成为文学之纯粹的根据。

当然，文学的神性，确实是一个太大的话题。然而，这种神性追寻已经成为21世纪的当代诗人们的一种普遍性渴望。当我们阅读东荡子的《杜若之歌》、海上的《侘寂的魂影》等作品时，我们便强烈地感觉到一个时代重新泛起了寻找民族古老根基的内在冲动和渴望。他们拒绝被权力体制收编，拒绝被资本市场买断，拒绝通过某种历史资料的叙述或汇编来做一种空洞无益的考据化的死学问，拒绝向市场进行廉价的跳楼大甩卖。当文学和诗歌在很多人那里变成歌女式的卖笑时，他们坚持了文学最本质的内在性根基。

同时，我们还当将这种神性放在世界范围来考察。任何民族的文学，都有过物性、神性、人性的混融，都有过物、神、人的纠缠。这种纠缠有时被视为原始混沌和未开化，并共同成为文学的初期形态。从中西方比较来看，东方的神性、人性和物性的分裂，是温和的、渐进的。华夏的文学始终借助属天的神性，以让人抽离属地的物性，从而确立天地之间的人性。天地人三才的气脉贯通和心意相连就构成了华夏民族文学之神性保存的肥沃土壤。西方的神性、物性和人性的分裂是剧变式的，是短暂而非连续性的。文学借助属天的神性，彻底割断属地的物性，遂造成某种上不沾天下不着地的孤独感和放逐感。人性的焦虑遂从神性剥离物性肇始，这也是西方文学的人性或理性快速突进的秘密所在。

文学从三性（物性、神性、人性）交融走向一性（或神性或人性）独白，是某种世界性的潮流。文学“性别”不分的神话状态在西方启蒙到来的时代遭到彻底贬逐。文学单维化，成为人性向着物性献媚的娼妓。斯芬克斯之死就是同一性对混沌性的驱逐，就是纯粹理性对于某种神性和物性的驱逐。伊甸园的惩罚，则是神性驱逐物性而压制人之大地本性的新的推进。资本主义时代的物性演绎则达到了淋漓尽致。在中国文学中，则始终有一种独特的力量，在西方资本主义工业侵袭中国之前，文学以神话式的混沌逆转理性的清晰性过程始终是一种强大的力量。然而，近代化以来，我们在向西方借鉴工具理性和功利理性的同时，却过早地、过快地丢失了自己的神性。如果说，在资本主义的浪潮中，西方的波德莱尔、荷尔德林在反抗着文学庸俗化浪潮，那么，中国文学在20世纪却是过早地沦陷了。在21世纪，这种重返文学神性的书写将可能被视作真正的文艺复兴和文化归根。

在东荡子的诗歌，或海上的作品中，重新生长着某种从一性独白到三性混融的回归。文学的跨界性生存和返本归源再次得到一种内在化地书写，他们总是看到大树向着穹苍生长的同时还有向着大地的叶落归根。某种真正的张力和弹性，就是中国古老的天、地、人三才合而同归以引入苍茫宇宙的生命力量，就在他们的作品中得到充分显现。摒弃理性主义或工具主义时代到来以后的本质主义偏颇和疆域化固执，成为他们的文学书写的最内在的坚持。海上在他的《侘寂的魂影》中提出："（神—人—自然）三维生命的相融交会，是中国文化传统精神向更高层次的贯通和发现，同时也包含着对世界诸般微妙事物的深刻洞察。"海上总是在他的作品中展现着神性（灵性、巫性）、物性（自然性）、人性（社会性）的纠缠，他超越了语言学家一般性的文字考证与训释，而注重去追寻每一个汉字的古老的神性、物性和人性交缠的渊源。他会在一个妓女身上也寻找到非物质性的灵性闪光与人性缠杂。他的爱因为具有了三性混融而变得异常博大。

东荡子说："诗歌不会困扰一个真正的诗人，诗歌只会和诗人一起蓝色地燃烧；诗歌困扰了诗人，世间就不会有诗歌和诗人。"物—神—人，就是诗歌永恒的主题，而以神性作为其最高渴望。文学的跨界性生存，必将在当代世界重回大人文学的土壤。这种人文学，就是从文学显现即遮蔽的历史中来重现文学的神性和人性的互动，物性和我性的往还。文学作者的圆通之道，文学读者的圆融之德，文学作品、作者、读者的圆成之数，都将在破疆解域的跨界中实现一种真正的缘域敞显。文学的耕作、休耕、变耕，都将如归藏、连山、周易的三易之运作。文学的内在气脉的起承转合，文学的精神品格的多方涵养，都需要当代诗人和哲人去培植。物一无文，和实生物，文学的物性—人性—神性的三性圆融必将得到更充分地展开。

"麻姑一去海生桑"，是文学的物性彰显；"碧海青天夜夜心"，是文学的神性发扬；"上穷碧落下黄泉，两处茫茫皆不见"，是文学化解天地阻隔的人性因缘。文学的神性追寻，并不是请出偶像或造神，不是要故作奇谈怪论，不是增加些神话题材或宗教性佐料，文学的神性是不在之在，是不是之是，是文学内在于"自我"的"祂者"，是从主体中心走出的"吾丧我"的天籁和鸣与大道回归，只有在有我而非我，有我而化我的缘起照应中，文学才会获得那种虚灵的脚踩大地而又仰望穹苍的敬畏和虔诚。"诗歌只会和诗人一起蓝色地燃烧"（东荡子），这燃烧大约就是诗之神性光芒的照耀。

第二章　诗歌写作从何处开始*

当我们问：诗歌写作从何处开始？普通的读者往往会非常焦急地等待一个纯技巧的把握，一个从物理上可以量度的空间起始点，或者一个可以用来作为典范文本的模仿之作，或者问具体从哪个作家开始学习？然而，这一切都可能让我们误入歧途，真正伟大的写作，并不是首先从形式技巧进入的，而是从心灵开始，从天地万物之道开始，从作者所能回应的这个世界的良知处开始。这个写作的开端，早就在古往今来的先知和智者的言说里被不断诉说，然而，我们太多的愚昧麻木的作者或读者却充耳不闻。

一　良知：诗歌的第一起点

当谈到诗歌写作时，我们一定要荡开普通作者和读者关于诗歌的刻板印象，一定要避开那种诗歌就只关乎格律、声韵和修辞的技法的偏好，古人云“赋诗必此诗，定知非诗人”（苏轼《书鄢陵王主簿所画折枝二首》），我们一定需要从更宏阔的视野来看待诗歌，应当容纳这个世界的一切人们对于诗歌发出的尖锐批评。一个诗人可以选择不接受，却不能不倾听。如柏拉图批评：“从荷马起，一切诗人都只是摹仿者，

---

* 原载《中外文论》2018 年第 2 期，现略有增补。

无论是摹仿德行，或是摹仿他们所写的一切题材，都只得到影像，并不会抓住真理。”[①] 孔子批评：“恶紫之夺朱也，恶郑声之乱雅乐也。”（《论语·阳货》）普通民众批评诗人太过清高，不食人间烟火，这些都不是完全没有道理的。从这个角度说，诗歌写作首先从良知开始，它关乎人心、正义和真理。良知就是关乎生命的基本伦理，也是诗歌的基础伦理。

何谓良知？良知就是自由的生命自觉其个体的基本的尊严和价值，也知道他人有这尊严和价值，并唤起自我主体去捍卫它的主动决断。这正如学者黄裕生教授所指出的：“维护人的不可让渡的绝对权利和绝对尊严，使自由成为一切伦理学和政治学的全部基础。”[②] 这里说的绝对权利和绝对尊严，我为避免一种形而上学的抽象化，更愿意视其为在社会中逐渐为文明原则所确立的个体的基本权利和基本尊严。真诗必关乎生命和热爱生命，就是从人之个体的共通感而及于仁民爱物的大爱。这种关乎生命、热爱生命的真诗的写作，就是诗人的良知。良知就是一个伟大诗人写作的最初起点。

良知，也由此成为衡量诗人和诗歌的最内在和首要尺度。因此，我们看到，苏格拉底的一生，他并没有怎么写诗，孔子的一生也没有写诗，但他们为这个世界奠定了良知哲学，这种良知哲学，就是伦理学，当然，也就是诗歌的道德律。那些曾经在神话时代为大众所喜爱的歌咏诸神的诗歌，就是在未经反思的自然状态下生成的，但在孔子和苏格拉底那里，就首次迎来了哲学和伦理学的尖锐批评。苏格拉底明确提出了“美德即知识”（柏拉图《美诺篇》）、“认识你自己”（柏拉图《普罗泰戈拉篇》），孔子明确提出了“朝闻道，夕死可矣”（《论语·里仁》），“见贤思齐焉，见不贤而内自省矣”（《论语·里仁》），“吾十有五而志于学”（《论语·为政》），一个严厉的诗歌尺度到来，那些不关乎德行的写作和知识是没有意义的，甚至是有害的，没有生命的向内省察与内

---

① 柏拉图：《文艺对话集》，朱光潜译，人民文学出版社 1983 年版，第 72 页。

② 黄裕生：《真理与自由——康德哲学的存在论阐释》，江苏人民出版社 2002 年版，第 1 页。

在自我生命意识的唤醒，那种只是表现为行动上的善，也是不足为道的，诗歌必须呼唤和响应人的内在良知。

沿着这条道路，欧洲的诗歌写作从其感官写作进入灵性写作的时代，呼唤人的自我意识的反省与悔罪，正视自己的软弱、卑微和恶行，永远向着上帝的高度去升华自己的灵魂，而这也成为诗歌写作良知的起点。在中国的诗歌写作中，“原道”“征圣”“宗经”的三重维度被明确提出，“究天人之际，通古今之变，成一家之言”（司马迁《太史公书》），“为天地立心，为生民立命，为往圣继绝学，为万世开太平”（张载《张子语录·中》），便成为伟大诗人的写作理想和目标。

当我们说，诗人为世界立法，这里的诗人就不是普通的一般技巧意义上的诗人，而是那种具有崇高的精神力量并将其精神力量融入合适的艺术形式中的伟大诗人。当然，我们在诗歌史的画卷上可以列出很多坐标，屈原、曹植、陶渊明、李白、杜甫、王维、苏轼、陆游、曹雪芹等，当然，还有很多我们没有列出的。在西方诗歌史的画卷，我们也可以列出荷马、但丁、莎士比亚、歌德、普希金、艾略特、荷尔德林、策兰等。当然，我们列出这些诗人，并不表示，我们就一定能达到他们的高度和成就，但他们的“为文之用心”却是我们应该首先把握的。在这里，可能会有人说，我的列出是矛盾的，我既标举批评荷马的苏格拉底和柏拉图，提倡他们所建立的良知哲学标准以否定诗人，却又同时标举被他们批评的诗人荷马。这确实是一个老问题，这就涉及诗与哲的争执。

我们一定要清楚，两个伟大灵魂的争吵，有时是无法以对错来判断的，因为每一个作者和个体都是根据他们自己的生存体验①来写作，他们都不是在进行无限的全体性写作，他们只能进行有限的写作，只要他在用一种精神力量将个体生命和族群生命带向崇高和卓越，他们就是值

① 参见何光顺《解释即生成：强制阐释论的生存论指向》，《学术研究》2016 年第 11 期。在该文中，笔者提出了作家、批评家、理论家，都是植根于自我体验的生存感知域来实现自我独立的理论域的建构的，作家和批评家之间相互有影响，但其根本在于其自由意志的主体自觉。

得称道的。但这值得称道，并不表示，他们就是没有缺点的，另一个严厉的批评者指出的是他的缺陷，但我们却不能否定这个批评者所未能看到的被批评者的另外的优长。荷马在铸造希腊民族的民族性格和英雄品格方面，是有着卓越功勋的，这需要被我们看到，但当古希腊历史进入城邦时代后期，荷马着眼于群体的民族性格和英雄品格的塑造，就显得太外在了，它必须被超越，于是就有了苏格拉底和柏拉图从内在良知的角度去确立人之为人和文学之为文学的尺度，要重新为一个民族奠定其所以为文明民族的个体化基础。

观念层面的超越是艰难的，人类往往要经历数百年和数千年而后前进一小步。诗歌与哲学争执的身体和灵魂孰高孰低的话题永远没有答案，然而，在当今这个时代，我们已经进入了对个体的自然生命和灵性生命予以同等重视的时代，我在我个人的长篇哲学抒情诗《身体、性爱和灵魂》[①] 里就深入这个问题的核心，只单看题目，就会把很多人骇住，在开篇，我直接开启了这三者的纠缠：

身体在旋转
房间在战栗
在你颤动的身体里
我看到了灵魂的喘息

在这开头一节，我并没有特别指明，但读者都清楚，这实际是在写一个让人害羞和胆怯的话题“性爱”，这节隐含着一个将沉重的、物化的身体与轻盈的、向上的灵魂打通的一个写作策略与环节，如果没有性爱，身体和灵魂就将被分隔在鸿沟的两岸，注意，是性爱，既不只是性，也不只是爱，而是性爱，有性无爱，人就是动物，有爱无性，就失去了身体。随后，我进入了历史之中，去追寻哲学和诗歌所发生的争执：

① 何光顺：《身体、性爱和灵魂》，《新塘文艺》2016 年第 3 期。

柏拉图说，身体囚禁灵魂。
哦，在你的喘息里，
我听到他荒谬的错误，
是那高傲的哲学驱逐诗人的错误！

苏格拉底、柏拉图都是伟大的，他们用良知哲学和美德伦理学，纠正了古希腊悲剧和史诗太过侧重于身体的感官世界和欲望追求，为沉沦和堕落的世界确立了理念的绝对标准，后来，基督教神学诗学则直接将这个理念落实为圣父、圣子和圣灵的三位一体。然而，当人类在灵魂的路上奔逸绝尘之时，一种同样重要的自然生命维度就被压制得近于窒息，于是，同样着眼于尊重人的自然生命的维度，柏拉图的“身体囚禁灵魂”的说法必须被反转，这又同样是一种良知哲学。这种回归，不是对荷马的简单肯定，不是对古代自然写作的重复，而是在理解了身体和灵魂关系后的再次解放，在这里，我没有像一般的下半身写作那样去简单渲染“性”或者“生殖器”，而是借张爱玲的说法，为男女两性的自然之爱正名：

张爱玲说，抵达女人心灵的，是她的阴道，
哦，在你狂野的放荡里，
我触碰到了真理
是诗人在迷狂中洞见的真理！

这不再是对柏拉图的简单否定，或者说是对于自然之爱的粗暴推崇，而是觉察了自然生命最高的迷狂，就是两性身体结合的狂野，这种结合，如果没有心灵的相契，就不是真正的结合，他不是两具身体的简单的力量美学，而是身体力量和灵魂力量在共同的旋律中的高度应和，这恰好也呼应了柏拉图所说的诗人在迷狂中代神说话的最高诗人的理念。

在这首诗篇的前面章节中，我言说了生命的本己的良知见证，这种良知有时是唤向被压抑的自然生命的，有时又是唤向被损毁的灵性生命的，但没有说一定唤向哪个地方，才是指向良知的，这里我可以借助东荡子的《宣读你内心那最后一页》来予以论说：

该降临的会如期到来
花朵充分开放，种子落泥生根
多少颜色，都陶醉其中，你不必退缩
你追逐过，和我阿斯加同样的青春

写在纸上的，必从心里流出
放在心上的，请在睡眠时取下
一个人的一生将在他人那里重现
你呀，和我阿斯加走进了同一片树林

趁河边的树叶还没有闪亮
洪水还没有袭击我阿斯加的村庄
宣读你内心那最后一页
失败者举起酒杯，和胜利的喜悦一样①

这无疑是一首重要而卓越的诗篇，是属于纯粹的灵魂的，它诉说诗人内心的宣读，读到心灵之书的末章，它具有一种神圣的意味，让人似乎读到了《圣经》末章的《启示录》，很多秘密的封印在这里已被完全揭开。在诗篇中，诗人塑造的“阿斯加”的形象，就如曾经道成肉身为人类受难、死亡、复活的耶稣基督一样纯洁，在最后审判的日子，一切将会被重新挪动位置，曾经在尘世中荣耀的会被颠倒，曾经在尘世中失败的终将获得真正的胜利。诗歌从开篇到终端洋溢着一种喜悦，“该

---

①　东荡子：《杜若之歌》，海风出版社 2016 年版，第 201 页。

降临的会如期到来”，最后的日子已经来到，真正的灵性生命之花和种子将获得新生。在最后的战斗中，“你不必退缩”，这其实也是诗人的自诉，这里诗中被叙述的“你”和作为叙述主体的“我”，还有一个被命名的形象“阿斯加”实际是三位一体的，就相当于圣父、圣子、圣灵的同在。“和我阿斯加同样的青春”就是神圣力量的永在，这是神圣之书写，纸上的文字是从圣灵那里流溢而出，尘世的东西必须在如婴儿一样的睡眠中被抛掷。

圣父、圣子、圣灵三位一体的世间行走，在第二节被清楚显现，“你呀，和我阿斯加走进了同一片树林”，你就是我，我就是阿斯加，树林，可以是这个人间世界的隐喻，在最后的殉道之前，我要告诉你，心灵圣书的封印打开后的终极秘密，“洪水”可以是灭世的洪水，既可以是来自天上的，也可以是人间的浊浪滔滔，阿斯加的村庄，就像“挪亚方舟”，它并不会毁灭，我就在那里。洪水灭世前的闪电还没有照亮树叶的时候，我要告诉虔诚的敬畏上帝的义人，你并不是人间的失败者，你内心那最后一页，就宣告了你在来世的胜利。举起酒杯吧，这是基督的血，这是圣灵之水，他向门徒举起了酒杯，宣告了未来，凯撒的权力，并不能战胜上帝的独生子，他以他的牺牲宣告了纯洁的信道者光辉的未来，“失败者举起酒杯，和胜利的喜悦一样”，东荡子的诗篇最终指向了这个堕落时代的少数圣者，他们向世人见证了倾听福音中的无上的喜悦。生命的良知写作，就是诗歌的源头活水，就是诗人的真正的粮食。于是，我们又借东荡子的诗深化了诗歌写作的良知起点，那就是指引人回归纯粹的生命和神圣的信仰，因这宣读，光辉闪耀，划破黑暗！

二　意象：诗歌的道成肉身的展开

良知，是诗歌之道，是将诗人带向伟大的最初起点和最高存在，然而，这良知，还必得有过程化的具体展开，那就是诗歌必得依赖意象，意象就是诗歌最重要的肉身。当代诗人有太多人不重视意象，当一说到意象时，他们只能想到古典的“明月”“香草”“浮云”“朝露”“春江”“春水”“游子”，他们会觉得意象写作已经过时。实际上，这是一种极错误的想法，古典时代的意象在新时代的语境中，可以被赋予新义，当代诗人眼中所见的生活的事物、情景可以在他的心灵和言词的重现中被创造为这个新的时代的意象。诗歌由意象和意象群落生成的诗境，就是诗人将这个世界投射在他的心灵的湖面的倒影予以重构，以构建出属于他自己的独特的精神的居所。

我们看到在上面的东荡子的诗篇中，他并不是枯燥地诉说真理和启示，而是借助花朵、种子、树林、树叶、洪水、酒杯的意象群落共同筑建了最后的如期到来时刻的某种生存图像，而阿斯加和阿斯加的村庄，则是诗人构建的象征着抒情主体的纯洁的精神象征和圣地居所。我们再以东荡子的《一片树叶离去》为例：

土地丰厚，自有它的主宰
牲畜有自己的胃，早已降临生活
他是一个不婚的人，生来就已为敌
站在陌生的门前

明天在前进，他依然陌生
摸着的那么遥远，遥远的却在召唤
仿佛晴空垂首，一片树叶离去
也会带走一个囚徒①

这首诗也不是很多人能够读懂的，然而，即使不懂，也会被这首诗的奇特而新颖的意象瞬间吸引，这里有很多单个意象，但也有一个整体

① 东荡子：《杜若之歌》，海风出版社 2016 年版，第 113 页。

意象，这里我们只说由单个意象构建的整体意象。全诗写的是肥美的牲畜成群的原野上的一个不婚者站在陌生的门前等待着来自远方的召唤，这个不婚者，你完全可以把他想象为具有孤独灵魂的诗人，也可以同样把他想象为悔罪的亚当，还可以是殉道的基督，可以是屈原，可以是庄子，可以是人间的任何一个精神守望者，在这辽阔的世界，这位诗人和这位圣者，并不能找到和他同行的人。这里的“不婚”，读者一定不要简单理解为尘世的婚姻，而是具有中国古典时代同样以婚姻比喻知音遇合的含义，这实际是在写纯洁者不与任何的世俗力量结盟，他所站的“陌生的门前”，也就不是一般意义的门，而是一扇弃绝俗世诱惑的通向真理和信仰的门，尽管人间的时光在流逝，他却永远并不能为世人所熟悉，他只为遥远的呼唤而应答，他在这个世界为囚，却在来世坐在上帝的右边，当树叶飘落的时候，就是囚徒解放的日子。

又如在我的《身体、性爱和灵魂》这首诗中，当我在引出了真理在何处出场之后，我转向了对于人类在身体中寻找和迷失的书写，这里就借助了意象：

当你的衣衫褪尽，
我穿越了北方上空层层的雾霾，
看到了南方希望之地的丰产的泉源，
哦，你的身体永远是散发着腾腾热气的热带雨林啊

所有人都爱你，
然而，他们不知道，
在你的丛林地带，
只有睿智的探险者，才不会迷失启明星的方向

这里的意象选择是极具现代性的，既有古典化的意味，又有现代生活的印记，这里的意象写作不是直奔女性的身体的直观展示，而是在新

鲜的比拟中又将视线荡开，衣衫褪尽，这里写“我穿越了北方上空层层的雾霾”，就象征着掩盖在自然生命之上的太多的异化观念必须被穿越，在这种穿越之中，我们发现了生命本身的丰产，那健康的、自然的身体，就是“散发着腾腾热气的热带雨林”。然而，“身体”并不绝然就是完美的，它有危险的“丛林地带”，必须是睿智的探险者，才不会迷失方向。在接下来的写作中，我追溯了人类在身体的深层处的迷失，以明示这种探险的艰难，写到了作为“丰产的果园”的身体，在几千年中的哭泣，被视作“蛇的欺骗和毒液”。在这里，通过蛇的意象，联结起了伊甸园的古蛇和中国民间传说中的白蛇，写到了孙行者和贾宝玉的反抗，这都是原始自然力量和本真身体的突破和抗争，那自然的性和那神圣的爱，就是身体和灵魂的结合，就在一个新的纪元中被升华。

在意象运用的写作中，我另一首诗《落叶和手机》可以作为典型案例：

落叶，古典精神的遗留物
被陈放在一个名叫大地的博物馆里
参观者行色匆匆，踩踏你的尸体
没有人回想起你曾有过的世界精神

你泛黄的颜色
诉说着你曾经过的历史沧桑
你就是躺在大地上的记述人类灵魂的圣经
远古的神明就曾跟随着你一起降落凡尘

当冰冷的水泥钢筋毁灭大地时
你的尸体已无处存放，你真的死了
你不再成为浸入泥土的带着圣灵气息的神圣之书
而只是成为神圣的摹本被拍成了世界图像

每个人低头急速走过，或抬头看你
他们都其实并不能读懂你的精神
他们的手机咔咔响，或者摄下你在枝头的残喘
或者拍下你在风中的舞姿，抑或你在大地上的安息

当他们欣赏着你固化成为他们手机里的图片
那不过是千万个被重复制作的你而又非你
你的绝对的本质只在上帝那里才能被知晓
基督早已被杀死，你不会有再度复活的希望

在这首诗中，作为古典精神象征的“落叶”意象，已然失去了其在古典时代的那种唯美的意境，在一个线性时间序列上快速前进的现代世界，一切都被拉平，一切被粉碎和被重新组装成机器链条上的流水线生产。落叶，作为“古典精神的遗留物”，只是被陈放在一个叫“大地”的博物馆里，来参观古典世界的人，并不是真的来看它，这些参观者踩踏过落叶的尸体，却早就遗忘了落叶曾经所承载的那个古典时代的世界精神。落叶，在冰冷的水泥钢筋毁灭大地时，它的尸体已无处存放，它不再携带着人类的生命气息。

大家注意到，我这里写的落叶，和东荡子写的落叶截然不同，东荡子笔下的落叶，携带着圣灵的气息，它的飘落，就象征着一个囚徒被解放，而在我的这首诗中，落叶真正陷入了死亡。这里的现代意象“手机”成为一个转折点，它既是和古典意象“落叶”并置的现代意象，却某种程度上也是“落叶”被抽空其精神的因缘和现代媒介。“物”的形态变化带来“精神”的变化。当每个人匆忙地用手机开始机械地复制，自然世界的美丽和飘飞的落叶，就被网络传媒迅速复制成千万个摹本，它的绝对本质和圣灵气息，早就被消灭。落叶和手机两个意象，展现了古典世界和现代世界的紧张对峙和激烈冲突。

诗歌在这里就吟唱出一个民族的精神传统趋向没落的挽歌，我另一

首《每一片落叶都携带着一个灵魂》也写到落叶所携带的精神故乡的信息："光，来自唯一，曾经失明的眼睛又进入光里/光的碎片闪耀，照着每一个虫子的归去/每一片落叶，都携带着一个灵魂……"①，这既与《落叶和手机》相通，但又呈现出一种回归的可能。而在《城市里的水泥路》这首诗中，我则再次借助落叶与钢筋水泥的城市的强烈反差对比，凸显了人类精神难以回归的障碍："扫帚掠过城市的水泥路面，发出/沙沙沙的声音，我能听到/那是来自落叶的叹息，脚下偶尔带起的/落叶似乎想追赶行人，轻呼救助"②，当大地和泥土被钢筋水泥封锁之时，落叶无法归根，象征着人类的无家可归。于是，落叶的"轻呼救助"，就是充满着无限感伤的呼唤，它也是在呼唤当代的中国必须重新回归其伟大的传统，必须理解一种古典世界的真正精神，这里与其说是没有希望，不如说是在呼唤希望。这就是巧妙的意象写作，一切无尽的意蕴都包含在意象之中，它感动人心，形象、立体而隽永，在古典意境的消逝中重新唤回一种诗歌的精神传统，并生成当代中国诗歌的肉身。

三 语言：诗歌的陌生化表达

语言或者说词语的陌生化表达，是诗歌写作的非常严格的尺度，这某种程度上也就同时涉及了诗歌的修辞技巧，特别是诗歌的词语或者说语言，必须是新鲜的，是清除了陈词滥调的，它不同于绘画的空间展示和音乐的旋律展示。当然，诗歌会汲取绘画的空间经验和音乐的节奏旋律，但从根本上说来，语词或者说语言修辞，构成了诗歌的最基本要素。在语言上，我们诗歌写作的一个基本经验，应该是指向当下和未来的，就是用现代的语言表达现代的体验，甚至可能是超越于现代的语言来表达最新鲜的体验，乃至对于未来的具有预言家和巫师式的神秘预测。因此，古典的语言、常规的语言以及古典的文体，都需要逐渐被突

① 何光顺：《每一片落叶都携带着一个灵魂》，《诗词报》2016年10月15日。

② 何光顺：《城市里的水泥路》，《椰城》2017年第8期。

破、超越甚至是完全摒弃。

在语言的陌生化和语言修辞技巧上，当代诗人梦亦非尤其重视语言的修辞技术，他甚至将语言技巧的突破看作诗歌的最重要的决定性元素，他很遗憾很多诗人朋友误将真诚的写作视为诗歌的写作，梦亦非把诗歌写作变成了文学技巧或语词技巧的训练场，他寻求诗歌写作的技术突破和诗艺探索，甚至在汉语写作中大量引入字母和数字，构建一个符号的迷宫。在阅读梦亦非的诗歌中，你会体验到一种新异的语言修辞所带来的享受，我们试以他的《空：时间与神》的第一部分《三月：遗址之花》来做分析：

神啊，你为什么站在远处
——《圣经·诗篇》
黔南

月光大地，斜对东南弃置的铜镜
玄黑，沉重，荒凉满面
内在之影越过月海边沿

群山在缓慢的涌动中升起、潮湿
仿佛从磐石中寻找到水分
譬如幼枝、小兽、梦中换羽的鸟儿
月潮助长了荣耀的法则

那露水的祭台上，馨香低迷
是否，神不会留下痕迹
三月是神之火，藏在言辞之间

“时光的法轮常转啊，天上地下

呈现出它愈加繁华的季节”——

黔南的天空下是洗濯的古铜，镜像中
最后有谁前世的迷醉，来生却寂灭
“雨水弯曲，流向万物的欲念”
青草举着火焰，照亮了满溢的田野①

这是一首长诗，这其中的语词运用值得注意，这首诗不是个别词语的新颖，而是整体的语言带来一种全新的感觉，它超越了抒情化的内在写作和叙事化的外在写作的分野，并以词语的新异组合带来诗境的奇崛和深邃。在开篇，诗人引用了《圣经·诗篇》的话“神啊，你为什么站在远处”，这是梦亦非诗歌语言的脱去俗谛和他的诗境的深奇幽邃的绝佳写照。作者很少运用形容词来作太多的修饰，而直接采用简洁的句子，以名词和动词组合为主，力求消除赘语，“月光大地，斜对东南弃置的铜镜”，将人唤入贵州南边的三月的土地，这块土地“玄黑，沉重，荒凉满面”，很多神秘的语词意象次第展开，难以索解，如“内在之影越过月海边沿”。他似乎在写神圣的幽灵，或者说圣灵在这片土地上穿越和寻找，“譬如幼枝、小兽、梦中换羽的鸟儿/月潮助长了荣耀的法则”，诗人在写这片土地里的月光下的新生，他所写的词语和意象，别的诗人也并不是没有用过，但诗人通过这些词语的重新组合，让整首诗产生了完全的陌生化的效果。诗人随后写到“露水的祭台”，“三月是神之火”，“黔南的天空下是洗濯的古铜”，这片土地被神意笼罩，而最重要的是诗人用完全新异的语词写出了这片土地的古老和神秘，“神不会留下痕迹”，“藏在言辞之间”，一切是那么含蓄，诗人根本无法说出。最后，诗人写这片土地孕育着春天的新生之力：“青草举着火焰，照亮了满溢的田野”，三月的青草，健旺地生长，就像火焰燃

① 梦亦非：《苍凉归途》，花城出版社2010年版，第37页。

烧，雨水满溢的田野，被它的火光照亮。诗中写到“神不会留下痕迹”，然而，最后，诗人却借助言辞将神的奇迹与隐秘显现，这样，我们就理解了，“三月是神之火”的言说，诗人说“神之火，藏在言辞之间”，他就用言辞将神之火在世间点燃，就完成了诗人的使命与天职。梦亦非的诗歌语言技巧可以分析的还有不少，我们这里无法全部展开，这里当然还要提到的是，他对语言结构的注重，全诗都是5节，第一节3句，第二节4句，第三节3句，第四节2句，第五节4句，形成了独特的梦亦非式的34324的句式结构，这种结构在整齐中又富于变化，可谓独到的诗艺安排。

梦亦非在语言创新方面的成绩是显著的，但其不足也非常明显，那就是提倡纯技术写作却抽空了个体、民族、时代和社会生活的丰富而具体的内容，导致了诗歌精神的空缺，造成了历史性维度的丧失，人的此在地基被连根拔除。因此，这种纯语言的追求就并未和我们前面所提倡的诗歌写作的“良知”和“意象”实现有机的结合，当没有对具体的历史位置及其生命脉动的内在把握，梦亦非用他的新颖的语言就构筑了那些难以感动人心的飘浮在时代上空的语词意象，而非历史和生命意象。于是，梦亦非的写作就可以看作在语言方向上所做的单维度突破，而不是立体的综合突破。我所提倡的立体综合突破，就是那种既追求语言新变，又将其建立在文学伦理学的地基之上，也就是要以生命的良知为内在根据，并寻找巧妙意象以实现艺术的创造，这里我们可以诗人海上来作为示范。

海上，在诗坛享有盛誉，但在大众层面却又往往并不为人所知，这很大程度上是因为他所承担的文化使命感、意象诗学建构和语言技巧创新的三位一体的综合走向，并不容易被这个互联网大众化的时代所接受。海上的诗的良知维度体现在他有着强烈的个人化生命体验和炽热的民族情怀，他的诗艺的成熟就体现在以新异的语言所创建的诗歌意象，这让他的诗篇成为民族精神的合适形式，我们这里来尝试阅读他的这首《汉字正在河流中沉浮》：

北方的旱季　让天空龟裂
而地壳还在撕裂
震动着西北千万年的荒瘠
一次次断裂的脉象
传达出人类险境
也是历史古老的表现方式

河面上浮起的时代垃圾
那些难以组合的汉字单元

南方数旬连绵大雨
大地的味觉神经被再次改变
矿洞里死神仍然在成全它的事业
这种被动的人祭
是人间欠神祇们的
已经很久时间人类不相信礼祀了
在人类看来　只有物质繁荣
才能拯救家园
而家园里的人畜也是科技
这场暴雨不会再停止……

"汉字"就是汉文明的象征，是华夏民族屹立于世界民族之林的奥秘。然而，数百年来，它却不断遭遇漫延在大地上的河流的洗劫，抑或正在经历旱灾和洪灾的双重摧毁。这里诗人所写的旱灾和洪灾并不仅是指自然界的灾难，而是直接从语言和文字角度切入了民族诗歌的具体承载，那就是汉语和汉字所遭受的文明的劫数，而这就指向了个体和民族相关联的命运。时间、历史、个体和民族就在诗人海上对于"汉字"的本源性写作中到场和现身。这也是源于个体和族群生命的本源时间意识的觉醒，它体现出一种自由生命的自我决断对于时间的突破与超越。一种世俗的关于语言文字的线性时间在诗人将其融化到民族的精神史中，生长出诗人和民族紧密关联的此在的地基。

如果说，从时间向历史伸展的维度上去关注人之存在，就构成了海德格尔所说的“历史的演历是（此在）在世的演历”① 这样一个存在论的基本主题，也是海德格尔反对西方形而上学的重要起点，那么，以汉字为载体的汉民族或华夏民族从其文明开端处，就未曾落入那样一个抽空现象、生活、世界和历史的绝对精神或纯粹理念式的形而上存在，而是让自己的“思”始终关联着“行”，让自己的“知”关联着“情”和“意”。汉字始终就是象形、象声、会意、指事的，在汉字里，我们始终能倾听到风雨虫鱼之声，看到花鸟草木之象，它承载着一个民族和天地鬼神的命运性区分和秘密联系。

这首诗题为“汉字正在河流中沉浮”，“正在”，标明了此在的在世生存的当下性，标明了个体生命在世界中存在的即刻实践的展开。无疑，这个“正在”生存着和实践着的“汉字”，就成为汉民族的族群及其个体的象征，而“河流”则成为其“历史”维度的喻象，这个以汉字书写和汉语言说的民族，就是在它的历史的风雨和当下的在世生存中塑造和成就着自我的独特标识。汉字就构成了一个伟大民族及其人民的此在的地基。这样，海上的诗篇的语词创造就打破了我们一直以来对于汉字的唯美化和外在化推崇，正是因为对于汉字的精神实际也就是汉民族的精神的深沉挚爱，诗人不能承受人们用书法艺术、空乏语言所搭建的华丽的诗歌平台，诗人转而以陌生化的语言和意象写作来表现汉语、汉字本身的创伤，语词和文字在这里走向了人和人所置身的民族的具体化的历史，而这也就是真正进入了诗的良知，那唤醒人朝向历史和本源而去的自我位置的觉醒，因自觉和理解了自己所处的位置，诗人，也代表着本质的人才能承担起他所秉领的天命与职志。天命就是从其出

① ［德］马丁·海德格尔：《存在与时间》，陈嘉映、王庆节合译，熊伟校，生活·读书·新知三联书店 1999 年版，第 439 页。

生而来，就是哀乐荣辱所牵系的历史承传和在世生存，正是在这个维度上，“汉字”成为诗篇聚焦的意象，也就成为华夏民族或汉民族的最高意象。

因此，当我们进入诗歌第一节所写的“北方的旱季 让天空龟裂”，就不能仅仅停留于其字面意义，而是要看到这节末尾所写的“也是历史古老的表现形式”。这样一个出人意料的对于“汉字”的隐喻写作，就是在道说华夏民族在北方经历数千年的浩劫和灾难，就展现了一个古老民族抵御和反击野蛮侵略中承受的悲剧性命运，“而地壳还在撕裂/震动着西北千万年的荒瘠/一次次断裂的脉象/传达出人类险境”，这里的“断裂”，意味深长，它以地质层断裂的地理学词汇，来象征华夏民族在北方经历的生死巨变和灾难，五胡乱华、安史之乱、崖山之难、靖康之耻等，都可能是诗人所要指向的真正的断裂，是属于在诗题中所写的以“汉字”为代表的文明断裂。在这里，诗人所采用的语言，强劲简洁，又充满生命张力，如“旱季”“龟裂”“撕裂”“断裂”等所指向的历史断裂，不仅是汉民族的险境，也是人类的险境。显然，海上的写作，就巧妙地将语言、文字、意象、民族、文化和命运等有机关联了起来。“河面上浮起的时代垃圾/那些难以组合的汉字单元”，语词和文字，不再是与民族和文化无关的，语言的灾难，就是民族和他所属的文明的灾难，文明的生命体已然窒息或者垃圾化，在个体尊严被践踏和民族精神被摧毁中，汉字遭逢劫难。

在随后的一节，诗人进入对于“南方”的写作，诗人的“良知”呼唤“南方”成为一个与“北方”对峙的新颖意象。北方，脱离其作为空间处所的初义，而成为一种暴力的或灾难的象征，“北方”已摧毁着汉字及其文明，那么，“南方”是否是华夏文明的救赎之地？诗人继续写道，“南方数旬连绵大雨/大地的味觉神经被再次改变/矿洞里死神仍然在成全它的事业”，痛苦在延续，转机并未出现，世人只是在麻木被动地做出些无意义的补救，“这种被动的人祭/是人间欠神祇们的/已经很久时间人类不相信礼祀了”，无疑，当诗人将希望指向与北方形成反对的南方之时，南方似乎将带来新的收获，然而，收获并未如期到来。因为，“已经很久时间人类不相信礼祀了”，希望仍旧得继续寻找。

诗人海上的良知写作就与他的意象创造、语言创造有机地实现了融合，这是真正前卫地指向未来也返回历史的写作。作为一个民族之诗人，海上还未曾受到中国诗歌界的充分关注，虽然他被称为“民间思想家”，但他的《还魂鸟》《两界河》《灾年诗稿》《走过从前》都还未曾被学者予以充分研究。然而，海上的写作，却以其尖锐和痛感带出了一个民族和它的衰弱个体的出场，他让我们看到，在陷于唯经济决定论的宿命中，精神的地基已沦丧，“这场暴雨不会再停止……”。这样，我们看到，当梦亦非认为自己的诗歌写作必须借助英语或其他各种语言符号来寻求突破时，不及物的语言决定论或技术决定论主宰着他的诗学观念。海上，一位具备深广思想的思者，却不把写作的危机看作来自自己所懂的语言种类不够多，而是清醒地认识到语言的危机，实际来自文明的危机，来自语言的不及物的自我无限繁殖和腐败的危险。当语言不关心不及物时，太多的所谓诗人就只是在“玩”诗，他们矜矜自得于言之有文，或再多一点言之有序，却对言之有物早就遗忘尽净。

我们这里的批评不是指向单独个体的，而是让正在写作的诗人们警醒一种不及物、不关心的非历史非生命化写作的危险。正是在这种高于诗歌的良知，在对于诗歌的意象和语言的历史性把握中，我们或许终于可以做出回答，诗歌写作从何处开始？它开始于人性的良知觉醒处。为文与为人是统一的。为人，会有暴露，也有掩饰；为文，也会有掩饰，有暴露。那些无人文关怀无生命良知觉悟者，纵然也可为掩饰之文，但其文章却只能落入中下乘。上乘之文，必待乎上乘之人。意象，是诗歌写作的关键和枢纽，无意象不成诗，那从意象而生成的诗篇，就具备了艺术的优秀品质。至于语言的陌生化，那就关乎技巧和修辞的艺术陶炼，这其中仍旧离不开语言所内蕴的生命深度，这就涉及作者进入世界的深度。历史化和生命化，同时也就是现实化与实践化，就当是诗歌的内在筋脉。

第三章　命名的自觉和敏感者的特质*

在以珠三角和广东为中心的南方诗人或南方诗歌写作中，为着当代汉语诗学寻找一种新的理论话语及其表达形式，已逐渐形成一种自觉的潮流，它不仅挣脱了延安文艺座谈会以来的现实主义写作、革命话语写作或阶级论写作模式，也超越了朦胧诗的反抗者写作、第三代诗的日常化、策略化写作模式，而在面向世界最新的文学与思想潮流中生长出南方诗歌精神的大树或建构出汉语诗学理论的某种话语范式。这种建构既有以世宾为代表的完整性诗学理论自觉中的写作实践，也有以祥子为代表的强调诗人作为敏感者的生存化探索。这两重向度都将从不同层面丰富当代汉语诗学的世界。

一　时代转型中的命名的自觉

在当代诗人中，世宾是一位具有强烈的理论自觉的诗人，也可以说同时是一位严肃的理论家和批评家。在阅读他的系列作品后，我同意诗人祥子的判断，世宾的写作和批评具有一种强烈的“命名”的自觉。这种命名的自觉，就是希望建构中国当代诗学体系的一种野心和抱负。在《转型》中，世宾写道：“中国诗歌除了给世界诗歌史贡献了一点中

---

* 原载《粤海风》2020 年第 3 期。

国经验之外，在诗学上，中国诗歌并没有给世界贡献多少新的东西”，“对新世纪诗歌写作的整体判断，我的结论是失败的。理由是诗坛失去了长远的目光和博大的情怀。”或许，在一般人看来，世宾这个抱负是一种自负和狂妄，但这种具有历史使命感的自负，却又无疑是一种责任担当，就是希望在诗学上做出贡献，就是为当代诗歌明确地予以命名，创造概念和体系，清理出其发展进路，指出其方向，就是进入诗歌又跳出诗歌，以成为诗歌事业的先知者。因此，世宾就不仅是要谈第三代诗人，而且要谈它给 20 世纪 90 年代及至 21 世纪初所造成的某种不良的影响，“在精神上，由于缺乏建构的力量，……以肤浅的道德伦理、姿态、情感和趣味面对当下的社会生活，表达个人的欲望、个人在历史和社会生活中的无力感，这种姿态的写作使诗歌失去了对生存现实深刻的揭示”，“诗歌与日常生活重叠，成为生活的复制品”。

世宾所说的第三代诗“缺乏建构的力量”这样的整体判断可能是有失公正的，而其关于第三代诗“肤浅”的定性也过于笼统和打击面过宽，在我读到也曾著文论述的第三代诗中，我们其实看到有很多建构性的维度，比如李亚伟那种从历史进入现实后所展开的雄浑的诗歌品质与硬汉形象的塑造、向以鲜笔下的圣人形象的塑造、雨田等关于华夏文明内陆气质的吟唱，这都是非常沉痛、厚重而具有冲击力的。但撇开这种打击面过宽的否定，而从诗人否定一种现象中所确立起的自我写作的价值、立场和理念来看，则是有意义的。

在读世宾的时候，又恰好读到祥子在 1999 年写的《诗艺》，这也同样是一篇具有理论性的诗学文章，虽然时间已经有些久远，但作为当时语境的历史化记录，却有着一份历史的价值。在强调作家的主体性自觉和自我建构方面，祥子与世宾有相通性，但祥子更强调作为个体的诗人的具体而微的“敏感者”的试验性探索，而不愿意对任何流派或时代作出一个总体性或命名性的肯定与否定。祥子所写的《诗艺》一文就展现着其对于古体诗到现代诗转型中的一次认真思考，体现着诗人在诗歌写作中的某种理论自觉，只是这种理论自觉是在不同于世宾的方向上前行。祥子在文章中指出，不能泛泛地谈诗歌要对生活采取合作态度，或者被广大读者看懂，这两种说法都是属于一个“从不思考的”的诗人，或是另一种急功近利，“让读者被动地接受作品，就是在读者的阅读中预设了一个内在的目的，他们读它，就是为了发现那个目的。这是一种在驴子眼前吊胡萝卜式的典型”，现代艺术家与他的观众实际上是一种直接的、个人的交流关系：读者被逼进了一种创造行为，他是主动的，要把破碎的断片拼贴在一起。这同样是在谈诗歌与时代的关系，就是批评那种诗歌要反映生活的简单说法，就是拒绝诗歌与日常生活重叠并成为日常生活的复制品。

在对于时代或生活的思考中，世宾与祥子一样，都否定了那种外在式的静观或过度切近，而强调置身其中的存在和介入。如世宾在另一篇《境界美学在当代的意义》里就谈道：“生命本身构成了一种召唤；你要成为什么样的人，文学会在默默中应对你的愿望，也最终会把你带向你应去的地方。因此，一个人不必过度去呼应这个时代，你永远是时代的一份子，你的存在，就丰富了时代的种种可能，也丰富了后现代的内涵。”这里谈得非常巧妙，既没有否定人应当呼应时代，但又强调不必过度去呼应这个时代，因为时代是一个大词，每个作者都有自己对于时代的体验、感受和想象，他们看到时代的不同面相，没有谁敢说自己看到了时代的全貌，时代并不被每个人所窥见，这就如有很多房屋，我们只是身处其中一个小屋，只能写作我们所处的这个小屋子的最真切体验，有时会走出这个小屋，但无法到达一切屋子，并均等地体验每个屋子的状况，因此，我们只能写出有限的感觉到的存在状况，这就是我们进入了时代的内部的写作，也就是我们对于这个时代显现给我们的言语的应答。

我们如果将祥子和世宾比较起来看，就会看到世宾所具有的强烈的“命名”的自觉和“理论”的野心，而祥子总是强调诗人的“敏感者”的特质。祥子的主要的使命就是去进行诗歌的写作，就是用他的想象去重新描述历史，他经常会将金庸武侠小说的人物、情节和其中所说的某个时代进行一种文学化的再解读和再建构，他就是要把已经风干成为木乃伊的历史，在一种故事性的重述中浇灌出新的生命之花和精神之树。祥子还专门写了很多如《穆桂英》等的类考据题材小说，这实际是对考据的戏仿，是以和金庸的《天龙八部》结合而演变为狂欢游戏的趣读历史，但某种程度上却又构成了一种传统的再创造。这种成心把狂欢伪造成考据的戏仿和冷幽默，实际是将一种诗性精神和虚构叙事置入历史的真实叙事之中。这其中熔铸着某种理想以及对于民族传统和历史细节的深情投入，并从而进行创造性的和更内在化的书写。而这种戏仿式的类考据写作也让历史从冷冰冰的沉睡状态中醒来，变成了生存着的当下体验和阅读经验，逝去的历史在具有历史感觉的灵魂中获得重新生长……

世宾则不一样，他总想为这个时代命名，想为这一批诗人命名，想为诗人所存在的不同层次命名，想让自己在诗歌的写作上具有创造，又同时能以理论的阐发来为自己和这个时代的作者们进行定位。这正如他在《转型》中所写的："但我相信，我们的诗歌，中国的诗歌只有勇敢面对当前的处境，真诚地去探索人类未来的出路，而不是纠缠于他人的方法、伦理和语言，才能开启一个新的诗歌世界；重新整理我们的传统，以我们的智慧为世界诗歌史贡献出具有未来意义的诗歌文本。"在我本人看来，一位真正的诗人往往也同时是一位卓越的理论家和思想家。在以世宾和祥子为代表的当代诗人的诗歌写作和诗学批评中，我看到了一种理论的自觉，一种在整个时代扩展开来的理论雄心和思想追求，这也是属于生命的一种内在化追求。迷狂的灵感式写作或感觉写作，或者说自然写作不再是当代诗人的唯一向度，敢于运用你的理性，康德的思想者的启蒙和智识的自觉，在世宾和祥子这里同样得到体现。他们都在追求一种为应该或为真理写作。这个高度也在其他诗人如主要在广东的东荡子、海上、黄礼孩、梦亦非、安琪、浪子、郑小琼、陈会玲、盘予、谭畅以及在四川的李亚伟、雨田、向以鲜、胡马、陶春、老非（李飞）等人的写作中共同展现出来，这也将形成 21 世纪初叶的一种时代精神和诗歌语境，或者说写作氛围。

二　汉语诗学古典传统的带入和带出

当代汉语诗学理论的建构，既需要批评家和理论家的介入，也需要诗人本身进入汉语诗学的历史传统之中，而方可能让汉语诗学走向成熟，并确立其既具有超越地域的普遍性，又有其民族性或语言的肉身性的诗学品格特征。在世界各民族的语言中，在当前世界最具有竞争力的语言中，汉语是仍旧保持着其与自然、大地、风土和历史的密切关联的最具诗性或诗意气质的语言，它没有在过于符号化或概念化的道路上走得太远而抽空了其肉身的属地性，它有着和苍穹诸神关联的神圣超越，又有始终向着大地的归藏潜伏，它总是寓道于庸，寓精神的至高原则于日常的平实融和，这是汉语作为本真语言的最高贵品质，这种品质就需要有一批优秀的诗人和理论家来予以实践与探索。海上、东荡子、世宾、黄礼孩、祥子等都是在这条实践和探索的道路上行进的具有理论自觉的诗人。我们这里先看世宾的探索。

世宾的诗歌有一种强烈的精神力量的追求，他试图给出未来诗歌的指向，认为未来诗歌的写作应该包括："对现实具有介入精神和力量的诗歌、在语言上保持着创新和具有整合古诗传统的诗歌，以及在形态上具有开创性的诗歌。"世宾的特质和印记就是他有强烈的命名冲动，这种命名就是渴望对于一种"开创性"诗歌写作进行理论建构的自觉。这种基于理论自觉和理论创新的命名具有极大的难度，非厚积薄发难以实现。当世宾读东荡子诗歌的时候，他不能言说，他寻找不同于传统诗学观念和教科书的新的话语理论，而这个寻找过程就是一种强韧的精神介入现实并寻找突破口的艰难过程，是一个诗人深怀敬畏和渴求创造的内在自觉，而其多篇关于境界美学的文章即是其进行这种探索的理论结晶。

世宾将诗歌写作的形态分为自然时期的模仿形态的写作和工业文明

阶段的诗意形态的写作，这个划分显得相对粗糙，虽然未能明确地划分出古代社会、中世纪、文艺复兴、启蒙运动到现代的各个阶段的具体状况，但他主要想强调的有一个问题值得注意，那就是“无论是模仿形态的写作还是诗意形态的写作，都是一种命名性的写作，前者是对自然世界、外在世界的命名，后者是对精神世界、内在世界的命名”。他强调命名的准确性，认为如果我们用古人创造的语言去命名现代的自然、器物和精神，都无法准确对应。“在一切都在变动的时代里，从远古凝固下来的语言已不能对应这个世界。一个词所对应的物，此物的外延已大量溢出这个词所指的范畴。”譬如我们说“爱情”，但“爱情”已不是山盟海誓，不是永恒和心心相印的代名词，就像有两句诗所说的“玫瑰从你手上来，也从市场上来”。

正是在对这个时代的复杂性和强调命名的自觉中，世宾并不满足于一种日常诗性的表达和个体经验的书写，他要努力把握这个时代，发现自己在这个时代的位置与前进方向，要指出这个时代的不同诗人群体的位置及其优劣得失。古典到现代的，现代到后现代的，当代诗歌内部各次诗歌运动的转型，以及如何建构诗学的标准来品评这个时代的群体和个体，都是世宾在他的系列诗学理论文章中所要解决的。在批评第三代诗歌所造成的策略性写作和日常性写作中，世宾希望为这个时代的诗歌重新确立理想和目标，重建诗歌的乌托邦。因此，当世宾发现东荡子的诗歌没法放进传统诗歌评价体系的时候，他打破了既有诗学观念的牢笼，提出了完整性写作的概念，这个完整性写作的提出就把广东诗人，不能说全部，但至少把其中的一个重要群体包括东荡子、世宾、礼孩、浪子都进行了命名，这个群体的诗人就在这个命名中出场、显现、照亮，他们在当代诗歌史中所建立的新的维度就得到发现。

世宾对于命名的焦虑和自觉，是当代汉语诗学建构的重要尝试。在广东诗坛，世宾可谓是最具理论自觉的诗人，在提出整体性写作后，他又继续提出境界美学的命题，这都是一种诗学体系建构的需要，是一种命名的自觉。境界美学的命名体现着世宾在知识结构上的转型，就是从西方传统向中国传统的转型。世宾看到，很多前辈诗人在早年写作新体诗后又在中老年转向旧体诗，这很大程度上都是因为缺乏西学的理论素养和理论自觉。理论家和诗人是要在相互激荡中才可能寻找到新的话语。很多前辈诗人找不到新的话语，就只能在陈旧资源中汲取营养。一位具有创造性的诗人就是要善于把传统资源中闪光的具有生命的种子重新植入泥土中让它生根、发芽，长成参天大树，而后开花结果。但很多老一辈诗人缺少这个能力，他们徒然运用旧体诗的形式，而情感也是古旧的，他们的言说形式、意象运用、情感体验和精神生活都远离了现代世界，这也导致了他们在思想上显现出一种空虚，而他们最初写劳苦大众和土地乡村的诚挚在几十年破坏中也无法再延续，这样，往古典中撤退并丧失其在现代性世界的阵地，就是在情理之中了。

当代汉语诗学的理论建构必须借助中西方理论和方法的会通，必须重视中国传统诗学的当代转化。在这个活跃的以广东为中心的南方诗歌写作群落的实践中，可以延伸出很多有价值和有意义的理论命题。就以世宾的探索来看，他在写作和思考中既汲取西方的东西很多，但同时也善于挖掘中国古典的传统，并从而使他具有了中国传统诗学家和批评家的那种高度和自觉，从而让其在对于中西方经典文本和法则的参考中形成独立的批评尺度。这种批评尺度可以有两个方面，一是内在法则，一是形式法则。内在法则就是精神和思想，就是对于世界、历史、苦难、人生、现实的关注，具有一种内在的丰富性。至于形式法则，可能是一种外在的表现形式，但也并不就完全是外在的，正如亚里士多德指出过“形式即实质”。精神在我们肉身中生长，它的形式必须和它的精神合一，所以古体诗是古代世界精神的道成肉身，现代诗是现代世界精神的道成肉身。诗人的写作就是要进入民族传统和历史渊源深处，要有时间性和历史性的传承。世宾的作品就有着一种对现代世界所产生的时间性和历史性断裂的焦虑，他看到有些写作已经缺少这种东西，这是世宾的一种关怀。

这种对于历史性的焦虑，很大程度上就体现在如何看待汉语诗学的传统。一个传统必须在写作中被带入和带出，也即传统必须能被“带入”现代世界，才能成为现代写作的有机营养，在这种传统的带入中，我们还需要一种“带出”，那就是要有将古典诗学的难以言说的语词进行适应现代世界的命名，并借助命名而得以在现代世界敞显与照亮。因此，这种“带出”就不能仅仅是靠诗歌写作，而是需要有诗学的体系建构和理论建构的自觉，需要我们用自己的理论和方法来进行命名。从传统渊源和历史深处来，既要把传统和历史带入现代，又要把这种带入现代的东西带出到社会生活和普通大众中来，让普通大众跟随着诗人的脚步去获得某种精神的光照。如以世宾的诗《光从上面下来》为例：

要相信这大地——疼和爱
像肉体一样盛开，绵绵不绝
要相信光，光从上面下来
从我们体内最柔软的地方
尊严地发放出来

大地盛放着万物——高处和低处
盛放着绵绵不绝的疼和爱
盛放着黑暗散发出来的光
——光从上面下来，一尘不染

那么远，又那么近
一点点，却笼罩着世界
光从上面下来，一尘不染
光把大地化成了光源

这首诗可谓世宾诗歌精神理念的经典表达，“光”也构成了其诗歌最重要的意象，这种具有强烈理念性的意象写作，体现着其一以贯之的命名的自觉，这既有最初的完整性写作流派命名的自觉，也有将诗人比喻为“伐木者”，将诗歌比喻为“光”或“光源”的那种对于一种神性澄明境界的向往，而“境界美学”则可谓是对其“完整性写作”的一个继续展开。在一种“趋光”的写作中，世宾呼唤尊重和爱、温暖和柔软，相信一种自上而下的神启和净化式写作，他始终是要站在高处来把人心拯救出黑暗而往光明处牵引，而这就生成着他的纯诗性或诗意写作的实践。世宾把“诗意”看作比“诗性”更高的维度，这就有着一种诗歌之道进入存在者之现世生存而得诗意栖居的观照，就是要超越日常诗歌、诗性诗歌而进入存在者诗歌，也就是诗意的真正抵达与实现，是强调从学徒期语言、反抗者语言进入筑居者语言的跨越，在筑居者也就是在最高的诗人这里，生活的琐碎和苦难的见证都得到了救赎和升华，诗人成为光源，或者说诗人与光实现了同一性的存在，完整性获得实现。从世宾诗歌写作可以看到，一种理念和精神的延续性，让他挣脱了第三代诗的可能过于注重日常化、策略性写作的窠臼，他在自觉地接续和重造汉语诗学的传统，而不被他所批评的第三代诗的消解立场和意义的断裂式写作所影响，而这也更好地实现了一种古典诗学传统的带入和带出。

三　敏感者的特质和伪经式写作

在祥子看来，诗人作为“敏感者”的特质，让其无法根据事先构设的前在理念来进行写作，而更多的是针对当下事件和具体的东西来写作。从这个角度来说，祥子认为广东诗坛的“完整性写作”的雄心和抱负是值得肯定的，但失去了诗人作为敏感者的特质，即在一个多元化和碎片化的时代，当代诗人已经无法像轴心时代的圣人或智者那样在一个恢宏的一元文化观念下构建出感召人心的纯粹和绝对的理念。因此，在自现代性席卷以来的语境中，无论是西哲海德格尔对于荷尔德林、里尔克的诠释，抑或广东诗人世宾等对于完整性写作的提倡，都只是一种

“伪经”的写作，即在非神圣化的时代去书写神圣的实践。祥子认为，当代诗人的重要使命在于去重新发现语言里被遮蔽的“灵性”和“血气”，诗人作为“敏感者”在于提供“惊异”，而非提供“理念”。

作为在1990年代就在广东诗坛发生重要影响的诗人，祥子虽然2000年以后有长期搁笔，但其对于完整性写作的理念和实践的批评无疑是尖锐的，他最近重新回到诗歌写作，也很大程度上是在思考获得突破后的再次启程。我有访谈过祥子，他在1991—1996年前后也深受海德格尔诗学的影响，还写过长诗《林中》。那时的不少想法可以跟现在的世宾应和。只是世宾一以贯之，他自己则纠结着乱转圈子。在祥子看来，诗人的创作是分层次的。比如说，风雅颂。风是身体的，自然主义的；雅是自觉的，知识论的；颂则是神学意义的。祥子最初曾受黄灿然所托，试译过荷尔德林，觉得气质相合……他忽然觉得，这种通灵视角不是太难，而是太简单了。没做加法就跳到了减法。“所以我觉得用命名者来称呼自己，可能会是一种僭越，我在变成另一种‘他者’，哪怕是大的‘他者’。在我看来，诗的定位，更形象的是‘语言的血’。语言在世界流转中，越来越精密、工具、概念、抽象时，诗人重新发现语言里被遮蔽的‘灵性’和‘血气’。这种发现和触摸就需要‘敏感者’。”

祥子对自己作为一个“敏感者”的定位，既同样具有命名的自觉，但又某种程度上突破了世宾在过度理论化中所造成的追求完整性而无法裸露时代的破碎和病症的困境，并从而让自己的写作始终有一种生存论和现象学式的源发体验。如其写于1993年的《歌谣》：“我要坐在高高的山上/和安宁的星空下/对着石头做静静的敲打//我敲打　夜清澈的响/我糟蹋了多少纸张/记不住我愿记住的人/才若江海命如丝/唉！那些才若江海命如丝的人//枝叶在生长，在飘零/土地收走了它们/我就是这样被轻轻扔在了大地上……”这首诗是首向上的，背负的调子，到了《蓝调共和》，就变得暧昧，复杂，敏感，甚至有些冒险，如这首诗的第一节：

夜深深落下
我不能同时涉足两场晚宴。我的小女孩，
我或许已见到传统的衰落，那家
教堂解散了唱诗班。

软化的夜色已陷到膝部。啊，
杰普琳，你死去了那么久，你的
声音吹过糊纸的窗户，空，
还是那么空，像只妩媚的狮子
卧在小啤酒桶的身旁。

当读到这些句子时，读者会不由自主地打一个寒战，并能理解祥子为何停笔不再写作的缘故。正如阿多诺所说的："奥斯威辛之后，写诗是野蛮的。"我想祥子曾经停笔十多年的原因很可能就在此。从他的文字里，能感觉到一种凛冽的寒气，那是作为诗人却痛感诗之无力的挫败感。诗于这个时代的解救真的太有限了。祥子说他自己相当喜欢顾城、张枣这类使用触感语词的人，他认为汉语诗歌当下的处境，要复"活"词义，更多的是"风"与"雅"的范畴。正如其所说："我的纠结和停滞，一直是'通情'和'达理'的冲突。达理时觉得要隔绝情与血，通情时又觉得在俗化。而且最通情的，仿佛又不是诗歌这种文体了。哪怕是担当，诗歌也只是隐喻。我很想以'敏感者'来比喻诗人，那也是在语言的维度里。怎么用诗歌来表达愤怒……这真是个难题。我的爱好与写作都比较博杂。我的考据癖，也是为了触摸字词而养成的了。"

祥子的诗就在这种具体的生命的"触感"体验中，超越着自然和伦理层面，而进入存在论的维度，去触摸历史性的神圣和民族传统的渊源。在祥子看来，追认和辨认"诗人"为民族的"先知"的，只是哲学家和批评家的事情。在柏拉图那里，哲人才是"雅"的占据者，"诗人"是可能的破坏者（"风"的领袖），可以被放逐。但正如笔者所指出的，现在诗歌和哲学要休战了，他们发觉谁都不能主宰世界，都共同在道说人的有限性存在，并指引人在现实之中的不可能的可能，所以，愉快的合作就开始了。当然，这其中并不是没有冲突，但在此在的有限性中，在诗歌与哲学的相遇中，感性的体验和理性的命名，就为新时代的新神学诞生提供了条件。而这就引出了祥子关于新神学就是“伪经”的当代诗歌写作实践。这种“伪经”就可以看作海德格尔以荷尔德林、里尔克为神性写作阐释的范本所体现出来的诗学建构，或者也可以将其视作以广东完整性写作为范本所体现出来的写作维度。正如祥子所说：“世宾很强调诗人的自我定位，注重命名者的自觉和责任，而我觉得，诗人的主要身份是敏感者，他先知的身份是追认的或被动的。当然有自觉的宫殿式书写，就像骆一禾说的‘伪经’写作，我把自己和海子都归为此类，我用这个‘伪’字就别有深意。”

在祥子看来，完整性写作，只有在轴心时代及其以前，才能成立。在那个时代有神圣者或圣人，他们的写作是一种指向道和神的或就直接被视作神的写作，所以他非常看重那个“伪”字。要写“经”是极大的雄心，“经”就是完整性的直接呈露。然而，进入 20 世纪的多元化时代以来，“完整性写作”虽有着雄心抱负，但可能又是有问题的，那就是在追寻神圣的不可能的高度中，遗落了对于这个世界的具体性和当下苦难的关注。但祥子的问题也在于他自己和很多诗人的艰难探索中如何去寻找突破，如阿多诺曾经对诗歌作出判决“在奥斯威辛之后写诗是羞耻的”，然而，策兰却以他的《死亡赋格》的写作回答了阿多诺的问题。而祥子的《怯懦的挽歌》或许就可以看作一个策兰式的对于阿多诺问题的回答：

一个人死去，唱一首挽歌使我
感到羞耻。垂吊，感伤，优雅的葬礼
披在诗歌的肩上。
“我里面什么也没穿。”

像十八世纪欧洲沙龙里的肺炎：
“你看，你看，我是多么的苍白！”

诗人感觉到了在灾难或苦难之后写诗的无力和羞耻，他把抨击现世之恶，转向了自我灵魂和人性的解剖。当然，正如祥子所指出的，策兰对他的影响很大。面对他的诗，自己当时也觉得很羞耻……但自己的停写，除了纠结，还有就是对自己不满意。祥子无疑是一个敏感于时代苦难而又觉着语言之无力的诗人，他感觉到策兰作为典型的敏感者提供了“惊异”体验，这种惊异不正是存在的“触感”吗？但敏感者由于敏感，总有着挥之不去的“惊慌”。可以说，策兰、本雅明都是被“惊慌”吞没的人。不是人人都能承受“惊慌”的。我们看到，祥子搁笔或重新提笔，就是不愿意在一种过于日常化或策略化的写作中落入平庸，或者导致向权力和财富屈服，而这某种程度上也与世宾拒绝日常化、拒绝策略化写作相通了，只是祥子更在意保持敏感者的特质，并愿意承受这种敏感可能要经受的毁灭。因此，当祥子重新提笔开始写作时，他的诗就延异出不同于世宾所提倡的完整性写作的方向，就如其在2016年所写的这首《膝盖里的黄金》的诗篇：

我试图说那年夏天就是今天。
试图旗帜鲜明，对的，我反对！
反对有时像一头狼，在古城遍地
逡巡，夜色也无力装载行尸走肉。无力
驱散这香气，木樨花的香。

梦在粉刷大街小巷。
反正没人听见，看见的人剜了眼，
泪水迸得遍天都是。算了，都飞散了吧。
长翅膀的小灵魂也不敢落下，可见的刀片

也能夺走他们。

回忆的急行军失踪在插图里。
那人说历史这个小姑娘，在倒印的天空下
跳房子。“二八二五六，二八二五七……”
她省略了八十四，又空出了八十九，
跳进二十七这个更无理的轮盘上。天呐，
我们都被这孩子虚构了。

比当年更乱，更盛大。比枪声
还闪亮。闪亮的日子
他们打碎了我的膝盖，里面的
黄金，像倒飞的春光，
比爱情还美妙的战栗，星星点点
渲染威严如飞的翘檐——那强有力的弯曲，
空旷之地的法典。

从这个角度来说，一种诗人的天然的敏感或者说敏感者的特质，就在燃烧着如祥子一样的南方诗人，并从而为确立我所说的南方诗歌精神谱系的非体制化和异质化提供着新的资养。祥子就表达了在一个写作“伪经”时代的无力的抗诉。没有了英雄，没有了神圣，“试图旗帜鲜明地反对，对的，我反对”，这是要重现一种英雄的品格，“反对有时像一头狼”，然而，也只是像狼而已，这像狼的反抗者“在古城遍地/逡巡，夜色也无力装载行尸走肉。无力/驱散这香气，木樨花的香。”这木樨花的香，是一种让人迷失的香，人不能驱散，无法清醒，每个人变成了行尸走肉。所有的城市和街道，都在梦中，那抗诉者和抗诉者的声音，“没人听见”，“看见的人剜了眼，/泪水迸得遍天都是”，城市进入一种恐惧和战栗之中，“长翅膀的小灵魂也不敢落下，可见的刀片/

也能夺走他们”，回忆被重构，重要的被省略，记住的碎片了无意义，“她省略了八十四，又空出了八十九，/跳进二十七这个更无理的轮盘上。天呐，/我们都被这孩子虚构了”，梦幻与虚构，成为这个时代的常态。这是一个书写伪经的时代，看起来，一切都似乎更加辉煌，“比当年更乱，更盛大。比枪声/还闪亮。闪亮的日子”，然而，这种“闪亮”是不真实的，“他们打碎了我的膝盖，里面的/黄金，像倒飞的春光，/比爱情还美妙的战栗，星星点点”，时代已经没有了圣人，没有了英雄，也就没有了真正的经典，一切都在造假，“渲染威严如飞的翘檐——那强有力的弯曲，/空旷之地的法典”，静默无声，在书写伪经的时代，人只能虚夸地活着！

综而言之，我们从世宾和祥子诗歌的比较言说展开，看到了他们在诗学话语与写作实践方面的不同态度和尝试，而这也是我们民族的也同时是属于以广东为中心开展出来的南方诗歌的不同维度。广东诗人必须自我命名，而这也将进入南方诗人的自我命名。我们身处这个时代和地区的诗人和理论家需要有一种面向时代和我们自己的写作，以去展开我们自己的道路，以去展现自由者所应当有的话语权力。而这也是我提出“南方诗歌”和“南方精神”并展开命名的自觉的因缘所在。在这方面，广东或南方诗人做得还远远不够，就以世宾所进行的诗学建构和理论建构来说，单凭“完整性写作”和“境界美学”这两个命题也还不足以支撑起一个自给自足的庞大的理论体系。而诗人祥子还主要着眼于“敏感者”的体验与写作，这个关于“敏感者”的主题也还未能充分展开，其诗学话语也未能得到充分讨论。但总体说来，世宾的完整性写作的理论倡导和祥子的敏感者写作实践，可以视作当代汉语诗学中的两条具有启发性意义的道路，而当为学者所注意。

第四章　诗人为民族而写作

南方的精神，是为民族的精神。《南方诗选》的编辑，就是要凸显一个民族的优秀的诗人和成长的诗人。此次诗集编选虽不免遗珠之憾，然而，其时代精神却是明确的，那就是在一个民族被污名化的时代，在一个信仰被遗忘的时代，我们要表明立场，要明确树立起民族的精神旗帜，就是要在承传古典又面向现代的思想启蒙中指引出民族未来的路。因此，在这部诗集编选的前言和后记中，我们再三申说编选的志向，诗集不是若干诗人的诗歌像砖瓦木石堆放在一起的大杂烩，而是要根据一位伟大的建筑师的巧思去结构出一座属于民族和时代的巍峨的艺术和思想的圣殿，以为后学之楷式。因此，那些体现出汉语的优美、汉诗的意境、时代的诉求和民族精神的诗人的写作，就是让人尊敬，也是我们选集所要凸显的。

华夏民族是一个根基纯正而具有天地境界的民族，博大涵容而气象氤氲，和而不同是其基础原则，忧患意识是其进取态度，在此次诗集编选中，各家诗派诗学观念和写作技法虽有不同，我们皆兼而取之。然而，“和”中有“正”，“不同”中有“通”，那就是仁爱谦厚，疾邪去恶。因此，我们诗集编选的诗人，就有海上、东荡子、黄礼孩为民族的神性写作，郑小琼、张守刚等为底层打工者的苦难写作，世宾、马龙飞等为批判某种权力暴政的愤怒写作，马莉、陈会玲为女性的内在写作……当然，在我看来，当前中国正处于一个文化复兴期，当代中国诗人做得还是远远不够的，是远不能匹配上一个伟大民族的文化和他的灵魂的。然而，我看到，当代诗人们正走在去追溯民族文化之魂的路上。

诗人，为民族而写作，也就是为个体的，每一个人都携带着民族的灵魂。只有写出民族个体所属的文化的灵魂，一个诗人才抵达了他所应该有的位置。因此，当我读到余世存先生的文章《我看北岛》时，我就极其感慨作者所说的话：

> 我一直奇怪的是，我们中国人在异国他乡长年漂泊，人数众多，却始终没有产生出足够让人称道的流亡文化、流亡文学。也许是民族意识淡薄，也许是天下为家的观念太容易反认他乡为故乡，我们不仅没有看到如犹太文化、俄罗斯侨民文化那样极富思想魅力的创造果实，就连十九世纪盛大的流亡文化中那极富文艺创造的格局也没有形成。

悲乎！谁能为民族而写作？余世存先生所叹，其意尽在乎此矣！“民族意识淡薄”可谓点出问题要害。然而，余世存先生要为这病症寻找原因时，却完全找错了方向，“天下为家”的观念正是华夏民族的博大涵容与天地胸怀的体现，这也让华夏民族卓立于世界民族之林而历经千年万代。然而，在漫长的岁月中，却有另一种力量腐蚀和败坏了民族的精神，那是来自大陆的太过沉重的暴力和专制枷锁。从何时起，这个民族开始被摧毁，被打断了骨头，有过的民族骄傲已荡然无存，多少人沉溺于一种抽象的没有真正内容的世界主义和普世主义，遗失了故乡和祖国。无根的浮萍，是不会有世界的，是不会受到尊重的。逃亡，并不是抛弃；祖国，并不等同于政权；民族，并不等同于某个简单的人群。反抗者和压迫者都放弃了对于民族的责任，以实现自己的利益或自由。

今天我们已经很少谈祖国，但要知道，祖国的基因是在民族的血液里流淌的。祖国，不过是民族的另一个命名！余世存先生感慨欧洲和俄国侨民文化为着民族和祖国的不朽的创造，就是这个备受专制者摧残的民族的知识分子没有放弃对于民族的责任：

> 别尔嘉耶夫、舍斯托夫、布尔加科夫等俄国思想家，从（20世纪）20至40年代，在巴黎、柏林、布拉格、华沙及美国等地，创立了“俄罗斯宗教哲学研究院”、“俄罗斯神学研究所”、“俄罗斯科学研究所”、“俄罗斯大学”、“俄罗斯文学艺术剧院”，创办了《俄罗斯沉钟》、《俄罗斯之声》、《东方与西方》、《路》杂志以及《俄国新讯》、《俄罗斯思想》、《面面观》、《播种》、《新评论》等报纸杂志，俄罗斯流亡作家在西方的中心活动，是从源头上沉痛反思俄国极权主义的历史和文化根源，保留和继续俄国十九世纪的人道主义传统，复兴支撑俄国一千多年的东正教神学和俄罗斯基督教哲学，探寻俄国与西方世界的未来关系。

一个民族是否伟大，往往取决于其知识阶层是否遗忘了对于民族的责任。俄罗斯虽然是一个腐朽且被西方看作邪恶的国度，但却仍有一批具有良知的知识分子在为祖国寻找出路。中国的历史无疑是比俄罗斯伟大的，然而，在近代以来，我们的智识者在反对政权时，却将民族和祖国一起反掉了。这些没有伟大民族灵魂的诗人和思想者，不过是世界诗坛和思想界的乞丐，他们是不能从自己的民族之根上结出累累硕果的，他们是只能去借用些其他民族的残羹冷炙来炒作和售卖的。没有对于自己民族传统的深切理解和同情，是不可能真正为民族发声的。北岛先生是一个优秀的诗人，他在为着反对某种极权统治时，为着个体生命发声，这是伟大的，为着民众发声，这也是了不起的。他戳破谎言，这是勇敢的。然而，这一代诗人的最致命的缺陷，就是和极权统治看似对抗而实则同根的，他们和极权一起共同毁灭文化，毁灭民族，于是，当他们为着个体和民众呼吁时，他们其实是无根的。他们只有当下的现世之爱，他们没有来自神圣文化和民族历史的深沉的东西。

伟大的诗人反抗极权，却爱着他的民族。我们谈诗人和思想者对于传统的承续，不是指无原则地保留，而是指超越政治权力的牢笼，找到确立民族未来方向的神圣基石，“德国流放了海涅，英国流放了拜伦，法国则把自己最伟大的诗人雨果流放出境。流亡文学作为帝国与诗人共享的成果贯穿了整个十九世纪，流亡作家的活动大大推进了欧洲主要文化巨流的交融”（余世存《我看北岛》）。爱因斯坦的祖国不在德国，而在以色列，美国最终成为爱因斯坦的托身之地，但他的灵魂属于犹太民族。每一个犹太人，不论他现世的国度在哪里，他的灵魂都是属于他的民族的。每一个诗人不管流亡到何处，他最深的精神纽带却是剪不断的。海涅被流放，他仍属于德意志。拜伦被流放，找到了英吉利的来自希腊的文化母渊。雨果仍旧属于法兰西。然而，今天，我却很少听到诗人说起，他是属于华夏的。

北岛的悲哀，不是个人的悲哀，而是民族被彻底虚无化的悲哀，当这个国家被称作多民族国家的时候，似乎诉说一种从神农虞夏、文武周公、孔孟老庄的文化已经失去了合法性，每个流亡到世界的中国诗人和思想者，似乎都得表示他是多元主义的，他是并不热爱华夏文化的，他是要去拥护达赖的，华夏民族的诗人，如最近所知的俞心樵之流，都是排着队去让达赖接见的。我虽然同情达赖，但我不会因为同情而出卖一种本真的民族情感。当然，在解决这种如达赖的问题方面，我认为有远比当下政权好得多的策略，但寻找更好的策略，却不是投入与民族和祖国为敌的某种潮流的怀抱。你可以反对政权，但不当反对你的民族。

北岛未能获得诺贝尔文学奖，这并不重要，重要的是这一代诗人和作者注定无法完成他们的历史的天命和职责。流亡者的悲剧，虽然如远志明先生所说：“我们得到了天空，却失去了大地。”大地的失去，却并不真是因为他们漂泊到了异国他乡就失去的，大地的失去，是他们早在故国的时候，就已然失去了。当他们尚未被故国的政权驱逐，他们就已经接受了故国政权对于历史的虚无化书写。诉说华夏和汉民族的历史的荣光，已经变成了危险，每个诗人都去尽量地表达对于《格萨尔王传》的热爱，似乎方才能显现出他们对于自己民族的历史有多么不屑。

没有人愿意去缔造一个新的华夏民族，每个人都在呼吁自由，或者歌颂领袖，有哪一个诗人曾经为民族而哭泣？当曹操、成吉思汗、努尔哈赤这样的只知屠灭者被搬上神坛，而卫青、霍去病、岳飞等民族英雄被贬抑时，民族的希望又何在？

每一个诗人都是为民族而生的。诗人不仅仅是为普通公民去争个人的自由，更要为民族追寻完全的自由。“诗人”的名号，注定了要去承担更多的责任。当一首诗不能携带着民族的基因，不能展现一个民族的生命密码，那他属于个体生命的吟唱，这固然是值得珍惜的，然而，他却失去了属于一个伟大民族的、历史的、高贵的灵魂，他就始终是与伟大和不朽无缘的，他也就是有愧于诗人之名的。每一个诗人在写作时，他的心中都闪现过人类的历史，都惦念着传名声于永恒。在和历史同在的写作中，他的心中岂能不闪耀过一个个让他惊心动魄的名字：孔子、老子、庄子、孟子、苏格拉底、柏拉图、亚里士多德、耶稣、释迦牟尼、屈原、司马迁、陶渊明、李白、杜甫、苏轼、曹雪芹、但丁、莎士比亚、康德、黑格尔、歌德、普希金、托尔斯泰、雨果、海德格尔、策兰……诗不仅仅是辞藻，还是文字携带着历史的风雨，那种纯修辞的艺术追求，是为伟大灵魂所鄙视的！艺术是思想的合适形式，思想和真理同行，艺术抵达真理，通过此在的言说去进入民族的基础性存在。

我们欠文字的债太多，我们是为自己生存的土地和人民而写作的，当我看到作家廖亦武在一次文学节和阿拉伯诗人交往所记述的：

> 有一人问他（廖亦武）可晓得两个中国诗人：廖，你和北岛、还有李白熟吗？你说他们俩，谁的诗写得好些？老廖答：李白。阿拉伯人摇头说：李白的政治立场如何？人家北岛是支持巴勒斯坦的，所以比李白棒。

我不禁觉着了悲凉。中国作家流亡到西方就是要靠着所谓的支持被压迫民族来赢得他们的声望么？诚然，拜伦为希腊民族的自由而呼喊，是让人感佩的，然而，希腊民族在近代确然是一个弱小的民族，是当同情的。而且更重要的是，拜伦为希腊争自由，实际是为希腊曾经为欧洲所缔造的伟大文明争自由，是要从奥斯曼土耳其帝国的铁蹄践踏下解放真正的属于欧洲的精神。因此，拜伦的为希腊争自由就仍旧是与欧洲的命运休戚相关的。然而，当一个中国诗人被某种主流西方媒体或一个富裕的阿拉伯民族国家所控制时，他不过是在为他的国际声誉而写作，他并不会在意多少民族同胞被屠杀在印尼、菲律宾与西域。他们的写作是与华夏民族的精神渊源无关的，是并未曾为自己的民族自由和民族解放关联的。中国的诗人的眼睛是向外的，而不是去扎根于他的民族的，那浮华的国际声誉远胜过他的历史责任。

可怜的中国诗人啊，当你的目光只有为民族、为自己同胞的生命也为你的良心而写作时，你才能真正赢得世界性的和历史性的声誉，不要去寻求在国际诗歌朗诵节上吟诵几首已经被写烂了的同情叙利亚孤儿的诗篇，不要成为被某种主流霸权话语所笼罩下的广播者，当自己的民族还沉陷于麻木和愚昧，还未能唤起回归其源初的纯洁之时，那种面向西方或中东读者写作的诗篇就是没有多少意义和价值的。在这本诗集的编选中，我们看到了很多中国诗人面向时代的自觉，这仍旧是需要我们肯定和赞颂的。在这部诗集的编选之外，还有一些虽在北方却精神上相通的诗人，如安琪反对极端势力的现实主义写作，向以鲜宗法先圣的历史写作，都预示着诗人们向民族本源的回归。

返回的路，也就是向着未来的路。诗人啊，让诗神与你同行，沿着民族的道路去漫游，诗神就会把幸福赐予你！

中篇

南方诗人群落的多元景观

在受几位诗人朋友委托主编《珠江诗派》和《南方诗选》过程中，我注意到，广东诗歌自1990年代以来已获得了长足发展，并引起了批评界的广泛关注。特别是打工诗歌的强势崛起，甚至为广东诗歌赢得了世界性声誉。但在打工诗歌之外，还有很多重要的诗人群落未曾受到充分关注。批评界还习用“60后”“70后”“80后”“90后”来概括同属一个年龄层次却差异极大的诗人。在一次参加广东诗歌高研班高峰论坛时，我针对这种现象提出了需要对广东近三十年来涌现的诗人群体或诗歌流派予以命名，以有助于更全面地揭示广东诗坛的多元和复杂的诗歌生态，并展现其不同于其他地区诗歌的独特品质。在关注广东诗歌的同时，我因着其中的南方精神线索，又发现了四川新诗群体与广东新诗群体的内在关联与差异，在深入研究中，我将广东新诗的崛起，看作1980年代第三代新诗中心的四川诗歌向广东诗歌的一次迁徙和输血。这次迁徙，是充满阵痛的，它是具有大陆性精神和华夏本根文明特征的。四川诗人特别是打工诗人是在与当代世界工业浪潮的碰撞中产生的，这就有如亚欧两大地理板块的碰撞所引起的巨震，从而引发了全新的变革。

广东底层打工诗群就直接是由四川诗人开启的，而完整性写作诗群也是由湖南诗人东荡子开启其锋芒的。在广东诗人群落中，只有“70后”诗人适合用年代或年龄来命名。在笔者看来，广东“70后”诗人的作品共同体现出一种植根于传统媒体与现代新媒体融合中的特殊历史境遇及渗透其中的深沉历史焦虑。首先，加速的生活节奏感、时间的破碎感和无意义感就构成了“70后”诗人独特的时间视野。其次，反英雄写作、去崇高化的大众视野表现出“70后”诗人对于外在世界无意义的清醒认识，他们更愿意退回到有尊严的自我和孤独之中。最后，时间视野与大众视野共同塑造着“70后”诗人的历史形象，他们或者创造着独属于自己的面对融媒介时代和未来的诗歌观念，或者在灵魂黏合剂中重新建筑出生命的宫殿。

当代中国女性诗歌的崛起，也是由以珠三角开启的中国大陆遭遇欧洲近代工业文明后所引发的，它从精神的本质上也是属于南方的。从存在/生存与历史/时间的双重视域考察当代中国女性诗歌写作实践，将有助于发现女性诗歌的底层叙事特征，也即作为被压制者叙事的女性诗歌的软性抵抗方式，这种底层叙事特征和软性抵抗方式，意味着从性别权力上的一种革新和突破，它主要表现在三个方面：一是申诉女性苦难，体现着当代女性诗歌的政治自觉，可以郑小琼的《女工记》为代表；二是重建文化故乡，体现着反男权政治的新女性叙事，可以安琪、马莉、王小妮为代表；三是发现内在自我，体现着当代女性诗歌写作的小女人向度，可以陈会玲、钟雪、马思思等为代表。第三个维度所说的小女人，并不完全是传统意义的小，它也有融合超越性别的大，其部分写作的哲理性指向也显示出女性写作的深度拓展，而这也可与第一维度的政治性思考、第二维度的文化论反思形成共鸣。

如果说，在主编《南方诗选》时，我们虽然是直接从广东诗歌开始，然而，随着《南方诗论》对南方诗歌展开研究的持续推进，我们就同时关注到了四川1980年代第三代诗到1990年代“存在”诗群的发展中的四川新诗群体所具有的“内陆气质”和“内陆诗风”，我也将其命名为中国文学的“大陆精神”，它既有着华夏汉语诗学的悠久渊源，又随后启动了广东的南方诗歌精神，并同时影响了湖北公安的湍流诗群。故我们在本篇即先言四川新诗群体，而后推展到广东新诗几个重要诗群以及湖北湍流诗群的探讨。

第五章　当代新诗发展的现状与前景：以四川新诗群体为例*

目前学界对四川从“第三代诗”到“存在”诗群的演进轨迹，及其背后所折射的地域文化精神还缺少充分关注。从地域诗歌的研究视角出发，将有助于发现四川新诗在中国诗歌版图与诗歌史上的重要地位。当代四川新诗的重要性，不仅在于1980年代从四川兴起的“第三代诗”席卷全国，成为其时中国诗歌的中心所在，而更重要的是从“第三代诗”到“存在”诗群的演进所折射的“陆地气质”。这种“陆地气质”既是四川文化作为东亚大陆文化典型代表的内在品格的体现，同时也是华夏民族作为东亚唯一本原民族①的历史精神的结晶，而且最终在与西方文明“海洋精神”的现代遭遇中形成其成熟形态。没有西方海洋文明中的“海洋精神”作为异己物的存在，就不会有中国大陆文明中的“陆地气质”的形成或“内陆诗风”的成熟。② 当代四川新诗群体就正是在这种中西方本质精神的遭遇中展开其写作实践的，是重造传统又借鉴西方并植根于本土性经验中生成其先锋性的艺术精神和艺术追

---

* 原载《中国文艺评论》2019年第5期。

① 黄裕生教授认为中华文化、希腊文化、希伯来文化、印度文化为世界四大本原文化，此说比“四大文明古国说”更好地揭示出中国文化的世界性地位。参见黄裕生《论华夏文化的本原性及其普遍主义精神》，《探索与争鸣》2016年第1期。

② 这种四川诗歌的“陆地气质”是又与我在《南方诗选》的序言《南方的诗，从自由的领地升起》中所提出的“南方精神”相对应的。

求。可以说，以四川新诗群体为例来阐释华夏民族诗学精神的某种内在本质维度，也有利于在经历中西方文明碰撞的“差异性”体验中为当代中国新诗找到回归华夏文明“同一性”故乡的道路。我们下面就将以四川新诗群体为例来探讨新诗的发展历程、美学品格、艺术追求及其对中华美学精神的弘扬，以望有助于探讨新诗发展的方向和路径问题。

一　从第三代诗到存在诗群：四川新诗群的发展历程

当下，中国新诗的发展已经经历了几个阶段的演进。以公刘、白桦等为第一代诗人代表，在四川则主要有孙静轩、傅仇、高缨、梁上泉、白航、流沙河等。以北岛、顾城、舒婷为第二代（朦胧诗人）代表，在四川则有江河、欧阳江河、骆耕野等。“第三代诗人”的概念在1982年底提出，1983年《第三代人》诗集发行，标志着“第三代”诗群的正式出现。整个1980年代，中国诗歌活动中心由北京转移到了四川成都。我们现在所说的第一代、第二代，都主要是基于1982年以后“第三代”概念的提出而做的事后确认。四川第三代诗又包括了莽汉主义、整体主义、非非主义、净地诗群、巴蜀五君、大学生诗群等许多诗群。

从上述介绍我们可以看到，第三代诗所带来的四川新诗首次将诗歌中心与北京分离开来，为中国新诗打开了更加自由和独立的发展空间，它摆脱了和政治文化过于密切的捆绑，而更注重在现代汉诗的地域性、民族性的肉身中生长出其世界性的品格，重塑一种我们开篇所提出的以“陆地气质”为其内蕴的独特美学品格。这样，以四川第三代诗为代表的当代中国新诗就真正确立了华夏文化作为本原性文化的独特使命担当，而“第三代诗”概念的提出，也就是当时一批四川大学生诗人在骤然间遭遇西方文化异质性精神的震惊中对于民族化诗歌道路的自觉。于是，1983年，北望（何继明）、邓翔、牛荒、赵野、唐亚平、胡晓波等人成立“成都大学生诗歌联合会”，编辑发行《第三代人》诗集，就不仅标志着第三代诗人正式登上中国文学史的舞台，而且同样预示着一种华夏民族诗学精神的正式形成。可以说，整个 20 世纪 80 年代既是中国新诗的黄金时代，又是四川新诗在全国独领风骚的时代。

但伴随着 90 年代市场经济大潮的兴起，诗歌也开始逐渐被边缘化，这种边缘化很大程度上也是由于新诗与政治文化拉开距离的一个结果，而这种状况也使一些新的诗群与四川“第三代诗”争夺话语权成为可能。在 90 年代中期以后，中国新诗也由此呈现出多中心化的发展趋势，如该时期一批从四川到广东的打工诗人罗德远、许强、徐非、任明友、张守刚等在珠三角声名鹊起，这既可以看作诗歌中心四川向外的一次输血，同时也可以看作新的经济潮流与中国新诗结合的重要结果。而在 2001 年才来广东打工的四川诗人郑小琼的成名，更将中国打工诗歌推向了世界，成为展示中国文学的一道窗口。

在广东珠三角底层打工诗歌占据时代文学话语焦点时，北京以安琪、臧棣、伊沙、叶匡政、陈先发等发起的中间代诗歌运动，开始重新借助北京作为政治文化中心的优势地位向已成强弩之末的第三代诗发起了话语权争夺战，这就是有名的盘峰论战。盘峰论战的主角是以知识分子为主的北漂诗人，他们大多处于社会的中间阶层。因此，南下打工诗人和北漂诗人就成为两个秉性、气质和写作风格迥异的诗人群体。正是因为这种阶层和身份的差异，珠三角底层打工诗人无意向四川第三代诗人抢夺话语权，他们更多地凭借切身体验和疼痛的经历来叙写一个时代打工者的现实痛苦，他们的写作也更多是现实主义和口语化的。但北漂诗人则以他们的社会阶层和文化身份抢夺话语权。

然而，无论是有意或无意抢夺话语权，这个时代的诗歌的话语权问题已仅仅是诗人内部圈子间的战争，而无法像 1970 年代末的朦胧诗崛起和 1982 年后的第三代诗崛起那样具有全国性跨领域的影响。此后还有“第三条道路”“下半身写作”“第三极”“新江西派”“灵性诗歌”等诗派的兴起，以及直接以出生年代命名的“70 后”“80 后”“90 后”诗人，都表明了没有任何一方能够独扛当代中国诗歌界或现代汉诗的大旗。

1990 年代以后，当各方自觉或不自觉地向四川第三代诗人争夺话语权时，四川本土诗歌也同样在发生着嬗变，而且这种嬗变因为直接从第三代诗歌继承而来，就具有了更好地观察当代中国新诗演变的延续性和某些规律性。四川新诗的重要变化，主要以1994年《存在》诗刊的创立为标志，四川“存在”诗群的主要成员包括陶春、刘泽球、谢银恩、索瓦、陈建、张卫东、胡马、李龙炳等。在“存在”诗群成立后，四川第三代诗人的主要相关代表大多参与了与“存在”诗群的对话和交锋，并形成了四川诗歌的内在承续和相互影响关系。越来越多的诗人也开始集结在“存在”先锋诗群旗帜下，继续拓展着四川本土写作的疆域。目前“存在”诗群已几乎聚集了四川1970年代出生的一批最优秀的诗人，他们与第三代重要诗群的频繁互动，既汲取民间写作的个人立场和日常生活化等优点，又注重知识分子写作向西方诗歌经验学习，既批判趋时媚俗的“下半身”写作、“惟口语”写作风尚，又提倡诗歌写作的本土意识、神性关切，强调在生命与文化、现实与历史、传统与先锋、人性与神性的两端寻找平衡。

二　陆地气质：四川新诗的内在美学品格

在从四川“第三代诗人”到“存在”诗群的发展中，有一种独特的美学品格值得关注，那就是四川新诗所代表的“陆地气质”。以“陆地气质”作为四川诗人的精神符码是与我将广东诗人的“南方精神”作为精神符码进行比较后提出的。“南方精神”实际是中国大陆文化与欧美海洋文化在碰撞激荡中形成的广东诗歌的重要品格，它更偏向于一种海洋性精神。“陆地气质”却是以四川诗歌为代表的在中国大陆文化经受欧美海洋文化激烈冲击中所形成的，它既是四川诗歌的地域性品格，也内在地承传着华夏民族的民族精神，它更偏向于一种具有悠久历史和厚重底蕴的大陆气质或内陆性格，它刚健而笃实，宽广而沉稳。这种“陆地气质”可以看作从《周易》的乾卦和坤卦共同开启的天地境界所昭示的，其渊源还可追溯到商易《归藏》和夏易《连山》，甚至中华古神话和古人文共相交织叠合的三皇、五帝时代，那里有华夏先民与山川河流、鸟兽虫鱼的休戚与共、利害相关。这种肇自远古、上古的乾行坤载的大德，此后又在《山海经》的神异博物，《诗经》《尚书》《周礼》《春秋》的礼乐经典，《老子》《论语》《庄子》《孟子》《荀子》的诸子争鸣中发酵和推扬。华夏民族诗学中的这种陆地气质，此后虽因为各种不利因素而时时被扭曲，但却终究历数千年而不绝，而厚植深根，它既锻造了中华民族的民族精神，也锤炼了华夏诗歌的陆地气质。

然而，自近代以来，华夏民族最根本性的陆地气质或内陆品格逐渐被遗忘、被敌视、被否定、被抛弃。太多的人恨不得能够抛弃这片大地与大地上的河流，而奔向蓝色的海洋。然而，一种深刻的艺术精神就在于，它不会停留于初期的否定和挑战，而是会进行新的培育和建构。我们必须理解，大陆并非海洋的对立之物。海洋是辽阔的，大陆同样是宽广的。如在 1980 年代的第三代诗人中，“莽汉主义”强调为打铁匠和大脚农妇演奏打击乐式的诗写，“整体主义”强调中国文化的整体生命表达。而到了 1990 年代，“存在”诗群强调天人合一精神的回归。这些主张都是对中国诗歌所具有的陆地气质化的民族美学品格的重新肯定。1976 年，当整个中国从“文革”的政治浩劫中苏醒过来以后，先是伤痕派文学、朦胧诗派借着北京的政治文化优势成为中国文学的引领者，而四川诗人如周伦佑、李亚伟、尚仲敏等却凭借着四川的历史文化传统，在酝酿着独异于政治文化精英的另一种民间写作姿态。

因此，80 年代初特别是中期以后，四川诗歌借助民族和民间传统而来的写作条件就已成熟了。在改革开放的浪潮中，四川诗人恰逢其时地成为中西文化碰撞中民族精神的坚守者。万夏的《莽汉》带着狂啸的力量开启莽汉派的时代，周伦佑的《绝对之诗》以奔马向天空自我飞跃的意象来展现一种雄浑的力量，翟永明的《女人》以其独特诡异的语言与惊世骇俗的女性立场震惊文坛，蓝马的《世的界》对复杂文字技巧的探索虽不一定是成功的但却是具有艺术先锋的冒险气质。尚仲敏的《黄土地》、李亚伟的《河西走廊》则以其粗犷之笔重构着中国西部的历史或现实的生存处境，柏桦的《望气的人》、石光华的《炼气士》则在风云变幻或山海渺茫中参赞造化的神奇……这些作品都从不同维度折射着第三代诗歌的地域性气质和民族性品格，并在诗艺上和现代或后现代艺术的精神相契合和呼应。

四川诗人对于华夏民族“陆地气质”的象征书写，既体现在尚仲敏的《黄土地》、李亚伟的《河西走廊》等关于土地或大地的写作中，也体现在雨田的《麦地》中所叙写的“麦地”的象征寓意中。而雨田的《麦地》组诗尤其可以作为典型，全诗在具有低暗厚实的色调、沉稳密集的叙述、锋利尖锐的思想中直面生活与现实本身，写出一种独属于那个年代诗人经历过苦难和伤痛岁月的沉重和悲凉。在我看来，这种沉重、厚度、密度、广度就很可能源于四川诗人整体上所承受的华夏文明的重量，从而让其作品更显露出一种雄浑和粗犷。诗歌中所涉及的对人之生存的处所和自身的不确定存在的发问，都始终渗透着一种确定的“哀伤”基调，整组诗从不同角度来展开对于麦地的书写，实际就是将人生置于浩瀚的土地和广阔的时空来述说一种命运。这种写作构思既有诗人对于农业和庄稼的深沉的爱，又同时展现出一个大陆农业性民族数千年来蛰伏于大地的命运轮回的沉思。

四川诗人所展现的陆地气质或内陆诗风，具有与其所承载的悠久历史和所居住的富饶土地相应和的丰富性和复杂性，他们所居住的天府之国是真正的流着奶与蜜之地，是上天眷顾和恩许之地，纯粹、厚重、博大、深广，都可以用来形容四川诗人的陆地气质或品格。这种四川诗人所折射的陆地气质，不仅仅是四川地域文化特征的体现，同时也是华夏民族美学精神的集萃，它还展现出贯通内外古今的世界性胸襟。这种地域性、民族性、世界性就构成了四川诗人的三重品格，并同时体现在从司马相如、李白、苏轼以来的那种大气豪雄的诗酒文化中，这种与诗酒精神相关的四川诗人的大气豪雄不同于古希腊在酒神节受酒神精神支配的狂野、放纵和毫无忌惮，它有恢宏、雄阔和赤诚，但并不完全毁弃规矩和破坏节度，它有伤痛，有解放的欲求，有自由的向往，有回归自然的渴望，但它却终究关怀着人间，要用诗歌和艺术来柔化痛苦，来陶育性灵。四川诗人爱酒，在酒意中挥洒就不仅是性情，而是同时在默化或行吟出一种艺术的人生，它让美的和爱的精神成为一个民族的信仰。

从诗酒精神陶铸艺术人生的角度来看，在第三代诗人那里，酒是一种触发诗歌激情和实现艺术创造的媒介，如万夏和胡冬就是在喝酒中开创第三代莽汉主义诗歌写作的。在 1984 年春节，无聊，万夏和胡冬在一次喝酒中拍案而起："居然有人骂我们的诗是他妈的诗，干脆我们就弄他几首'他妈的诗'给世界看看。"几天之内，两人就写出近十首"不合时宜"的诗，并随便命名为"莽汉诗"。[①] 如在作为莽汉主义最重要代表的李亚伟的《酒中的窗户》一诗中，酒就成为诗歌的内在精神元素，也成为生命的元素，酒带诗人入睡，进入自然的风雨，也进入历史的风雨，人生有酒友，踏雪而来，四季也美，年岁也美，世界在酒中，变小，结尾呼应开篇的"酒杯"与"瞌睡"的一体关系，而结句以"白帆"的意象收尾，这白帆与这节前面的大雁裁剪的天空交织，形成一种空茫和虚幻的意境，就进入了庄周梦蝶和禅宗妙悟的空境，这是一个摒弃现代世界的物质主义和商业主义而回到古典精神的返回式写作，体现了从朦胧诗的反抗体制写作向第三代诗人自我内在化写作的转变。第三代中的大学生诗派代表尚仲敏把酒与讽刺时事人生熔为一炉，可谓颇得古风。而作为巴蜀五君之一的柏桦不但写酒，而且喜欢对色香味俱全的美食进行大量渲染。酒的精神就是一种感性生命的勃发以反对僵化体制与主流意识形态的抵抗精神，柏桦的诗纵情于食物与美酒，写出生活的恶俗与丑的东西，不走青春化、贵族化的唯美主义路线，注重唤醒身体和生命的全方位的感知觉能力，让人成为真实的人，逃避或抵抗一种技术主义或商业主义对于人的异化和抹平。

---

① 参见柏桦《万夏诗歌：1980—1990 宿疾与农事》，《江汉大学学报》（人文科学版）2009 年第 5 期。

20世纪90年代以后，“存在”诗群的写作，同样继承着中国古老的诗酒精神，而其更独特处，则在于其对酒意和酒性的多维度展现，或浑成，或强劲，或空茫，或辽阔，他们喝出了酒之道，如刘泽球的《赌局》：“依靠酒精加速兴奋的手指/伸出吊绳、滑轮和传输带/熟练地把赌局变成一座井然有序的工地”，在这里，一种酒徒的深沉豪放性格，在刘泽球笔下就得到极好的展现，酒徒饮酒，像赌徒玩牌，也像工人施工，醉在其中，秩序也在其中，他们没有那么多彬彬有礼的讲究，却自然地保持着礼仪之邦的最高的诗性精神和乐感节奏，在酒意渐浓中，他们能让扑克、麻将和诗歌那么和谐地相处在一起。在这里，我们已不难看到，四川诗人就体现着一种融大雅入大俗的鲜明地域文化特征。四川是酒楼、茶馆和麻将盛行的市井生活之地，酒让诗人们既保持着激情的理想，又让他们能与三教九流打成一片。刘泽球就以他的诗将历史的宏大叙事（理想）与市井的休闲生活（麻将）巧妙地编织在一起：“四列牌　也许曾经是四支军队/四座城堡　四个帝国/对垒的虚拟”，在四川诗人的笔下，酒徒并不只是爱着当下的赌博，在他们“兴奋的手指”中有着历史沧桑，有着家国兴亡，那里隐藏着“血和铁的沙盘”，那是狼烟四起中烧尽荣华而后只剩断垣残壁的悲伤。这种看似走向更为市井化的酒徒精神，却仍旧内在地承续着莽汉主义诗人李亚伟杯酒中的历史沧桑。

然而，因为“酒徒”又是最能洞彻历史和世情的，在西方文化中他们向上一步就会成为圣徒，在中国文化中他们向上一步，也即所谓“浪子回头”，就会成为“君子”，就会有华夏民族所重视的“君子”的饮酒之礼，这“礼”如此神秘，又如酒一样被渴求，召唤诗人围拢在一只酒碗的四周翩翩起舞，如陶春的《八月十五》：“蟋蟀摩翅，灿鸣于野——击土鼓/歙《豳诗》/露从今夜白，夜始今夜寒/归来呼酒饮达旦/把酒对青天/此夕羁人独向隅”，这里所展现的华夏民族的诗酒精神就并不是古希腊酒神节的完全放纵，而是伴随着礼乐文化的节律起舞的，酒以成礼，中国人的饮酒就既有朝着社会群体交往所需要的伦理规范的礼仪之邦的精神，又有将人带向神灵、自然和生命的适情快意。四川诗人的“诗酒”颂歌式的写作，注重的是“嘉会以成礼”，这也是中国诗人的最典范写作方式，而这就使其区别于古希腊受海洋商业文化影响的纵欲主义，区别于欧洲中世纪受到基督教神圣文化影响的禁欲主义，而形成其受大陆农耕文明影响的感性与理性平衡的忧乐圆融精神。

三　先锋性：四川新诗的艺术追求

四川从“第三代诗人”到“存在”诗群的发展，始终具有一种先锋性的艺术追求，他们注重引入西方后现代主义等现代诗歌流派的创作方法，但这种艺术追求并非对于西方现代主义或后现代主义理论的生吞活剥。相较于早前的朦胧诗派，从四川1980年代的第三代诗人到90年代的存在诗群，都始终强调自己的文化根基，始终在面向自己的民族语言、历史和先知的写作中，来向世界文学展现出当代中国诗歌的独特精神与艺术维度。

首先，是以第三代“莽汉主义”诗人李亚伟为代表的一种具有狂野性的民间姿态的确立，以及在其中呈现出某种“里”和“外”的精神结构的失衡与平衡。李亚伟的诗是大气磅礴的，如其《抒情诗》组诗第一首《河西走廊》，就抒写出了在广袤的乡土大地上劳作和抗争的硬汉形象，而诗歌的语言也极有力度，特别是“长工”和“贵族们”的强烈对比，“命里”和“命的外面”的精神结构的失衡与平衡，借助“河西走廊”这样一条历史的丝路编织出了民族命运的里与外，借助“王家三兄弟”这样的普通劳动者来诉说个体命运和国家命运的里与外。正是这种“里—外”的结构性布置，让四川诗人的艺术不至于总是局限于内，而是能够充分地学习外，而这也是其诗歌艺术具有先锋性的根源。

其次，是以“第三代”源头性诗人尚仲敏和“巴蜀五君”柏桦为代表的“口语”写作的实践探索。尚仲敏的诗歌注重在戏谑的口语式写作中自然呈现出一种严肃的品质，柏桦却是以最具有古典气质和韵味的书写方式来展开一种口语化的实践，他们都共同实现了“第三代”诗人对朦胧诗的完全超越。正如许霆所指出的：“第三代诗人对朦胧诗的反叛，体现的是写作精神的抵触。具体表现在：反对‘英雄化’的高蹈的诗歌主体，反对缺乏个体生命体验的文本写作，反对消磨个体的精致语言秩序。”① 在1980年代，当朦胧诗风头正盛的时候，尚仲敏就已经预见到其不能长久，而必当有一种消解古典化的日常写作，以进入改革开放后的那种市民生活和市民文化，比如《小人儿》所写的：“小人，你真的太小了/你那么小，我一把就能/把你抓在手中/毛主席说/防火防盗防小人/你偏偏又是个/浓眉大眼的家伙/来，干一杯/我敬你是个小人”，这首诗的写作是完全出人意表的，它把汉语的语言张力拉得很开，寓庄于谐，要讽刺时事人生，而又戏仿庄严或崇高，从而让一种极具弹性的美学精神在语言的巧妙平衡中发挥到极致，这戏仿就有着陶春所说的“去崇高、去神圣”“去陈旧价值语义符号”的特点，这是一种极强烈的反叛精神，这种反叛是对于宏大政治意识形态话语的解构。当半个世纪以来，我们太过习惯了“高大上”的伪英雄，而将普通人压缩成几近于蚂蚁的微不足道之时，尚仲敏以让人哈哈大笑或忍俊不禁的方式批判了这种虚伪的崇高，不是那种言辞激烈的或冷峻深沉的，而是睿智和幽默的，一首小诗，有一种四两拨千斤的效果。

再次，是以第三代诗人向以鲜《我的孔子》为代表的汉语诗学中的圣人形象的重塑，在这一组诗中，诗人从不同角度描写了圣人之象的丰富性与复杂性，如开篇的《我的孔子·头上峰壑》就借司马迁《史记》和司马贞《索引》所述圣人之象却化而创之：“还没有来得及/看清父亲的脸/还没有来得及/为生民哭泣//就把绝妙的峰壑/造化出来/命

① 许霆：《二十世纪八十、九十年代先锋诗学流变论》，《当代作家评论》2010年第1期。

名在/苍穹的头颅上//子若不登泰山/泰山必来眼底”，这就将《史记·孔子世家》所载“（孔子）生而首上圩顶，故因名曰丘云”和司马贞《索引》所述“圩顶言顶上窳也，故孔子顶如反宇”完全转化成了新颖的诗歌意象，这可以说开启了现代汉语新诗艺术的新境界，圣人头上有峰壑，胸中有宇宙，诗人头上有穹苍，胸中有造化，这也是诗人精神的道通古今，“闭上明察秋毫的双眼/在音乐的黑夜里/在旷古的神交里/与先人同裳”，正是在古人与今人的对话中，诗人寻得了艺术先锋性的源泉，即一切先锋性的艺术都必须表达最本根性的民族精神。

最后，如果说1980年代第三代诗人的写作是更加关乎历史和时代命运的，是内蕴着政治诉求和追求着生命尊严的，那么，在90年代崛起的“存在”诗群，却更多了在个体面对无形和多元的压力，不仅是外在压力，而更来自生存时空中无处不在的微型影响因子时，而创造出了一种更为多棱镜化、晦暗化、隐喻化的“镜子”意象。在90年代以后的“存在”诗人的笔下，镜子不是自然的，也不是明澈的，而是具有了多重复杂的意蕴，如刘泽球的《春夜，那场骤来的雨》写到的身体、春雨、镜子、灵魂都是不断重复和繁殖的意象，并因着“我固执的咒语”展开着对于“时辰”与“梦境”的复制。陶春的《自然的奇迹》所写的“镜子”与魔法相关，是变幻的、不稳定的，它可以看作当代网络新媒体时代变化多端的生活的写照。谢银恩的《黑夜诞生的文字》同样写到镜子的透明消失，成为遮蔽的镜像。应当说，四川90年代以后“存在”诗群所写的“镜子”意象表现着一种复杂性、瞬间性和荒诞化的体验，其关于“镜子”意象的艺术创造，也形成了对于第三代诗人的某个维度的超越。

这样，我们就看到，第三代诗人尚仲敏的先锋语言实验、李亚伟的历史写作、向以鲜的先知写作，就体现出四川诗歌艺术的先锋性在多维度的拓进，它有着“反文化”和“逃避自我”的表象，但却又找到了文化和自我的另一种形象，那就是李亚伟等人确立的民间立场以及他们在诗歌中避免直接言说自我的写作姿态。虽然，第三代诗有强调对于

“规范化诗歌语言的背叛”，有“反意象与超意象”的特点①，但总体看来，在四川新诗从80年代承接第三代诗到今天的发展中，它并没有完全抛弃或超越意象，比如向以鲜所塑造的圣人意象，“存在”诗群所构建的“镜子”意象，都表现了意象写作从第三代诗以后的延续，只不过在融入厚重的文化传统与表达破碎的现代性体验方面实现了更好的结合。在这些探讨之外，我们特别应当重视的是，从第三代诗到“存在”诗群的先锋艺术实践，就不仅是艺术技巧的，而且是艺术精神的。这也就契合陶春对于存在诗群先锋精神的言说：“精神远远运行。物质作为精神能冲动的最终结果或一个固体的梦，像头野兽远远追赶或停滞不前。”（陶春《诗学随笔8则》）这是诗人先锋艺术精神一骑绝尘地奔跑，物欲主义的现实世界被远远甩在身后。四川诗人，就是华夏精神的拓荒者，是华夏先民的哲学精神和诗性气质的承载者，在向着根源回返中秉领神圣，以重建着另一个“新”的开端。

四　以四川新诗为例看华夏民族美学精神的弘扬

在对华夏民族美学精神的领悟中，当代四川诗人并不固化地看待诗歌中的陆地气质或内陆品格，而是能在注重时变中领悟西方的海洋精神，在这里，我读到了四川存在派诗人胡马的《“末日”后在圣水寺迎接新年》和张卫东的《博尔赫斯》这两首诗。胡马的诗将西方宗教文化的神、末日、伊卡洛斯等与中国文化中的禅坐、圣水寺、佛法等关联起来，展现中西方的本原文化精神融会的可能，表现一种源于更高法则的“分割”和“筛选”、“指认”和“领受”，从而渴望人类“点亮星空”，其实也是表明华夏文明向着世界开放的新生。正是在精神的自由交接中，古老的灵魂得以醒来，“拒绝麻醉、伪装和与世沉浮”，“将灵魂的芳香一缕缕释放”，诗人渴望着朝向异域的远行中“进入另一片更

① 程光炜：《第三代诗人论纲》，《湖北师范学院学报》（哲学社会科学版）1989年第3期。

广阔寂静的旷野”，这也是四川诗人所承载的作为东方大陆本原性文化的历史性精神的自觉和主体性的确立。张卫东诗则写到博尔赫斯从美洲到欧洲的远游，这既是体验“异”，又是“同”的回归，是精神故乡的再次发现，当一个文明播撒太远，它的苗裔必得返回其文明的故乡。诗人所写到的博尔赫斯，实际可以看作当代中国诗人的一个象征，我们操着西方的思维和语言，遗忘了古老的传统，我们必须在阳光初生的早晨，重新回到华夏文明的发源之地，去练习我们的母语，去练习纯粹的汉语写作。诗人所叙述的那位美洲少年，“游遍了人类文明的每个角落”，最后，他终将获得圣灵的启迪，“让整个世界都惊异于一道灵魂的光束”，当代中国诗人，也必将与圣哲邂逅，而后在普遍性的超越中获知文明的真谛。

在跨越古典和现代、东方和西方的精神游历中，四川新诗开始创造具有现代性的代表着西方文化的“海洋”意象。如四川诗人陈建的《海》（组诗）包括了《海上海》《海上月》《海下夜》《海边晨》等18首，就是一组气势磅礴之诗，从不同视角切入，诗人似乎想穷尽一切关于海的奥秘，时间、空间、颜色、声音、物事、精神……这是一位四川大陆诗人对于海的遥远想象和意义赋予。四川诗人就不曾苟安于乡土的安逸与静谧，他们必须从初见那来自异域的海洋怪兽的惊骇中深入异域之地，他们对于海洋的写作，就可以看作一种华夏诗歌在其陆地气质的形成中又遭遇西方海洋文化后的精神再造，这样，他们笔下的海洋就不再仅仅是西方式的掠夺和征服，不是对象化的主宰自然和万物，而只是以君子之德和诗人之情去感受大海所承载和赋予人类的某种精神象征，这也就是从大陆向海洋的精神旅行，是中西方文明的碰撞和交汇，就如《周易》太极阴阳鱼图形的跨越临界线。

从李亚伟、向以鲜、陶春所倾听的老子、孔子等东方圣哲的声音，到胡马、陈建、梁珩所看到的西方的神圣和大海的气象，四川诗人在不断地实现着自己的突破，他们所运用的诗歌意象、语言、结构、修辞等，既有着中国古典抒情诗学的悠久承传，同时又紧密跟踪从古希腊到基督教中世纪再到现代的西方诗学的历史进路，特别是他们对于现象学、存在主义诗学、解释学的深度领悟，让他们的作品能够把握复杂变幻中的当代世界本身，不做本质主义的先验预设和浪漫主义的虚夸式怀想，而是在具体感受华夏精神和异域精神相遇中达乎天命之道说，并从而为中国诗歌引入了神性的元素，让中国精神运行到群星璀璨的高处。

因此，我理解了曾令勇的诗《假象》所展示的有关“同”和“异”的深刻哲思，诗人领悟了自然的神奇，自然善于隐藏自己，而只在诗人的道说中涌现和揭开它的神秘面纱，世界有时显现给我们以差异，而隐蔽其相通，有时显现给我们以相通，却隐藏其差异，如果我们理解了中国古老易学的阴阳对反又互化的太极思想，我们就知道这同中之异和异中之同，我们也就不会陷入一神论宗教的绝对主义和近代启蒙主义盲目自信的主体论，我们需要“听万物寂寞的自语/听花开花落，看自然的深处”，而后进入东方思想的无言之境，“哎！人的境况如何？/我明白/但无言。”四川诗人对于技术文明侵蚀中所造成的人的晦暗图景的深度忧伤，让我们在文明的一往无前中保持一种反向性的维度，让我们时刻回望家园。

于是，我们就能理解每一位四川诗人从华夏文明根底处而来的现代性忧思，那种对于大道沦丧的慨叹和感伤，比如索瓦的《中断》所引出的古老的哲学之问或诗人之问。当古老的经典赋予人们一个神圣起源以解决人的身份认同问题时，当代诗人却在物质驱赶灵魂的时代坚守着人的本身。诗人所写到的“穿着你的躯壳的脸”中的“你”既是一个旁观者，也是“我”的幻影，“你”既是我试图僭越的“隐藏者”，又是“我”所无法走近的“神圣者”，“我”只能有你所赋予的形式和躯壳，却最终失去了灵魂，甚至也失去了躯壳，我成了变幻不定的网络符号，一切皆在虚拟中幻影式的存在，“我”又能走向何方？

现代人要回到神圣，就必须要有所选择和决断，如吴新川的《自由》就将每一个现代人比喻为沉睡在路上的石子，诗人的使命就是“把他带上”，要将其“还给召唤”，让人回到圣哲和神灵的召唤中。这也就是吴新川在《中断》所写的："一代人在命运波涛中坚韧前进/一代人在癌变的河岸上流脓狂吠"[①]，这里有两个"一代人"，但指向却是完全不同的，第一句的"一代人"是诗人"还给召唤"的觉醒者，第二句的"一代人"是那些仍旧沉睡者，他们拒绝被唤醒。四川诗人们毅然决然地朝向诸神的前进，开启了象征着华夏民族诗学精神向着苍天聚集的超越之门，这也就是谢银恩的诗篇《天》对于"天"的象征性书写，诗人感觉到了神秘力量的指引，"天"是孕育苍生者，是华夏民族所从来之地，汉语的神圣道说就构成世界历史的神圣起源与归宿，汉语是最切近自然和神圣的语言，仅仅一个汉字"天"和它衍生的语词"天空""天堂""天命""天气""天运""天道""天平"……就像诗人所写的，"魔咒般的跳舞汉字""纠结成沉默的钥匙""试图打开死亡的大门"，就在为世人开启着神圣，指引出方向。诗人的诗写预示着，华夏民族的得救必得从自己的语言之中去寻绎生死之门，就是在忧患和危机中重生……

---

① 吴新川：《中断》，参见陶春、刘泽球主编《存在十年诗文选》，远方出版社 2016 年版，第 52 页。

第六章　南方的诗，从自由的领地升起*

南方是一个模糊的语词，在地域上一般指秦岭—淮河一线以南，也有指江南，抑或岭南，然而，我们这里的南方，并不仅是局限于地域上的，而更是精神上的，特别在近代以来是以民族复兴运动为标记的。精神的启蒙是与南方相应和的。南方的诗，就从这片自由的温暖的土地上兴起和成长。南方诗歌的崛起，就构成了这个时代最重要的诗歌事件和精神事件。

一　南方精神是自由的象征

很多人可能以为江南是典型的南方。江南，中国古典时代一个聚集着所有美好想象的地方："江南好，风景旧曾谙，日出江花红胜火，春来江水绿如蓝，能不忆江南"（白居易《忆江南》），"人人尽说江南好，游人只合江南老，春水碧于天，画船听雨眠"（韦庄《菩萨蛮》），诗意的江南，是古典的江南。而作为最靠近江南的近现代城市上海，在民国时期，被称为东方的明珠，然而，这颗明珠在文化史上和思想史上，就远不够重要。江南的才子，是古典的才子，上海的文学，是抗战时代的孤岛的文学。当然还有湖南、江西乃至更远的云南、贵州，无论其地理

* 原载《诗探索》（理论卷）2018 年第 2 期，现所出版序文略有增删。

位置多么南方，但在精神上都是被中原或者说北方彻底控制的，在那里大陆的力量始终占据着主导地位。这些地方及其文学，都远不足以支撑起近代以来的中国的精神史。

精神的南方，在江南以南，在五岭以南，是在传统北方延伸的最末端，它靠近大海，既未与北方的传统完全脱离，又不至于被北方扼住喉咙而窒息。而再向南再向西，就给予了南方无限的活力与憧憬。南方是现代的，是今天的，是走向未来的，是象征着温暖、光明，意味着开放、包容，喻示着启蒙、觉醒的。在五行中，南方属火，南方的光明，在近代以来开始把华夏照耀。那中原的沃土和北方的原野承载了华夏民族太多重负，而今已变得伤痕累累。阴冷的西伯利亚的寒风，几千年来卷起的漫漫黄沙，早已遮蔽了华夏文明的星空。华夏的希望必当在最南端的靠近大海的蓝色的地方，重新引入澄澈和明净的力量。

珠江入海的三角地带，岭南名城广州辐射的范围，就是真正的精神的南方，就是现代的南方，就是我们要说的南方。近代以来，南粤大地，开始从精神上游走于中原和北方以外，成为进取和变革的象征，它像钉子一样深深扎入北方大地，让北方感到疼痛，让这头沉睡的雄狮从梦中醒来。1840 年鸦片战争是第一根针，是外科手术式的，粗鲁、蛮横，浅浅地扎入表皮，但疼痛却已蔓延到神经中枢。太平天国运动，借助着南方的精神打起了旗帜，但却并非从南粤大地兴起，并最终沦为传统农民暴力政治的延续。19 世纪末，南海康有为、梁启超兴办万木草堂，北上变法，这是远比北方的洋务运动来得深刻的制度变革，虽归于失败，但却是南方精神的第一次深入北方。辛亥革命，军事上的起点是在武昌兵营中开始的，然而，其精神先驱却来自南粤的孙中山先生。民国北伐，是南方力量向北方全面推进，最终得以某种程度上摧垮北方，只是后来悲剧性地分裂了，这种分裂可以视为南方和北方的分裂，开放和保守被划分出了南北的阵营。

令人深深叹息，在 20 世纪中后期，南方就隐藏在北方的笼罩中。然而，华夏民族的新的命运必须从南方再次开始，当 1978 年改革开放以后，南粤大地、珠三角、广州再次成为中国精神和力量的引导者。某种程度上说，只有当南方得到充分发展并影响北方的时候，就是中国启动变革和有希望的时候。1992 年随着南方谈话，一座崭新的城市在珠三角兴起。于是，古老羊城广州、新兴城市深圳、融合中西的香港，三大巨型城市相互支撑，而中山、东莞、佛山、珠海、顺德等诸多卫星城市又相互拱卫，从而吸引着一批又一批古老华夏的乡村逐梦者来到这改革开放的前沿地带。何谓改革开放？很多人只是狭隘地从经济上去理解，这实际只是看到了现象，而未看到改革和开放，都首先是从精神上开始的。南方，再次成为华夏航船不断前行的灯塔，那看到光的政治上的智者也只有到这里才能真正开始播种。

当然，我们仍旧要看到广州作为南方中心的不足，在历史的沉淀、传统的厚重、政治的资源等各方面，这座南方文化名城确实仍旧是逊色于北方不少历史悠久的帝都和名城的。然而，南粤大地、珠三角和广州的优势也是明显和独特的，那就是从古代社会晚期以来，它已然成为战火涂炭的北方士人和家族的避难之所、安居之地，在北方曾经被数度中断的很多优秀传统反而在南粤大地和岭南名城得到集萃和发扬。更重要的是，这种从华夏中原文化正脉延续而来的传统不再只是守成和凝重的，而在其从四方汇集而来的融合中显示出一种更为阔大和恢宏的包容气象。特别是近代以来，它更是在沐浴欧风美雨中几经蜕变，蛹化成蝶，真正将华夏文明的道器通变精神发挥到淋漓尽致。一部近代文化史，起点就在这里，决定性的、启蒙性的历史进程也在这里，而那悲剧性和倒退性的历史关节都从北方卷起，20 世纪中国的悲哀就在于革新传统的南方力量未能战胜专制保守的北方力量。

然而，历史永未完成，风起于南方，凤鸣于岭南，在 21 世纪，伟大的民族复兴之旗必将从这里再次被升起，华夏文明的灵魂必将在从南方吹来的春天的气息中苏醒。当北方文学还矜矜自得于其传统资源的优势，凭借其政治权力的威势打遍天下无敌手之时，南方文学已在绝地反击中脱胎换骨，没有京华盛地集一流刊物和一流名校的扎堆，没有望之生畏的权贵门槛，南粤大地、珠江之域、岭南名城在它的第一场春雨刚刚降临之际，整个中国土地上具有不同方言、不同地域的人们就向着这温暖之地漂泊，创业，扎根，南方的诗歌就是从这种历史的变局和个体的生存处境中开启了它日新其业的新型写作道路。因此，我们所说的南方，就基本上是广东的诗歌，然而，我们不直接命名为广东的诗歌，这是有深意的。因为广东具有太过强烈的行政区划和地域分割的含义。而南方属于一个更加开阔和开放的场域。开放的现代的启蒙的精神，就是他们成为南方的诗人的符号和标记。

如果说以《南方周末》为标记的南方报业集团开启了新闻事业的良心，成为 20 世纪 80 年代南方文化名城利用传统媒体向北方吹响的第一声号角，那么，在 2015 年 12 月 1 日创办的“云山凤鸣”微信诗歌公众号则标志着南方新媒体所开启的文学新天地，并再次成为这座南方文化名城向北方吹响的另一声号角。北方的诗歌已经在权力政治、体制牢笼、派系精英的垄断中扼杀了大量有才华的人们的上升之路，严重窒息了民间多元写作的勃勃生机，以“云山凤鸣”诗歌公众号为代表的南方新媒体，以决然的态度，挣脱传统的被政治文化体制严重束缚的纸媒刊物，秉承深入民族传统的渊源，保藏民族精神的气脉，针砭当下社会人生之问题，提倡介入性写作和超越性写作的相融，注重以现代汉语的合适艺术形式，书写一种人性的、民族的、个体的、真实的生存体验，注重在兼容并包中又针对中国诗歌文本进行民族诗学的理论建构，摧毁某种坐地自闭的堡垒式写作。

然而，这种极具革新精神和启蒙力量的南方诗歌，却还未能被整个中国关注，这无疑是因为这片土地沉睡得太过深沉。为着致力于唤醒，我们在确立南方精神和理念的旗帜中，必得寻找和发现这种精神的肉身，那就是诗歌，文学的最典型样式。我们必得为体现这种南方精神的诗歌进行命名，让其闪耀着光芒进入这个时代的中心。我们看到，在学理上，以南粤为核心地带的南方诗歌还未形成与其诗歌队伍相当的影响力，这很大程度上是源于理论视野和思想深度的匮乏，源于其实际上已经丰富多元的流派未能得到充分的命名，未能以命名的方式唤向出场。南方的诗歌，也还未曾有一部为他命名的诗集，众多的诗人，众多的诗作，还处于无名的沉默中。风云聚散，缘起缘灭，没有命名，就不会有唤出。故而，我们本次《南方诗选》的编辑和出版，在以“云山凤鸣”诗歌公众号所指向的南方诗歌精神的觉醒中，将带来南方的真正的自觉，带来南方诗歌的真正的出场。

二　南方诗人群落的多元景观

我们将珠江入海的三角地带、岭南名城广州辐射的范围视作真正的精神的南方，也即现代的南方，就是我们要诉说的南方。这里出生的诗人，或虽从外面到来却在这里成长的诗人，或在这里成长却又散向四方的诗人，就构成了南方的诗人群落。南方诗歌或南方诗人群落，自1990年代以来已获得长足发展，并引起了批评界的广泛关注。特别是打工诗歌的强势崛起，甚至赢得了世界性声誉。但在打工诗歌之外，还有很多重要的诗人群落未曾受到充分关注。批评界还习用“60后”“70后”“80后”“90后”来概括同属一个年龄层次却差异极大的诗人。在2016年参加广东诗歌高研班高峰论坛时，我针对这种现象提出了需要对广东近三十年来涌现的诗人群体或诗歌流派予以命名，以有助于全面揭示多元和复杂的南方诗歌生态，并展现其不同于其他地区诗歌的独特品质。实际上，在当代诗坛，南方诗歌或诗人已经逐渐形成了比较重要的诗歌群体，为展现其创作实绩和生存状况，我们这里仅略作整理。

1. 底层打工诗群，1990年代兴起，是广东诗歌最重要的诗歌群体，1994年，佛山《外来工》杂志创刊，标志着打工诗歌的崛起，2001年，罗德远、许强、徐非、任明友等一起创办《打工诗人》杂志，标志着打工诗歌进入其辉煌阶段。底层打工诗歌的代表性诗人还有方舟、张守刚、许立志、柳冬妩等。在底层打工诗人中，郑小琼的写作最具典范意义，其作品主要有《女工记》《黄麻岭》《郑小琼诗选》《纯种植物》，其特点是直面社会苦难，渴望公平与正义，反映中国城市化浪潮中城乡二元结构破碎的底层打工者的工作、生活、痛苦与迷惘，具有极强的社会介入性和阶层代言性。底层写作的往纵深发展，必然走向更广层面的社会问题探询、现实政治批判、复杂人性透视与理想维度的建立，这是因为文学的本质必然是从局部的个别写作进入普遍的整体人生意义的揭示，进入个体与世界关系的思考。在这个方面，很多打工诗人因为学养不足，呈现出其无法突破的困境，其打工题材的反复书写逐渐失去了对于读者的吸引力，如何寻找新的题材、反映新的问题、呈现新的意义，将成为底层打工文学突破的方向。而在这个方向上，郑小琼所取得的进步和她的个人探索将可能为打工诗人群体提供有意义的借鉴。

2. 完整性写作诗群，2003 年兴起，是广东诗坛极具理论深度和诗学自觉的重要诗人群体，“完整性写作”的口号最早由世宾提出，而东荡子则是完整性写作的精神之父和创作先驱，黄礼孩是完整性写作诗群的最典范代表。另外，黄金明、游子衿、浪子、曾欣兰、安石榴等也可看作完整性写作诗群在精神和艺术上的响应者。该诗人群体的重要作品有东荡子的《杜若之歌》、黄礼孩《谁跑得比闪电还快》、世宾《伐木者》、黄金明《时间与河流》、浪子《无知之书》等，其诗学理念是强调诗人的内在自我建设和触碰最高的不可能的上帝，主张诗歌要“消除黑暗达到精神的完整”，“诗人应像上帝一样，通过一个闪念可以获得整个世界”，完整性写作诗群的代表性诗人黄礼孩创办的“诗歌与人”国际诗歌奖、世宾创办的“东荡子诗歌奖”，已经成为传播其诗学理念并将广东诗歌推向世界的重要平台。当然，我们要注意到完整性写作诗群的概括也可能是不被诗人们完全同意的，比如世宾和浪子就有极大的差异，世宾在神圣写作的提倡中又明确具有极强的现实指向和政治批判维度，而浪子却声言“诗歌和现实没有一毛钱的关系”，诗歌只抒写诗人纯粹的内心。但在我看来，他们在要求诗歌的纯粹性方面都是相通的，在艺术的表述策略上也是不同于底层写作的现场裸露的痛感和苦难书写的，另外，他们都受西方影响较大，但在中国文化传承方面相对偏弱。

3. 新女性写作诗群。以马莉、王小妮、晓音、陈会玲、杜绿绿、谭畅、林馥娜、谢小灵、杜青、燕窝、谷雪儿、冯娜、舒丹丹、月芽儿、安安、吕布布、布非步、文娟、旻旻、紫紫、筱卉、钟雪、云影等为代表，新女性写作是我为其命名的，而其在学理上和实践上也是成立的。新女性写作诗群还可以区分出两种写作方向，一是以马莉、王小妮、晓音、谭畅、林馥娜、燕窝、谷雪儿、月芽儿等为代表的大女人写作，其特点是注重将女性的生命感受和对于社会现实的当下关注结合起来，她们或者具有强烈的现实批判性，或者具有哲思的品质。其中，作为广东本土诗人，马莉的写作最具代表性，其诗集主要有《金色十四行》《马莉诗选》《时针偏离了午夜》《词语在体内开花》等，其诗歌作品内涵丰富，体式多样，成就突出，而自成大家；王小妮在诗坛成名早，其本人虽然来自东北，但自 1985 年起定居深圳，其重要诗集如《我的诗选》《世界何以辽阔》等在诗坛都产生了重要影响；作为来自四川并长期定居广东的女诗人，晓音始终坚持着一种女性写作对于性别身份的超越，在其早年主编《女子诗报》并转战各地中，注重一种实验性写作，致力于“探寻诗的语言技艺，而不仅是表达一种女性的生活或生命体验”（向卫国），而在其走向成熟期以后，更创作了一批直接关注中国政治现实的作品，如长诗《六十四号病房》等，“这些诗中即便是出现了她自身作为女性抒情主人公的口吻，其实也是以一个‘人’的或者公民的身份发出的声音，而不是一个‘女人’”（向卫国）。二是陈会玲、旻旻、布非步、紫紫、安安、文娟、筱卉、云影等女诗人的写作，则更具单纯女性写作的特征，她们的诗歌是更加心灵化和女性特质化的，因为身处环境的单纯，她们并没有对社会苦难的切身痛感，也没有完整性写作诗群无限崇高的使命感，而更注重纯艺术和纯心灵感受的小女人写作。尤其是陈会玲的诗歌，有一种强烈的优柔的女性力量，她的语词纯净凝练，她的情感沉静、含蓄和优雅，在极具灵性的感悟和写作中，呈现出了一种典型的东方美学精神。还有谭畅等举起

“花神诗歌节”的旗帜，集聚一大批女性诗人，持续不间断地展开女性的自我书写与女性写作理论的自我建构，这也使其成为近年来珠江诗坛的一个重要的诗歌和文化现象。而林馥娜则是女诗人中难得的诗歌写作与诗歌批评兼擅的作者，其写作极富哲学的深度，侧重人与万象的互换体验。冯娜侧重人与自然的共鸣，在诉说民族性的精神渊源中开启自我价值的确认；燕窝在自我的智性追逐中趋近于万物的吟唱；杜绿绿的诗歌风格独特，颇具另类色彩；钟雪以其奇异的语词和意象书写在精神的漂泊之旅中构建着自己独立的文化家园。

4. 纯技术写作诗群或新玄学诗群。梦亦非可谓当代诗歌纯技术写作的重要代表，学习这种写作技法的有“90 后”诗人如梦生等，其主要作品有梦亦非的《苍凉归途》《儿女英雄传》等，梦生也有《π/0》《x 门遐想》《23°20′N，113°30′E 24：00》等。梦亦非提倡诗歌写作的程序设计和可操作性，认为那种仅仅出于反映现实和抒发情感的诗学观念已经过时，强调发明某种文学技巧，把写作变成文学技巧的训练场，注重汉语长诗写作，寻求诗歌写作的技术突破和诗艺探索，甚至在汉语写作中大量引入字母和数字，构建一个符号的迷宫。这种注重纯技术突破的写作也容易导致一种弊端，那就是抽空情感和抽离现实的形上化发展方向。在另一个层次上，梦亦非的写作因其文化意蕴、哲学深度、宗教精神及其朝向未来的探索，我们又可以将他命名为 21 世纪的新玄学诗派，这方面还可以黄金明、陈肖为代表。黄金明的重要作品有《时间与河流》等，其诗歌注重意象写作的可感性，在哲学的致思中挣脱现代社会的喧嚣和烦扰，“以思辨的方式抒写精神历程，其中贯穿着对土地深沉的感情”（林馥娜），诗人在穿越时间的河流中，回到自然的宁静和生命的天籁，以为理想的世界增加一点东西。陈肖的诗则具有一种神性指向或巫性召唤的特征，在自己的《传说》等组诗中，他为万物引入了一种灵性化的特质，让自然成为一座居住着诸神的圣殿。

5. 口语写作诗群。以老刀、江湖海、高标、刘春潮等为代表，其中，老刀的成就最为突出，在广东诗坛出道早、成名早，其多年来一直致力于“口语诗”探索，其重要作品有《关于父亲万伟明》《查扣三轮车》《英雄》《失眠的向日葵》《打滑的泥土》《眼睛飞在翅膀前方》等诗集。老刀的诗具有明确的现实主义指向，强调回到常识，回到真，不仅仅是为了俏皮，不是油嘴滑舌，而是注重参与社会和人生的责任，注重在真的写作中获得某种价值维度的观照，注重以锐利的笔和深邃的思构建起独特的诗歌王国。老刀的诗在艺术的精神上仍旧是与完整性写作相通的，就是渴求在现实之痛中寻见公正与温暖，只是其艺术修辞和言说策略有所不同，他们在语言上有着其明确的自我坚持。只是口语诗的写作确实存在严重问题，那就是可能因为太过现实而失之琐碎，从而导致诗意的匮乏，并可能最后演变成闲极无聊的口水诗，段子化、玩聪明、抖包袱、讲故事，缺少生命的内在关怀和现实的真切指向，其在诗学的自觉和思想的深度方面也有较大缺陷。

6. 都市写作诗群。以郑小琼、马莉、谭畅、蒋志武、何光顺等为代表，郑小琼的《人行天桥》展示了城市里各种身份的人们在经济利益驱动下的相互欺骗和侵害，呈现了重金属污染所造成的人类身体所遭受的摧残和毒害。马莉的《金色十四行》诗集则广泛写出了城市里的卑微的建筑者所面临的痛苦的生存处境，写灰霾城市里的某种压抑的强烈体验，在批判中展现不为人所注意的，避免了某些歌唱城市地标建筑的抒情化写作。郑小琼的《人行天桥》不仅是底层打工诗歌的名篇，同时也是当代中国都市或城市写作的经典，写出了现代城市工业的冰冷机械和钢铁对于血肉之躯的侵蚀和对于古典诗意的摧毁。谭畅的都市写作则集中于展示女性的悲剧，如她的《东莞启示录》《我的天之河》等都写出了寄居城中村的发廊妹的不幸命运，写出了在现代都市里政治权力、资本权力对于女性的肆意掠夺。蒋志武的《黑色的城市》《黑金属老虎》《受命的铁钉》则主要写出了城市的金属丛林、城市深处的黑暗、黑暗中的毒瘤、无处不在的欺骗、大楼上长满铁锈的铁钉等所隐喻着的个体和人性被都市工业机器吞噬的恐惧，揭示出作者着眼于人性渴望精神归依的主题。何光顺则有《广州印象》《城市里的水泥路》等城市组诗，形成了对于天河城广场、北京路、广州歌剧院、城市河涌等特殊城市主题的多维度写作，写出了城市所缺失的本质及其对生命源头和精神故乡的远离。总体说来，当前广东诗歌乃至中国诗坛，有关城市主题的写作仍旧严重匮乏，很多有关城市题材的写作还未真正进入现代性的视野，未能写出城市所具有的多元性和复杂性。

7. 学者型写作诗群。以温远辉、王瑛、容浩、赵目珍、何光顺等为代表，其诗歌创作带有强烈的知性特征，具有某种诗学理念的折射，而其特点又各有不同。如温远辉最早在高校从教，后虽进入南方传媒集团，他一边开展诗歌写作，又同时坚持诗歌评论和学术写作，这种创作、批评和学术兼顾，是学者型诗人的共同特点。在学者型诗人中，较重要的诗集有王瑛的《昨夜，誓言一样的青铜器》、容浩的《从木头到火焰》、赵目珍的《外物》等，以及何光顺的诗作《身体、性爱和灵魂》《落叶和手机》《三月七日》等。王瑛诗歌的特点主要在于借助象征手法以把自己日常生活中的所见转化成完全陌生化的意象，以对现实进行有距离的观照，而其写作重心特别注重于以亲情为核心的伦理维度的书写，这为当代诗歌的伦理写作提供了新途径；赵目珍的诗歌较多地将老庄的哲学精神进行诗化的表达，是明确的具有学理的沉思的特质；何光顺的诗歌则着眼于从哲学的、历史和现实的多维度介入，探讨身体、灵魂、民族、神性等主题，其写作既具有中国传统儒道思想的深厚背景，又有西方哲学美学的陶化熔铸，其诗歌写作具有诗人汪治华所说的“思想发出呐喊，立即写出了灵魂的回音”，“哲学化成了诗歌的肉身，诗歌则进入到了哲学的灵魂”，“诗歌与哲学的遇见和冲突，就是一种具有内在张力的和谐”。但总体说来，学者型的诗歌写作还未能得到充分地发展，这主要源于学者大多被体制所套牢，而多未能进入文学创作的维度。

8. 新乡土写作诗群。以黎启天、郑德宏、蒋志武等为代表，主要作品有黎启天的《零丁洋叹歌》《零丁洋再叹》、郑德宏的《华容传》、蒋志武《万物皆有秘密的背影》等诗集。黎启天可能是广东最具乡土写作自觉的诗人，他认为当前中国写乡土的诗人更多的是将目光投向那些离乡进城的务工者，但却忽略了所有进城者的异乡境况都会不同程度地反射回到他的出生地、他的故乡，黎启天期望通过乡村留守人的群像以反观进城人的生存与心灵困境，写乡村的老人的守望、小孩的渴望、荒芜的田地和空荡荡的村庄，他主张回到出生地，回到乡村，以另一个角度、另一视野，隔着时空距离，去反观异乡，从树的根部或许更能感受叶的漂泊。郑德宏的诗歌则主要是写他在湖南的故乡，写对于故乡的华容河的挚爱，对于故乡的山水草木的深情，其中有许多优秀的诗作。蒋志武的诗在对万物秘密的书写中，展现一条心灵的回乡路，以点燃他因漂泊异乡而沉浸在黑夜里的孤独灵魂，在他的笔下，家乡的桃花和草木，都成为照耀他不断前行的信仰的图腾。然而，从整体来说，广东诗歌的新乡土写作，还远不如内地的乡土写作能够得到重视，这方面还需要更多优秀诗人的介入。

9. 垃圾诗写作诗群。其创始人是皮蛋，凡斯是这场运动的领袖，就是垃圾诗群的理论代表，而文本写作的代表是典裘沽酒，其后起之秀主要是无聊人。垃圾诗群的代表作品有典裘沽酒的《时代三部曲》《绝望的十四行》《我渴望高潮时看到你的脸不再扭曲》《风波》《在床上读诗》等。垃圾诗群的诗人把自己置身的时代看作腐朽的、垃圾的，他们希望揭破这个伪装得堂皇的时代的不堪入目的肮脏，他们写广场，写生殖器，写淫词秽语，但其背后却可能隐藏着某种已经被戏谑成碎片的严肃主题。垃圾诗群写作的流弊是沉溺于用下半身写作和用恶心语言来写作时，可能造成恶俗和艺术水准的剧烈下降，造成诗歌情感的无底线和粗鲁化。

为着言说的方便，我们做了以上有关诗歌群落或流派的“命名”，此真所谓“道不可名，强为之名”。但即使如此，我们以上有关诗人群体的归纳还是难以完全罗列南方诗坛的整体写作现状的，因为很多诗人群体都处于命名和形成之中，比如在口语写作和垃圾写作的交叉中还衍伸出“脑残体”写作诗群，其写作理念是“用障碍说话”，阻绝思想对于写作的介入。这些不同的诗歌群落，我们都是根据其写作理念和方法实践来予以命名，这其中既有自我命名的，具有强烈的流派自觉特征，也有本文根据凝聚度较高、相似度较高而予以概括和提炼的。这种命名的优势在于打破出生年代和出生地域的简单划分，而实现某种程度的召唤出场，以在现代生活的流动性中增强更具诗歌本身精神和诗歌艺术探索的集结。

当然，还有学者根据地域来划分出了珠三角诗群、粤东诗群、粤西诗群、粤北诗群等，甚至每一个城市都命名一个诗群，这种划分方法有牵强之嫌，如果一个诗群没有主题、题材、精神、风格的黏合度，而仅仅是一个地域或一个城市来划分，那每个城市都拼凑出一个诗群，而这些诗群相互的差异何在，就可能不明所以了。我们在否定这种地域和城市来命名诗群的同时，却可能认可广东以族群为特点来展开写作的客家诗群，该诗群以诗歌作为全球客家人的一种精神联系，以进而为华夏民族的整体文化认同的建设做出自己的贡献，其代表诗人主要有唐不遇、离开、柯桥、林珊、吴乙一、惭江、若溪等。当然，还有很多诗人，并未能纳入诗群来观照，我们可以将其概括为独立诗人，比如长期在广州和深圳生活并被称为民间思想家的诗人海上，其写作就是体量庞大而难于辨识的，还有一些诗人，具有写作的独立性，我们还未来得及具体归纳到某个诗歌群落中来进行观照，如汪治华、祥子、刘汉通、翟文熙、阿翔、慕容楚客、龙凌、马龙飞等。同时，我们还编选了一些年轻的诗人，如温咚荻、喻皓、黄宇、乔迎舟、赵璠、林显聪、吴新纶、冯媛云等，这些新人才刚刚起步，但其最初的写作已经有了可喜的成绩，至于其未来的写作，则需要更多观察，也留给我们更多期待。

三　南方的诗是指向未来的

南方诗歌是与新诗百年历史同步并在精神内质上引领潮头的，在世纪之交的转折点上，其艺术上也开始逐渐超越北方诗歌，而更具有活力的。回顾一百年以前，胡适首倡白话而反文言，变古体而为新制，新体诗遂起。然胡适新作尚浅，其情感和体式如其为人，有谦谦君子的自我修饰和收敛之风，其新变重在语言，而其体式和精神，却尚未能充分体现新体诗之自由。郭沫若继其后，以狂飙突进的姿态，首次展现了新诗的最无拘束和奔放洒脱，从艺术上来说，其名篇《天狗》并不是特别具有创造的，而其真正的创造却在于将胡适所开创的新体诗，以纵逸的天才感情和狂肆的白话言说大大向前推进了。20 世纪二三十年代的新格律诗派在艺术上做出了真正的开拓，徐志摩的《再别康桥》、闻一多的《死水》成为这种格律探讨的代表作。臧克家的《有的人》、戴望舒的《我用残损的手掌》、艾青的《我爱这土地》等，逐渐为新体诗赋予了更为充实的社会政治内容和反抗批判精神。而戴望舒的《雨巷》、卞之琳的《断章》，在艺术和意境的创造上，既重续着某种中国古典的余韵，又具有全新的现代精神，并从而让中国新体诗和翻译过来的欧美诗歌在神情和性格上区分开来。

我们编辑 20 世纪末叶到 21 世纪初的中国南方诗歌流派的作品集，就是要呈现新体诗在自由精神、形式体制、题材意象、修辞手法等各方面的创辟。在这些诗人之中，我们姑且列举东荡子、黄礼孩、世宾、梦亦非、浪子、马莉、陈会玲、郑小琼与何光顺九人之诗以为示范，因篇幅有限，我们还将专文探讨现代新诗之可为示范者。此所列举九位诗人之片语，已可为当代汉语新诗之精粹展现。如东荡子《宣读你内心那最后一页》：

> 宣读你内心那最后一页
> 失败者举起酒杯，和胜利的喜悦一样

黄礼孩《独自一个人》：

> 一路上，没有人与我谈起天气

在一滴水里，我独自一个人被天空照见

世宾《光从上面下来》：

光从上面下来，一尘不染
光把大地化成了光源

浪子《构成》：

明月在上升，我分明看见
另一轮明月在沉没

梦亦非《三月：遗址之花》：

那露水的祭台上，馨香低迷
是否，神不会留下痕迹

马莉《听说柚子花落满了庭院》：

那么轻，那么轻
清晨的针叶穿过宽阔的晚风

陈会玲《拾碎》：

我听见内心的声音，绕过久远的岁月
深陷秋天的惶惑

何光顺《每一片落叶都携带着一个灵魂》：

光的碎片闪耀，照着每一个虫子的归去

每一片落叶，都携带着一个灵魂……

这些诗句亦可谓诗之上品，我喜欢其写作所呈现的明净、纯粹、澄澈和灵性。你仔细品味和吟哦，就不难发现，这些诗篇的情感是凝聚的、含蓄的、深沉的、柔软的，却是有着极强的力量的，这些诗篇以自由变幻的现代汉语的形式表达着一种节制的情感和节制的风格，自由并不意味着没有任何拘束，在形体的自由变化中，永远深藏着人类的一种自然本真的情性吟唱，又要能止乎礼仪的伦理品格，还要有一种朝向神圣的永恒书写。在以上诗人的每句诗篇里，我都能听到风儿吹过树叶的沙沙声，听到诗人在这世界里的缓缓歌声，听到上苍的神秘力量的呼唤和应合。当然，每句诗篇又有其不同的侧重和方向，有的在安慰失败者，有的是一个人在独自沉思，有的是看到神圣的光照耀大地，有的是看到一个世界的沉没，有的是在虔诚的祭拜中窥见神圣，有的是在自然的风中听到了落花的声音，有的是绕过久远的岁月回到纯洁的起点，有的是看到了每一个生命都有着其灵性的力量……此真所谓“天下殊途而同归，百虑而一致”。实际上，所有的诗人都在指向唯一的诗篇，所有的诗人，都是唯一的诗的顶礼者，他们只是从不同的维度去抵达……

在九位诗人的诗作中，郑小琼的诗有着不同风格和情感的表达力量，那是来自对 1990 年代以后席卷华夏的打工者之苦难的历史见证，这里仅举其《喑哑》前半部：

我以为流逝的时间会让真相逐渐呈现

历史越积越厚的淤泥让我沮丧　喑哑的

嗓音间有沉默的结晶：灼热的词与句

溶化了政治的积冰　夜行的火车

又怎能追上月亮　从秋风中抽出

绸质的诗句　柔软的艺术饱含着厄运

他们的名字依然是被禁止的冰川

这首诗的力量太过强韧，开篇就以怀疑和痛苦置入，让人在绝望中深深叹息，他的整首诗篇可以连接成一个长句，那是对时代的无休止地控诉，流逝、沮丧、喑哑、沉默组成了最初的感伤和叹息；而后诗和诗人出场，灼热、溶化、柔软，寓示着诗所秉承的情感和急切的期望，“从秋风中抽出/绸质的丝句”，这是诗人要以诗篇柔化一个工业和资本联盟的时代对于生命所造成的窒息和压抑，诗并无法干预时代太多，然而却可以让心灵看到希望。

像郑小琼这样，表达强烈现实批判性的诗人，还有很多，他们在艺术上虽然还未曾达到郑小琼诗篇的高度，但其内在的痛苦和对于时代的控诉，却是令读者无不为之动容的。如许立志的《梦想》：“夜，好像深了/他用脚试了试/这深，没膝而过/而睡眠/却极浅极浅”，这是何等深沉的隐藏于黑暗深处的绝望；又比如罗德远《在生活的低处》：“在生活的低处/一群群鲜花远离课堂”；谢湘南《填海》：“大卡车将泥土和石块往海里倾倒/轰隆隆的声音传出很远”；张守刚《我用一个夜晚的疼痛来思念故乡》：“这么多年都过去了/我还在路上/追赶风瘦削的骨头”；这些诗篇都诉说的是底层打工者生活在现实的低处和精神的低处，却永不停歇地劳作和追赶，他们像蚂蚁一样卑微而忙碌，却自也有其追求和意义。

还有的诗人如海上，也是难以概括的，其语言、风格和主题都是多重的，其诗亦为上品，如这首《避免逆光的引力》：

你看逆光的表面，张裂的
是世纪的疑问
人们的视力下降至悼念的昏暗处
你看世界把信封失落在寒潮里
哭泣的祷词正朗读出它

的秋叶……叶子在风口传诵
你在逆光里隐遁
昏眩的人群里，唯有我在曾经的现场

诗人用一个物理学的术语“逆光”表达了人们在一个昏暗的时代所置身的生存困境，他们慢慢丧失了对于光明和温暖的感知力，诗人以“逆光”陈述了对于长达一个世纪的苦难中国的控诉，这种逆光的生存处境让这个民族长期沉没于“昏眩”之中，“你看世界把信封失落在寒潮里/哭泣的祷词正朗读出它/的秋叶”，在海上的诗中，你读出了一个民族的灵魂的哭泣。海上还有许多关于民族的神话和历史的长篇史诗，读他的文字，你能感觉到他的灵魂穿越亘古洪荒，又飞向未来时空，他炽热滚烫的情怀只为华夏民族缔造着属于自己的伟大。在他的诗中，我看到了只有运行到民族文化的群星闪烁的高空，那神圣的光芒才能将世人提升引入高山流水和晓风明月的空灵与纯真。在为民族的伟大气象寻找合适的形式中，海上不断沉潜，以让自己进入黑暗的深渊，去探寻华夏民族可以历经千年万代而生生不息的秘密种子，去为当代中国汉诗的史诗化写作注入古远的民族精神的力量。像海上这样优秀的具有宏大体量的民族诗人，是值得我们特别标举的。

又比如汪治华的诗篇，是既平易近人又入心入肺的，他既希望如口语诗写作那样与世间生活打成一片，但却又并不满足，而希望像完整性写作诗群那样去达到奥林匹斯山的众神高度，就如这首《鸟》所写的：

飞鸟在天上飞，它把两个世界
飞成一个整体。

天上和人间的世界被飞成了一个整体，飞翔的鸟儿，就是神圣的使者，它为天神带来人间的动静，为人间带来天神的消息。还有诗人写“月亮从狗吠中，一声一声，被唤出来”，“而鸟，在山谷里的回声/把它空空吸走”；“它的心酸，如同树枝/站在时间的河里”，都十分传神动人；“鸟是区别植物、动物的/分界线，鸟是区别星光、眼泪/的分界线”，这表明了汪治华的理想，在当今这个时代的社会生活对人的全面异化中，必须要让人从中脱离出来，必须划出一些分界线，让人不至于沉沦，作为天地之间的人，他需要像飞鸟一样，既谛听神灵的语言，又能感受到泥土的芬芳。在汪治华的诗歌里，我强烈地感到，诗人的一首诗，就构成了一个诗人的基因密码，就像诗人的细胞一样，携带着他的全部信息。那飞翔的鸟，就是一个极具创造力的能让自己飞翔在天空与大地之间的诗人的隐喻和象征。

在我们编辑的诗选中，有一个很有意思的现象，那就是有很多写父亲的作品。或许这可以从民族文化心理的角度去解读，在我们这个民族文化传统中，父亲承担了太多的重负，父亲似乎就是大地和苍天，就是民族和传统，就是亲情和劳作的承载者，我们选编的老刀的《关于父亲万伟明》、马莉的《父亲，是你喊着我的小名么》、浪子的《写下一首你无从读懂的诗》、王瑛的《父亲·祭》组诗，都是这样的诗篇。这其中，王瑛的《父亲·祭》组诗尤其值得注意，王瑛可能是当代诗坛第一个用这么多篇幅大规模写作父女亲情的诗人，这组诗总共包括《爸爸，新年吉祥》《爸爸，七十快乐》《谁陪我喝了这杯清茶》《梦里花不开》《别人的爸爸》《这个屋子没有诗意》《或许我已经可以和弟弟妹妹们谈谈》，这些诗都是王瑛在父亲去世后陆续写成的。这正如李艳丰所指出的：“王瑛用诗歌的形式，为父亲在此岸设置了灵堂。她得以就此凝视父亲的沉默，并想象父亲聆听、陪伴的模样，实现生命的接续与绵延。”（李艳丰《人伦之爱的诗性昭示》）在诗人新近出版的《昨夜，誓言一样的青铜器》中，开篇就是《爸爸，新年吉祥》这首怀念父亲的诗：

山花已经谢了
蘑菇不再生长

山背后的父亲

是否站在竹梢眺望?

一种凋谢、沉没和悲伤，扑面而来，这是至深的亲情，也是被许多人遗忘的，被资本和权力腐蚀的，然而，这却是华夏伦理的根基，是人类最古老朴实的真情，诗人的诗将我们直接唤回大地，让我们瞩目青山，让我们感念大地和青山对我们的哺育："路的尽头/数不尽的日子灯火璀璨/春华秋实有时候也是一种忧伤/他心爱的姑娘正抱着他的岁月望着菊花星星点点黄"，诗人让我们回到人间去为每一个微不足道的生活点滴引入诗意，女儿在父亲眼里永远是娇弱的，是父亲要用大山一样的臂膀来庇护的。

我们的诗集还编选了一些最年轻的诗人，如温咚荻、梦生、乔迎舟、赵璠、喻皓、黄宇、林显聪等，他们的诗歌也是值得期待的。梦生的诗歌有实验写作的特征，乔迎舟的诗篇在哲思、神性和诗意的熔铸上已初见气象，赵璠的诗有一种简洁硬朗的风格，喻皓的诗受到西方诗人的较大影响，黄宇的作品的意象运用极具特征，林显聪的诗有一种奇诡的异质感，吴新纶的诗借助神话以行巧思。还有如官越茜往歌词化方向的写作，如这首《没见过》，呈现了现代诗往歌的回归的特征：

我见过树叶亲吻大地

见过微风拥抱空气

没见过你

我见过曼陀罗的美丽不会凋零

见过大雁身披着余晖的霞衣

见过森林沐浴了如丝的细雨

没见过你

诗和歌是不能分开的，在诗起源的时代，诗就是歌，然而，到现代世界以来，诗逐渐远离了歌。2016 年诺贝尔文学奖颁给了美国民乐歌手鲍勃·迪伦，这真是深具寓意的，或许，单纯从艺术的高度上来说，还有好几位是比鲍勃·迪伦更适合获得诺贝尔文学奖的，但诺奖委员会将文学奖颁给一位民乐歌手，这似乎可以看作当代的诗向歌的内在响应和回归。在我们诗集结束的部分，我们编选这样一首更接近于歌的诗，就是有感于“90 后”年轻的心，将诗唤回歌的内在感觉的苏醒。这首歌有着一种轻盈的旋律和美妙的乐音，有着一种初恋般的愉悦和明媚的感情，这就是这个年龄的女子的心灵在歌唱。这歌中也有忧伤，但那是轻柔优雅的，是动感健康的，是充满着希望而又跳跃的。在这首歌的末章：

你来过这城市　你来过这土地
白云依旧朵朵　草色依旧青青
我在这里啊　就在这里啊　安详地
像一朵傲然的白莲　不畏风雨
像一朵傲然的白莲　不畏风雨

玩之读之，吟之诵之，真有余音绕梁，三日不绝之效。如果谱上音律，当是一首很好的歌，这其中有着一种自然的节奏和音乐的美感。在优雅袅娜的歌唱中，年轻的女生以“像一朵傲然的白莲不畏风雨”的反复咏叹结束了全篇，这也真可谓《南方诗选》的最有意味的结束。当然，这部诗选是无法以“白莲”或这首歌来全部概括的，但我希望这部诗选在底层打工诗人的沧桑苦难中开篇，在“90 后”诗人的青春希望中结束。这种结束不是真正的结束，而是另一种延续，年轻的诗歌新人，在一部极具重量的诗集里，无疑是要排在末章的，然而，他们却必须是要出场的。最先出场的诗人，当然是重要的，是代表着这个时代的，他们树起了这个时代的尺度和标杆，引领着这个时代向深处和高处探索，然而，未来却属于新人，我们期待他们接续诗和歌的传统，为我们这个民族继续展开精神领域的书写。

在对于以广东珠三角为中心的南方诗歌的扫描中，我们展现了一种从近代以来崛起的真正南方精神，我将其命名为海洋精神。某种程度上，我将这种精神看作与从漠北、西伯利亚而卷起的野蛮力量相对应的，某种程度上说，华夏民族的中原腹地的精神力量，一个重要的保存之地，就是在南临太平洋的珠江水域的肥沃之地，在北方中原每遭逢来自他族的冲击时，一波又一波的中原难民的南迁，就促进了以广东为中心的南方诗歌的繁荣。无疑，尊敬的读者，将会发现，我并未简单地将南方精神所代表的海洋文明与中原所代表的大陆精神予以对立。而实际上，海洋精神和大陆精神更有机地结合，将更好地决定着华夏民族的未来。对于华夏民族的大陆精神，我在为四川存在先锋诗派所写的《四川诗人，大陆精神的象征者——从“第三代”诗到“存在”诗群的演进》中做出了论述，在这篇序言性地阐释四川诗人的文章中，我指出四川诗人承载着“华夏民族最根本性的大陆精神”，那里隐藏着一种源自古老历史渊源处的深邃和厚重。如果说，广东珠江水域将华夏民族的民族精神向海外扩展，那么，四川天府之国则将华夏民族的民族精神进行深根厚植的归藏和返回。没有四川诗人从司马相如到李白、杜甫到苏轼，再到当代存在先锋诗派的写作，没有刘备、诸葛亮以捍卫正统并赢得千古诗人垂吊，没有钓鱼城对蒙元入侵的殊死抵抗，就不会有华夏民族文学的深沉与厚重、悲凉与慷慨。同样，没有广东诗人遥指海外的中西方文明对话，没有对于从北方不断迁徙而来的民族儿女的庇护，没有崖门海战中的华夏衣冠尽丧的悲情，就同样不会有华夏民族文学的开放与包容、辽阔与混成。因此，我们看到《南方诗选》开篇的郑小琼等数位优秀诗人，实际就是四川的大陆精神与广东的海洋精神的结合，就是在奔赴自由中的现代人格的涵养。而这种人格精神和诗歌精神，都需要我们将中国幅员辽阔的各地区放到一个更高维度的民族精神的角度来展开书写，而后才可能获得与世界文学对话的可能。没有属于华夏民族的中国文学，就不会有中国文学真正走向世界，而这也是我们编选

《南方诗选》的意义所在。

当然，作为首部以《南方诗选》命名的诗集，目前我只是从我熟悉的角度推出了曾经在“云山凤鸣”公众号发表作品，并为我所知的一部分广东或南方诗人，在这部短短的诗集内，我们不但未能涵盖广东珠三角诗人的精英，更遑论广东以外同属南方的湖南、广西、海南、云南等地区的诗人，他们也都可以体现出我们所提倡的南方精神的不同维度。这些都是需要我们以后再编或续编中去关注的。幸好，我们的诗歌创作和批评是一个持续的事业，只要有这种对于艺术和艺术所隐藏的根本性的精神的挚爱，我相信，那些暂时为我们本期诗选还未曾纳入的更多的优秀诗人，并不会介意我们先行借我所熟悉的部分优秀诗人作品所做的一次民族精神的建构。历史的道路源自远古，并伸展向未来，我们每个人都在标记自己的行程，并寻找同路人，我只愿为着这个民族和时代的书写，愿我们都能携手同行，让我们走向属于个体的，也属于民族的未来。

第七章　矛盾书写与神秘应和中的“湍流”诗歌精神

在中国当代先锋诗群中，湍流诗群的重要性，还未曾得到学界充分关注。2010 年，湍流诗群开始酝酿，2011 年正式创办《湍流》诗刊，诗群最初成立于湖北公安，发起人野梵、蓝冰，并由野梵首倡“后语言主义写作”，创刊诗人不限于公安籍成员，主要成员有野梵、黑丰、许晓青、蓝冰、袁小平、冬羽、龚道军、仪桐等。《湍流》以年刊形式出版为主，已经印行 7 辑，第 1—3 辑由野梵、黑丰共同主编，从第 4 辑即 2014 年起，黑丰因个人分歧而退出湍流诗社。自《湍流》创刊，随后相继加盟的重要代表诗人及诗评家遍及各省市，按加盟时间先后顺序，他们是冰马、陈晓岚、王丛桦、吴长青、微紫、梁雪波、汪剑平、潘黎明、张钊伟、贾建国、默雷、税剑、罗勋章、今果、王迅、老非等。另外，如林贤治、周伦佑、非默、王家新、杨炼、徐敬亚、朱大可、陈应松、黄大荣、何言宏、傅元峰、何同彬、夏志华、林忠成等著名诗人、批评家亦作为湍流之师友而给予了湍流诗群鼎力支持。正如湍流诗群的命名所昭示的，湍急、旋涡、卷入，就是其典型特征，它内藏着一种紧张的矛盾，但却有一种与世界应和的神秘关系，就像湍流的旋涡与河床的地形有关，也与来自远处水流的汇聚有关，还与来自苍穹的雨水有关，或许，它的力量还与人们冥冥中所相信的神灵相关。命名就是一种召唤，湍流诗群的成员也在自觉地形成其既个性鲜明又具有群体性特征的湍流艺术精神。这种湍流精神重在打破一种外在可见的秩序，而呈现出一种不可把握的矛盾冲突、悖论情景、神秘应和与艺术的先锋性探索精神。这种湍流精神既来自传统又革新传统，既借鉴西方现代和后现代又改造西方现代和后现代。在反对政治上的后极权主义、反对思想上的犬儒化、反对艺术上的平庸化中，湍流诗群也在重建、修复现代汉语诗歌倾斜的审美尺度，低调地践行着朝向“诗与政治”、“人与世界”和“词与时间”的综合诗学，并在艺术上不断地实现了某种跨越。

一　旋涡里的沉落和重生：一种“现代性—缘域”重建的可能

湍流诗群有一种可贵的声音，那就是诗社成员都有一种如地底岩浆般喷薄的力量，渴望突破荒凉的大地，背向被强化和被赞美的体制说话，体现出一种铺设真理之道路并不辞牺牲的写作勇气，表现出指向政治批判本身的尖锐性、爆发性和坚韧性的美学品格，而其所采用的诸种创新性的艺术修辞，如矛盾和悖论书写、打通事物隐秘联系的隐喻和象征手法、在宏大荒凉场景中反衬情感和精神的痛楚，这种创新性的艺术修辞和诗歌艺术精神，我此前也曾将其视作“现代性—缘域”的创辟，这也是我在研究法国第一个现代性诗人波德莱尔时指出的。[①] 在笔者看来，西方古典文学主要走的是一条疆域化发展之路，而西方文学现代性的萌芽和开启则是对单极化和疆域化文学发展路线的突破，波德莱尔在1863年《现代生活的画家》中正式使用并确立了“现代性”一词的完整定义：“现代性就是过渡、短暂、偶然；它是艺术的一半，另一半则是永恒与不变。”[②] 笔者认为，“现代性”的表达还显得过于模糊，我们应将梦幻、他者、存在共同带出的动荡变幻的文学生态命名为“现代

---

① 何光顺：《文学的他缘——波德莱尔〈恶之花〉的“现代性—缘域”重释》，《国际比较文学》2020年第2期。

② ［英］戴维·弗里斯比：《现代性的碎片》，卢晖临等译，商务印书馆2003年版，第21页。［David Frisby, *Xiandaixing de suipian* (the Fragments of Modernity), trans. Lu Huilin et al., Beijing: commercial Press, 2003, p. 21.］

性—缘域”，而波德莱尔则是“现代性—缘域”文学的真正开创者，它着重展现商品化和资本化所带来的空前的人性的冲击，并在揭示都市之恶中裸露出现代政治之恶及其内在冲突和矛盾的维度，而诗人也借助一种矛盾和悖论性书写来揭显重建“现代性—缘域”的可能。

波德莱尔确立的诗歌的“现代性—缘域”，呈现出一种东方文学的缘域化特征，即在对于感性生命的直观和人间生活丰富性的裸露中打破理性的独断，它让我们体认到，超越不在彼岸，而就寓于生活的修行。在波德莱尔笔下，就更多的是人间之恶的呈现，是尖锐的对立，它不掩饰、不遮蔽人间生活的丰富、复杂和矛盾，它聚焦于都市化和工业化中的现代性进程，贫富急剧分化，阶级鲜明对立，精英和大众隔着鸿沟天堑，它呈现出理性的困境和无法解决的矛盾，希望与绝望，黑暗与光明，善良与罪恶，都以理性化、合法化的操作形式呈现出来。一种烦闷、焦躁、痛苦不安和忧郁甚至绝望的情绪弥漫在都市空间。批判工业集约化生产导致的人性的丰富性丧失，反抗资本逐利性所导致的功利主义思维，发掘现代都市宏伟形象中隐藏的生命的卑微，就标志着现代主义文学的诞生。我们引入“现代性—缘域”概念，就是要标明文学的这种非单极化的复杂、矛盾、悖论而又相反相成的共生性特征，它具有跨界性、缘起性和杂语性①，它也打破了文学的本质论、认识论、反映论和工具论倾向，文学在愈益怪诞和荒凉的时代面前，呈现出一种多面神或混沌性的怪兽特征。

在湍流诗人这里，这种文学的“现代性—缘域”特征也得到了典型的体现。野梵在为第六辑《湍流》民刊所作的序《词·呼吸舱》中就指出：“面对我们这个时代那日益浓重的精神雾霾，一种空前的无力感已统御了我们既定的语言或生活。”“既定性”成为一种惯性、惰性、奴性，打破这种惯性、惰性、奴性语言的封锁，也就是消解生活中隐藏的奴役性统治。“俗世中的我们为什么如此驯良和萎顿？而语言中的我

① 何光顺：《文学的缘域》，《暨南学报》（哲学社会科学版）2013 年第 11 期。

们为什么却如此不羁、优雅和张狂?”这里明确地宣告和呈现出一种矛盾和裂变，创造性、开辟性的语言，是真正优雅的，但却是被世俗看作不羁和张狂的，它扫荡了我们在俗世中的驯良和萎顿，它宣告出表象和精神的不一致，“一种普遍的撕裂正在向现实与精神的纵深处扩展，正义和良知企望空巷破城的孤勇目前似乎被逼到了墙根，灵魂的裂口越来越大，贴地于舱门的呼吸也感到愈益急促、憋闷”。诗人乐于看到这种矛盾和撕裂，只有当缝隙和裂口越来越大，铁皮包裹的黑屋子才可能被砸碎，正义和良知需要进入和突进现实与精神的深处。“我想说的是，依靠诗人平庸的语言喧嚣与思想挣扎，很难给这个时代带来精神换气的完美风暴”，“也许要寻找一种语言之外的力量，来更新传统和现实生存的没落景观，在必要的介入中，在可能的突围中，激活我们的语言和思想”，正如我所指出的文学缘域概念强调的文学是文学而又非文学，它在自身又不在自身，语言的游戏必须突破语言的边界，边界之外的沉默、无声，让语言放弃了抵达一切的可能，语言必须制造出自己的是与非的一体化混沌性存在，就像激流的旋涡，流水消灭流水，万物都于其中隐没，它的外延平缓而广大，它的内口湍急而趋于零点，文学的“现代性—缘域”表明了它对于西方古典文学的疆域或东方古典文学的缘域生态的新的突破，在急剧变动的工业文明和都市文明中，每个人都被卷入工业和都市的狭窄收口中，一种更严密的权力体制在黑暗处将人吸入无可逃遁的地心引力之中。

这样，湍流诗人，实际就具有了其双重的文学或语言的任务，他们不仅是在反抗着一种源于古典时代的权力专断或一元化意识形态，而且同时反抗着工业机器和商业资本的双重技术控制中的人被新的权力怪兽所吞噬的无力感。语言的使命不是简单的歌唱，也不是简单的否定，它要形成自己的激流和旋涡，以抵抗历史、时代和现实的另一种激流和旋涡。在这样一个时代，整饬的古典语言或优美的抒情意境，都无法把捉这个特殊的时代，这也正如非默所指出的：“狂飙的时代突然变得孤独……抒情已成为一种疾病……暴雨过去之后，时间的锋芒渐渐向内卷曲。”湍流诗人没有只是看到狂飙或暴雨，当然也拒绝表象的平静和春天，他们看到了一种过于窄陋文学的疾病，看到了向内卷曲的时间的锋芒，蓝冰则指出：“人类最后的世界是在内心深处，所以现代文学必然的路径是，从对外部世界的观照，转向对内在世界的探寻。一个人只有在内心的世界里能听到自然的回音，那是我们最后的诗意，也是人获得拯救的唯一处所。”湍流诗人所领悟的现代文学，也就是我所提出的“现代性—缘域”，就构成了矛盾和悖论的复杂统一体，自然的回音，不在外部世界，而却在内心世界，语言的湍急的旋涡，将我们带入不可见之地，就是探寻隐秘的心灵。

应当说，在湍流诗人的理论主张中，已经形成了一种重构“现代性—缘域”的自觉，湍流诗人体知到文学之语言与历史之时变的复杂关系，他们不是局限于语言而认识语言，而是从外部—内部、时间—空间、肉身—灵魂等双重视角乃至更复杂的物事—时空—世界、人性—神性—物性的多重纠缠中来理解文学，这正如梁雪波所指出的：“……诗之歧路，须以深情浇筑。”又看到了：“诗歌是重构的时间和折叠的空间”，“诗歌是对已知、确定性的消解”，“人们对怪兽的恐惧激发出诗人作家的想象力”，“落日之后，一块废铁在诗性的召唤下醒来”（《带上一把可变的钥匙》）。作为湍流诗群的文学主张的重要推手与实践者之一，梁雪波清醒地认识到了文学自身的矛盾性和悖论性存在，这正如他引用英国侦探小说家切斯特顿的一句话：“悖论是倒立的真理。”这实际也是理解湍流诗群精神谱系和创作实践的一把钥匙。

二　湍流精神：一种矛盾和悖论修辞中的思想生态

湍流诗人在理论上也在创作中自觉地实践着矛盾和悖论书写，这种矛盾和悖论实际也是诗歌生命与世界本身的内在应和，这也正如梁雪波所指出的：“诗歌的复杂是与世界的复杂和诗人生命结构的复杂相对应的。”（《带上一把可变的钥匙》）矛盾和悖论，是生活的常态，也当是诗歌艺术修辞的内在结构形式。没有矛盾和悖论的写作，就可能是简单的否定而缺少建构，或者是粉饰太平而缺乏批判性的维度。诗歌写作的矛盾和悖论形态，大约有三种情况：一是来自语词本身的冲突，如又苦涩又甘甜，让人生也让人死，年轻而又老迈……这是波德莱尔式的；二是可见文本的情感或基调恰好与隐藏背景的情感和基调适成反对，如《诗经》的众多篇章都有一个与其所显现文本相反的隐藏背景；三是一首诗的内部就显现出矛盾和悖论的冲突，这是俄狄浦斯式的，矛盾冲突的双方都有其合理性也有其局限性，但却因为诸种原因发生着某种冲突，如祖国和个人的关系问题，就是为湍流诗人所经常书写的。

湍流诗人的矛盾和悖论修辞，最突出的首先是体现在语词本身，那是一种湍急的语言所创生出的精神和艺术的激流。我们可以将梁雪波看作居于湍流的旋涡中心的重要代表，当然，因为湍流的急速性和瞬间性，每一个居于中心的旋涡，都将被后续的旋涡所快速淹没或卷走，或者亦是他将后续的湍流带入旋涡，湍流不断运动，不断生成和卷入。一种湍急的速度、紧张的节奏、狂野的力量和泥沙俱下的混沌感和一体感，就形成湍流的具有代表性的美学品格或思想生态，我们先以梁雪波《断刀》的前两节为例：

刀是肉的炸雷，是缅怀的光，
是骨质疏松年代词的硬度。
草莽江湖，一柄削铁如泥的刀
占据着话语的山巅，又被黄金的
歌声征召，被反复更迭的风暴
吹弯，弯成一根午夜的神经。

一把断刀从流水的道路抽身，
在我身边凛然地竖立起来。
它无声无息，也不发出光亮，

漆黑的手柄插入夜的深水。
断裂的齿纹，像收割后的大地，
新鲜的麦茬生生地指向天空。

我以手持握，这半截的利器
浓缩了周身的冷。翻涌的
杀气浸入金属的记忆，
一朵烛焰在锋刃上疾走。
马匹和果实，暴君或英雄
臆想中的头颅纷纷坠落。

在这首诗中，断裂和感通，死亡和新生，暴君和英雄，疏松和坚硬，都以矛盾和悖论的方式异乎寻常地搅缠在一起，一位极具爆发力的诗人，以一种奔腾的摧毁性力量创造了语词的旋涡，“刀是肉的炸雷，缅怀的光”，这既可以是实写，锋利的刀从来就是为万物的肉身准备的，是要收割万物的，它让生命轰然坠落，也可以是虚写，刀锋、刀光，就是平凡肉身或自然肉身的闪电和惊雷，刀就是精神的喻词，它是“骨质疏松年代的词的硬度”，它拒绝腐朽，它收割平庸和败坏，这样的精神刀光只能“被黄金的歌声征召”。然而，这刀锋的锋利，刀光的闪亮，也不免被“反复更迭的风暴吹弯”，诗人不愿意谈这风暴，这风暴构成和刀锋的矛盾，它要抹平刀锋，但刀锋却不屈服，哪怕在至暗的午夜，也保持着如身体的“神经”那样的敏锐触觉。诗人随后写到了这柄刀的坚持，“一把断刀从流水的道路抽身”，诗人巧妙地化用了李白的诗句“抽刀断水水更流”，流水，一种绵软的力量，有如这沉沦的俗世，刀必须摆脱流水的绵软无形的纠缠，“在我身边凛然地竖立起来”，意味着精神的刀锋仍旧保持其锐利，它克服着夜，它带来收获，刀的齿纹断裂，就像伟大的牺牲者的自我献祭，这种献祭必将带来新生命的复活，“新鲜的麦茬生生地指向天空”。为着新生和希望，诗人和断刀合而为一，“一朵烛焰在锋刃上疾走”，诗人太渴望一场伟大的变革了。

断刀，就意味着在尖锐和摧毁中的断裂或变革，这把断刀“不会被泪水泡软”，“一把断刀制造的悬崖阻断了血的流程”，“一个无人的月夜，我看见/断刀飞出！比奔跑的猎豹/更接近闪电，比插满羽毛的铁鸟/还难以收入意志的刀鞘”，诗人完美地把握了语词的力度、速度、韧性、弹性和张力，汉语的简洁性、自然性和精神性力量得以呈现，现代汉语的污染被这种写作所扫荡。“断刀”就成为诗人精神的形象写照，也体现出一种注重速度、力量、锋利和革新的湍流诗歌精神。诗人的其他诗篇，也都可看作这种精神之刀光的闪耀，如《雪豹》创造了一个孤独之兽在荒凉世界的穿行，这有近于阮籍《咏怀诗》的那些“离兽”和“孤鸟”形象，但梁雪波所创造的“雪豹”意象却挣脱了阮籍诗没有出路的无奈感，而是具有了雪豹那“震慑”“洞穿”“撕开”的强劲生命技艺和“独行者”的神秘“火焰”合一的力量，这就构成了一种矛盾和悖论，就有如其另一首诗的题目《黑太阳》，太阳是光明的，但诗人又用黑色来形容。梁雪波的诗就展现出一匹当代世界的孤独之兽，时刻要以其独特的方式介入这个时代的和民族的文化。在他的诗中，既有语词本身构成的矛盾和悖论修辞，也有其文本语境和不便明言的写作背景构成的矛盾和冲突。读梁雪波的诗作，你能充分理解，写作就是破坏和创造，就是在动荡的激流中生成艺术本身。

蓝冰是湍流诗群的另一位重要的代表性诗人，其《新年之诗》同样体现着语词本身的矛盾和可见的文本语境与不可见的现实生活的冲突。何谓新年之诗？人类的创世记？抑或民族的创世记？诗人用“遥远的机声轰响在黎明”来开启他的诗篇，“孤独者醒来，从世纪幻梦中走出”，这与梁雪波所写的“独行者”是相通的，都体现着湍流诗群的共通的孤独、坚韧、抗争乃至摧毁的勇气或者说美学品格。在蓝冰的笔下，这位孤独者“顶着霜雾，风雪/天雷，地火，人祸”，醒和梦，沉睡和黎明，众神与人都构造出紧张与对峙中的相反相成的存在，孤独者四处独行，他“在沉睡的人们中间，黑漆漆的大地”，或者“漂泊于寒冷洋流”，听见了“审判的钟声”，孤独者的到来，不是要坚守传统的，他是要进行某种破坏的，他是21世纪华夏文化的另一个狂人，因此他也注定不是“正人君子”，“他受到诅咒，并被打入语言的囚笼”，孤独者所以孤独，是因为上帝或诸神已死，“出殡的丧乐依然在行进，震响我们/松脆的神经”，人心失落神性已久，诗人为世人呼唤神明，渴望诸神与人同在。

生命内在的矛盾或者说人性、神性、物性的悖论性纠缠及其修辞化表达，在袁小平极具狂幻化的写作中表现得尤为明显。如其《交响曲：巫颂》就是有如混沌开辟光明乍现的创世记之歌，正如他在写作这首长诗的前言中所谈到的构思缘起：“这首诗最初来源于一个梦：一片蓝色的湖面，有雪白的天鹅游弋。湖中细浪翻卷，如大地迎向天空的嘴唇。……”天鹅可以看作具有神性的精灵，当然，它也是物之纯洁性的体现，在天空和大地之间，精灵之物的生存场域，就是在高与低、天与地对立的“之间”，这之间是游移滑动的，是反僵化和固定的，这也正如诗人继续说起他的思索：“我听见两个人的对话，他们一个肯定是小偷，而另一个是否是正人君子，这并不重要。他们始终没有以形体示人……”诗人引出两种对立的人格或角色，“小偷”和“君子”，但这种对立或矛盾同样被化解，没有形体，实际意味着不可言说，正如诗人对长诗人物的交代：“人物：全是缥缈的游魂，大体言之，他们分三个类型，分别是青年、独行者、逆旅之人，每一类型又各有三到多个变体。”这不禁让我们想起了《庄子》中的众多人物，他们或者在藐姑射山、畏垒之山，或者在玄水、赤水，或者在洞庭之野、东海之滨，他们或者是传说中的圣王，抑或是儒家的孔子、颜回，或者是大盗、盗跖，或者是畸形人，或者是隐者，或者是辩者……他们梦见蝴蝶、骷髅、大树，与万物游戏……那是一个巫、神、人、鬼、物、怪于天地之间成其所是又否定其是的自由的世界……这种否定哲学，也就是我们所说的“缘域”精神，在袁小平的诗中幻化出更为离奇的存在，他的长诗《巫颂》写到了巫在深处引起的战栗，写到了狼虫虎豹之歌，写王者之战，炎帝、黄帝、禹、姬昌纷纷出场，大地的面目次第展现，问题青年、追风少女、叛逆的才男、独行者、士、教友、医生、商贾、政客……古典的和现代的交织，喧闹的和宁静的混合……袁小平的诗就是要以更极度变幻的语言、艺术形象和虚拟时空中的对话来重构生活的一切可能，就是要否定和反叛，这正如他的一些短诗如《飞蛾颂》所写的“反人类的飞蛾”，《临界书》写的“我已非我”，《落叶》写的“不再年青，也不再老”，《我把实词埋在虚词之下》写的虚实的悖反性互依，以及《给儿子》的诗所说的“我和你母亲是如此平凡”，都隐藏着不愿意屈服于现存价值判断的相反指向，这众多诗篇的合奏，就将那种语词的矛盾和诗境与现实的冲突既予以裸露，但却在某个精神的维度上予以缝合，诗之精灵就游弋在人世的荒原上空，这就是一种拒绝大众话语和权力意识形态的“现代性—缘域”的书写。

湍流诗人的矛盾和悖论修辞，还体现在一种俄狄浦斯式的矛盾和冲突中，就是冲突的双方都有其合理性，但却又因各种因素而发生冲突，这种主题冲突、元素冲突或形象冲突，就将一种“现代性—缘域”体现得更为透彻。这种“现代性—缘域”避免了正义与邪恶、光明与黑暗的简单对立，而是看到了更为纠缠和复杂的存在，以启示诗人和读者都去进入湍流内部，以正视生活和世界的矛盾和悖论。这样的主题、元素或形象冲突，我们可以“祖国（国家）—个人（人民）”的关系予以考量。祖国和个人显然并不构成对立，但却因为一些它种元素而构成了问题。在《午夜之诗》中，蓝冰写道：“隐在时光之后的面孔/匆匆来去/更多可疑的石头被搬运/天空中布满混沌气旋//历史更加鬼魅/祖国是一个被不断分裂的词/人民是一些野地的庄稼/在浓墨的雾岚里生长”，一种压抑的痛楚，那是悲凉和无声的哭泣，祖国、人民、历史，一些可疑的词，诗人看到了矛盾和悖论，“有生者不生/有死者不死/被酒精灼痛的眼睛/流出后天的晚霞//明天，或许已没有明天/我们将用嘴吻着大道上路/为自己戴上镣铐/撕扯谎言的天空”，在充满悖论和矛盾的时代，诗人仍旧只能用悖论和矛盾的修辞来表达无法言说的痛苦，这样的祖国之歌，也曾在梁雪波《七月断章》中得到表达：“这是谁的、怎样的祖国？催促的泪水、暴雨、幽魂和制度/当我不能从夜的禁锢提取朝霞……”诗人要成为民族的诗人，就在于他们必须关注自己所牵连的切身存在，民族和祖国构成了个体性和世界性的纽带和桥梁，没有抽象的人，只有和他的民族传统和祖国历史缠绕的人，他只有正视这传统和历史，他才能重新认识自己，也才能对于自己的个体性和普遍性实现深度抵达，祖国和民族，在湍流诗人那里构成了既魂牵梦萦却又无法理解的存在，其原因何在？

在波德莱尔开启的“现代性—缘域”文学的写作中，大众和都市成为横亘在祖国和个体之间的奇特的存在，大众是一个近代的产物，是都市表面辉煌中的人之晦暗图景的表征。大众需要祖国，祖国开始取代了皇帝、教皇、上帝而成为信仰的所在，在无神的时代，庞大的都市的隐匿的大众被祖国的旗帜召集，那种传统神圣文化中的个体在孤独心灵中面对上帝和君王的心灵契约关系被打断，知识阶层将自己投入了远离上帝的个体理性启蒙的事业进程中，然而，大众的人群如此庞大，被工业技术和商业资本裹挟，一种纯粹理性的沉思和道德理性的实践，都难以唤醒大众普遍关注生存之真理的问题，大众害怕被抛到没有他者可以依靠的无所归依状态，这样，他们就被国家意识形态所制造的世俗的祖国和当代娱乐文化所制造的明星俘虏了，而那些僭夺祖国神圣位置的当政者，或那些占据了传统圣贤位置的大众娱乐明星，就让大众的个体性精神漂浮在泡沫所制造的虚幻中。波德莱尔的《恶之花》的写作，就是要以一种矛盾和悖论的艺术修辞冲击这大众习惯了的庸常和泡沫文化，而显示出短暂和瞬间里的永恒和不变，同样，湍流诗群所创造的语词的激流、思想的旋涡、文本之外的风暴，都是要带走平静河流上的垃圾和污染物，带走那些容易造成陷阱的泡沫。

这样，我们就能理解湍流诗人对祖国、民族、大地、历史和个体的关系的写作，这也是一种面向事物本身的现象学式的写作，让祖国成其为祖国，让民族成其为民族，让大地还原为大地，让历史裸露出历史，让个人回归于个人，清除腐败语言所造成的泡沫，扫荡各种过于宏大的词汇所造成的意识形态假象，只有以充满矛盾和悖论的现代性—缘域艺术才能让读者和大众惊醒并有被卷入旋涡而重生的可能，这就如潘黎明的《变奏》所写的："我们互为旷野，都无法定义谁更黑暗/那么多物种都拥有两幅面孔……发丝落尽……/'祖国在大地上陷落，我不能再让狐狸艺术化地腐败'"，这就是拒绝祖国的陷落和腐败，也就是拒绝我们的腐败，"祖国。我的户口簿，无用而不幸。那些崇尚暴力的人，同时/美化着暴力。农业户口，非农业户口，都在以/居民户口簿封印/祖国。是谁如此充满智慧，让他们端坐于您的王位?""祖国啊，此刻，我已准备去承受。我选择的命数"（《箴》)，潘黎明同样采用了矛盾和悖论修辞来让阅读者从虚假的神圣中警醒："一个失去自我的人/我对他的身体/及至他身体的某个部位/失去兴趣"，这样一个开端，不会让我们想到诗人会写庄严而神圣的祖国，"或是我也老了/脆弱地理解了祖国/对逝世与死亡的命名"，"我真的是老了/我的双脚还在祖国的大地上/一直在哆嗦/一直在舞蹈"（《论某个人的膀胱》)，这里诗人并非要消解掉祖国的神圣，不是要表达对于祖国的任何不敬，恰好，他是深深挚爱着自己的祖国的，正是因为爱的深度，也带来了失望的深度，诗人痛心于那些僭夺祖国之神圣位置者，这种僭夺乃至对这种僭夺的吹捧，让诗人颤抖，也让很多脆弱的个体的生命力（生殖力）萎缩，人不再成为人，尊严被嘲弄，生命被解构，暴力被美化，谎言被视作真理，祖国衰老了，自己也衰老了，诗人脆弱地理解了祖国，实际也是他（或我）越来越不能理解祖国了。

作为湍流诗群的主要发起人和组织者，野梵无疑不仅要从理论上还要从创作实践上承担起湍流精神的建构工作，"祖国"与"个人"的关系问题也同样是其思考现代都市和大众文化的一条重要线索，其诗作《永不被痛经的美学赦免》就是在反对肤浅的唯美主义美学中对于祖国的本质性精神进行考古学式发掘的重要篇章，在这种发掘中，真正的个体自由才得以被抵达："你深深地浸淫，永不被痛经的美学赦免//你与猫围绕檐上的树冠奔跑/与晕眩的书目与星辰对峙/匕首锃亮：桃与梨在你的地板上滚动"，语词的刀锋穿透生命的皮肤，直达孤独的个体灵魂之本身：

> 两个戴黑色斗篷的人
> 深夜出门，从祖国的肌肤上
> 撕开铁血的词语

这是反表象和反肤浅的写作，"痛经的美学"，是指那种女性化的柔软无力的写作，"你"不愿被这种肤浅柔软的写作所俘虏，你偏要在边缘和高处奔跑，并要在祖国的肌肤上撕开铁血的词语，你也与那些作伪者周旋，然而，当你孤身一人"独钓"之时，"你注定揭不开河流上任意一片黑瓦"，揭露者终归失败，他无法战胜被大众所拥戴的虚假意识形态。在《最后的守夜之歌》中，野梵再次写到了一种个体的失败和祖国的异化，"一种伟大的塌陷已无法阻止，/我祖国的臀围腰际已经够肥硕了，/但街心广场的褶皱/却像夹边沟沿的稗草一样荒凉。/现在，虚拟的小街巷已有雨，/是立秋的雨，从左斜肩冷不丁打下来，/已惊醒我父殇的祭日"，"也许，人民应该再死一次，/让肥硕者继续肥沃，/让荒芜者加紧荒凉，/而我只能面朝大海，泪流满面……"，真正的祖国在哪里？诗人有太多关于祖国的期许，但他所看见的不过是肥硕和荒凉构成的尖锐反差，一种矛盾修辞所折射的紧张关系，被最大限度地展示了出来。在《复活的哈姆雷特与第四堵墙》中，诗人继续写我和祖国的关系："我回望我的国，近海的城堡/依然闪耀着古希腊的伟大风暴"，"每天接受祖国无言的审判/随时准备更悲壮地再死一次"，有多少人为着一种抽象的祖国死亡，但却没有人看到祖国的城堡上的伟大风暴。在《机器之心》中，野梵写道："一只空杯子已被阳光与黑暗酌满"，"我们与飞翔的老鼠和猪都将不死"，阳光与黑暗作为一对矛盾共同酌满空杯子，意味着事物的整体本身就蕴含着相反相成的矛盾，因此，我们不能仅仅将自己神化，老鼠和猪都将不死，意味着任何卑微之物，也都有着尊严和不朽的灵魂，没有任何卑微者可以被践踏，洞悉于此中奥义，祖国才能赢得其完整，那种只允许光明和正确存在的祖国早就远离了祖国之作为祖国的天地人神共属一体的圆满性，祖国被人阉割，祖国已变得异化和残缺。

许晓青的诗也写到了锋刃和祖国，“仅仅是为了那么一种可能/你走向深圳/深圳大中华版图的边缘/犹如一扇出鞘的锋刃/这是祖国的触觉/它最先被海水打湿/然后一刻不停的磨刀霍霍”（《新的锋刃》），这里的锋刃，不再是梁雪波和野梵笔下象征精神和自我主体人格的断刀或刀锋，而是割痛个体的都市文明和工业经济，“在小梅沙海边的沙滩/你用拇指初试深圳的卷刃/苦涩的钻心与透骨的爽利/把你横在深圳的边缘/成为世界新的锋刃”，这种正在抛弃和甩开底层民众也伤害底层民众的工业经济的锋刃，也让每一受到伤害的个体变成为“世界新的锋刃”，个体的灵魂未曾得到抚慰。这种个体的遭到伤害，在《一只鸟被击中》中被再次强化：“一只鸟被击中　坠落时/它后悔不该飞翔/成为一块石头不也居于存在/但此刻已为时过晚//无处可依的倦鸟啊/盘旋于阳光密集的镜面/为摧毁栖居枝头的梦想/它把死亡像块石头扔进了深塘//在波浪般起伏的林梢/那只无名的凡鸟以手支颐/看着时间发呆　他知道/成功的着陆已为时过晚//存在，是至高无上的飞翔/天空像一个蓝色的刑场/鸟在飞翔中成为自己/成为大地目击的中心”，这只被石头击中的鸟，也是梦破碎的个体，在祖国的大地上，它未曾得到庇护。这首诗的构思颇为巧妙，飞翔于天空和化成石头成为两种不同的梦想，飞翔的梦想被击碎时，化为石头也不可得，一种天空和大地的矛盾被突兀地显现出来。

我在谈波德莱尔的“现代性—缘域”时指出，这种现代性—缘域也是以其“横向应和”与“纵向应和”体现出来的，它也是波德莱尔的“痛苦之炼金术”，即“这种炼金术，不是炼铁成金，而是点金成铁，因而它是痛苦的，实际上也表明波德莱尔本人的写作是痛苦的写作，它所要表达的就是‘艺术的二重性是人的二重性的必然结果’，现代性艺术需要勇敢和真诚地揭示出人纠结于崇高与卑贱、光明与黑暗、神性与兽性之间的无奈和痛苦状态。”① 这种痛苦之炼金术，让诗人成为事物相似性的发现者，一切事物都在他的笔下打通，那些差异巨大的事物，都获得了横向关联或纵向关联，这在微紫的《这是万物和它们美的形式》中也得到了体现："日影和晚霞在河面上次第铺展/岸边，金针花已被人们采摘过了/石榴花在尽情绽开/许多我叫不出名字的草木/四处散布着清香"，"树木身体里隐藏着风暴/花朵内部是否也有着波涛/如果我是万物之一/那么万物内部，亦应是与我相似的/犹疑，矛盾，痛苦，喜悦"，诗人让一切事物之间形成了内在性的关联，这是一种横向应和；而在《天堂的光芒——阿赫玛托娃》中，诗人又展现了其所把握到的"纵向应和"的形式，"预知般的感受力，堪称通灵/她感受世界，作为竖琴而发声"，"爱情，是上帝赐她的另一种丰饶/优秀的男人包围她，一如蜜蜂趋奉花冠/他们不免在她的完美面前被映现出残缺/而致黯然失色"，人的感受力，关联着超越性的上帝、爱情，也与神相关，而又与蜜蜂趋奉花冠相似，低处的和高处的，可见的和不可见的，物事的和精神的，都形成了纵向的和谐关系。在陈晓岚、仪桐、张钊伟、今果的诗歌中，也传达了这种生与爱之痛苦、美妙的神秘应和与矛盾关联，此文不予展开。

冰马、汪剑平、税剑、冬羽等湍流诗群的重要作者也同样体现了这样一个注重横向应和与纵向应和的痛苦炼金术的典型特点。如冰马的《虚构》，就是极具创造性的痛苦写作，诗歌文本不但自身形成了矛盾和悖反，而且在感悟世界的关联中又目睹了生命本有的应和的中断，这样的生存之痛苦就诞生了一种与"虚构"之一般意义上的正向价值相反的指向，诗篇题目"虚构"最开始看来是"实在"的悖反，"在严冬

① 何光顺：《文学的他缘——波德莱尔〈恶之花〉的"现代性—缘域"重释》，《国际比较文学》2020年第2期。

虚构一整个春天/而炎夏时节我又要虚构出冬天的清冷”，严冬/春天，或炎夏/冬天，都被诗人视作某种虚构的对立，这是非常突兀的起笔，而接下来，“明天就是由传统虚构下来的‘年’”，“开着汽车回到了虚构的故乡和童年”，“半杯白酒、一碗米饭和一双筷子/虚构父亲母亲的在场亡灵”，这些还都是具有肯定意义的虚构或正向价值的虚构，但接着，诗人写到了“当然，有人虚构谎话连篇/必定就有人虚构忠诚”，“这两年我打心底里主张把自己/虚构成渊博的人”，“此刻，我写出这首诗/也在虚构/忏悔，嘲讽，装神弄鬼”，在虚假处，万物的应和中断，诗人的语词不再仅是展示矛盾的反面，而是展现一种背离，他将一种习以为常的生活的可疑假象给凸显了出来，以让人看到一个不真实的虚假或虚伪的世界，诗人痛斥了那些把生活的欺骗当成艺术虚构的伪善艺术以及各种恶行。汪剑平的《我常常虚构一些人和事》写自己在面对历史和传统时的一种反思：“古城把时间站老/夹缝里的野草/用尽一生，也摸不透一块青砖的意图”，古城与时间似乎存在着一种生命的纵向应和，野草和青砖本应有一种横向应和，但这种应和又被诗人否定，随后，诗人写道“一手遮天的云”，“故人”，“一支曲”，“一壶酒”，一直写到历史的风风雨雨，写各种历史尺度的生成和消失，写自己和虚构的历史上的英雄或盗寇喝酒练剑，或惩恶扬善，这也产生了一种古与今，我与历史的应和，在不可能中虚构一种可能，这也可看作反抗当下生命的被宰制状态的现代性—缘域的重建。税剑的《朝鲜的核》也将个体、祖国和生命的关系放到了一种国际关系中来展现，“我们死都不明白/我给你仁/你怎么给我不仁不义啊”，“死的时候/看到花环里/都是领袖的头像/错以为都是/为我们准备的花圈”，这同样展现出一种二重性的冲突，诗人没有期望升华这种灾难性的国际关系，而是指出了这种关系必然导致个体的死亡。冬羽也写到了《一场虚构》，写到了欲望，但整首诗实际是反欲望的，写到了对于一个女人小芳的虚构，但一切虚构其实不是虚构，而是真实，“我痛哭悔恨，原来这全非我的虚构/我想修改，这才发现/我并不能动笔人间”，另一首《大火在水里烧起来了》也是用了一种矛盾和悖论的修辞，如诗篇结尾所写的："阳光照着你骨头的寒冷/大火在水里烧起来了"，不可想象的矛盾和谐共存在作者的诗里，并产生一种建立在普遍相似性基础上的"感觉挪移"和"感觉通联"，这也同样有近于波德莱尔式的"横向应和"，以及另外一种自然与神圣、心灵与外物间形成垂直应和关系的"纵向应和"。

三　边缘外的无声和平静：只是语词的沉默

在湍流的激荡及其散播开来的影响中，还有几位引为同道或加盟湍流的诗人是我尤其重视的。这里有三位山西诗人非默、默雷、唐建平和一位四川诗人老非。我曾经在前篇文章《自由者的沉思》谈到了非默的诗集《罔顾》，一种进入边缘之外的无声的沉寂，笼罩着这位苍凉的诗人，我们这里再来看看非默的《自己的落日》：

内心的黄昏终于迎来了他自己的落日
群山匍匐，万物逐渐在喧闹中安静下来
冷静的光芒正迅速向一天的底部燃烧
这最后的阳光像是来自生命深处的爱抚
让你在黑夜到来之前，尚有足够的时间
从头至尾，慢慢看清你这一生的失败
——"一切坚固的东西早已烟消云散了"
到处都是丢弃的旗帜，到处都是倒塌的废墟
你的里面到处堆满冒烟的石头和破烂的瓦块
其实哪里有什么真正的失败或胜利可言
当一个人在世界的黄昏驻足，眺望落日
——眺望群山背后那空虚而荒凉的大海

这首诗让矛盾在流动中呈现，也在边缘处呈现，非默总是将自己的写作指向消隐，指向终结，无论是“内心的黄昏”，抑或是“他自己的落日”，都是在指向白昼或意味着人生将尽处，只有边缘外的无声的寂静能带来生命的安息，“冷静的光芒”，“一天的底部”，“最后的阳光”，“这一生的失败”，随后，诗人引用了马克思在《共产党宣言》中的一句话：“一切坚固的东西都烟消云散了。”这也是波德莱尔关于“现代性”的一半“过渡、短暂、偶然”的说法的延续，诗人看到了这世间处处都是失败，而非仅仅是自己一生的失败，然而，当一切事物都以失败告终之时，失败本身实际就走向了它的自我否定，也就无所谓失败，当然也就无所谓胜利，失败—胜利的矛盾和悖论也被消解了，那些从世俗角度所看到的失败和胜利，不过是一种可变的尺度，而非真正内心的永恒的尺度，这样，诗的末尾就呼应了主题“自己的落日”，这落日实际已经不再降落，而是一轮新的太阳，可见的落日隐藏在群山背后了，但真正的落日却将在自己的心中重生。这又正如“非默”自己的笔名，它本身就构成了矛盾和悖论，沉默而又否定沉默。非默的另一首《远山》也有与此相通的意韵：“炫目的夕光总是在一天的末尾/准确地勾勒出远山的轮廓/移动的阴影，像无声的大水/渐次从谷底升上山顶……”，《总是试图进入》同样写到了边缘和终结：“但也就到此为止了，在意识止步的地方/总是有言说不可言说的愿望期待不可言说的/言说，总是有隐没于白昼的星星期待显现/期待着神秘的夜晚在大地缓缓降临的时刻”，最远的也是最近的，不可言说的却可能是最亲近的，可见的总是等待着被不可见者驱逐，一切都是自然如此，矛盾自然转换，悖论自然消解，这也是湍流诗人对于生命和世界之内在缘域性的发现。

非常巧合的是，山西诗人默雷的名字，也同样彰显着这样的沉默和非默的矛盾，默者，沉默也，寂静也，无声也；雷者，震动也，大音也，轰鸣也。在默雷的诗中，这种矛盾和悖论式修辞也同样普遍存在，如这首《如此之多的人追逐成功》：“如此之多的人追逐成功/不啻遮天蔽日的蝗虫追逐麦浪/而我只追求失败，努力的/从渡鸦捎过来的夤夜与罔顾/学一只飞蛾，把所有失败/投进驱寒的篝火”，而《最黑的路也许最明亮》：“最黑的路也许最明亮/在没有路灯与萤火的夜晚/你未加思索地穿过——/别人不曾冒险穿过的浮桥”，默雷的诗总是尖锐地讽刺和批判庸常的俗世，自居于边缘，而对于这个世界采取一种冷眼旁观之态，这正如他的自述所写的：“精神性诗写者。以固守边缘为本体，倾向于发现那些未曾发现的，言说那些未被言说的。”阅读默雷，你能感受到一颗沉寂而又冷峻的灵魂，一位悄然将自己放逐于时代与历史边缘的隐者，这让人能够想起那样一个古老的中国隐者的传统，从伯夷、叔齐、长沮、桀溺、荷蓧丈人、楚狂接舆直到商山四皓、东晋陶潜一路下来，中国的隐逸者都在坚持着一个边缘性的文化，山水渔樵，而自足其乐。这样，默雷的诗，就是退到寂静处的自然元音，这就如他的《贫乏，仿佛幽灵》《蛙鸣，一种久违的叩问》《一只乌鸦能黑多久》都是沿着这条道路的写作，是期望在现代性的荒凉土地上重建文学的缘域。

在《湍流》诗刊上，我还看到了山西诗人唐建平的作品，他可能不是湍流诗群的成员，但他的诗却是极具个性的。正如“云山凤鸣”公众号在推送唐建平的诗歌时所指出的：“一个诗人的漫游，就是对于自我生命和民族生命的溯源，唐建平的诗构筑出了一个人通向这个世界的信仰通道，他始终在游历中，没有观念或概念的轰炸，但其写作却显露出一种哲学精神的探索。他考察着不同的宗教和信仰，不去确定它们是什么，而只是让我们看、听、思，在形象饱溢着的无穷意蕴中，一位北方诗人，显示出了北方土地应有的厚重。”正如他的诗篇《徒步穿越雁北》所写的：“徒步穿越雁北，一个人/在冬天的午后，一边行走/一边翻阅一部叫做雁北的书/穿过无数的村庄和广阔的田野//这就是我的雁北，黄土铺开/山峦起伏、沟壑纵横的雁北/每一条通向这里的道路上/一些人正在靠近、一些人已经离开//当天边由血红烧至青灰/当风刮起，天色渐渐暗了下来/徒步穿越雁北，你走的越远/就越能感受到一种荒凉之美”，穿越，不只是一种空间的旅行，而且有一种精神上的超越之意，雁北，在传统上是中原农耕文明的边界，诗人徒步穿越，代表着一种不依赖于外在工具的个体自我生命进入边缘和历史之中，诗人在那里感受到了文明的彼岸，“一种荒凉之美”，那是边缘之外的寂静和无声。在另一首《在时间的大雪中越陷越深》中，诗人抵达了一种时间的虚无所带来的边缘性体验，或者说是在实与虚，有与无之间的一种缘起之境。

四川诗人老非，是新近加盟湍流诗群的重要成员，其诗篇总是蕴藏着一种孤苦奇崛之思，打破时间的既成秩序，而穿梭于纷繁碎乱的现代性世界，正如其诗篇《某日 邂逅一截废弃的钢铁》，诗人写出了孤独灵性的生命和冰冷陌生的现代性世界的相遇，在诗歌开篇，诗人即悲凉地唤出：“请在一切碎片中接近某一种没有尽头的现实吧”，诗人不喜欢这样的现实，然而这现实却笼罩着生命，无穷无尽，有多少杂尘沾染……语言永远无法道说真谛，说出的，并不是诗人想说的，因此，当他写出第一句悲凉的诗句以后，他不再去诉说意义，不再去追寻理想，他只写他看到的世界景象：“一朵诡谲的花正盘旋在黄昏的血水中”，诗人只创造象征的森林，玄远的言说早就落于语言之外，无人能够理解诗人所写的这“一朵诡谲的花”，这朵花“盘旋在黄昏的血水中”，尖锐的隐喻绽露出万物的尖锐矛盾，“世界终将归纳于一匹尖锐的野马，以及/局部的雪白”，一切的丰富和复杂都要回到源初的简单，“一朵简朴的乌云”笼罩着现代人的生命世界，这种简朴就是生命的丰富性被抽空以后，所剩下的如钢铁一样坚硬的符号化的现代世界之书写，失去了原始神力的语言就像铁轨戳穿了没有灵魂的空荡荡的现代人的身躯……人类的灵魂，也就是诗人只好飘到了没有大地附着的云天，他往下“俯视”，他看到了……“那些惊恐的钢铁”，是坚硬之物的象征，“钢铁”的“惊恐”，奇异的拟人化比喻，物的世界原本是神为人的降生所准备的，然而，物却篡夺了人类的地位，占有了灵魂，这是一个现代性的弑父事件，人被他所制造的物杀死了。随后，诗人继续写，“我们得撤回”，“一把刀迎风瓦解”，只有回归才有的希望。在钢铁的洪流中，物已化成了带着灵魂的刀，不断地展开杀戮，“青草逐年腐朽，驼着路人锈迹斑斑的轮廓”，诗人呼唤“重新挖掘”，回到更早前的历史，“深至焰火的鹿群”，“剩余的花朵”在本源生命中重新燃烧或绽放，历史之门被重新开启……诗人的灵魂是奔历史而去的，一种自我牺牲的救赎，或许只有在这种回归中才能实现，历史“裹挟着我”，我从现实的世界隐身而去，只留下“最后的戕害的/秘语”，一切都隐默不言。在笔者看来，老非的诗可谓当代中国诗歌“现代性—缘域”的最典范表达，也可以说他是湍流诗群的最优秀的作者之一。

湍流诗群的旋涡还在激荡，其对语言自身力量和思想力量的洞察与发掘，将会影响到一代中国诗人的书写风格与审美体验。正如野梵在为《湍流》第5辑所作的序《词·思想录》中所指出的：“人如尘埃，但人的语言卷起的风暴却高于上帝手中摇曳的芦苇”，“我们的语言企望在蝮蛇、狼群与猪行之间飞起，就必须接通天空那鹰眼中的雷电并携带冰原上的野蛮生长的思想”，在矛盾和悖论的表达中，尘埃与上帝，卑下与崇高，在场与沉默，都形成了遥远的距离及其张力结构。当代中国诗歌也正处于现代转换中的南方—北方的矛盾和对立，以及作为大陆文明的东方和作为海洋文明的西方之间的冲突与融合，这其中就有着个体自由和民族精神的密切关系问题。在我看来，自由者的探索，总是在现实的维度依赖于语词、时间和空间的中介物，但其精神却始终超越着中介物，它卓然从大地上升起，与诸神为邻，它赞美着穹苍，赞美着劳动者的耕作，这样，诗人就同时是在为着个体的自由，也是为着民族的自由而写作。而在中国这片土地上，它更根本地关系着汉民族精神，整个东亚的历史，就是以文姬归汉故事所隐喻的“归汉史”①，当这片土地非汉化时，它就被暴力和愚昧所主宰，中国或东亚的希望，就在于重新激活汉文化精神，这文化精神中同样隐藏着矛盾、悖论，但它又有着更内在的一致和相通，那就是一种对爱人之道或自由之道的渴求，就是超

① 黄裕生：《中华文化的本原性及其世界性使命》，“贝地沙龙”公众号7月31日。

越了物质的或某种现存制度的诉求。我们研究湍流诗群，也是着眼于建构当代中国诗歌和思想的现代性—缘域的尝试，我们期望由湍流诗群所展开的语词的湍流和思想的旋涡，能带来汉民族精神的复活，并由此开启汉语诗学的新的道路。

第八章　媒介融合中的“70后”诗人的历史焦虑*

这是一个新的时代，一切在衰老，一切也在新生。随着互联网时代的到来，诗歌的写作面临着严重的挑战。这种挑战可能是空前的。如果说，在古典时代，文学曾经有写在甲骨上、羊皮上、竹简上、纸质上的，这每一次的变革都为文学带来了崭新的命运和空前的机遇，那么，当文学开始出现在互联网上，在各种新媒体上，这次变革就不再仅仅是一种艺术的承载介质的变化，而且同时是其表现形式、思维方式和传播渠道的全新的革命。当最新的互联网、移动网络和传统的印刷媒体、电视媒体等多种媒介在深度交融之中，一种新与旧、传统与现代、真实与虚拟的跨界融合，就在全方位地形塑和决定着文学创作和批评的生态圈的变迁。这种由创作和传播媒介所带来的革命和变迁，相较于历史上任何一次媒介的变化，都将产生更为深远的裂变，这种裂变既意味着空前的机遇，也意味着深层的危机。

很多人在感叹，在这样一个媒介融合的时代，经典不再被重视，纯文学不再有市场，人心愈益浮躁，自资本主义时代以来的大众阶层开始获得了一种藐视知识精英和文化贵族的历史机遇。中国的“70后”诗人就恰好处于这种传统知识精英和文化贵族被迅速边缘化，而大众文化

---

* 原载《中国文艺评论》2017年第10期。

和通俗文学愈益垄断社会的历史夹缝期，而这就造成了“70后”诗人的深沉的历史焦虑，那种源于传统知识精英阶层的文化使命感无法实现以及面对“80后”年轻大众文化追求快感阅读的无力感。文化的话语权多中心化，或者说从知识精英阶层不断向大众移动。于是，一种奇异的文学景象就在“70后”文学创作中诞生了，贯穿着历史忧思的等待焦虑和极具现代性碎裂感的时间维度，就成为其文学写作的内在性元素和精神因子。

一　媒介融合中的“70后”诗人的时间视野

这个时代没有伟人诞生
你望见的是谁的背影

——黄礼孩《背影》①

没有经典，只有通俗，没有伟人，只有大众，没有智者，只有愚人。一切都变得模糊不清，没有了英雄的辉煌闪耀的形象，只有在大地上忙碌迁徙的人群。亿万双盯着荧光屏和沉浸于虚拟网络世界的作者和读者，都早已失去面对生活的自觉与勇气。诗人成为孤独者，成为被大众抛弃的流放者。于是，“70后”诗人黄礼孩笔下的“背影”，就不再是1930年代朱自清同题散文名篇《背影》里充满内在期待并在现实世界得以唤醒和实现这期待的奇遇，而却成了媒介融合时代的反召唤结构的大众文化的写照。同样的“背影”，却因为传统精英文化的流逝和现代大众文化的兴盛，而成为中国典型的“现代性”的象征性意象，成为“70后”诗人的真实的生存视野。

这一批诗人，不但早就远离了古典诗人和民国诗人因知识加冕的神

① 黄礼孩：《抵押出去的激情》，山东文艺出版社2016年版，第147页。

圣角色，而且没有“50后”、“60后”诗人如北岛、顾城等在经历“文革”的精神荒芜后在1980年代获得的传统纸质媒介最后辉煌的历史机遇。当然，“70后”诗人也没有“80后”诗人如韩寒、郭敬明等在进入21世纪并迅速适应网络新媒体突然成名的全新写作。这些年轻的文学新秀，不再具有传统知识人和文学人的道义情怀和神圣期许，在注重外在形象包装和当下文化热点炒作中，他们成为资本财富的新宠，那种古典的信仰和使命则退居次要地位，只有在复杂的融媒介大众文化中迅速抓住大众读者的眼球才是制胜之道。

在媒介融合的当代文学生态中，新型媒介对于传统媒介的冲击，就可以置换成大众文化对于精英文化的摧毁。“70后”的一批优秀诗人如黄礼孩、黄金明、梦亦非、阿翔、翟文熙、陈会玲等，或许可能远比韩寒、郭敬明等在文学写作上更为纯粹，也更承传着中国文学悠久的历史脉络，但在以眼球阅读和粉丝经济为核心的新媒体文化生态中，他们却也是被大众文化冷遇最久的诗人群体。在这个被当代历史冷遇中，“70后”诗人传达出了其追赶时代而又不沉沦于这个时代的时间焦虑与历史忧思。比如在黄礼孩的名作《谁跑得比闪电还快》：

丛林在飞
我的心在疲倦中晃动
人生像一次闪电一样短
我还没有来得及悲伤
生活又催促我去奔跑①

谁能跑得比闪电还快？诗人并不是真的要写一位比闪电跑得还快的超人，而是表达出一切都在速朽、每个人都在奔跑、时空距离大大被压缩的媒介融合时代中的诗人的生存体验。当互联网、移动网络迅速取代传

① 黄礼孩：《谁跑得比闪电还快》，花城出版社2016年版，第79页。

统的印刷媒体乃至电视媒体以后，一种远远超过闪电的速度，就让每个普通平凡的作者或读者，都具有了书写或接收哪怕最遥远信息的可能。每一个封闭的圈子被打破，没有人可以做片刻地停留，没有人能让时间停下，“丛林在飞”，“人生像一次闪电一样短”，“我还没有来得及悲伤/生活又催促我去奔跑”，空间的危机和被历史抛弃的焦虑感，灼烤着诗人，他必须去追赶这个加速度的时代。

在自然年龄和心理年龄与“70后”接近的1969年出生的诗人安琪的诗中也同样体现出这种让人沸腾甚至让人窒息的媒介融合时代的加速度生活节奏，比如在其重要作品《像杜拉斯一样生活》中，安琪就写道：

脑再快些手再快些
爱再快些性也再快些
快些快些再快些
快些，我的杜拉斯
亲爱的杜拉斯
亲爱的亲爱的亲爱的亲爱的亲爱的亲爱的。①

诗人在前面说“亲爱的杜拉斯！/我要像你一样的生活”，这样的杜拉斯的生活，就是“快”的生活，就是这里说的“脑再快些手再快些/爱再快些性也再快些”，急切地奔跑，这是一个速食的时代，是一个新的信息湮没旧信息的时代，是每一个人都疲于奔命的时代。然而，诗人却不甘于这样一个媒介融合时代到来中的让人窒息的快节奏的生活，当她发现这种快节奏就是扼杀精神、信仰和生命之时，她要让自己慢下来，于是，在诗篇结尾，诗人写道：“呼—哧—我累了/亲爱的杜拉斯/我不能像你一样生活。”这可以看作诗人从那种太过外在的耗费身体和生命的时间之压缩和心理之紧张中所渴望和找到的另一种返回，外在

① 安琪：《极地之境》，长江文艺出版社2013年版，第3页。

的生活无论如何追赶，都会疲累，不要去追赶一个大众文化时代的偶像的生活。

在对于这种外在时间的消解中，“70后”诗人将一种媒介融合时代到来中的时间的破碎感和无意义感推到了极致，比如梦亦非在他的长诗《儿女英雄传》中就写道：

带着不可剥夺的毒性，时间
一团2D脏雪越滚越大
在语言之光中自我压垮

散作日子，都是0与1
变作组合并散发倦意
——幻觉在持续
迷宫修建之前，特洛伊沦陷之后①

梦亦非的诗可能是媒介融合时代最具代表性的写作，梦亦非钟爱古希腊牛头怪迷宫的神话，该神话记述了英雄忒修斯（Theseus）刺杀牛头怪米诺陶洛斯（Minotaurus）并被米诺陶洛斯的女儿阿里阿德纳（Ariadne）用线团引导他走出迷宫。牛头怪迷宫是一个庞大且复杂的空间建筑，有许多暗道、岔路、曲折和迷障，这某种程度上象征着空间化的物质世界对于生命所造成的陷阱，而引导忒修斯走出迷宫的线团，可以看作生命突破混乱空间的时间象征。“时间”就构成了生命的秘密，就是语词对于人之有限性的领悟与道说，认识这种有限性，人就能从恶的无限和空间的混乱中超越出来。

然而，在互联网和移动网络到来的新时代乃至未来的时代，“时间”的秩序再次被粉碎，成为完全挣脱物性、割断生命和世界关联的

① 梦亦非著，黄礼孩主编：《儿女英雄传》，《诗歌与人》别册，诗歌与人杂志社2013年版，第5页。

纯虚拟性生存空间，互联网的“时间”不再是有限生命的有限生长，而却成为数字和字母无意义的循环式组合，意义不再有效，生命沦为网络上的符码，“一团2D脏雪越滚越大”，“散作日子，都是0与1”，“它虚构这雪球，从木马滚落”，诗人无奈地说道：“所以，时间不过是一次虚构/它因无聊而摆弄的修辞”，于是，在梦亦非的诗中就大量出现数字、字母和乱码，在这篇长诗的末篇《回·尾声》中，就全是这样的字母、数字和乱码的组合：

> @1010 0 10101010101010101010（
> ^010101010101 玻 0101010101010%
> A0101010101010101010？10101010 *

这样的乱码或字母与数字，是读者完全不能读懂的，也可能是没有意义的，然而这种没有意义的语词或语言的产生，却是互联网或说媒介融合时代的一种真实的生命体验与生存景象，无限的人们与无限的灵魂岂不都是游弋在这没有意义的虚拟网络生存之中。因此，当作者写完这首长诗以后，在结束的宣告中，他又指出这种乱码就是正文，就是媒介融合中的现代人的正式文本写照：“& 本诗所有乱码均非乱码而是正文……”，这种庄严的宣告和全文的无意义的乱码之间就形成了相互的解构，这就像诗人在开篇对于“时间”所做的诠释：“但人们称之为创造，人类/后来被它假设出来的字节/作为雪在光中融化，做为/比喻中的睡鼠，所梦见的水滴”，人作为古老神话中的创造者的宠儿，却不过是这个世界无意和错乱中抛出或写出的乱码而已，就像睡鼠所梦见的水滴。

在我们从历史写作年龄的分析中，我们不难发现，时间视野就构成了“70后”诗人承接传统印刷媒体叙事，又下启互联网新媒体叙事的交叉视角和生存境遇。他们固然有着如古典诗人或“50后”、“60后”诗人那样渴望进入文学史的等待焦虑和时间忧思，有着一种传承自古老经典与传统文人的自我先知式角色赋予中的使命感，却又有因应“80后”

"90后"的网络新媒体阅读和写作竞争中的焦虑感。在历史使命的传承和现代处境的焦虑中，他们做出了自己对于时间的独特诠释，并展现出了古典时间与现代时间乃至未来时间沟通的桥梁或断裂的鸿沟。于是，"70后"诗人，就成为在媒介融合视域中的跨界生存的独特的诗人群体。

二 媒介融合中的"70后"诗人的反英雄写作和大众主题

她敲下回车键，确信
他是这些词语之间的关系
——英俊、富有、历险、神力

——梦亦非《儿女英雄传·18回·一些》①

日常大众或小人物对于英雄的想象构成了这个融媒介时代的大众阅读趣味。好莱坞的大片曾经只是电影导演拍摄出来满足普通大众的商业影片，大众只是被动满足。而在融媒介时代，普罗大众得以借助网络新媒体主动出击，构建出自己的被虚拟为传奇英雄的隐蔽欲望，这就是梦亦非诗中所写的"她敲下回车键，确信/他是这些词语之间的关系/——英俊、富有、历险、神力"，或许，梦亦非虚构的网络传媒时代的"她"对于"他"的想象的这样一个特定指向性叙述，是有深意的，那就是对于传统媒体时代的男权话语的一次颠倒。在传统媒体的古典男权和父权时代，性别想象主要是由男性作者完成的。在梦亦非的笔下，在新媒体的网络时代，性别想象却是由女性完成的。这里的"女性"并不真的是指向现实的女性的，而是表明一种感官想象对于传统媒体时代的男权文化的道德想象的颠覆，大众读者想象的人物是"英俊、富有、历险、神力"，这是小人物的想象，也是最日常化的欲

① 梦亦非：《儿女英雄传》，《诗歌与人》别册，诗歌与人杂志社2013年版，第22页。

望想象，没有了古典时代的理想和信仰，而更多是一种欲望投射。

对于这种从传统媒体到新媒体时代转型中所带来的大众作者和读者的变迁，梦亦非在其《〈儿女英雄传〉小词典》中谈到了自己对于该问题的思考："某一天福至心灵，突然想起烂俗的《儿女英雄传》这个名字，细一想，它对此诗内容极为妥帖，诗中有男有女，都是史诗、神话、电影、童话中的英雄，所以叫《儿女英雄传》再合适不过了。但诗中所写的并非英雄，他们都是些平庸的、平面的日常小人物，并非真的英雄，所以称之为'英雄'，便带来淡淡的冷静的嘲讽之效果。"这些失去了内在和精神指向的平面化的大众作者或读者，被梦亦非完全符码化地设计成"他""她""它"这样三个人物：

> 他是一条圆弧向下的线弧，她是一条圆弧向上的弧线，他们在切点处相交，它是一条直线，在中间均分二人并穿过切分点，而三条线都有箭头朝向开放性的未来。①

历史和人物都完全被简化，一切都朝向新媒体时代的开放和明晰，没有人可以隐藏，虽然融媒介时代的作者和读者们仍旧在制造着迷宫，但这个迷宫再也不是古典时代的牛头怪迷宫，而是新媒体时代的"玻璃迷宫"，作者在这玻璃迷宫中插入了个小小的字眼：小。"它变成了可爱的、卡通的、透明的、随时毁灭而又涵纳了这个历史时段的：玻璃小迷宫。"

梦亦非的这种反英雄去崇高化的写作指向，在另一位"70后"诗人余秀华那里同样得到了呼应。余秀华在主题和语言的指向上没有梦亦非这样的现代，但其对于这个时代的大众文化的欲望化和反英雄化却有着自己的体验：

① 梦亦非：《儿女英雄传》，《诗歌与人》别册，诗歌与人杂志社2013年版，第65页。

其实，睡你和被你睡是差不多的，无非是
两具肉体碰撞的力，无非是这力催开的花朵
无非是这花朵虚拟出的春天让我们误以为生命被重新打开
——余秀华《穿过大半个中国去睡你》

这首诗是借助媒介融合时代的网络爆红继而一夜成名的作品，这首诗开篇就切入了“欲望”对于“极权”的无力反抗中的“空无”或“虚无”主题，就是作者在诗中所描述的大半个中国的灾难，那枪林弹雨的威胁，当一切的反抗都无力和苍白之时，作品中的主人公选择了在欲望中沉睡，选择了无意义指向的肉体书写。而这和梦亦非所谈到的其长诗《儿女英雄传》所针对的“空无”“物欲”“极权”形成了应合。新型媒介带来的可能并不是人们曾经期待的解放，而是更无处不在的严密监控与物欲勾引。

于是，我们就看到，“70 后”诗人既身处这样一个历史的夹缝地带，这让他们既未如“80 后”作者郭敬明等青春偶像式的物质欲望写作，也不抱有“50 后”、“60 后”诗人如顾城诗中的“黑夜给了我黑色的眼睛/我却用它寻找光明”的先知式执着或北岛式的“纵使你脚下有一千名挑战者，/那就把我算作第一千零一名”的古典英雄式坚持。“70 后”诗人的诗有着对于外在世界无意义的清醒认识，不去追求成为先知引领人们走出黑暗，不去追求成为英雄以作殉道式牺牲，他们更愿意退回到体认个体生命的小，退回到有尊严的自我和孤独之中。

这种“70 后”诗人对于“小”的坚持与“80 后”作者可能更看重大众趣味的写作方向不同，如梦亦非就将大众虚化为互联网上的符码化的数字和乱码式存在，这是对于大众文化取消意义的反讽和冷静旁观。余秀华将大众文化对于理想与信仰的吞噬转化为欲望的虚拟满足。而更具代表性的写作是黄礼孩、陈会玲等诗人的作品，体现出“70 后”诗人对于互联网侵袭中的大众读者的柔和却又坚韧的抵抗，他们没有如梦亦非或余秀华的诗那样去反讽大众或欲望化大众，他们更在意的是自我的灵性坚守、在喧嚣世界里的孤独沉思与柔软之爱。

黄礼孩《独自一个人》写自己早上去赶地铁："一路上，没有人与我谈起天气/在一滴水里，我独自一个人被天空照见。"① 描述了生命如"一滴水"的渺小却又澄澈的存在，在这种渺小和澄澈里，自有"天空"的广阔。陈会玲《拾碎》："一个人老了/馒头一样松软的心/成了山岗上的石头/一半深埋，一半裸露。"② 描述了诗人面对生命苍老中的无力，诗人是孤独的并甘于这孤独，就如"山岗上的石头"一半隐藏于泥土，一半裸露于世人，她并不因为大众不能看见她深藏的精神而自怜，她甘于自己如山石一样的孤独者的生存。可以说，反英雄的崇高化，或者是反对大众的庸俗化，走向自我生命的内心，在其他"70后"诗人如阿翔、翟文熙、黄金明等的写作中，都成为一种共通的指向。

三　时间视野与大众视野共同塑造着"70后"诗人的历史想象

在媒介融合的视野下,文学的读者发生了极大的变化，传统的致力于经典书写和使命承担的知音阅读迅速让位于现代的追求感官刺激和欲望满足的眼球阅读。这种变化同时也带来极其新颖的元素，那就是传统的士君子阶层因为高度依赖一种政治权力的担保，当这种政治权力发生变异之时，便无可挽回地造成士君子阶层的整体失落与政治权力对于知识精英的压制，一种一元化的权力知识结构便极容易形成。而在当代媒介融合的去精英化和非贵族化的新型文学生态语境中，就生成了一种新的文学写作和批评现象，那就是现场写作和当下批评的盛行，作者的作品不是在完成之后，才接受读者的阅读和传播，而是在其写作过程中，就可以与很多匿名读者进行多维度交流。这种写作、接受和传播方式的改变，不仅让文学从书斋走向社会，同时也是古典知识型到现代知识型

---

① 黄礼孩：《谁跑得比闪电还快》，花城出版社 2016 年版，第 79 页。

② 何光顺：《陈会玲诗篇〈拾碎〉的隐秘之维及其东方美学精神》，参见《当代文化思潮与文艺表达》，中国文艺出版社 2016 年版，第 106 页。

转变中的文学的重大变革。

“70后”诗人对于这种知识结构的转型有较为清醒地认知，并借用自己的写作来回应这种转型。如诗人梦亦非从古希腊牛头怪迷宫的隐喻讲述了从混沌到秩序的文明创造期的古典知识结构的转型，又以自己创造的玻璃迷宫的隐喻来讲述从传统媒体时代到网络媒体时代的现代知识结构的转型。在牛头怪的迷宫中，英雄是重要的，他们具有先知式的开辟秩序和文明的睿智与勇气。在玻璃迷宫中，没有人是重要的，只在作为符号和人称代词的“他”“她”“它”的出场，羽扇豆、雪球、乱码都指向了开端的虚无、过程的虚无和结局的虚无，爱是虚无的，生是虚无的，一切都成为程序设计中的数字和密码。基于对这种融媒介和未来媒介写作和传播中的大众视野的清醒认知，梦亦非认为，在现代知识结构的转型中，诗不再是古典的个性才情和灵感创作，而是转向了符合计算机网络语言的程序设计写作，这既是诗的新生，也是诗之死亡。诗不得不去展现人之未来的可能图景。

显然，在梦亦非的写作中，就具有了非常自觉的历史想象与历史焦虑，这正如他在看到人类历史上第一部机器人写的诗集之后所感叹的：“再假十年时间，机器人写的比80%以上的诗人好。诗人没有危机感，反而嘲笑，这才可怕。”在这样一个精密的程序设计取代人的个体创造力的爆发性和偶然性的时代，梦亦非不愿意谈论诗歌中的生命、个体、灵魂、灵感、信仰和意义，他认为诗人的写作，就是要在历史的维度上贡献出新的知识。在技法上、修辞上、语言上、观念上，都不能再苟同于古典时代的诗人的情性化或叙事化写作。在一个现代知识型到来的时代，诗人要如建筑师和网络程序设计员那样去构筑诗的宏伟的大厦，从这种写作的历史自觉也是历史想象中，梦亦非创造了独属于自己的面对融媒介时代和未来时代的诗歌观念，开启了一种从未来出发进行诗歌设计的写作道路。

在做客广外的一次讲座《知识结构转型中的诗歌写作》中，梦亦非就以朗诵他的《儿女英雄传》的片段来结束了他的讲座：

58回·没有

“可怕的不是世界崩溃，而是不崩溃

你我被删除，世界仍然是一张网络”

他在3D地图上感叹，程序结尾

晚霞现出，她与他在海边对话

“如果一切都是虚无，那将是安慰

但虚无者，却只是自己的肉身

这彻底的失败属于每一个角色……”

那时他没有眼泪，对白被系统所设定

“我们的不存在也即世界的不存在”

她却反对，“但世界因不实有而永远存在”

它操纵他与她的对话速度

但不知道，它也只是她的假设

关联的世界中TA们都被卸载、删除

不在实有、虚无，而是在两者之间关系过程

TA们没有恐惧，也没有孤独

散入……0与1幻化的晚霞与海浪①

这首诗无疑会对习惯了古典阅读的普通读者造成强烈的冲击，这种冲击是历史性的，而其关键就是以大众所置身的现代传媒语境和时间视野来挑战和刺激大众。大众既是敏感的，又是迟钝的，大众的敏感在于他们能迅速运用诸多现代技术手段和工具来改善自己的生活，但大众的迟钝在于他们的观念和想象却是停留于古典时代的。这就构成了一个强烈的反讽，大众坐在互联网之前，大众看着3D电影或地图，却并没有认识到自己“散入……0与1的幻化的晚霞与海浪”，当自己被数字和符码化时，“TA们没有恐惧，也没有孤独”，因为他们没有认识到传统的世

① 梦亦非：《儿女英雄传》，《诗歌与人》别册，诗歌与人杂志社2013年版，第62页。

界已经崩溃。这就是诗人在这节诗篇开端处所写的“可怕的不是世界崩溃，而是不崩溃”，不崩溃的是大众永远滞后的观念世界，他们永远不能跟上这早已完成的现代型知识结构的转变，他们以虚拟的图景存在于古典的没落的黄昏之中。

梦亦非关于诗歌是程序设计的写作观念，或许在“70后”诗人翟文熙这里得到了回应，翟文熙的《时间软壳》既可以看作一首结构精巧的长诗，这部诗集有首尾呼应的精密结构，首先是《自序》中的《论时间、存在物及诗歌》，随后是全诗的九个部分“第一辑神的天空”“第二辑死亡与石头”“第三辑帝国”“第四辑自由与虚无”“第五辑意欲的表达”“第六辑新年，旧年”“第七辑山居笔记”“第八辑歌莉娅，歌莉娅”“第九辑论艺术的诗性”。这全篇的结构布置实际是从神的世界降到人的世界再回归神的世界这样一个时间隐线来展开的。

在这部诗集中，诗人翟文熙表达了其不同于梦亦非的另一种可以包容信仰和意义的新的程序和结构观念：

> 一首诗不仅是一座建筑，也是
> 完整的宇宙。
> 星空、河流、飞鸟和无形的气体。
> 一切物体活着，围绕诗人的心脏。①

翟文熙的诗歌观念没有梦亦非作品的完全激进的新媒体式的写作方式，而是在面对现代知识结构转型中的精密建筑和程序设计观念中保留了神性、自然、信仰和意义等传统的维度，在翟文熙的诗里，传统和现代并不是断裂的，而是可以有机组合的。翟文熙虽然消解了人们对于实体的执着，却仍旧坚持着价值和意义“没有可以依赖的实体，/诗的价值在言词背后”。这样，传统媒介的信仰承载和互联网媒介的程序设计就实

① 翟文熙：《时间软壳》，中国出版集团、现代出版社2015年版，第125页。

现了一个完美的融合，程序并不消解意义，意义可以融入程序。我们可以将翟文熙的诗看作对于未来时代的互联网和移动网络信息的符码化和空无化的拯救。

于是，在梦亦非的笔下，大众是互联网上飘移的虚拟的数字、字母和乱码，是玻璃小迷宫中的透明化没有深度的存在，传统媒介所代表的古典知识型和网络媒介所代表的现代知识型是严重断裂的，而诗人的使命就是要去追踪这未来时代的人的真实生存状态，要看到互联网信息化的主宰和控制，抵抗可能是没有意义的，问题的关键在于去展现。在翟文熙的笔下，互联网上的大众仍旧是抹平意义的，然而，诗人却不能屈从于这种意义和信仰的虚无化时代的到来，诗人要将飘游于互联网中的没有灵魂的“他”“她”“它”唤回到“星空、河流、飞鸟和无形的气体”，未来时代的程序设计必须服从“心灵的组合方式”：

> 他在岩石上刻下太阳的图案，月亮：
> 请投下你的阴影。①

传统媒介所代表的古典知识型和网络媒介所代表的现代知识型在翟文熙给出的灵魂黏合剂中重新建筑出了生命的宫殿。太阳和月亮都有了“你”的生命的投射。“你”其实也就是“我”，这里是面对面的，是相互沟通和交流的，那梦亦非笔下的无所指的“TA”就进入了翟文熙笔下的具体的“你”和“我”的呼唤、应答和对话。

① 翟文熙：《时间软壳》，中国出版集团、现代出版社 2015 年版，第 125 页。

第九章　当代女性诗歌的“软性抵抗”写作*

我们有必要从存在视域和历史视域来关注当代女性问题。存在视域是生存论的，是女性从此在生活出发对于自我命运的关注和写作。历史视域是时间性的，是女性的历史命运在当代诗歌中的重构和发展。从存在/生存、历史/时间视域来看，女性必然与男性构成二元结构关系，而压制—反抗、主体—客体、理性—感性、存在—身体、精神—欲望等二元对子就成为这种结构关系的表现形态，其中，女性居于被压制、被贬斥的后者，男性居于支配关系的前者。二元结构的不对称性及其体制构造形成了人类文明史的主轴，成为人类历史最幽暗和深邃的文本，它并不是女权主义者所理解的由“一个无可质疑、先验的‘阳性’世界或自我”① 决定的，而是两性结构的对称和平衡被打破后才形成的。人的解放实际就呈现为对这种非对称两性二元结构的突破和超越，就在于裸露其中仍旧存在的压迫性权力关系和掠夺关系。从反抗宰制性两性权力结构出发，当代女性的写作，就天然具备了底层叙事的视角，就是以非暴力的文学书写来解构阳性特质和阴性特质之间致命的二元对立②，以抗诉男性权力及其意识形态，而这就是我所说的软性抵抗写作。为论述

---

* 原载《湘潭大学学报》（社会科学版）2018 年第 6 期。

① 托莉·莫（Toril Moi）：《性/文本政治：女性主义文学理论》，王奕婷译，台湾：巨流图书公司2005 年版，第 13—15 页。

② 托莉·莫（Toril Moi）：《性/文本政治：女性主义文学理论》，王奕婷译，台湾：巨流图书公司2005 年版，第 13—15 页。

方便，我将从作为被压制者的底层视角出发探讨中国女性诗歌的软性抵抗写作及其表现形式。

一　申诉女性苦难：当代女性诗歌的政治自觉

《人民文学》在2010年第2—5期开设“非虚构”栏目，先后发表以王小妮《上课记》、郑小琼《女工记》等为代表的由女性作家创作的非虚构文本，这些文本注重将个人经验与社会热点问题结合以勾勒震撼人心的“中国之景”，通过“有意味的细节”将个人经验转化为集体经验以使之具有“公共意象”，注重将文本的性别叙事特点与女性知识分子立场和情怀结合。[①] 这种非虚构写作具有明确的性别叙事自觉和外向型政治自觉特征，注重将个人经验转化为公共经验，注重让“我”成为大地和活生生的现实的一部分。[②] 在面向现实中，郑小琼等优秀女诗人对于底层女性苦难的申诉，主要表现为以下两个方面。

首先，书写两性二元结构关系中底层女性所遭受的经济掠夺与不幸处境，描绘底层女性苦难的整体图像，确立女诗人从良知和人性出发的见证者身份，具有维护女性自我权利的政治自觉，注重唤醒社会各阶层关注底层女性命运。在郑小琼作品中，压迫着女性的不仅是用来对付女性的男性个体，而且是呈现为男权力量的巨大无声的工业机器和政治文化形态，如《女工记》就着重描画女工的整体图像，不仅写出了如延容、姚林、竹青、田建英、扬红、周红等具体的女工，也写出了那些自己不知道名字或不便说出名字的中年妓女、年轻妓女、乞讨的母亲、二十七岁的女工等。郑小琼写跪着的女工、青春被固定在卡座上的女工，这都展示了作为整体的女性向着那与其对立着的男权政治体制的屈服。

在《跪着的讨薪者》中，郑小琼写道：“她们沉默地看着/跪着的四个女工被拖到远方她们眼神里/没有悲伤没有喜悦……/她们面无表情

① 张莉：《非虚构女性写作：一种新的女性叙事范式的生成》，《南方文坛》2012年第5期。
② 张莉：《非虚构女性写作：一种新的女性叙事范式的生成》，《南方文坛》2012年第5期。

地走进厂房”，跪着的女工以卑微的姿态向男性政治权力体制和资本经济跪求，这是一种低烈度的软性抗争与不愿屈服的体现，跪着的是身体，但精神却有向上的倔强，这惹恼了男权政治文化及其精神权威，四个将女工拖走的保安就是男权政治体制及其暴力象征。至于那些旁观的女工，她们既清醒了这种男权暴力政治的无法反抗，却又甘愿让自己陷入麻木状态，她们失去了反抗不平等制度的勇气与能力，从精神上接受了自己被压榨和被摧残的不幸处境和无法反抗的事实。郑小琼，作为她们中的一员，用自己笔去写作和倾诉，这已经不是知识分子式的外在同情，而是她身处其中的自我救赎的方式，“她们深深的不幸让我悲伤或者沮丧”，这悲伤或沮丧虽然也是否定性的情绪，但却终于让诗人自己保持了言说和倾诉的能力。

正是在这种不愿麻木和仍旧坚持的抗诉中，郑小琼写到了部分女性屈从两性二元结构所制造的权力不对称关系并甘为其帮凶的自我精神奴隶化的过程。如她写自己去曾经的女工友的办公室，看见了这位女工友对下属居高临下的鄙夷和不屑：“唉，没有办法，我也不想这样，但是她们笨死了。这些打工仔……”，“当她说着这些，在那一刻，我觉得我们有着清晰而巨大的差别，……此时，我们站在两个不同的立场之上。”当部分女工以主宰者姿态奴役其他女工时，她们仍不过是这种宰制性权力结构的奴隶。一种深刻的主奴辩证法支配着这种关系的转换，主人—奴隶的二元不对称结构关系，无法为女性带来真正的解放。郑小琼的写作深度展现了人性在这种二元对立的压制—被压制关系中的扭曲与变异，她让自己避免了麻木和安于现状的看客身份，以始终保持着从底层出发的抗诉者的使命感和责任感，写出属于自己也属于这个群体的集体记忆。因此，小琼的外在身份虽不断变化，却不曾阻止和中断她为底层女性言说也实际是为曾经的自己言说的见证者的身份。如郑小琼《流水线》对于流动的人与流动的产品的流水线式的书写，就展现着两性二元权力政治结构对于女性的全面掠夺，就在疼痛的、带血的呼告中，向我们揭示出文学的见证功能，揭示出诗歌的政治学和伦理学的双重维度，让被遮蔽的裸露出来。

其次，郑小琼对于女工的写作，并不是空乏的同情，而是将女工放入了她的身份角色和社会关系中来展开思考，就不是对于男性政治权力的抽象反抗，而是对于具体生活中的男人们的爱和恨，是她们从作为妻子、母亲、女儿的特定女性身份出发的人性中的朴实感情。正如张莉所指出的，《女工记》作为公共领域的热点文本，是女性写作的一次僭越，是女性叙事有意与公共议题之间寻找结合点的书写实验。郑小琼把这些苦难的女性看作"我故乡的亲人"，她要为这些小人物立一个小传，"我觉得自己要从人群中把这些女工淘出来，把她们变成一个个具体的人，她们是一个个女儿、母亲、妻子……她们的柴米油盐、喜乐哀伤、悲欢离合……她们是独立的个体，她们有着一个个具体名字，来自哪里，做过些什么，从人群中找出她们或自己"[①]。她们对那些剥削者和压榨者予以嘲弄和讽刺，这种写作打破了"上班是流水线，下班是集体宿舍"的女工们的固化生活，让她们拒绝成为沉默的零件。郑小琼还写到了城中村出租屋和发廊里出卖身体的妓女重新开始以某种具有平等的主体角色来打量这个男权世界，如《中年妓女》《小青》等就借助作为妓女的女性们独特的"看视"和"言说"跨越了"家事"与"国事"、"私人领域"与"公共领域"的鸿沟。这个妓女主题在另一位女诗人谭畅《隐密的天之河》《东莞启示录》中同样得到呼应。两位女诗人都写到了现代女性所遭受到的身体和灵魂的劫掠。这种对于现代女工中的特殊群体妓女生活的写作是不同于中国古典文学中的青楼女子题材的写作的。在古典时代，女性卖身的场所是青楼，是男权时代的士人才子柔软情感的归宿地和诗意保存地，青楼女子的社会关系和情感复杂性都并不能得到充分呈现。然而，当代女诗人却第一次以女性视角进入沦为妓女的女性写作，这是一种真正的现代性写作，青楼神话被去魅，诗意被消解，而在仍旧属于支配性的两性权力政治结构中，这里只有赤

---

① 郑小琼：《女工记》，花城出版社2012年版。

裸裸的交易，只有政治权力、资本权力对于女性的肆意掠夺。

以郑小琼、谭畅为代表的女性诗人对于城中村和发廊妓女的写作，可以说是对古典时代女性被物化和女性灵魂被遮蔽的拯救。因此，她们所写的妓女不再是男性叙述者笔下被美化的客体，而是成为独立发声的逼近生活真实的主角。古典文人笔下的青楼女子总是美的，是让男人眷恋的，她们或许并不专情，却也是可怜可爱，是男人的知音，她们的落难也与失意文人的坎坷命运共鸣。文人们写青楼女子，实际是为着书写自己。当代女诗人对于妓女的书写则完全不同，她们不再将妓女当作投射男性命运的镜像，不再从古典男性文人垄断女性色艺资源的角度来进行物化观照，而是更多角度展示女性所遭受的身体和灵魂的双重掠夺。女诗人们让妓女作为诗篇的主角独立声音，真诚裸露出这些被掠夺女性的无诗意的物化存在，展现出这些妓女艰辛讨生活的存在维度，具有人间烟火气息。如郑小琼写城中村的妓女：“她们谈论她们的皮肉生意与客人/三十块　二十块　偶尔会有一个客人/给五十块”（《中年妓女》），这些妓女并不高尚，她们看似毫无廉耻地谈论着皮肉生意和那些给她们几十块钱的客人，她们也无甚姿色，但仍旧有着爱和恨，有着独属于自己而无法与嫖客们交流的精神世界：“她们谈论手中毛衣的/花纹与颜色　她们帮远在四川的/父母织几件　或者将织好的寄往/遥远的儿子　她们动作麻利”（《中年妓女》）。这些城中村妓女的生存，就不再是个体的不幸见证，而是时代的历史见证。

可见，郑小琼、谭畅等女诗人的底层女性写作就引入了精神的实践性和具体性维度，底层女性作为平等主体得以出场、言说，她们的社会身份被发现，人性存在和个体生存的现实化与历史化维度被展开，而这也就是我所强调的诗歌精神的道成肉身。这种历史性维度的带出，让郑小琼等女诗人的写作开启了对于一个国家和民族的深层性的制度思考和伦理思考，在这些妓女被物化的角色中，还有着“一颗母亲的心”，“妻子的心”，以及“女儿的心”，有着“在黑暗中叹息”，“掩上门后无奈的叹息”，这些叹息里有着时代和历史的辛酸图景，“中年妓女的眼神有如这个国家的面孔/如此模糊　令人集体费解”，这里的“国家的面孔”颇具深意，它某种程度上就是作为两性二元权力结构的含糊喻指，是仍旧借助着法律、制度、文化和经济力量主宰着女性的强大力量。可见，郑小琼等女诗人关于底层女性写作所带来的诸多重大变化就体现在女诗人成为叙述者，妓女成为诗篇主角，而那些看起来主宰她们命运的男人不过是“客人”，是她们要钓的“鱼”。古典男性作者的抒情性想象就在当代女诗人笔下被嘲讽和解构。妓女们成为观看者、裁判者，“她们坐在门口”，“打量来去匆匆的男人”，她们的生活不再有诗意，一切都沦为物质的存在。然而，这却不是她们本身的错误，而是时代让这些中年妓女和青年姑娘变成了机器和某种劳动的环节。正是这种消解古典唯美艺术而直接呈现出肉身与灵魂伤痛的写作为女性也实际是人性的解救提供了可能。

二　重建文化故乡：反对男权政治的新女性叙事

对于女诗人而言，一种深层的历史焦虑来自人类文明史中男权/父权话语的压制，而这也构成其基本的存在视域和历史视域。在两性二元权力政治构造的历史记忆中，作为被压制的女性生命意识常常被忽略。在男权/父权话语下，一种残酷无情的性别歧视形成了对于女性潜力的压迫，女性常常被视作直觉、本能、感官的自然存在，她们相对于男人的理性和逻辑而言，是低一个层次的，是被认为只适合承担家庭角色，她们的话语被认为不适合进入男人理性和道德力量主宰的公共话语空间。而当代女诗人以安琪、马莉、王小妮、谭畅、晓音、王瑛为代表的写作，却表达了一种对于男权压制性公共话语的反抗，她们既不乏理性的深思，却又重新发现“直觉”和“本能”，强调“私人话语”“女性主义”“大女人话语”的价值。她们虽然缺少投身社会政治运动的共同体联盟，但在个体化的女性意识和主体意识表达上，却形成了独特的话语叙述方式。

安琪可谓反对男权政治的女性诗歌写作的重要代表。安琪的《父母国》就是当代女性自我命名的文化乡愁叙事的样本。安琪从当代女性感知生存的宏大历史视域出发，质疑古典时代父权/男权和乡邦故国捆绑的牢固传统，拆解男权政治意识形态笼罩的文学乡愁和家国叙事，重述现代女性生存的新的乡愁和家国情感。在重新命名文化乡愁中，一种朴实单纯的本质得到呼唤，人回到了自身，男/女和阴/阳的二元对峙被打破。这种文化乡愁的重述与一种“极具现代性碎裂感的时间维度”① 所带来的生存体验具有密切关系。这也就是安琪《像杜拉斯一样生活》所写到的从快到慢的新女性的感觉的回归。在大工业和网络新媒体极度挤压中，现代女性既向往摆脱传统男权以跟随时代奔跑但又因高频率快节奏生活带来一种疲惫感和绝望感，“快”就成为贯穿其中的令人窒息的时代主题，是女性反男性凝视中的生存焦虑的写照和渴望自由奔跑又不堪重负的象征；而“慢”则是其容易被忽略的隐蔽主题，整首诗篇先写现代女性不得不“快”，但在结尾处却戛然而止，在精力耗尽和无法承受中，回归到“慢”。在这里，“快”实际是男性权力主宰女人的另一种方式，当代女权主义者足以自傲的性别解放不过是工业资本追逐利润的结果，人被视为劳动力，女性看似主动却实际被迫卷入这个她们向往已久的曾经由男性劳动主宰的社会空间，并将其视为女性解放的结果，但在投入工业生产和社会生产中，她们发现这仍不过是宰制性父权/男权力量的再一次掠夺。安琪虽然极力提倡女性主义，但她或许并没有充分认识到这种将女性完全带入社会生产也同样是父权/男权经济和意识形态力量运作的结果。但作为诗人的敏感，安琪却体认到女性或自己要追赶“快”的不可能，在所有人都看到“快”的时代主题时，那些用头脑思考的女性，却让自己“慢”下来，去承认生命的“小”和女性的“弱”，不要去追赶那被视作女强人榜样的杜拉斯，不要举起性别对抗的旗帜，让女人成为女人，男人成为男人，那么，人就获得了完整。无疑，这里有着女性对于理性和资本算计生活的反省，有

① 何光顺：《媒介融合中“70后”诗人的历史焦虑》，《中国文艺评论》2017年第10期。

着对于无法承受现代节奏的生命本能和感觉的回归。

在注重个体经验和生命本能的当代女诗人中，马莉具有和安琪完全不同的典型性，那就是在马莉的书写中，她从来不去提倡女性主义或某种关于权力的说辞，她只让写作跟随自己的存在体验与历史感知来运行。而这种存在体验与历史感知，却因为其本于女性的自我生命意识，而自然地摒弃了男权/父权话语施加的压制，并从而体现出强烈的女性主体意识，我们可以这首《保留着对世界最初的直觉》为例：

坐下来吧，我给你讲一个故事
人类寻找光的故事
从前，光跳跃在影子的上空
窥视着人类的行走，那时候
空气迷恋流水，从周围溢涌而出
那时候光已死去多年，大地逃离阴影
你出现了，满天锐利的光，受伤的光
指上站立的光，击痛了风景
门敞开了，我的手伸向翅膀，握住了光
一束明亮的祈求，那是最后一夜
我离开了你，朝着故事的结局走去
沉入幽暗的光中，看见你坐在树下
目光平静，保留着对世界最初的直觉
和一生都无法剔除的隐痛

马莉的这首诗，同样可以看作女性对于文化乡愁的重新命名，是女性诉诸直觉向着源初灵性生活的回归。西方美学家克罗齐认为，艺术的内核在于直觉①，但问题在于，美学家多从理论上去论证直觉，而诗人

① 夏中义：《重读克罗齐——从〈美学原理〉到〈美学纲要〉》，《华中师范大学学报》（社会科学版）2008 年第 6 期。

和艺术家则直接从艺术本身去体验自觉。马莉就是当代中国诗画合一的重要艺术家，她不以理论而是以创作展示女性的直觉体验，并借此反抗和超越两性二元政治权力结构的不均衡关系。因此，在这里，“保留着对世界最初的直觉”，就不单是一个题目，而是宣告了女诗人最强烈的女性意识觉醒，她意识到，在数千年的男权话语中，女性被视作不擅长理性而只凭直觉行事的非主体存在，这种男权话语的错误实际是对于生命直觉的最残酷掠夺。女诗人鲜明地打出“直觉”的旗帜，就是要打破“理性”叙事的神话，重建以生命直觉为基础的文化故乡。因此，整首诗也围绕着这样一个关于“女性”和“直觉”的故事来叙述。叙述者“我”是一个女人，我要讲一个“寻找光的故事”，讲这个故事的目的是要召唤读者回到“直觉”，全诗的关键词就是“直觉”和“光”，二者内在相通，全诗的核心关系是“我”和“你”，当你≠我，生命是分离的，这也就是男性和女性分离，是理性和感性分离，是直觉丧失，光受伤；当我＝你，生命是合一的，男性和女性的对立消失，直觉保留，隐痛内在于我和你。女诗人的写作跃过了漫长的男权历史，将世人唤回生命植基于原初感觉和真切体验的文化故乡。这文化故乡是一个相对于破碎的现代世界的乡愁神话，它的叙述和重建，为当代中国女性赢得了具有历史深度的存在视域。

马莉的另一首诗《女人写诗像生孩子》同样是女性重建文化故乡的回归，是对生命原乡的命名和召唤，是女性直觉体验的象征表达。正如题目所显示的，女人生孩子让女人成为母亲，这是自然的劳动，女人写诗让女人成为诗人，是精神的劳动。当作为男人的“你”沉醉于严肃的经文和神学主题，神性的鸟从作为男人的神学家额头起飞，光芒闪烁，而作为女人的“我”，却在“寻找胸衣的子母扣”，子母扣丢了，“一整天松松垮垮毫无逻辑”，寻找胸衣子母扣就成为女诗人的生活重心，它甚至涉及宇宙和命运等宏大主题，最后，胸衣的子母扣找到了，女诗人夸张地写道：“我立刻捉住它，终于找回了宇宙的秩序。”在这里，“寻找胸衣的子母扣”，无疑构成了一个强烈的隐喻，它象征着女人寻找和确认自己的命运，不需要依附于男人，无论是“找到”还是“找不到”都得依靠女人自己。诗人将寻找胸衣的子母扣比喻为找回宇宙秩序，就是女性重建文化故乡的夸张表达和女性生存的诗意见证，它突破了女权主义者将两性同质化的教条主义弊端。马莉的这两首诗就从源初直觉和当下生活的两个维度重建了女性的文化乡邦，它并不抽空现实和历史，不遮蔽两性从存在与时间视域出发的生存差异，而这却成为真正反男权政治的新女性叙事。

如果说在直觉＝光＝故乡的叙述中，马莉实现了对于女性文化故乡的重建，那么，女诗人王小妮对于“光”的写作，则从另一个维度见证着当代女诗人重述文化乡愁的集体无意识，这里可以其诗歌《我的光》为例：

现在，我也拿一小团光出来
没什么谦虚的
我的光也足够的亮。

总有些东西是自己的
比如闪电
闪电是天上的
天，时刻用它的大来戏弄我们的小。

这根安全火柴
几十年里，只划这么一下。
奇怪的亮处忽然有了愧
那个愧跳上来
还没怎么样就翻翻滚滚。
想是不该随意闪烁
暗处的生物

还是回到暗处吧。

这首诗的叙述者是作为女诗人的“我”，叙述对象是“光”，全诗具有以女性私人话语来反抗男权政治意识形态公共话语的隐喻性自觉。“现在，我也拿出一小团光来”，这是一个别致的极具意味的叙述，“现在”对应着“过去”，过去发生了什么？或许是有人拿着一大团光来夸赞，于是，才有了“我也拿出一小团光来”。这一小团光是属己的，是我一直珍藏也希望被人看到的。对这一小团光，叙述者初始态度是自信，“没什么谦虚的”，“我的光也足够的亮”，随后有一种叙述态度转变：“奇怪的亮处忽然有了愧”，“那个愧跳上来”，女诗人为何从初始的“自信”转向了“愧”？这涉及“小”和“大”、“我”（女性）和“他”（男性）的关系。最初的自信是着眼于“小”对“大”的反击，“小”是女性自在自为价值的确认，是性别重构中的女性自觉，是女性重述文化乡愁中的命名自觉。“一小团光”，很有意味，虽小，却也是“光”，这是对女性自我美质的确认，是女性精神故乡处的光芒闪耀，这种女性美质的光芒闪耀不同于传统女性观念的温柔、含蓄、内敛、低调、谦逊，而是明确强调女性自我的尊严与独立。在这种自我确认与重构中，女诗人开始反击某种外在的看似强大的力量，“闪电是天上的/天，时刻用它的大来戏弄我们的小”，在传统话语中，“天尊地卑”，是对应着“男尊女卑”的，大男人是对应着小女人的，人类的历史，就是“小”不断被“大”戏弄和主宰的历史，这里既有着普遍性的个体生命对于整体意识形态的抵抗，又内含着女诗人那细腻触感中对于数千年来传承的男权政治意识形态的抵抗。然而，女诗人也感觉着了这种抵抗的无力，“奇怪的亮处忽然有了愧”，这里的“愧”比较复杂，一层意思是女诗人仍不得不承认宏大男权政治意识形态的牢固而觉着了无奈，另一层意思是在面向内在自我的审视中理解着个体生命的渺小。最后，女诗人写“暗处的生物/还是回到暗处吧”，这是属于女性的独特抗争，虽然抵抗，却不诉诸强力，而坚持着柔软，虽然柔软，却不至于无声，而保持着自己直觉的生命意识，哪怕最后仍被逼回暗处，她的“安全火柴”仍保存着，虽然自省“想是不该随意闪烁”，但却已勇敢地闪烁。或许，现在，回去先歇息，什么时间再出来闪烁下吧，这真是极有意味的欲扬还抑的独特表达，王小妮就在这种巧妙的叙述中重建着女性属已的文化故乡。

从被压制的女性直觉生命体验出发，重述和命名女性的文化乡愁，就构成当代女诗人女性意识的重要向度。这其中既有安琪、谭畅等的理论自觉，如安琪所强调的“我是个不折不扣的女性主义写作者”①，谭畅所响应的“自由就是大女人，解放就是大女人，平等就是大女人”。更重要的是，马莉、王小妮等女诗人对于女性直觉生命体验的重视，也让她们的诗篇成为女性反抗男权/父权政治话语的现代重述。正是在理论构建与诗歌创作的呼应中，一种“大女人”的独立人格得以张扬，她们的写作也由此指向了人类的共同解放，指向了每个人生命都本有的柔软。她们就在拒斥被历史的政治意识形态话语所制造出的男权之国中，重建女性的文化故乡。男权话语所关联的乡邦故国被超越，任何宏大的政治权力意识形态，都必须回到那血肉和亲情相联系的父母之乡也即自然之乡。从这个角度来说，安琪、马莉、王小妮、谭畅等为家国山河找到了真正的精神家园，自然之家往往就是精神之家。于是，女诗人的抗诉，就不是以暴力反抗暴力，而是要唤回同属于每个女人也内在于男人的柔软灵魂。当每个人的内心都变得柔软，那坚硬的男权政治意识形态也就慢慢冰释，文化的乡愁被重述。

三　发现内在自我：当代女性诗歌的小女人写作

从被压制者身份和源于历史深处的底层视角来展开时，我们切忌像某些女权主义者那样构建一个女性意识的整体概念，或虚拟一个敌视男

① 安琪：《极地之境·自序》，长江文艺出版社 2013 年版。

人的女性联盟。在我看来，为底层女性申诉的苦难写作，或表达女性主体自觉的反男权写作，都不是女性独立写作的全部，而那些着重于内在自我的小女人或小资化写作，如陈会玲、钟雪、马思思、布非步、安安、旻旻、紫紫等的写作尤当值得关注。因为身处环境的单纯，她们并没有对社会苦难的切身痛感，而更注重女性特质的纯艺术和纯内心的私人化体验。

陈会玲的诗始终有一种优柔的女性力量和忧郁感伤的气质，她的语词纯净凝练，情感含蓄优雅，在极具灵性的写作中，呈现出一种典型的东方美学精神，如以《就这样》为例：

会有一条道路，让我送别你
不是月下，而是灯光和高楼的阴影

那时你长发，站在舞台的右侧
我看见你清瘦的侧脸

如今你回过头说着话
仿佛时代的列车从来就是空席

你喝下一杯百香果汁
那被忽略的面目，终于获得完整

走在回忆里的人，走在送别的路上
路上的行人也走在回忆里，和我们一起

你去到那座城市，我们再无声息
而我梦想回到故乡，躺在河岸上

六月的青草暴动，腥味弥漫

我掏空一切，瞬间就忘记了你

女诗人在诗中预设了“我”和“你”的某种可能虚拟的但又最内在于诗人情感深处的结构，在“我”和“你”的关系中，起着联系作用的是“路”。但这条“路”不是两个人相向而行的邂逅的路，而是送别的路，“路”指向未知的远处，“你”将走向未知，而我只能停留在回忆里，停留在曾经送别你的途中。在这首诗中，灯光、高楼、阴影、城市、回忆、河岸、六月就构成了女诗人完全内指的空间与时间背景，女诗人沉溺在“我”和“你”曾经相处的时空氛围中而难以自拔，无论那条未知的路将把你送向怎样一个未知的远方，我却始终处于“你”的力量的牵引中，“你”成为整首诗的中心，“你”也是“我”永远渴望抵达而又害怕的最深的隐秘，这隐秘的情感遭到无形的压制，这压制不知来自哪里，但女诗人沉浸在对“你”的送别和回忆中。这里“我”对“你”的感情，或许是爱情，也可能是女诗人最内在的自我虚构和想象中所设置的绝对知音。在诗中，女诗人抹去了现实世界的具体苦难、伤痛、纠纷、争执和冲突，而只有那静静的在时间和空间里延伸的爱的形式呈现。

陈会玲的每一首诗都是“复杂世界”在“自我镜像”过滤后的“自我再造”，如她的诗作中关于回忆、忘记、遗忘、遗失、遗弃、丢失、消失、带走等最常用的语词都指向个体生命的存在历史，表达了她拒绝外在世界诱惑和甘愿被放逐的虚拟性建构，那是过滤掉喧嚣的静水流深的世界，在每一次“忘记”和“遗失”中，诗人最终都回到自己的内心，她锁闭起了自己的门，只向诗中的“你”（我）倾诉，这正如女诗人在《信任》中所写的：

我遗失的事物如此之多。青山和覆盖青山的野草

我悲伤地爱过，又在嫌弃中逃离

一个木制的玩偶，洪水漫过老屋，带走了它
我沿着村子的道路寻找，道路泥泞，道路丢失了自己

我信任的事物如此之少。只能以遗忘的方式珍藏
当我从拥挤的地铁下来，在夜色里徘徊
不愿推开那扇门。她们在我身后，像重叠的文字
跟随。以沉默的喉咙，唤醒一个张皇的影子

在街角迟疑的人，回到了窗前的书桌

遗失—信任、多—少、爱过—逃离、寻找—丢失、沉默—唤醒，是女诗人编织的若干具有矛盾的情感元素。不断退却的“我”与未曾出场的“你”构成诗篇的二元结构关系。全诗共分三节，前两节以“遗失”与“信任”为关键词，这里的“遗失”看似指向外在世界，但在外部世界的隐没中又指向内心的归宿。“信任”是指向内在自我，却以对于外在事物或关于“你”的信息的否定来达成向内的回归。这具有强烈对比的内在与外在的隐形冲突关系，虽抹去了现实的冲突，却表达了女诗人以独属于自己的灵魂的遗忘来实现对于外在诱惑或力量的软性抵抗，我不去和那个世界争斗，但我选择遗忘或忘记，这是一个未曾出场的“你”或“他者”的世界，是女诗人永远不愿提及的现实世界，她只愿在向你的倾诉中回到“自己”。于是，第三节只用一句来书写自己的回归。在经历前两节的逃离和沉默中，“你”演化成了“自己”的另一个镜像，“我”就是“你”，“你”就是“我”，“在街角迟疑的人，回到了窗前的书桌”，这样一个“软性抵抗”的有效就在于，“我”始终选择了退却和返回，于是，任何诱惑、牵引或压制，就终被这种“不争”的“软性抵抗”所消解。

陈会玲的诗始终隐含着忧伤，其意旨也极隐秘，意象描写也恍惚飘移，诗人既是孤独的，却又不能真正弃离人间，既没有进入天堂的永恒

幻想，也没有向下的直线坠落，在她的诗中，有多个声音在说话，她的自我世界不是固执和单一的，而是多个声音同时在发出呼唤，也在回应，方向或答案是不确定的，她的诗就是打破某种自性疆域而面向他者的关系性和过程化联结，是注重在边界处的牵连、错合、交叉、跨越、缘发，注重在自我否定运动中面向他者的非我化，她在追寻，在路上，在疑惑，她不知道这样的努力会把自己带向何处，但她终究不会停歇。[①] 这也是她的诗《回忆一个下午》“多年后我独自回到故乡，在山梁小憩/我看见那奔跑的身影，带动/一阵阵的山风。倒伏的野草招摇/割裂指尖。这鲜艳的红/与蓝天一起，供认出/那从未遗忘的疼痛”所同样指向的生命回归主题，在从自我的存在与历史视域出发中，陈会玲的诗建构起了退却中坚守的家园，这是女性的内在返回式写作，却也同样构成了对于男性权力政治世界的软性抵抗。

另一位女诗人钟雪的作品则显示出女性对于诱惑的抵抗或选择中的艰难，如这首《第十三根罗马柱的梦境》：

我在城墙的风间忆起我身后的魔鬼
我的老师，在我童年时将之放出牢笼

大仓变化着信息的模样，脱落外层的石灰岩石……
三分之一的晶体物质，天空就要下雪了

我于旷野里醒来，殷红的鬼物在我耳际低吟：
“远山下雪了，我将给你可以看见的。”

弥厄尔要带我逃离现场，雪白已绵延至山腰
正占领我的眼睛，“末日是否将临？”

① 何光顺：《陈会玲诗篇〈拾碎〉的隐秘之维及其东方美学精神》，参见《当代文化思潮与艺术表达》，中国文联出版社 2016 年版。

而砾石与桑叶之上，是破碎光影照入梦之衡量
我的魔鬼在舞蹈，狂叫与尖笑，如夜莺般真甜

挥手告别弥厄尔，我走进落落河谷，褐色草垒上
雪花盈盈清脆，冰凉在指尖流转。

“来吧，到你应许之地。”

如果说陈会玲的诗，是抵抗世界诱惑与牵引的一种有效方式，那么，钟雪的诗就在这充满诱惑的世界面前练习如何抵抗，她大胆面对诱惑，这诱惑她的魔鬼就如上帝的呼召：“远山下雪了，我将给你可以看见的。”女诗人是勇敢的，但她却不能时刻保持警惕，她有时不够坚毅而被引诱，“我在城墙的风间忆起我身后的魔鬼/我的老师，在我童年时将之放出牢笼”，有时又能察觉引诱而清醒，“我于旷野里醒来，殷红的鬼物在我耳际低吟”，在面对魔鬼的引诱中，诗人选择了内心天使“弥厄尔”的指引，她发现了内在灵魂和意志的软弱，“而砾石与桑叶之上，是破碎光影照入梦之衡量/我的魔鬼在舞蹈，狂叫与尖笑，如夜莺般真甜”，这些诱惑与牵引，或许就是红尘里必当有的历练，然而，女诗人的内心却保持着纯洁的向上维度，“挥手告别弥厄尔，我走进落落河谷”，女诗人走入自己的世界，在那里，“雪花盈盈清脆”，洗净了浮尘荣华，女诗人找到了自己的归属。

在另一首《草长莺飞》中，钟雪同样沉浸于内在自我的抗争与灵性回归，“我将在梦里遇见你/那缠绵的风，带着某种预言/在阴影之侧，检验面积/与你的距离，我只能/不顾一切靠近，再近一点/但要保持呼吸的间隙”，这里同样出现了“你”，是女诗人试图靠近的现实或想象中的爱者，这爱者同样构成了女诗人写作的中心和归宿所在，“我要记住，一个曼妙微笑/你走向我时，时间将会失去作用”，我在你的走近中晕眩而忘记时间，这或许是女诗人投入最深的爱情在发生着作

用，爱情是充满诱惑的，女诗人试图抵抗，又在放弃抵抗，这种软性抵抗是不可能彻底和清醒的，因为这种“我”与“你”的关系，不是来自外在暴力或宏大政治意识形态的压力，而是一种源于自然生命和灵性生命的内在投入的牵引之力。这种爱和牵引，正构成了女诗人的迷人魅力。

这种内在化写作，最终将女诗人引向超越性别的“零性别”或“非性别”写作。向着生命最柔软和灵性处的抵达就借助万物与我之精神的意气感通式关联，建构起了对于存在与历史的新型体验结构。这就是四川女诗人马思思《给诗人》所写的：“你曾经是边城的浪子/在某个巨日沉落的黄昏走向了江流//你曾经是王朝的密使/在某个寒风怒吼的午夜消身于马厩//你曾经是村子最后的老人/在某个细雨斜斜的清晨歪倒在椅子上……”，在向着历史回溯的体验中，一种强烈的沧桑感带我们进入古老的王朝，看到倾颓和衰败，看到历史的哀愁。在自然的年轮上说，诗人仍旧年轻，但她已学会沉入民族历史和个体感受的深渊，那里“流动的人群和光一起歇下来”，“暗夜是一架烤着黑漆的钢琴/一些人事堕入梦里/发出声响/如同敲出的音符/无尽流淌”（《暗夜》），诗人写到深渊里自我的倒影，“倒影像来自地心的引力/你望向它/便被卷入了史前世纪”（《倒影》），这种向着生命深处的潜入，既是属于一个女人的，也是真正属于诗人的。马思思关于“倒影”或“影子”的书写，与陈会玲写的“张惶的影子”、钟雪写的“破碎光影”具有内在相通性，都是写个体生命的回归。而马思思的诗《我的影子》又尤其突出：

不是拖着父亲、母亲
也不是拖着村庄、城市
命运让我站在这里
像一条具有来源和流向的河流
但我，没有河流的宽广。
你在岸边掷石子

水涡在眼里形成幻视
我无法用语言来回答
那些超越了语言甚至生活本身的事
就像地面上变窄变长的影子
它在模仿星星的高度
模仿你曾经的样子
在光的切面下
我甘愿是一具清晰的影子
芭茅旁的路，夜里的祠堂
当风灌进屋子
上帝的手指正好停在眼睛的边缘处
——抬向满天星辰的幅度
这张脸，填充了时空幕布

这首诗可以看作当代诗歌中关于影子书写的杰作，在自我拟象的否定表达中确认我在历史和天宇下的位置，影子意味着一种极轻的存在，甚至是非存在，因为它的轻和虚拟化，正象征着我在之非在，我在这里，却不断朝着过去的深渊流逝，作为一切文化中都太过熟悉的河流意象在影子的拉动中获得了陌生感，具有了新的变幻创生的能力，河流既是虚的，但相对于影子却有了某种生机和实在性，诗人随后写到了河流的水涡旋转中的幻视，那是将影子的拟象带向更苍茫和遥远的存在，“它在模仿星星的高度/模仿你曾经的样子”，一切眼所见的存在和风景都因影子的变幻而生，那是上帝指派给我也是赐予人的存在。人生何尝不是一场投影在幕布上的壮丽演出，去入戏吧，“抬向满天星辰的幅度/这张脸，填充了时空幕布”，影子再次获得了生命，被赋予了肉身。曾经不能拖着父亲、母亲，不能拖着城市、村庄的影子，竟也有了它映照星辰和宇宙的不可言说的美丽。影子，让我们思索不可抵达的存在，诗歌或许就是人类精神的影子？也或许是诗人做出的极具文化乡愁的存在历史的隐喻。这种极巧妙的隐喻写作体现出女性诗歌写作的成熟和精神的高度。

当然，还有不少女诗人的写作是具有小女人化的特质，但这种小女人化并非不关心现实，她们有写到在打工浪潮影响下被消解的乡村，如安安的《留守儿童》；有写人生哲思的，如紫紫的《稻草人》；或写游历异域体验的，如布步非的《入埃及记》；或写自我生命的内在坚强，如旻旻的《刚刚下过一场初雪》《告别》《这个清晨》等。这部分女诗人的生命体验是多维度的，并无法简单归纳入反抗男权政治意识形态，但可以视作对于某种过度平庸化和机械化的城市现代文明的软性抵抗，不愿意成为现代工业流水线上无灵魂的个体，她们渴望回归生命朝向艺术的灵性维度。因此，她们的诗篇，就常常是轻柔、温暖的，能为这个世界带来一种甜蜜和幽香，三月的阳光、花期、晚风、蛙鸣、灯火等充满柔软情感的意象书写，就将现代人带出被资本、权力和技术异化的现实，而进入女诗人们自我构造的诗意空间。于是，女诗人就成为超越平庸世界的灵性天使，让人学会飞翔，让人挣脱匍匐于底层的无休止劳作和被压制状态，而向一个可能的高度仰望。

南方诗人的个案分析

南方诗人，主要是以四川“第三代诗”到“存在”诗人群体、广东黄礼孩、阿翔、翟文熙、陈会玲等“70后”诗人群体、湖北公安的湍流诗人群体为代表，他们身处传统写作到新媒体写作的过渡时期，也是当代汉语诗歌界实力和成绩最突出的代表，当前对于南方诗歌的研究当以这批诗人为主，而后可将中国诗歌研究推向深入。在四川诗人中，我们重点推出诗人向以鲜。向以鲜是第三代诗的重要写作者，我们重点研究了他的《我的孔子》组诗，认为该组诗是现代汉诗写作的典范性文本，它也是当代中国诗人进行华夏民族文化共同体建构的重要实践，体现出确认自我文化渊源的民族诗人的身份自觉，并同时折射出当代汉语诗学的几个重要维度：一是现代汉诗重回诗歌之道的根性自觉；二是现代汉诗逐渐发展出一种倾听圣者声音的古典意象诗学之维；三是现代汉诗在面向古典并在山水历史里栖居的信仰重建。这几个维度是向以鲜的史诗性写作所开启出来的现代汉语诗学的新向度，它逐渐纠正了近代以来中国诗歌的信仰和根脉的迷失之弊。

在广东新诗群体中，我们重点研究了郑小琼、黄礼孩、阿翔、翟文熙、陈会玲、马莉等几位重要诗人。我们把郑小琼的诗放在人类身体普遍遭到各种工业污染物侵蚀的“人类纪”时代来展开考察。郑小琼也是四川诗人向广东诗人的过渡，是四川来到广东的工业时代的底层打工者，但她逐渐确立自己作为时代之诗人的角色担当。郑小琼的诗歌即可视作这个时代底层苦难承受者的文本见证，见证了底层女性被官僚暴力和资本暴力连续伤害及这种伤害的隐而不彰，她的诗歌冲破了政治意识形态和商业意识形态对于这个时代的美化，而以现场直击与意象鲜明的书写揭示了人类纪时代的底层的苦难呻吟，以具有典型性的妓女群像和个体形象的描绘显现了一个正走在发展进程中的社会的、模糊的面孔，以具有绸质光泽的诗句在历史的污泥中发出熠熠的光辉，指明了在一个广场缺失的时代民众的沉默无声与被压抑的悲凉。在此意义上，郑小琼就是这个时代的少有的具有政治自觉的诗人，她的诗歌就不仅是底层苦难的表达，而且是对于底层的政治诉求与诗人的政治观念的多维书写。

在抵抗工业和资本的掠夺性和腐蚀性力量中，黄礼孩新诗集《谁跑得比闪电还快》代表了诗歌神性写作在当代中国的复兴，预示着中国现代诗歌史在经历白话文运动、抗战叙事、革命叙事、阶级叙事、苦难叙事和底层叙事之后，开启了对精神超越维度的追求和对个体生命内在信仰的确立。诗歌的神性写作实践也和诗人近年来提倡完整性诗学的理念相呼应，是其诗学理念的现实化表达。在写作中，诗人汲取了欧洲基督教的文化元素，又承传着中国儒家、道家和佛禅等多种文化的影响，借助寓意和象征的手法，在对细小事物的珍爱和书写中，揭示上帝造物或神恩显示的痕迹，开显出一个不同于世俗功利世界的神性他在视域。诗人遂成为不可能性之可能性的洞见者，而其诗歌则成为人类最高可能性的文本见证。

广东诗人浪子也是一个与完整性诗群相呼应，并曾经编撰《出生地》和《异乡人》这两部诗选的重要作者。他的诗集《无知之书》是一位具有内在痛苦的诗人在一个商业化时代抵抗自我身份被边缘化的文本见证。作为对自我欲望的隐蔽和对荒诞现实的拒绝，诗人选择了漂泊，一种精神上的自我流放，让自己在绝对唯我主义者的道路上构建属于纯粹艺术的坚硬堡垒，于是，艺术的世界和现实的世界，就无可避免地形成严重的分裂，现实的荒诞、生存的荒诞、欲望的荒诞，都被诗歌的筛子自动过滤掉了，而只留下纯形而上化的唯美情感的哀歌，这是一种反向逃离和逆转生成，诗人以诗歌拒绝自我的庸俗和世界的庸俗。从这个角度说，诗歌就成为诗人挣脱欲望的自我圣化的重要道路。

广东女诗人的重要代表陈会玲，是写作极为纯粹而又还未曾被充分关注的一位优秀女诗人，她的诗歌写作总是有着自我建构与自我解构的双向运动，既像一枚钉子往深处钻探着，却又时时反观着自己的钻探。主体性的清醒与理性的沉静在她的诗中是鲜明的，然而，对于主体性的怀疑与不可把握性的袒露，也让她的诗在柔和之美中淌溢着伤痕和泪水。苍凉的言说，自从她的青春期的写作就一直贯穿在她的诗里，并往往呈现出和她的年龄与性别不相称的悲伤。没有人能安慰，诗人只有以文字来安慰自己。从这个角度来说，陈会玲的诗又是最彻底的纯粹的女性之诗，是生命之诗，其诗篇《拾碎》可谓这种写作的代表，笔者在本篇中对其作出了文本细读，并探讨其所具有的东方美学精神。

在对以阿翔和翟文熙为代表的两位广东“70 后”诗人的研究中，笔者首次提出了“诗歌的道成肉身”这一诗学命题，从该诗学命题切入，分析了诗歌的两个重要维度：存在之道和当下肉身，指出了从启蒙时代以来，诗歌逐渐摆脱神学的形而上学化的弊端，开始具有了历史与时间意识，有了面向时代和生活的肉身化维度的开显。以这两个诗学维度为入口，考察了阿翔《一切流逝完好如初》和翟文熙《时间软壳》两部诗集，指出“70 后”诗人的某种深层的历史焦虑及其现实化表达，这也就是“时间”之思和“等待”焦虑，认为两位诗人都有一种软化时间、触摸时间和穿越时间的期待，如翟文熙的诗就隐含着消解时间的残酷以软化时间的用心，阿翔的诗暗示着作者希望在时间的流逝和毁灭中又保存某种初始的完好，而这又涉及空间。但这两部诗集如何将时间化入具体的人类的历史和现世的生活世界方面，又有着某些维度的缺失，从而可能造成其诗歌的肉身的营养不良的问题。

在对黄礼孩、陈会玲、阿翔和翟文熙等“70 后”诗人的个体考察基础上，又呼应了上篇关于“70 后”诗人群落的整体关注，认为“70 后”诗人介于前代诗人（“50 后”“60 后”）和下代诗人（“80 后”“90 后”）之间，他们既没有前代诗人恰逢文学成为时代中心的幸运，也没有下代诗人对于各种新媒体写作的熟稔，一种渴望被历史接纳的等待焦虑与植根于生存体验的时间之思就成为其内在主题。这种“70 后”诗人所遭遇的困境不是我们马上可以解决的，但我们要领悟到写作所应当具有的肉身存在感和历史介入感，要去触摸时间或诗歌能成为肉身的空间性、生命性、当下性，要将诗歌物化为事件，要让诗歌显现为道成肉身的具体现实，要从初始存在走向本质丰富，走向理念的生活化实现，最后达到诗歌的完美。

在四川、广东诗人之外，我们还关注了近年来颇具影响力的湖北女诗人余秀华的写作，她虽然不属于任何诗群，但却契合我们所提倡的南方诗歌精神，那就是自由的、反抗的、痛苦的、裂变中的写作，其颇具争议性的作品《穿过大半个中国去睡你》可视作一篇当代女性身体欲望的告白书，也可看作一个勇敢的南方反抗者对于固化的权力进行冲击的宣言书，这首诗巧妙地借助身体和性爱的敏感话题来表达一个灵魂反抗却无法反抗而只能睡去的清醒者的痛苦，它借灵魂在身体中的沉睡来批判一个时代的堕落和诗人在严重的时代病症前的无力与孤独。这首诗也是当代女性介入社会宏大叙事的某种理性自觉，其在将私人情感和身体叙事糅合到社会政治叙事的尝试方面，为当代中国诗坛开辟出了一条有益的道路。

当然，我们对于南方诗人的个案考察，还是远不够充分的，唯一可以安慰的是，我们这种考察并不是随意和任性的，而是始终将其放入南方诗歌的精神谱系以及与南方诗人群落内部或虽不属于具体诗群，但却契合着我们所说的中国当代新诗的现代精神，那种自近代以来从广东开始的革新和启蒙精神，这也同时是伴随着汉语诗歌对古体诗歌的革新的过程，这也是《南方诗论》主要以《南方诗选》为基础，而舍弃了《珠江诗派》所编选的近代古体诗写作以及 1949 年至 1978 年的三十年写作的原因，即他们还未能充分地展现当代汉语新诗的实绩，但作为南方精神的源头性存在，我们主要在序言中对其做了适当追溯。

第十章　当代诗歌的圣人书写：论向以鲜

——兼论现代汉诗写作与民族诗人的身份自觉

历史是一个民族的此在生存的地基，没有历史性的传统，就没有民族和文明。民族的边界不是固定的，文明的疆界也常常被突破，然而，那些为民族和文明筑基的本原因子和核心元素，却不会消失，并将伴随民族与文明相始终。每一个伟大的民族和文明传统，它的人文知识分子的使命和职责，就是从其悠久的历史渊源处汲取力量，以实现其面向新时代的创造。四川诗人向以鲜的组诗《我的孔子》就是寻找华夏文明根基并为当代中国文明乃至世界文明夯实地基的“典范性”写作。我将这组《我的孔子》视作现代汉诗的“典范”，是源于对当代诗歌写作中某种积习已久的沉沦的警醒，那就是现代汉语诗人常常落入西方思想注疏的非此在性写作，他们以谋求被国际大奖认同为最高诗歌理想，却遗忘了诗歌和诗人所扎根的原生的土地、民族的血肉和个体的遭际。正是从这样一个破除西方中心论的民族性和源头性写作角度来说，向以鲜的组诗《我的孔子》就尤其值得当代中国诗歌批评界予以认真关注。笔者将对这组诗的思想意蕴和诗歌史意义略作分析。

一　现代汉诗的根性自觉：重回诗歌之道

中国诗人的母语是汉语，汉语就是中国诗歌的可见的身体。1998

年王光明提出“现代汉诗”概念，对于当代中国诗人的语言自觉与文化身份的确认具有重要意义。“现代汉诗”的命名，有助于取代含混的“新诗”和“自由诗”概念，其重点在于强调“现代中国经验”和“现代汉语”，侧重中国现代经验与现代汉语互相吸收、互相纠缠、互相生成的文化境遇的自觉建构活动。① 傅天虹等学者则提出“汉语新诗”概念，其侧重点在于整合汉语文化圈，以将汉语文化理解成一个没有政治边际的文化共同体。② “现代汉诗”和“汉语新诗”概念的提出，突破了“中国”概念的政治和地理边界限制，却又有助于作为汉语文化核心区域的中国的影响的扩大。只要用汉语写作，并认同现代汉诗或汉语新诗作为文化概念所携带的与生俱来的文化信息，一种从源头处而来的根性自觉与文化共同体感情便得到了确认。

这样，我们就看到当代中国诗歌的命名虽然突出了“现代”和“新”，但因为又受到“汉语”或“汉诗”的具有身体媒介的约束和限制，它的精神和灵魂也由此得以塑成。一个本原性的民族及其文化就在“现代汉诗”和“汉语新诗”的命名中被呼召出场，并从而显示出中国诗人较之于他民族诗人的独特性和差异性，那就是由汉语的身体所携带的民族精神的密码和灵魂的印记。正是从这个角度出发，我批评了以西川为代表的知识分子诗歌写作在向西方诗人偶像进行膜拜中所导致的民族性的失落③，而这也就是我们发现向以鲜的朝向汉语文化源头处的本根性的诗歌之道开掘的重要意义。中国诗歌每当遭逢民族的命运性突变时，伟大的思者总是致力于向源头寻根。这样，我们就能理解刘勰在遭逢五胡乱华之后的“原道”“征圣”“宗经”的深层用意，确立以汉语为介质的华夏民族的诗歌之道，以抵抗亡天下所可能带来的民族精神的坠落。

---

① 陈仲义：《百年新诗：“起点”与“冠名”问题》，《中国现代文学研究丛刊》2017 年第 10 期。

② 傅天虹：《对“汉语新诗”概念的几点思考——由两部诗选集谈起》，《暨南学报》2009 年第 1 期。

③ 何光顺：《西川的诗：知识分子写作与后现代之光》，《星星·诗歌理论》2018 年第 5 期。

在“现代汉诗”和“汉语新诗”这两个概念中，我更侧重采用“现代汉诗”这一概念，如此选用的原因在于“新”的意指略显模糊，而“现代”却是明确地强调一个民族从“古典”到“现代”的命运性转换，它不仅在语言和情感上是现代的，而且强调一种现代性的精神，以培养现代国人和打造现代国家，并缔造国人的具有普遍性的文化精神。对于现代和古典的结合中的汉语诗歌的使命自觉，我曾经在《世纪转折点上与知识转型时代的华夏史诗》中进行呼吁：“当历史行进到20到21世纪之交的全球竞争之世，现代汉语写作自新文化运动以来已经酝酿100年，成熟的汉语诗歌写作便愈益成为当代中国诗人的自觉追求。……秉承远古圣谕，聆听上苍启示，重塑民族道统，开启自由哲思，培育民族诗魂，在上可比肩春秋战国的人文革新的伟大时代，我们再次倾听到这样的声音：无上的荣光，属于思想者，神圣的写作，属于民族之诗人。”

在这种属于自觉命名的呼吁中，我采用了一种呼召式语言，我强调了荣耀、思想者、神圣写作、民族诗人等语词间的内在关联。这种语词的言说，就是我对“民族诗人”的命名。何谓民族诗人？那就是从民族文化传统的渊源处而来所展开的对于民族道统及其历史天命的书写的诗人，即谓之民族诗人。民族诗人，必然是一位思想者，是具有先知式的神圣倾听者，他立足于这个民族的个体的生存，乐其所乐，哀其所哀，却又陶铸出能带领这个民族的每一个体不断向前、向上的永不屈服的神圣信仰与健全人格。民族诗人，往往是民族苦难和个体苦难的最深切体验者，他沉入那时代的幽暗深渊，却不是要将个体和民族唤入绝望与毁灭，而是要升华出光明与希望。

一个民族需要自己的神圣叙事，每一位民族诗人，都有参与民族叙事的神圣冲动和建构民族正声的责任意识。周民族是在《文王》《大明》《绵》《生民》《公刘》中确立起周民族的风雅正声。屈原以其《离骚》《九歌》《九章》的绝唱创造了楚民族的心灵史诗。刘勰赞之为：“自风雅寝声，莫或抽绪，奇文郁起，其离骚哉！”当历经汉末魏晋南北朝长达四百年的动乱和沉沦以后，诗仙李白在吟唱“大雅久不作，吾衰竟谁陈”（《古风》）中自觉成为王道大雅的担当者，诗圣杜甫在“致君尧舜上，再使风俗淳”（《奉赠韦左丞丈二十二韵》）的期待中叙述着民族遭逢的艰辛与苦难。自元明清以降，华夏蒙尘，而中原腥膻，大雅不作而王道衰。自近代以来，诗人更多哀怨，而正声难续。

但让人高兴的是，现代汉诗的创作，逐渐走出膜拜学习西方大师的初级阶段，而有了一种向着民族根性回归的自觉。2016 年，《现代汉语史诗丛刊》结集出版，其中包括了白天的《天歌》、大解的《悲歌》、道辉的《大呢喃颂》、发星的《在大西南群山中呼吸的九十九个词》、钢克的《永光——一个人的诸世纪》、海上的《时间形而上》、海子的《太阳·七部书》、李青松和蓝马的《我之歌》《恩歌》、刘仲的《在河之洲》、蝼冢的《黑暗传》、洛夫的《漂木》、骆一禾的《世界的血》、梦亦非的《空：时间与神》、叶舟的《大敦煌》、吴震寰的《孤独者》等。在诗人海上为这部史诗丛刊所作的序中，他这样写道：“走向史诗抒写，是我们几代人的夙愿；让汉语诗歌能承载更大的文化，更多的史料，且在历史长河里颠簸而不沉没，这正是长诗所要负荷的重量。”

我个人非常认同诗人海上对于这批现代汉语史诗作者的定位，而他对汉语诗学的本根性精神的思考也是发人深思的：“中国文化在大道中启幕。亘古以来，整个华夏民族就是用诗和神的互喻开始认知宇宙的，认知那些应该被我们崇尚的神物、神器以及神祇。”这种汉语诗学的根性精神在向以鲜的组诗《我的孔子》中就得到了极透彻的展示。向以鲜的《我的孔子》《唐诗弥撒曲》等都是长篇抒情组诗，从书写民族精神史角度来看，也可归属于现代汉语史诗。向以鲜的诗就是这个时代的大雅正声和黄钟大吕。

向以鲜就是现代汉诗写作中的民族诗人的重要代表，他的诗始终追溯着古老的华夏精神血脉，正如他的自述：“一直喜欢海子的《亚洲铜》，古铜一般的大地，陪伴着我们卑微又顽强的生命：‘亚洲铜亚洲铜/击鼓之后我们把在黑暗中跳舞的心脏叫做月亮/这月亮主要由你构成’。……海子在另一首诗《哑脊背》中，就直接写道：‘月亮也是古诗中/一座旧矿山。’”可以看出，向以鲜和海子一样，都是将古老的华夏文明当作现代汉诗的采掘不尽的“旧矿山”，他们都是要将其锤炼，以铸造出响亮的战鼓，并为在历史中迷途的华夏民族招魂。

二　现代汉诗的意象重构：倾听圣者的声音

在我看来，向以鲜《我的孔子》就是向着华夏文明道统回归的神圣写作和意象重构，在引子《圣人的十张面孔》中，诗人重构了“圣人”意象的十张面孔：星辰、山岳、舞者、诗人、爱人、预言、战士、失败、猛禽、尘埃，这也是我所看到的对于圣人的最恢宏的引入，那是期望从“言”所构造的“象”的角度去追寻“道”的不可见的踪迹。圣人就是道之所在，他高到星辰的闪耀处，“如果是神，就应该只说一句话，而这句话是完整的。发出的那个声音不能低于宇宙、或者少于宇宙的总和。圣人有着星辰的面孔，璀璨又遥远，那是诗意的光源所在。一旦失去，我们将生活在永生的黑暗中，仰首不见群星，没有光，勿宁死”①。圣人也可以低到卑微的尘埃里，“也就是一粒细小的、卑微的、看不见的、浸透血泡满泪的、千人踩万马踏的尘埃。‘灰尘里的声音对他从未失效，当他感动于神的榜样’”②。

现代诗人有逆反意象或非意象的写作，我不知其成败得失。然而，向以鲜的长诗《我的孔子》却可能在确立着当代中国意象诗学的标杆性尺度。如何做到大音希声，大象无形，如何做到天籁鸣奏，天机自运，那就是让心象敞开，返归宇宙大象的万千殊相中，去洞见神圣之道。圣道之纯一不可见，但圣道的肉身具象可感，向以鲜就是要

① 向以鲜：《我的孔子》，人民文学出版社 2016 年版，第 1 页。
② 向以鲜：《我的孔子》，人民文学出版社 2016 年版，第 3 页。

向我们描述圣人作为人子的万千殊相，他还是山丘，“大地的完美表达，清芬自挹，苍翠宜揽”，他也是舞者，“在绿洲与荒漠中舞蹈，在甘霖与枯槁中舞蹈，……在舌头与刀尖中舞蹈，在生命与死亡中舞蹈”，他无疑也是诗人，“从第一声啼哭开始，从诀别父亲与儿子那一刻开始，从翻断书简与春秋那一刻开始，……圣人就是来自宇宙深处的诗人”①。

向以鲜何以能从这么多殊相角度去看到圣人的丰富面孔，这或许是源于他作为一种民族诗人的身份自觉和对于变幻中的纯粹的把握。向以鲜是从唐诗开始其精神探寻的，在大学时他已能背诵杜甫诗全集，心醉于闻一多的唐诗诠释。向以鲜以学问起家，却往往纯凭直觉开启他的书写，他在朝向生活的实践之思中闪耀出智慧之光，让自己的直觉和精神相互渗透，以长成他所钟爱的诗之肉身，他写的《石头动物园》《割玻璃的人》《唐诗弥撒曲》等诗篇，就是他的生活之思的诗意结晶。作为一位民族诗人，他始终注重从民族文化的肥沃土壤里汲取精神的源泉。他也永远以学生的态度向着天地万物顶礼，他的心中永远有着一种谦卑的精神，他始终是跟随着民族的圣人前行的真理寻求者。他以他的诗篇与一个精神上不断下滑的民族庸俗状态战斗，他承担起了圣人交付的使命与职责，成为这个时代的战士，不断遭受失败，却始终不曾放弃。他有着爱人之心，爱着他的民族和人类，他像猛禽一样击打人类的低俗状态，“没有血性的圣人，不是真正的圣人；没有绝世的招术，岂可当得了猛禽”，在描述圣人十张面孔中，诗人希望朝着圣人的方向前进，他就是圣人在21世纪的学生。

于是，我们看到，诗人从开篇之始，就将苍穹、星空、造化的光芒突然照向读者的眼睛，一种植根于民族精神深处的现代汉诗的意象重构，让人瞬间感觉到一种来自如朝阳划破黑暗的精神创辟。“从春秋/打开光芒中的词语/那儿藏着清风/吐纳朝气//微型银河越来越远/一直

① 向以鲜：《我的孔子》，人民文学出版社2016年版，第1—3页。

朝向/遥不可及的/低处”，“还没有来得及/看清父亲的脸/还没有来得及/为生民哭泣//就把绝妙的峰壑/造化出来/命名在/苍穹的头颅上//子若不登泰山/泰山必来眼底”（《头上峰壑》）。这里的写作渊源，据向以鲜自己在采访中说起，“有一天，一个黄昏，我坐在院子的小水池边上，孔子的形象又一次浮现在我的面前。孔子名叫孔丘，根据记载，是由于他出生后，额头和额顶比较奇怪。有一句话从我的头脑里面浮现出来：一个人，能把山岳、山峰镶嵌在自己的头上，这种人，不是圣人是什么人，这就是孔子啊！所以我写孔子的第一节诗就是《头上峰壑》。这个是我之前没有构想过的，从没有想过要一开始就写这个——孔子的形象突然浮现出来，很具象的东西，出现在我眼前。”这看来是灵光闪现的，奇妙的，却也是圣人的历史形象在诗人的语言之象中的转化生成，据《史记·孔子世家》记述：“（孔子）生而首上圩顶，故因名曰丘云。”唐司马贞《索隐》：“圩顶言顶上窳也，故孔子顶如反宇。反宇者，若屋宇之反，中低而四傍高也。”向以鲜的《头上峰壑》就是借助言象和意象对于民族精神之象和圣人历史之象的一次带出，是具有独创性的意象重构。

在《寡语者》中，向以鲜向我们展示圣人是潜入深渊的冒险者，“要获取更美的珍宝/得狠下心来/与骊龙喋血深渊/向沉默索取”，这里关于“与骊龙喋血深渊”的孔子形象的塑造，有对于《庄子·列御寇》中寓言“夫千金之珠，必在九重之渊而骊龙颔下。子能得珠者，必遭其唾也。使骊龙而寤，子尚奚微之有哉”的反其意而用之，庄子以智者的态度警告世人不要到暴君门庭求取功名而终为齑粉，向以鲜却展现圣人“在灵魂之上/绽放莲步”，他是敢于为真理而舍身的殉道者，圣人“如同河蚌含珠/每吐一颗/就会死一次”。或许，我们也要学习圣人的精神，敢于以坚韧之心沉入深渊的黑暗而后可获取光明之珠。这里“骊龙”的比喻，尤当值得注意，就是骊龙在深渊之黑暗中，却含藏着宝物，这骊龙之恶为阴，那龙口之珠为阳，是阴中有阳；圣人的精神在高处照耀世间，这是阳，他却要潜于深渊与骊龙共舞，这是阴。这种阴中有阳，阳中有阴，其实就是人性内在的双重性，是圣人从苍穹降生人世而要将世人拔向高处的救赎，这种神—人、阴—阳、善—恶的共生性转化，就是我所提出的中国文学的缘域化命题，就是非西方本体论非主客对立的自性与他性共在的关系性结构状态，是内在相互转化的，圣人与骊龙也不再是简单的二元对立，而也竟有着相似。我们的猜测在《犹龙》中得到印证，老子、孔子都如龙，“茫然又虚心的孔子/本欲请教周礼/结果看见了/飞的鸟走的兽/游的鱼”，然而，那超越鸟兽的“龙”的比喻也是不够的，“掠过广场和废墟/云上的老子/不可方物：犹龙/只是一个无比/庸俗的比喻”，可见可感之言、象（像）如何抵达不可感知的意、道？诗人也如圣人和哲人，只能采取随说随扫的方式，不断以喻指的方式让我们去窥探圣人之迹，却又提醒我们不要着落于迹。在这里，我也仿佛听到了庄子的回音：“一龙一蛇，与时俱化，而无肯专为。”（《庄子·山木》）

圣人就是要摒弃眼目所见之迹的，他就如盲乐师，“天生的艺术家/其举手投足皆有法度/丝弦还未拂动/款曲已相通//不会演奏古琴的人/还称不上圣人/能谱一手妙曲者/才是圣人中的圣人”（《盲乐师》），排除万相缠杂，直抵生命存在之本源，做到“无听之以耳，而听之以心，无听之以心，而听之以气”（《庄子·人间世》），放弃尘俗观念的束缚，让个体生命只是在当下因缘激发与牵挂中去成就其大美至乐，“敞开悲伤襟怀/伟大的旋律君王啊/降临在盲目的暴雪/与琴声之外”（《盲乐师》），在圣人的演奏中，虚灵之心感应于天地至美的和声，暴雪与鸣琴皆共同谱成了和谐的生命之力的舞蹈。

那“乘道德而浮游”的圣人在“心斋”之中空掉“意、必、固、我”，遂能入世间而又出世间，他在道路上相逢了一座城池，那是孩子们垒就的沙之城，圣人承认其幻有，而不去击破，因为众生需要幻有的安慰，圣人心中却无城，而有着永恒的风景，“烂漫的须臾乐园/早已灰飞烟灭/圣人却一直想着/那虚构的风景”（《沙之城》），这里既有着“从老庄到佛禅的‘以物观物’的‘无我’之境”，也有着“先秦儒家影响下的后世文学艺术的‘以我观物’的‘有我’之境”①，这是圣人在“有我”与“无我”之间的环成共构，也是诗人向以鲜对于圣人之象的重释，没有固化的作为本体确定性的圣人，而只有随时随处向着个体生命慧觉开启的临在的圣人，当你信仰，圣人就到来。这也就正如诗人在《秋梦》中向我们显示的圣人信仰，圣人在他的秋梦中仰望着精神之父，“圣人梦见圣人梦见/逝去的辉煌王孙/梦见自己在梦中/梦不醒”，周公已远，如圣父失落于苍穹，孔子下到人间，如基督降临凡尘，那圣灵被赐给了犹太民族和华夏民族，朝着信仰的生命，就有心所安处即家园，就在现世中获得了救赎，就能做到“向器物虚心学习/不要忽略琐屑的事物/它们虽然微暗/却有光明的品质”（《向器物学习》），这里昭示了诗人在泛观物之灵中所获得的真谛。

在物向人的召唤中，诗人不会因看不见圣人而焦渴空虚，因为他心中已满满地装着神子和圣人的恩典。圣人也是诗人，他是人间一切人子和劳动者的榜样，他是最伟大的工匠，他砍出的不仅仅是器物，还是精神的楷式，“坎坎伐檀的巨匠/得先熟悉森林曲径/掌握树木的禀性与纹理/以及变换不定的风气”，“当圣人手中的斧柄/最后也烂掉在大地上/我却固执地幻想着/书写着吟诵着//另一幅壮丽的/大自然风景”（《砍诗》），诗人追踪圣人，成为砍诗者，所有的人子啊，岂不也当去寻觅圣人和诗人隐去踪迹里的神圣？当然，那踪迹被隐去，不是因为它已在大地消失，而是它本不用刀斧镌刻大地，圣人的身体曾经居住在地上，然而他的灵却如“翼”飞翔于大地之上，这也就是诗人所写的：“破茧的生命/扑楞楞飞舞起来/若蛟龙出于河/麒麟腾于泽//十只翅膀展开/十张圣人的面孔”，为何两千余年来，我们镌刻了太多圣像，却实际早就遗落了圣人，因为我们囿于圣人之迹，而离圣人已远。民族的灵魂需要起飞，那就在每一个体生命跟随圣灵的飞舞之中。

---

① 何光顺：《意象美学建构：本体论误置与现象学重释》，《清华大学学报》（哲学社会科学版）2018 年第 4 期。

三　现代汉诗的信仰重建：在山水历史里栖居

向以鲜《我的孔子》就是和他的文化道统理念与深厚学养结合的产物，他能知道老庄佛禅等从哪里可以开显圣人，也可能在哪里会遮蔽圣人，因此，他不拒绝一切思想资源，却又警惕一切资源可能带来的走向圣人的歧途。比如在《杏仁》这首诗中，向以鲜就汲取了《庄子·渔父》中有关孔子的形象构思："孔子游于缁帏之林，休坐乎杏坛之上。弟子读书，孔子弦歌鼓琴。"从这鼓琴之中，诗人展开了对于圣人鼓琴的无限之意："圣人说/要留意头上/那些缀满宇宙/挂于枝头的/红矮星"，"'一切中心之中心'/睡在最里面的宝石/苦涩又晶莹/且易碎"（《杏仁》）。诗人写圣人在路上所遇，"寂寞的山梁/因适时的造访/变得热烈起来//飞翔不仅仅是/一种技巧/也是一种哲学//五彩羽毛/落在灌木丛/那是圣人//留下的箴言/如同苍天/下的雪"，这就把圣人的"山梁雌雉，时哉时哉"的感叹写活了。雉鸟的羽毛、圣人的箴言、苍天的雪，一种自然、纯洁而丰富的内在性关联就得到了具象化的开显。

向以鲜是擅长史诗性写作的。赵汀阳先生指出："历史乃中国精神世界之根基"，"以历史为本而建立精神世界是人的最大勇气，它意味着人要以人的世界来回应一切存在论的问题"[①]。向以鲜就是重建着华夏民族的历史信仰，就是将以历史为本的中国精神世界从上天落实为大地上的问题，这也就是他在《祖先的步伐》中所写的："迈开步武之前/卓越的祖先/已将走路的方式/铸造在青铜上/磨成一面镜子/指引征途"，"一株秋天的稻谷/弯腰躬身匍伏/感谢大地/和雨露"[②]，这是圣人和诗人又将向着苍穹仰望的世人拉回大地，真正的伦理法则是既超越而又关乎此世间的，这也是中国人的历史信仰的特征："生活属于大地，历史就属于大地。以历史为本的精神世界使思想的目光自天落到地，于

---

① 赵汀阳：《历史、山水及渔樵》，《哲学研究》2018年第1期。

② 向以鲜：《我的孔子》，人民文学出版社2016年版，第42—43页。

是，一切问题都必须在地上解决”[1]。这样，孔子自谓自己在大地上的奔忙，“似丧家之狗”，就必须从历史信仰和实践伦理的维度才能得到升华，这也就是向以鲜《悲伤的狗》中所写的：“漫游春秋的狗/长着圣人的眼睛/除了观察事物衰败/还要洞悉/人类的幽深//走投无路的圣人/盛装着狗的灵魂/不惧豺狼和寒夜/敢于直面/背叛与忠诚”，这狗的精神不是有的学者贬抑的奴隶人格，而是最高贵的守护人类精神的先知和圣者人格。圣人是人类精神的牧者，但他却以伺候人的形象出现。圣者也接受着来自撒旦的引诱，就像撒旦曾经试基督以三事，上苍也以南子来试验圣人，“在南子的辞典里/纯洁的欲望/灿如金玉/放纵胜过悟道//恰好是检验圣俗的/一把玲珑宝刀/现在南子将刀柄/豁然趟过来/圣人如何接招//明晃晃的光芒/随着一串环佩的玉振/凤在悲鸣/龙在吟//整个心脏整个帐子/整个宫殿整个时代/整个礼乐的信仰/都在闪耀”（《南子的玉振》），礼乐仁和的信仰，在魔鬼派遣而来的引诱中，愈益闪耀出穿透历史的光芒。

向以鲜让华夏文明的历史信仰在圣人的踪迹中重建，也在山林中生长，圣人留下的文本，就是他的“虎影”，“屹立鲁国的山岗/太阳拖过巨大的倒影/盖过松林与旷野/从任何一个角度察看/都是一对亲兄弟”，“圣人终于想通了/似是而非的老虎/只是向世人显示/艰辛成长踪影的/凶猛方式而已”（《虎影》），我还未曾见过有对匡人误认孔子是阳虎而困其于陈蔡之事的如此绝妙的重释，在历史本事中，那只是一场误会，然而，在诗人向以鲜这里，圣人对于人事的觉悟却被揭显出来。圣人有着季氏家臣阳虎之状貌，那如百兽之王的虎之凶猛，在阳虎而为恶，在圣人却为善，阳虎虽名为“阳”，却实际是“阴”，孔子似阳虎非阳虎，似狗，在权力的背面，却是人间真正的王者，他为王的权力不是来自人的，而是来自神的，在中国文化精神中，那就是道统，就是诗人向以鲜极为在意而要确立的孔子作为道之精神人格的象征。孔子和阳虎就形成了历

[1] 赵汀阳：《历史、山水及渔樵》，《哲学研究》2018 年第 1 期。

史的正反两面，就又像太极阴阳鱼图形，这也是我所曾经提出的中国思想的“环视”图形，“他者与自我的非截然对立而永远在变易周流中相因相成，圆转共生的环化关系”①。有趣的是，孔子第一次要从精神的权力世界降落世俗的权力世界，碰上的就是阳虎将孔子阻挡在季氏所办宴会的门外，但阳虎最初阻拦孔子，再后来又劝孔子出来做官，“日月逝矣，岁不我与”，而这又与孔子的感叹“逝者如斯乎，不舍昼夜”形成呼应，阳虎的一生是逐于现世权力的一生，其虽然最后为赵简子首辅而助赵为晋之强卿，却终无精神高度，孔子虽不被世用，却成为华夏文明的道统所在，成为被尊为素王的精神的王者。诗人向以鲜就始终注目于圣人的人间世的游历及其精神的卓立不偏，“悬挂在/灵魂深处的/尼亚加拉（瀑布）/其高度与宽度/和勇气相等”（《涉过灵魂的瀑布》）。

向以鲜所写的圣人的面孔是多样的，有对民众的爱，如《鱼的政治学》；有对儿子的爱，如《鲤儿》；有对于民俗的观察，如《防手》；有和隐者的对话，如《问津》；有春祭的愉悦，如《舞雩》；有以荷蒉者为师，如《击磬》；有对于礼的坚持，如《羊的仪式》；有写逻辑雄辩如何输于荒唐之言，如《逸马实验》；有写圣人看向遥远空阔里的妙悟真谛，如《白色幻象》；有写君子之于物的坚持或被物的遮蔽，如《冠缨与煤灰》；有写圣人的自我选择，如《车手箭客》。这系列的诗篇，都是诗人向以鲜为着从不同角度去切近圣人着落于世俗生活的具体言行事迹，其有近情而琐碎处，有淡然而又关心处，有似近而忽远处，有入世而忽得参悟处，圣人在世间的历练，让历史进入当下的在场，进入人之内的世界，让万事万物在有限中成就其意义，此在的生存论维度和历史性维度得以敞显。

在长诗的末后篇章处，诗人开始借助前面的入世间的言说来构建世界精神的秩序，也即确立从历史深处开启出来的信仰的维度，“太阳东边升起/又从西边落下/一天的希望/就这样结束了/多么简单的事实/谁

① 何光顺：《环视中的他者与文学权力的让渡》，《文艺理论研究》2011 年第 3 期。

也无法更替，……/万物都有秩序/天地包含道礼/凯撒的归凯撒/上帝的归上帝/云朵的归云朵/暴雨的归暴雨”（《万物的秩序》），即圣即凡而圣凡有分，当明白万物皆相互转化而差异分别只是其表象，我们就不会执着于象而落于言筌。因此，诗人告诉我们，“圣人躺下就一凡人/屈臂以为枕/享受短暂的/幸福时辰”（《圣人也浮云》），他愿意做被世人食用的瓠瓜而不空悬，“圣人愤怒地想到/多么徒劳啊/自己就是寂寞的/藤蔓之虚设”，“心怀天下的人/却被天下高高挂起”（《持在藤蔓上的》），圣人理解道在物中，圣人甘于成为低处之物而可用。然而，大道终衰，圣人如瑞兽见于乱世，只能以牺牲昭示于人，“盛大的乌托邦狩猎/获得的却是一只/并不存在的/哲学动物/这好比寻找迷航/忘返的不明/飞行物//或者试图抵达/尚不确定的明天”（《麒麟索》），圣人的希望指向了乌托邦，诗人也指向了《美丽新世界》：“奇怪的是这个世界/美丽的乌托邦/并不存在于现在/也不太可能/出现于明天”，“凤兮凤兮归去来/圣人回望荒凉的苍穹/喟然而叹：我的大同/美丽新世界啊/你在哪里”。圣人是悲伤的，他从年轻时梦见周公，到久不梦见周公，再到最后的时刻梦见死亡，他走在成道的路上，“子贡急趋而入室/望着颓然的山岳”，“孔子卧床七昼夜/未再进食一粒米/应验了之前的梦/独自在梦中死去”（《梦见死亡》），圣人将他的全部留给了这个世界，并不将自己的希望指向来生，他是属于这个此在的忙碌的人类和族群，“圣人决定收回/游弋于星尘中的灵魂/回到此刻/钟鼓震耳的晨与昏/回到祖国的废墟/听哀鸿声声”（《来生》），他听到了河流的回响，日月的回响，也是历史的回响，“只要用手捂住/任意一边耳郭/就能听见来自地心/跳动的河流//河流之外/那些宝贵的/一去不回来的青春/美好和理想/早已虚晃一掷”，“那就学习圣人/扪心倾听/来自耳蜗的奔腾/来自江山的低吟”（《耳中河流》），河流将华夏民族的精神流淌成了悠远的历史，流向未来的河流也在我们看不到的远方，流回它出发的源头，流过森林，流过青山，流过田园，流过时空，流淌出华夏民族的家园。

河流是流动可见的，又是生成变幻的。河流以“吾丧我”的方式新新生灭，悠悠不尽，拒绝了西方文明否定变幻世间的本体论形而上学，而走向了意义在历史性中生成的河流哲学，在流动中显现又超越。于是，诗人向以鲜，就从“群山”开始，而以“河流”结束，完成了他在“山水”中建构的中国哲学精神，也经由圣人和樵夫、隐者的对话，形成在世俗而又超世俗的“渔樵”的生活，于是，一个民族的哲人和圣者，就在诗人的不断重述中获得再生，并在这个世纪重新开启了一个伟大民族的存在维度。

综言之，我喜欢向以鲜《我的孔子》这组长诗，就在于他从诗的维度抵达了哲学的根本性精神，构建了当代中国人进入华夏历史信仰的道路——传承和重建。只有传承，华夏文明的历史之路才成为真正活的传统，而不只是故纸堆上的文献记录和地下墓葬中的实物遗存。传承，就意味着传统要从文字书写和物态存在进入个体生命的血液和灵魂，让个体生命关联着民族生命，有了从时间性向着历史性的生成。只有重建，才有以华夏文明的道统来应对当代世界的复杂文明问题，而后唤醒伟大传统中所必有的先锋精神和现代意识。华夏文明作为世界的本原文化，既具有其独特的生存体验和文明创造，又内蕴着超越性的价值尺度。如果说，以华夏文明、犹太文明、古希腊文明、印度文明为代表的四大本原文化，构成了世界文明的地基，那么，从启蒙运动以来获得世界性意义的自由、民主、平等的价值观则形成了当代世界文明的支柱。地基和支柱是相互需要的，没有支柱，无法构建出文明的大厦，但这支柱如果离开了传统地基，就必然坍塌。或许，正是从这样一个地基和支柱的比喻来看，当代欧美文明最大的危机不是来自自由、民主和文明本身，而是来自这几大支柱远离其文明地基，远离他们所属的两希（希腊文明与希伯来文明）文明，他们开始置换地基。向以鲜以长诗《我的孔子》为代表的系列诗篇，就是在华夏文明地基上重构着华夏民族的现代文明，那孔子作为“时之圣者”的化感通变精神必能为华夏民族的现代转向培育出肥沃土壤，而这就需要如向以鲜这样更多的当代优秀汉语诗人来共同努力，重阐传统以成新章。

第十一章　人类纪的哀歌：论郑小琼

或许，自从1980年代的朦胧诗的大潮消逝以及四川第三代诗的异军突起以后，1990年代至21世纪初叶，真正能代表中国文学面孔并具有世界性影响的中国诗歌流派，当数以珠三角为中心的打工诗歌的兴起。随着珠三角打工诗人群体的涌现，那种原先以北京、上海、江浙、四川为中心的板块化诗歌地图也随之被打破。1990年代，底层打工诗群的崛起无疑成为当代中国诗歌界的最重要的文学现象。1994年，佛山《外来工》杂志创刊，标志着打工诗歌的崛起，2001年，罗德远、许强、徐非、任明友等一起创办《打工诗人》杂志，标志着打工诗歌进入其辉煌阶段。特别是21世纪以来，以郑小琼、邰筐和辰水等人为代表的底层诗歌写作，为衰落中的中国诗歌重新赢得了生机，他们在展现中国城乡二元化结构状态和描写高速工业化时代的底层打工群体的伤痛方面，为中国诗歌史和文学史翻开了新一页。

一　底层打工诗歌的崛起

1990年代由底层打工诗歌崛起所开启的文学格局，显然已不同于20世纪初叶由胡适提倡新诗和新文化运动时所叙述的中国古典传统的平民化的底层白话文学，也不同于1950—1970年代的无产阶级叙事中的劳动人民的文学。当然，底层打工诗人，肯定是属于底层平民，也是属于普通劳动人民，但他们却不再是传统小农社会中的安土重迁的只能承受残酷剥削和压迫的被动谋生者，而是在现代社会分工和大机器生产中主动寻求改变命运的、远离乡土的、一群勇敢的劳动者。底层打工诗人仍与传统农村有关，因为他们的户口身份还联系着遥远的故乡和泥土，但他们的常住地与谋生地却是沿海的城市特别是以珠三角为中心的新兴工业城市群。底层打工诗人的这种撕裂性的身份存在，奔波于打工城市和家乡故土的身心二元分裂状况，就成为打工诗歌崛起的现实条件和创作基础。应当说，中国底层打工诗歌就既是与全球化的技术和资本文明的渗透密切关联，又是与当代中国社会的特殊政治、经济结构深深黏附的。

对于这样一个人依靠工业机器和社会化大生产完全主宰自然，而人本身又被这种宰制性结构所奴役的时代，人类的身体也普遍地遭受着工业物的渗透，自然物开始远离人的自然生命，化肥、农药、塑料、各种重金属不间断地侵袭着人的身体，也让人在曾经盲目相信技术而盲目乐观时，又反向陷入了无尽的痛苦和生存的绝望挣扎，而这就被一些学者称作“人类纪”（Anthropocene）的时代①。在这样一个人陷于物役的人类纪的时代，中国农民打工者成为承载着后发工业国家的最悲剧性命运的受难者。一种集权化的官僚暴力和世界化的资本暴力形成了对于食物链最低端的存在者的血腥掠夺。一种看不见的慢暴力在伤害的同时又被权力和资本转移和延宕着对伤害结果的展现，但这种伤害却被这批身受其痛的底层写作者血淋淋地揭示在这个世界的面前，而这就是这种底层写作的历史意义所在。

在底层诗歌的写作中，一个时代堆积在淤泥深处的残酷被裸露在阳光之下。中国社会内部的两极分化彻底取代外部的，民族、国家问题成为中国政治、经济和文化生活的中心问题，诗歌想象与底层经验的关系问题真正凸显在关心诗歌的人们面前。胡续冬的《为一个河南民工而

① 孟悦：《生态危机与“人类纪”的文化解读——影像、诗歌和生命不可承受之物》，《清华大学学报》（哲学社会科学版）2016年第3期。

作的忏悔书》首次叙述了作为知识精英的诗人与作为底层的民工的天堑殊隔。此后，徐非、罗德远、张守刚、许强、任明友、曾文广、沈岳明、许岚、何真宗、刘大程、汪洋、郑小琼、黄吉文、李明亮、柳冬妩、魏先和、刘洪希、曾春祈、舒雪、蓝紫、郑建伟、刘付云等，都集中展开了以打工生活为题材的底层书写。柳冬妩《盲流》写打工者的漂泊："被命运所推/我们走动/改变了路的形状/铁栏与我们构不成秩序/胀裂的背包泄露出/无数有声有色的遭遇/在异乡/我们注定是一群睁眼的瞎子……"谢湘南《洗车的人》叙述打工者的生活："在路边吸烟，蓝色的工作服/蹲成一排/车子停了下来，从自己的速度里/洗车的人涌上去。"高平《城市》写农民对城市的孤注一掷："农民不甘差别/扑向城里的圣火。"陈芳《抚摸某一个酸痛的部位》诉说工业对于农业的伤害："在诗歌的扉页抚摸每一个酸痛的部位/农业的根须吐着苦涩的气息。"底层诗人的崛起让诗歌唤醒现代化经济与技术压制的自我，重构被现代工业文明碾碎的主体，展现着对抗官僚权力与资本力量的话语策略。

在这样一个异军突起而又深入时代灵魂深处的诗歌写作群体中，打工诗人的知识结构和写作视角也随着这个时代的急遽变化而不断改变。如郚筐的作品《凌晨三点的歌谣》就以一个失眠者的视角叙述一切人性的温暖被金钱交易洗劫的无奈，拾垃圾者、风尘女子和诗人在某个时刻偶遇，"像一家人，围着一张桌子吃早餐"，然而，"这一和睦场景持续了大约十五分钟，/然后各付各钱，各自走散……"雷平阳的诗歌《欢乐的蚂蚁》则以丑陋微小而常见的动物"穿过原野"，"它们中的几位，还被草叶/打断了肋骨"来叙述打工者所遭受的身体摧残。而在这个群体的写作中，郑小琼的诗歌写作是尤其值得另眼相看的，从浅层次的苦难直击进入全球化视野下的人性、资本、权力、技术、体制的多角度审视，郑小琼的写作则可以看作社会边缘群体试图通过写作在想象中重构自我的例证。诗人关怀生命和关注被压抑的自我，她用诗歌在贫穷与流浪的打工生活中重构自我的内心灯火："虽然诗歌在这个商业化的时代已沉入了物质的海底，但是它永远是用来拒绝我精神坍塌的内在力量，是它支撑着我的内心不会随着商业时代的到来而倒塌”，“诗歌更应该给予生命自身的无限的空灵的自由飞翔”。

二 郑小琼诗的底层苦难写作

我们在这部分所要诉说的是底层诗歌在这样一个全球化的、普遍性的资本和技术力量控制中所表达出的深刻而恒久的苦难主题。在这里，每个个体都在可见地或不可见地承受着痛苦、伤害、磨难。国家之间相互侵害，发达国家将垃圾转移到正在发展中国家，正在发展中国家向更贫穷的国家掠夺矿藏和资源，资源被最具优势的阶级和地区所消耗和浪费，而污染看似被更落后的地区和阶层承受，这种表面的一方残害一方，其最终结果实际是人类的整体环境终究被污染和损害。大量废料，包括废塑料、电子五金废料和石化原料在全球范围内重新积聚和分布。为了滞后暴力的后果和移置暴力发生的地点，来自边缘的反抗声音被“非重点化”，被转移到“主流意识形态”和“想象的共同体”之外。慢暴力变得不可见，我们遭逢的实际上是“承受的无语”。底层承受的苦难在公共空间里很少有表述，没有文本，想象缺失，各种塑料、废金属、废气所具有的毒性因为不会立刻致死就成为生态和生命必须承受的理由，或者承受在得到认识和重视之前就被交换给金钱、数据、结构性分析和解决措施；这些承受本身没有一定的范畴和结构、没有语言，甚至没有事实，因为难以量化而不被言说。

诗人郑小琼就从承受者的角度展示了慢暴力所即将引发的危机。在她笔下，打工者对“贫穷”和“失去”的承受与城市对致命之物的承受是互为映照的。在《人行天桥》的开篇，诗人就展示了各种身份的人所具有的经济利益驱动下的相互欺骗和侵害：

广告牌霓虹灯巨幅字幕上微笑的明星乞丐商贩子流浪汉一个不

> 合法的走鬼三个证件贩子聚积的人行天桥，难以数清的本田捷达宝马皇冠的轿车装饰着这个城市的繁荣，珠江嘉陵南方摩托车装饰的小商人走过，一辆自行车八辆公共汽车的小市民手挽着手穿过汉形的街道河流，我是被这个城市分流的外乡人挤上了世纪广场的人行天桥。120 分贝的汽车鸣叫而过，100 分贝的折价叫卖阴魂不散，75 分贝的假证贩子像苍蝇一样在耳边嗡嗡，60 分贝的是一个个出卖肉体的暗娼在询问："先生去玩玩吧！"

广告屏幕上的明星的微笑、人行天桥上的乞丐、商贩子、流浪汉、三个证件贩子、难以数得清的桥下的各色轿车所装载的人们、小商人、小市民、出卖肉体的暗娼，都是为着一个目的，那就是如何挣得金钱，如何获取更大优势。"一阵从汽车和空调排出的热浪和工业的废气像一支军队一样直冲进我的肠胃肝胆脾"，汽车和空调所排出的热浪和工业的废气，冲击着诗人的肠胃肝胆脾，其实也侵害着我们每个人，而在随后的章节中，诗人更展示了这种侵害的无处不在：

> 那些假证贩子妓女们躲进了行色匆匆的人群中，一个贩卖水果河南老妇人来不及闪，她的摊子被掀翻，苹果满地。治安队员将其压在地上，我听见她的嚎叫比金斯堡更为动人。我祈求着扒手们千万不要光顾我还有二十三块的口袋……

每个人都在食物链上的各个环节被追逐，人们看不见这个食物链的最高端和最低端，只有无处不在的逃生的恐惧在裹挟着每个虚弱的个体，人们没有敬畏和信仰，然而，反讽的是，"在这个不祈求上帝的年代，教堂如雨后春笋一样拔地而起"，"啊祈求的钟声像飘柔香水一样雾气缭绕，它们清洗着我的背，它们在清洗着我的嘴。我信仰的诗集让一个时髦小姐撕了三页走进了公共厕所。官商们共建的楼群在不断的繁荣着腐败虫与贪污鸟"。赤裸裸的权力与资本的共谋，造成了每个人都进入伤害和被伤害的没有尽头的循环。最后就连非人类的植物也受到这个充满毒素的世界的侵害：

> 噢你开始倾听植物们的交谈，它们绿色的语言重金属的垃圾，一棵棕榈医生对病态的忍青冬说着铅与镉的毒素，变异的黄是硫与锶—90的杰作。玻璃的光源致使交通意外136次死亡138人，用钚代替钙生产的口服液，柔软的银白色的锡在空中浮荡，它们冲进你的肺叶与血管，砷在吞食着你们的性欲，汞杀死了河中的水藻与鱼类，硒使河道发出腥臭，浮在水面的塑料泡沫连同钢筋水泥110分贝生活环境扼杀了你所有的想象力。剩下是一位香港明星在半空中贩卖着化妆品与速冻食品，据统计每年新出生的婴儿中有100000个左右是缺陷儿。

在人类纪的时代，整个人类的灵魂被掏空，他们的身体变成了各种化学物质和重金属的试验场，毒素被他们的身体所吸收又被排进了这个物质的世界，植物、水藻与鱼类、肺叶和血管都承受了这个人类纪的特殊的伤害，成为资本和工业的产品，并清晰地展示出，作为个体生命的人类和作为生态环境的植物和世界，都在承受着这无尽的苦难，不再有活物的河流和不再能饮用的地下水，回收工人、他/她的身体以及周围的生命网络就是地球共同的生态危机发生的场所，他们的手上和脸上的伤痕、肿胀的关节、变色的皮肤、无名的病痛和被扼杀的想象力是后工业时代的被延宕、被移置的慢伤害的结果，他们承受着病痛的身体正是整个时代灾难的缩影，他们承受着不可言说的极限，承受着生命不可承受的伤害。对生命不可承受的物的认识正是拒绝慢伤害的起点。

这种对于人类和个体所承受的物的灾难性书写，让郑小琼不再仅仅是底层写作、打工诗人、农民工的代言人①，而是更深刻地展示了现代

① 王立：《被碾轧着的底层之痛——郑小琼打工诗歌论》，《当代文坛》2015年第2期。

性世界的震惊体验、破碎化状态、多视角参照和某种现场化的痛感体验。残酷的现实和冷凝的哲思使她既不同于那些无法超出底层狭窄视野和苦难倾诉的单纯底层作家，也使她不同于纯艺术追求的某种先锋性诗人，或者说，这两者她又都具备，而这就构成了郑小琼诗歌特有的张力维度和超越特色。这正如学者张清华所指出的："她将一般的'底层'、'现实'、'生活'这样的主题与情境，非常自然地便升华到了'存在'、'生命'、'世界'等更高的哲学和形而上境地，当我们体味到她所描写的生活的时候，不会只局限于对'底层'特殊生存状况的理解，而是会提升为对于人类普遍的生存本质的认识。"① 郑小琼的诗歌的主题和她的诗歌的语言已经成为这个人类纪时代的一个标记。"她喑哑的、破碎的、漂浮和晦黯的词语，同样也营造出了一个被挤压、被忽略、'被底层'和被边缘化了的生命空间。"②

三　妓女的叹息让国家的面孔模糊

在我看来，对于"人类纪"时代的深层苦难的书写，就让郑小琼的诗歌始终具有一种灼痛和燃烧的力量，"以类似信天翁的方式，以生命为语言、将身体呈现为社会主义的后工业时代的残骸"，"把打工者的身体和痛感当作信息和符号来阅读、来观看"，"通过'看到'后工业时代之物与生命体之间的冲突，她写出了身体对这个时代的生产方式的承受过程"③。在郑小琼这里，诗歌介入政治和历史的批判性维度都得到充分的展现和书写，世界的创伤和痛苦在她的笔下化成镌刻道道伤疤的文字雕塑。生命良知的存在和见证被真正说出。一个弱女子的身躯

---

① 张清华：《语词的黑暗，抑或时代的铁——关于郑小琼的〈纯粹植物〉》，《当代作家评论》2013 年第 4 期。

② 张清华：《语词的黑暗，抑或时代的铁——关于郑小琼的〈纯粹植物〉》，《当代作家评论》2013 年第 4 期。

③ 孟悦：《生态危机与"人类纪"的文化解读——影像、诗歌和生命不可承受之物》，《清华大学学报》（哲学社会科学版）2016 年第 3 期。

毅然承受了这个太过苦难的世界的承受者的伤痛，她的诗歌于此显示出了很多男人无法达到的雄浑魄力与大气粗粝，在拒绝媚俗和抵抗黑暗中，她完成了具有恢宏气势和巨量篇幅的史诗性写作，这是真正诗人的真正勇气与才力的展示。世界普遍性的精神和个体化的痛苦被诗人的内心织就的丝线牵连而成为真正的锦缎，被伤害的底层个体获得进入绝对本质和世界精神的尊严，卑微的大众在这样的深沉劲健的写作中得以出场和言语。

卑微者出场，身体说话，无疑是1990年代以来如许立志、郭金牛、罗德远、许强、冉乔峰、郑小琼等底层打工诗人们共同带来的。我们这里以郑小琼为中心展开叙述，不仅仅是因为她是这众多底层写作者中为数不多的女诗人，也不仅仅是她的超乎一般底层诗人的卓越的艺术，而更重要的是她将这个人类纪的普遍灾难展示放置在这个残酷的工业化进程所带来的中国现代图景的幕布上。因此，正如学者指出的："'打工诗歌'从本质上说只是特殊时期和国情下一种难以复制的诗歌经验存在，随着诗歌个人化内在创作机制的凸显和强化，'打工诗歌'的称谓已逐渐不能覆盖其命名之下所有诗人的创作个性，更难以决定任何一位打工诗人的题材与情感选择。"① 郑小琼的写作已不再仅仅是打工者的特殊化的展示，她终以自由不羁的个性与深层的苦难体验展现出史诗化的气势与特质，一种弥漫在她的笔尖的现代中国的普遍性苦难，让读者感到一种揪心的疼痛。我们试着来分析她的《中年妓女》，这首诗歌的开篇就以强烈的画面感显现出一个城市的荫翳的角落里的苦难承受者：

城中村低矮的瓦房 阴暗而潮湿的光线
肮脏而霉味的下水道 她们坐在门口
织毛衣 聊天 打量来去匆匆的男人

① 罗麒：《从厂房走向殿堂：论打工诗歌的新变——以郑小琼为中心》，《当代文坛》2013年第5期。

她们的眼影 胭脂掩饰不了她们的年龄
三十多岁或者更大 在混杂的城中村
她们谈论她们的皮肉生意与客人
三十块　二十块　偶尔会有一个客人
给五十块　……

这是黯淡的城市景象："城中村低矮的瓦房阴暗而潮湿的光线/肮脏而霉味的下水道"，繁华富丽的高楼大厦的景象被隐去；这里是一群用肉体来交换的女人："三十多岁或者更大"，"她们谈论她们的皮肉生意与客人"，"三十块二十块偶尔会有一个客人/给五十块"，没有古典时代的令人缱绻销魂的青楼梦好，而只有金钱驱动下的身体交换。郑小琼的冷凝而实则悲怆的写作雕刻出现代诗歌少有的强健筋络骨骼的肉身，诗人没有用她的笔墨去满足这个时代男性作者和读者的意淫的情结，没有跟随绑架弱者的主流道德观念，认为没有被谴责的可耻的行业。这廉价的被出卖的肉身也是属于大地的真实存在之物，它们在被标价出售时，没有任何的羞耻感，这不是女人本身的堕落，而是这个人类纪时代所加诸人类身体的普遍的洗劫，是在资本和权力的残酷剥夺中，那些还有生命力的肉身为自己的存在争取最后的残羹冷炙。然而，这些看起来低贱的肉身的灵魂并没有完全死亡，而却充满着温情：

她们谈论手中毛衣的
花纹与颜色　她们帮远在四川的
父母织几件　或者将织好的寄往
遥远的儿子　她们动作麻利

这些出卖廉价肉身的中年妓女们，在诗人的笔下开始打开了地域空间和情感空间，这些在珠三角城市的繁华表象背后的暗角地带的买卖，只是为着最基本的生存需要，她们所挣的钱和她们手中所织的"毛衣"，都是要寄给“远在四川的父母”或“遥远的儿子”，她们把身体被男人暂时强占看作一种正常的劳作，只要能挣得那二十或三十块钱，她们“遥远的儿子”就有了生存的保障和未来的希望，这里没有煽情，而只有最底层的生活，只有资本时代和功利主义时代的肉体和灵魂的被洗劫。肉体沦为工具，属灵的信仰被抽空，只有现实的收成和物质的需要，但这不是妓女本身的错误，而是某种人类纪时代的残酷真相揭示。

然而，诗人并不想只是从外面去将一批中年妓女写成完全没有灵魂的人，她要写出这些妓女们看似在一种淤泥中的生活里却同样有一颗闪光的心，虽然没有达到追求柏拉图式的理想国的高度，却也是有着疼和痛：

> 我想象她们现在的生活　过去的生活
> 以及未来的生活　就像她们手中的毛衣下
> 潜藏着一颗母亲的心　妻子的心以及
> 女儿的心　她们在黑暗中的叹息以及
> 掩上门后无奈的呻吟　在背后她们是
> 一群母亲　在门口织着毛衣

“一颗母亲的心”，“妻子的心”，以及“女儿的心”，她们除了在妓女以外，仍旧是有着家庭角色的，是一个个普通人，很多有形无形的力量在压榨着这些始终无法逃脱身体和精神被双重奴役的个体生命，“在黑暗中叹息”，“掩上门后无奈的呻吟”。这些中年妓女的叹息震碎了某种被革命或政治的宏大叙事织就的幻象，而让残酷的真相裸露在世人跟前：

> 中年妓女的眼神有如这个国家的面孔
> 如此模糊　令人集体费解

没有崇高的国家和主义，在诗人的笔下，“国家的面孔/如此模糊”，某种对于现实和政治的怀疑渗透于诗句的无声的留白和空隙里，无数弱者的被忽略的诉说反衬着虚假的理想主义的迷失，“妓女的眼神”撤下了某种意识形态化的崇高的冠冕。勇敢的诗人在历史的污泥里播下种子，并在它黑暗上空洒下微光，在捕捉时代脉搏的强劲跳动中，她写出了一个时代的痛和疼，泪和苦，揭显出那辉煌掩盖下的阴影和压抑，时代的疮疤和世界的真理同时被照亮。

在郑小琼的作品中，还有非常多的这样描写底层群体和个体生活的篇章，如《小青》写一个名叫“小青”的年轻的妓女：“像稻菽上的滴露十七岁赤脚的姑娘/像屋后竹林的明月清新而空寂/撒落在城市无边的楼群她的生活/遍布乡间的贫穷与城市的欲望/城中村的发廊裸露的身体曲线/廉价的香水胭脂口红与眼影/疲惫的肉体与精神多少次/我经过她们谈论生意……”这首诗中小青没有说话，而只有年长妓女的说话，“说冷清的生意‘像钓鱼一样/四桩或者五桩旁边的年长女人/坐在门口一天连试饵的都没有/莫说上勾了’说完哈哈大笑”，年长妓女的放肆和年轻妓女小青的无言的反衬，显示出某种生命的辛酸和苦难，年轻的女子青春还没有开始，就已经被埋葬，她还没有儿女，她的身体却可能已经腐烂，或者她最终也会像年长妓女一样变得不知廉耻，然而到底什么是善，什么是恶，什么是羞耻，诗人并不给出答案，她只是要写出底层生命所遭受的痛和苦，这正如诗人所说的：“打工，是一个沧桑的词……在海洋里捞来捞去，捞到的是几张薄薄的钞票和日渐褪去的青春。”① 小青的苦难浓缩着打工者的感伤，她在诗人的诗篇里的沉默或许是诗人并不忍心去写她的言语，小青的形象，就是一个时代的承受苦难的底层打工者的失语的象征，诗人的写作就是要“为失语者发声，让无力者前行”②，而这就构成了郑小琼诗歌的写作姿态及其精神旨归。

---

① 郑小琼：《打工：一个沧桑的词》，《湖南林业》2007 年第 12 期。

② 陈劲松：《为失语者发声，让无力者前行——郑小琼诗歌的写作姿态及其精神旨归》，《青年作家》（中外文艺版）2010 年第 7 期。

四　绸质的诗句在历史的污泥中闪光

我们身处“人类纪”中的后工业文明时代，人类不再是亲近大地和诸神的，他们内心的信仰早已死亡，他们的灵魂只能被他们所制造的物所替代或奴役。这正如侯马在《飞越黄昏的塑料袋》中以戏仿的方式嘲笑“人类最初的梦想”“如此轻易地”就被“塑料袋实现了”，“它在天上飞/远处掠过南归的雁”，“在那无遮拦的天空中，挂满了塑料袋干瘪的倒影”，诗人以戏仿经典的方式描写塑料袋的不可生物降解的物性对人类生命灵性的挑战和对北岛一代先锋诗人有关人的信念的嘲弄。塑料袋在诗歌中的在场，拒绝和推延着人们从道德和情感深处与以往熟知的诗句所表达的感动、世界观、梦想和信念再度连接的机会。无生命之物代替了人类的思考和言说，世界变得喑哑无声。这种喑哑状态就是郑小琼在她的诗歌中反复诉说和表达的。在《灯》这首诗中，诗人表达了对于国家暴力机器所塑造出的英雄的怀疑：“历史的孤灯之下，英雄的阴影/有着模糊的可疑性，思想饮尽/杯中的大海，遇见鲨鱼与人民的/白骨，战争的新闻从报纸延伸到/枪膛，悲剧似峭壁样高耸”，这里其实不仅是反英雄的主题，而且也是对于人民的主题的反思，“人民”被借用着而成为托出“英雄”的白骨，“在树叶落尽的秋天，闪电之光/将照亮英雄们暴力的面孔”，郑小琼的诗句就像闪电之光，在一个寒气渐生的秋天，让人窥见严寒逼人的真实图景。

我们在郑小琼的诗歌中能够读出普遍的沉默与愤怒，读出底层者的苦难的无法诉说和喑哑无声。“石头”和“铁”是她的诗歌中最具象征性的意象，如在《石头》一诗中，诗人写道：“石头在黑暗中描述着思想的纯粹/自由在密闭的水晶间漫步”，在这个时代，个体生命只能变成沉默的石头，每个人都追求成为石头，坚硬冷漠，“石头是她白色的信仰/也是她黑色的钢铁”，一个柔弱的女子也渴望成为这坚硬的不能被人知道其内里的坚石，然而，“她却不幸/成为风暴中悲悯的水银”，水银是透明的，在风暴中她被吹散而粉碎，让人悲悯。一个时代的沉默是可怕的。这正如诗人艾青所说的：“在这苦难被我们所熟悉，幸福被我们所陌生的时代，好像只有把苦难喊叫出来是最幸福的事，因为我们知道，哑巴是比我们更苦的。”① 时代暗哑无声，不是因为它唱出的宏大的国家主义的乐曲，而是卑微的劳苦者失去言语，他们的沉默表征着一个时代的伤痛。

从这个角度说，在这个信仰和宗教远去的时代，郑小琼的写作就为诗神赢得了其应有的尊严。作为从华夏大地上涌动的亿万打工者中走出的打工诗人，她并没有因为诗歌写作的成名，而离弃这个晦暗世界的沉默的群体，她仍旧承载着作为打工者群体的普遍性的命运。在另一首直接以沉默无声而开启的诗篇《喑哑》中，诗人这样写道：

我以为流逝的时间会让真相逐渐呈现
历史越积越厚的淤泥让我沮丧　喑哑的
嗓音间有沉默的结晶：灼热的词与句

“我以为”是现代汉语诗歌凸显主体自我特征的体现，是主体对有过的信念的确信，这种信念可能来自家庭的关爱、学校的规训、电视和媒体的宣传，是“善有善报，恶有恶报”“天网恢恢，疏而不漏”“得道多助，失道寡助”“人民是历史的推动者”“迟到的正义”的有关道德说教。然而，诗人发现“时间会让真相逐渐呈现”的信念不过是一种欺骗，没有所谓的迟到的正义，正义前是不能加修饰词的，任何修饰都只让正义被疏远与被离弃。没有正义者能在历史的时间中绝地反击，历史越积越厚的淤泥只能让真相被层层埋葬，诗人为此感到“沮丧”，“喑哑的/嗓音间有沉默的结晶：灼热的词与句”，有一种东西在凝结，而这种凝结的是一种语词的力量：

① 艾青：《诗论》，人民文学出版社1995年版，第240页。

溶化了政治的积冰　夜行的火车
又怎能追上月亮　从秋风中抽出

诗人对政治有一种恐惧和控诉，政治凝聚成了寒冷的“积冰”，诗人的构思新奇巧妙，“夜行的火车/又怎能追上月亮”，我们不能想象小琼如何能想到这样的奇妙的诗句，作为一个打工者，想来她对坐火车的感受应当极其深刻，她能感觉到凛冽的秋风，而这秋风中又能“抽出”“绸质的诗句”，“柔软的艺术饱含着厄运”，这厄运来自时代的无处不在的压力和贫困，来自“人类纪”时代的机器工业文明的将人当作工具化和资源化的运作，而其中的反对者则被禁止言语，被囚禁，他们说话的权利被剥夺：

他们的名字依然是被禁止的冰川
被挤压的词语带着盐的使命
良民被挤得热血汹涌　躯体的愤怒
升起　而我常感到莫名的悲伤

“他们的名字”，我们不知道是谁的名字，诗人无法说出，因为这些名字早就成了“禁词”，不能在刊物传媒上出现。自然的冰川，谈不上被禁止，然而，这些人的“名字”却成了冰川一样被冷藏，被禁止，被冰冻在幽暗深处。这“被挤压的语词”，并不是无色无味的，而是带着某种特有的味道，那就是给人类的身体以必需的“盐”的元素，人的灵魂需要营养，人的身体需要食盐，“盐”就有一种近乎“灵”的特质，就是要让这贫困的时代获得某种必需的可贵的元素，因此，诗人要做时代的见证者，他不会失去那“盐”的元素，也就是失去“灵魂”的清醒，“在见证的诗学里，有愤怒和泪水，但支撑它的，是良知，是爱，是柔软的、由外部转入内心的建设；它抵御的是外部胜利的凯歌和冷漠对人性的摧毁和对疼痛、苦难的生命存在的无视；它在胜利的废墟上要建立的是一根不被利益遗忘和摧毁的支柱”①。

相对于某些诗人“为文学史写作”或为传记、派别、政治意义写作的姿态，郑小琼唯独专注于自己的内心，专注于“失语者”和“无力者”的生活体验及其对这种体验的非功利性书写。正是这样一种专注，使得她在面对诗歌“写什么”、“如何写”以及“为何写”等写作伦理时，表现出难得的澄明和坚韧，并轻而易举地使得自己的写作超越性别差异，理所当然地挺进一个属于精神层面的文学背景。② 当诗人为黑暗和压迫而只能感到莫名的悲伤时，当她看到各种暴力的冲突，涌溅着的血和倒下的良民时，她的肉身的躯体也感到一种“愤怒”：

那些不可摧毁的声音中　他们痛切地
触摸到自身　积蓄的　分散的……
它在淤泥的深处成照亮的真相的烛光

“不可摧毁的声音”，无疑是指一种属于灵魂和正义的呼声，是属于一个被挤压的阶层的声音，“他们”就是这批被压制、被剥削者，在小琼的写作中，有一种阶层或阶级叙事，这是近二十年来的资本化功利化浪潮中所缺失的声音，再也没有人敢于为这个阶层代言、说话和呼吁，这种力量在“积蓄”却又“分散”，有一种内部的聚集和消解，然而，这种力量却在“淤泥的深处”成为“照亮的真相的烛光”。正是这种内部力量的聚集和坚韧，生成了郑小琼对于“石头”和“铁”的意象偏爱，这正如张清华指出的：“在她的修辞中，几年前频繁出现的‘铁’，已被扩展到了更为宽阔的时代的街头巷尾与垃圾场”，“这些词语以特有的冰凉而坚硬、含混又暧昧的隐喻力、辐射力和穿透力，串联起了我们时代的一切敏感信息”，郑小琼“发现了某种最

① 世宾：《日常诗性存在者——三种诗歌的发生学》，《粤海风》2015 年第 5 期。

② 陈劲松：《为失语者发声，让无力者前行——郑小琼诗歌的写作姿态及其精神旨归》，《青年作家》（中外文艺版）2010 年第 7 期。

具时代性的符号”[①]。郑小琼诗歌中的“工业区”“碎石场”“拆迁”“烙铁”“钉子”“黑暗”“黑”“火焰”等，都至为形象和生动地隐喻出我们时代的某些特性以及许多人群的真实生活与生命处境。

郑小琼也是把打工者的身体和痛感当作信息和符号来阅读、来观看的。通过“看到”后工业时代之物与生命体之间的冲突，她写出了身体对这个时代的生产方式的承受过程。从更广的层面说，我们每个人都是一个打工者，都在为生命的自由支付价钱，都当作出自己的忏悔，很多人已经遗忘自己作为存在者的卑微，而自视为统治者和主人，郑小琼的诗没有遗忘作为个体的本质之命运，她牵出真理的丝线，为亿万劳苦者织就美丽的锦缎。她或许就是乡土中国进入城市中国的现代织女。她是以整个当代中国底层的痛苦命运作为她愿意滞留凡尘的不舍的爱恋。在我看来，每一个真正的女诗人，岂不都是曾经在天上而今降生凡尘的织女？她因为爱众生而降落世间。郑小琼的诗歌就是要诉说被剥夺了言辞的亿万耕田者的无声的愤怒，写出他们的厄运和眼泪，她就是跟随着卑微者的命运哭泣和写作。

女性、女工的疼痛和创伤印记，成为辨认打工者经历的标识，也造就了后工业时代、后社会主义时代的女工诗歌的形式。在《三十七岁的女工》中，郑小琼揭示了后工业时代的物对于生命的不可承受之重："灯火照耀的星辰，在十月的轰鸣间/听见体内的骨头与脸庞的年轮/一天，一天，老去/像松散废旧的机台/在秋天中沉默/多少螺丝在松动，多少铁器在生锈/身体积蓄的劳累与疼痛，化学剂品/有毒的残余物在纠缠着肌肉与骨头……”铁、化学制剂、有毒的残余物在身体中发出的声音、形态、痛感和温度，表征着女工们身体中不可见的痛楚。诗人就是要成为这种疼痛的见证者：“静谧的身影/蓄满银白色的镍和铝”（《色与斑》），“沉默的钉子”“穿越她们的从容肉体”（《钉》）。“没有语言”的肉身与强大的资本逻辑的对立表征了诗人对于将身体视为卑

① 张清华：《语词的黑暗，抑或时代的铁——关于郑小琼的诗集〈纯粹植物〉》，《当代作家评论》2013 年第 4 期。

贱的材料的抗诉。郑小琼的诗歌展示了拒绝继续承受的极限和女工们无言的痛苦，展示了生命和生态的逻辑与后工业资本的逻辑之间全面冲突的全球戏剧。

五　没有诗歌的城市是沉默的

现代诗歌是源自城市广场的独立声音，它为自由的生命吟唱，没有诗歌的城市，就失去了其灵魂，它注定成为沉默之城。当一种慢暴力将城市人群特别是底层群体的尊严和身体卷入资本逻辑和权力机器之时，在中国这个后社会主义时代与后工业时代，处境变得更为尴尬。亿万打工者涌入并遭到肉身和心灵摧残的城市并没有为他们准备合适的表达与申诉空间。“石头”和“铁”既构成了打工者的沉默的象征性处境，也构成了郑小琼诗歌写作的象征性话语，那就是“城市”的喑哑无声，源于城市“广场”的沉默，源于一个底层群体的痛苦呻吟而最后延伸到每个现代市民的无言。

自从进入“人类纪”的工业文明以来，适应这个人类纪的现代文学写作的本质就是文学写作的广场化，是市民成为社会主导性意识形态的言说者和倾听者。广场成为这种言说和倾听的城市空间，也是现代新诗写作的重要空间。当中国卷入这个工业文明开启的人类纪的时代以后，城市广场就在中国现代史上扮演了重要角色。工人、学生和大众都成为广场的主人，成为反官方、反主流、反体制的底层话语表达舞台，当然也成为官方主流意识形态和体制希望控制的地方。郑小琼的诗歌具有对于人类纪时代的中国所缺失之物的无声抗诉和愤怒书写，而这种抗诉就构成了郑小琼诗歌写作的广场性品质。

郑小琼诗歌的这种对于现代性政治的诉求及其所生长出的广场性品质，就是基于她对当代中国城乡二元分割所造成的农民工无法成长为真正的工人阶层，也就是无法成长为现代政治的主体力量的痛彻思考。这就是当代学者张宁教授所指出的：“以往的‘先锋文学’、‘新写实’、‘新生代’、‘晚生代’、‘私人化写作’、‘后现代’均以‘纯文学’为指归，而‘底层文学’则反其道而行之，重新强调文学与社会学的融合，强调现实主义写作方法。”① 在郑小琼的诗歌中，我们无疑看到了文学与社会的强烈互动，看到了某种现实主义写作方法的运用。但我们又当看到，郑小琼的诗又不全是现实主义的，她的象征主义的写作手法以及形式方面的探索，在当代诗人中都是具有前沿性的。这里我们先谈郑小琼诗歌的现实主义的态度和政治的使命感。郑小琼的诗歌对于政治的严肃性的书写，在“80后”诗人中是并不多见的，而其极具政治姿态的写作，又是难于被某种政治意识形态轻易利用的。她既不属于新左翼或毛派的反抗权贵和资本主义的声音，也无法被完全纳入自由主义的反传统的激进呼吁。她始终以自己的写作展现着个体生命的良知和一个诗人的责任。

这个时代的个体生命和尊严没有出路，一切都被压制在钢铁和石头组成的围城之中，而这也是郑小琼的诗歌充斥着钢铁和石头意象的原因。石头和铁囚禁了这个时代，而郑小琼的诗歌却又似乎照亮这个时代，以让钢铁和石头筑成的围城散发出思想者的硬度与品质，以获得“囚禁中的梦想”和“耀眼的悲悯”。“石头们也涂上立场，它们/一直在用沉默反抗强制的暴力”（《暴力过后》），人们已化成石头，而思想也要有如石头之坚硬，以击破时代之铁，以获得某种压抑的光明与温暖，并实现某种照亮。张清华指出：“在这颠覆和戏谑一切的时代，我惊异于这个‘80后’的青年，居然在她的诗中一直固执地与‘历史’、‘英雄’、‘思想’、‘人民’、‘悲剧’……这些大词站在一起，而作为使用者，她和它们之间，居然是这样地对称，这不能不说是一个奇迹。”② 诗人对良知和责任的担当，以及对于城市的缺失的广场的无声

① 张宁：《命名的故事：“底层”，还是“新左翼”？——大陆新世纪文学新潮的内在困境》，《文史哲》2009年第6期。

② 张清华：《语词的黑暗，抑或时代的铁——关于郑小琼的诗集〈纯粹植物〉》，《当代作家评论》2013年第4期。

的控诉，在她的诗篇《关系》中有着深刻的揭示：

书生在历史的转折处叩头　他们
膝盖骨的磨损处　旧三轮驶过破旧的
街道 为历史受苦的人雨中寄着
通往匿名者的信函　他的亲人
已流放边关　我经过的街道市场
自行车修理摊的老头摇动钢圈
生锈的齿轮沾满抱怨的油污　风挂在
少女们的短裙上　秋天越过广告招牌
摊贩掺水的猪肉　历史正在小巷
寻找房门与雨伞　却遇见羞涩的娼妓
地产商人开发书生的故居
它的背后是一副发软的膝盖
在丽湖看见的月亮　它没有光泽

这是一个历史的转折点，高贵的、精英的文化匍匐在资本财富席卷而来的洪流之中，“旧三轮车驶过破旧的/街道，为历史受苦的人雨中寄着/通往匿名者的信函”，古典的历史正在消逝，当古典的余光希望在城市的残剩的小巷“寻找房门与雨伞”时，“却遇见羞涩的娼妓”，“地产商人开发书生的故居”，这个时代的人们在资本的奴役下都只有“一副发软的膝盖”，这是让人悲伤的，我们似乎只是在经历资本主义的初级阶段，我们还未曾看到真正的市民或公民在广场的振臂高呼，“在丽湖看见的月亮，它没有光泽”，这些都可以看到小琼的诗歌在为被迫卷入资本权力的底层劳动者和整个时代的精神贫困进行一种呼唤。而这也是她的诗歌与别的“底层写作”相比更具高格的因缘，因此，郑小琼的诗歌便不能再被简单地看作一般的“社会问题写作”或“底层诗歌”的写作，在这首诗中，“书生”既是异己的，同时也是她自己的另一个化身，她在为这个时代无声地哭泣。

最能够体现郑小琼诗歌对城市广场缺席与这个时代喑哑无声的本质的揭示的诗篇，或许是这首《军队走过》，在威严的武力的展示中，广场被践踏，而人民化为沉默无声的石头：

军队在广场上走过　急速地朝左边转弯
暴力的嗜血的弧线穿过寒冷的权力

军队像铁桶般烘烤着 刺刀 炮弹 汗液 谎言
在报纸上有如军队制服一样整齐的消息

穷人的眼神把军队翻了过来 铁路的轨道上
国家正朝着羊肠小道飞奔 暴力扭曲出

国家不可笼罩的命运 弯曲直角的枪膛
圆锥形的子弹熄灭的海洋与眼睛

这首诗隐然暗含着一个时代的深刻本质，就是当一个国家的暴力机器太过强大而控制一切之时，那么人民就只能陷于沉默，只能被代表，他们并不能真正说各方面，“在报纸上有如军队制服一样整齐的消息”，“暴力扭曲出/国家不可笼罩的命运，弯曲直角的枪膛/圆锥形的子弹熄灭的海洋与眼睛”，在暴力机器的威吓中，人民是沉默的，“伤口淤积着雾气与悲伤，沉默的甬道间/他们拉着历史的船只，我无法说出他们的名字/样子，身世。我看见他们雾气样的迷茫……”喑哑的沉默，构成了这个时代的本质，喑哑可能是内含着思想的石头一样的无声抗拒，但也可能是“蒙昧或者压榨，我不记得他们的面孔/但我知道：他们，或者人民……”

郑小琼的诗歌就是要为这个时代的底层发声的，或者说就是要为人民发声的，是要为每个公民的权利发声的。因此，郑小琼的诗歌并不标新立异，并不为某种悬空的纯粹而存活，她并不只是一个时代残酷现实的批判者和刺破谎言者，她始终不断去建构自己的现代性理想，这正如她自己所说的："现在我们诗歌中有一种以反对者作为标榜，我遇到一些人，诗歌写得很差，处处以反体制为标榜，这何尝不是体制的另一面。写作者最主要的是作品，作品是最重要的力量，不能让作品沦为一种反对者的行为艺术与波普，这也相当可怕。"[①] 小琼的这个说法很深刻，即我们的作品应当写出我们自己最深切的生命体验，不能将反对作为目标，那些纯粹的反对者，当反对的墙倒了的时候，他们就突然失去了生存的意义。只有每个作者都围绕自己的生命体验来展开书写，他们的写作才会各各不同，也无须求同，而各有各的好。当然，可能有的作者是达到了最高的境界，但更多的则是百花的争艳。

郑小琼诗歌的语词的丰富，体验的厚度和情感的深度，总是让人惊叹的。作为底层文学的代表，郑小琼的诗歌突破了底层的题材限制与视角限制，而展现着一个极具前沿性和前锋性的精神力量的书写和艺术形式的探索。她的写作从其生命本质上来说，是属于底层苦难者的，是一种被压迫者的文学，她并不是如新左翼文学那样以胜利者的视角讲述被压迫者的故事，而是以被压迫者或被伤害者的视角讲述着当前这个时代遭受着苦难的底层生存者。在这个没有广场的时代，在底层受难者被尴尬地定义为农民工的时代，没有广场，就没有真正的人民，人民在工厂里劳动，既不属于遥远的、湿润的泥土，也不属于他们栖身的城市，他们无法进行彻底的反抗，因为那根系被层层的枷锁所牢笼。因此，在我们看来，一个没有广场的现代社会是无法得到充分发育的，其现代性也是不完备的，而这或许就是源自郑小琼诗歌的深层诉说。

---

① 王士强、郑小琼：《"我不愿成为某种标本"——郑小琼访谈》，《新文学评论》2013 年第 2 期。

第十二章　当代诗歌神性写作的复兴：论黄礼孩*

文学有触碰神灵的冲动，神性①始终是文学不可企及的异质性因素和他在性之维，而这种他在性也终于内化为文学的灵魂，成为文学超越自我的内在追求。故而，我们可以说，神性是文学之所以成为文学的源头，它既是文学的又是非文学的，或者说是超越于文学之上的。在人类文明破晓的那一刻，在原始先民惊异于世界的存在和自身的存在，在对自身与世界的关系发生一种不可言说的相似性联想并借助祭祀、占卜、巫术和宗教来表达一种虔诚和敬畏之时，神性就孕育其中了。文学就是从非文学的神圣渊源流出的圣洁的泉水。文学生成时，神性遂贯注于文学，成为文学最内在的品质，也从而将成为文学之永生的前提和基石。在更远的未来，歌赞神圣，吟唱神性，仍将是文学超越性的梦想。然而，现实的情况是，当人类愈益以功利化来计算自己和世界的关系时，人类对于苍穹、大地和万物所怀有的敬畏已逐渐悄然远去，文学也愈益成为某种获取现实名声与利益的工具，但我们必须明白，纯粹的文学却始终是朝着生命的内在灵性仰望来展开其写作道路的，这种灵性仰望就是我们所提倡的他在性的神性，就是让生命超越于世俗利益之上的根据

---

* 原载《汉语言文学研究》2018 年第 1 期。

① 笔者曾著文指出，神性是贯穿中国诗歌史的基本线索之一。从神话时代的伏羲画卦，经殷商鬼治到楚骚神巫文化，可以视为中国神性诗的显在线索。但自秦汉以后，源自西周以降而确立的中国人性诗潮便占据了绝对的主导性地位。参见何光顺《神性的维度——试论〈离骚〉的“他在”视域》，《南京社会科学》2011 年第 1 期。

和尺度。

21 世纪以来，中国诗歌的神性写作已渐成气象，这种神性写作就是专注于人和万物的属灵的生命化关系的重建，就是重新回到触发惊异性的渊源之地。21 世纪汉语诗歌神性写作的复兴，可能是与 20 世纪人类为着个人欲望和国家利益的大规模屠杀的反省相关的，也可能是与经历了 20 世纪苦难的中华民族复兴时期的文化信仰的重建相契合的。最近萧乾父先生主编的《现代汉语史诗丛刊》所集萃的诗人海上、杨炼、海子、骆一禾、梦亦非、白天、孙谦、道辉、发星、钢克、蝼冢等人的诗歌就是神性写作的集中展示。[①] 而同样是2016 年出版的黄礼孩的新诗集《谁跑得比闪电还快》则很可能是当代中国新诗开辟神性写作的示范性文本。然而，遗憾的是，当前学界对于中国诗歌神性写作的研究却是远远不足的，仅有的零星研究也只涉及 1980 年代已经成名的海子等少数诗人，而对于像黄礼孩等 21 世纪才开始崭露头角的优秀诗人的神性写作的研究，却尚未见到相关成果。在一百年来的中国现代汉语诗歌流派的发展史中，我们经历了从 20 世纪初的尝试派、人生派、湖畔派、新格律诗派到 80 年代的新乡土诗派、知识分子诗派，再到 90 年代以后的口语诗派、打工诗派等，这其中有启蒙叙事、抗战叙事、革命叙事、阶级叙事、苦难叙事和底层叙事，但在这些诗歌流派及其诗歌作品中，神性写作都仍旧是一个缺失的维度。从这个角度来说，黄礼孩的诗歌注重神性书写，可以看作当代中国神性写作大潮中一个创辟性试验和典范性文本。

在笔者看来，黄礼孩诗歌的神性写作既与他本人的成长历程相关，也与他的诗歌理论自觉密切联系。从成长历程来说，黄礼孩出生于中国雷州半岛徐闻县，徐闻早在汉代就已成为海上丝绸之路的始发港，近代以来海上交通和国门开放的便利，让这里的人们最早接收到西方基督教神性文化的熏陶，而诗人故乡的村庄小苏村又是雷州半岛基督教的发源

① 萧乾父主编：《现代汉语史诗丛刊》，香港：蝠池书院出版有限公司 2016 年版。

地，这也使得从这里成长起来的知识分子和文学人对于西方文化有一种天然的亲近感。从诗歌写作的理论自觉来说，黄礼孩诗歌的神性写作在引入了西方基督教的神性元素将其内植于自己的精神血脉的同时，又融入了中国儒家文化的入世理念、道家文化的自然维度、佛家文化的禅悟意识。在他的诗歌作品中，黄礼孩汲取了东西方文化中指向神性的超越维度和爱的精神，融合了东方诗学中由山水、草木、虫鱼等构成的自然之境与诗人会通于其中的心性之境，化解了西方诗学对绝对性和实体性的执着，又超越了当代中国文化中太过世俗化的维度，他在临界、零界和领界的跨越中获得了某种空彻与灵思，他在借镜和造境的变幻中洞见神圣，创造出一种在空镜（空境）里渗透禅思的新型神性写作，他在对细小事物的珍爱中显现出一种东方诗学的特有色彩，借助寓意和象征的手法，构造出诗歌的象征的森林。

一　神性的维度及其完整性诗学的实践

在当代诗人中，东荡子、黄礼孩和世宾等都是广东诗坛注重神性写作并倡导完整性诗学理念的重要诗人。完整性和神性是密切关联的。这种写作的特点是注重内在自我建设，去触碰最高的不可能的上帝，“伟大的诗歌肯定又在指导并帮助人类建设自身，消除黑暗达到精神的完整，这无疑是人类的光明”①，“展示从天使世界发出的声音”②，“上帝的主题是无穷无尽的变奏，诗人应像上帝一样，通过一个闪念可以获得整个世界”③。上帝—诗人，一个闪念—整个世界，这两组对称的关键词，就构成了理解完整性写作及其诗学理念的基本结构和内在线索。在黄礼孩看来，诗人是上帝的代言人，上帝是至善的完整性的创造者，诗

① 黄礼孩：《完整性诗歌：光明的写作》，参见《诗歌与人》，民刊2003年版，第1页。

② 世宾：《转型——第三代诗歌运动的缺失、影响及未来诗歌的方向》，《诗歌与人》2013年第1期。

③ 黄礼孩：《无中生有》，参见黄礼孩主编《谁跑得比闪电还快》，花城出版社2016年版，第134页。

人也当成为至善的完整性的化身。上帝在一个闪念中创造了整个世界，诗人也应该在他的一个闪念中创作出呈现整个世界的诗篇。于是，神性或者说完整性的追寻及其写作实践，就成为黄礼孩诗集的重要主题。他的诗歌总是借着自然之镜和心灵之镜去映照和接近那住在苍穹里的上帝和神灵，他把世界比作镜子，视这个世界为上帝的居所，诗人在他的诗篇里就是要重现和创造一幅神的临在的图景，让众生得以看见。

在诗人的作品中，具有典型神性写作特征的意象如“魔鬼”“教堂”“上帝”“天国”“圣母”等的基督教文化的意象随处可见。比如在《被抵押的日子》中，诗人就借用了具有基督教文化的比喻，将这个世界和人生比喻为“被抵押的”，依据基督教的说法，魔鬼劫持了这个世界，人类要为自己的罪支付赎价，以让他们自己被赎回，人只要还未曾为他们的罪忏悔，“那些被抵押的日子”就“充满了敌意”。在《条纹衬衫》中，诗人诉说：“一个囚徒被押往徘徊之地”，他“渴望阳光猛烈地折射生活”，“没有蔷薇之园可穿过，它提着镜子与灯/寻找一件边缘潮湿的条纹衬衫”，这是处于尘世的罪人的寻找，他们渴望从上帝那里照射而来的神圣之光，为了拯救，“世界需要新的编辑，需要绣出爱的颜色”，然而，沉溺于罪的世界的囚徒，“却从不脱下那件死亡的衬衫”。这些诗歌都是从基督教的角度对于人类所可能陷入的罪的反思。同时，基督教也给诗人带来某种精神的慰藉，比如在《远行》中，诗人写她的亲人，“母亲病后/她像坐一次慢船去天国/她的航行/越来越远离她的身体”，天国就是基督教文化的语词，就是诗人对于逝世亲人的美好祈愿。在《天国的衣裳》中，诗人写道：“白杨树是世界的面目/阳光潜伏在它的身上/披上天国的衣裳”，在彼岸的天国的光的照耀中，诗人的心灵获得一种圣洁的温暖与柔和。

从基督教神性诗学的视野来看，诗人是这个堕落尘世的仰望者，诗人为人类寻找光明。在《野火》中，诗人写道：“途中的倦者怀念闪光的云层，那里住着仁慈的圣母”。在礼孩的诗歌里，总是有一种圣洁和纯真在闪耀，有着细小事物里的神性的发现，他在寂静的田野里听到了一种被“添加的响度”，这响度不确定是被谁添加，农人、匠人、孩子，还是家禽、小鸟和昆虫？诗人并没有向我们明示，因为神秘者并不是诗人能够确定把握，这响度所源出之地并不是作为在世的存在者所能听见的，而是有着隐秘的渊源，诗人无法追寻那万物之所出的深渊，但诗人可以引领人们去看见神圣者从渊源深处投到这世界的光，“光在悄无声息地增强”，“一束芦荟花释放着梦境，俗世中隐藏着圣洁”，诗人在每一粒细小的尘埃、每一朵小花里看到了光所带来的梦境和完整，“再小的事物也有着千山万水的缩影”（《它在摆脱速度带来的繁华》），万物的运行，都是为着让残缺者走向完整，“燕子从巢中飞出，闪动的身影修补反常的田园”，诗人的诗篇是秉承深渊的神圣者而来的光的闪动，他和每一只飞翔的燕子，每一束绽放的花朵，共同修补着这世界，“花朵却为果实死亡”（《丢失》），果实，是朴实圆满之物的象征，花朵进入果实里，就是部分进入整体之中，诗人、燕子和花朵，都是以自己有限的努力，共同去实现世界的完整。

这种完整性的追寻就像诗人在另一首诗中所写的“岁月被磨损的部分/在脱落，像花瓣/落在泥土上，它的花纹/在余光中现出逝者的秘密”（《丢失》），在世的有限者都会死去，每一份爱情都会伤别，每一片花瓣都会脱落，然而，去成为果实，为神所采摘，有限者和残缺者就进入了完整，就进入了那秘密的花园，“今天早上，我没有草木可以修剪/不存在的花园，在梦里也找不到门”（《独自一个人》），不存在的花园，是一重否定，然而，又暗示着一个肯定，生活于世间的存在者，不要留恋于世间的花园，从这些非存在，你找不到进入存在和神圣的门，“生活对互不相爱的人来说多么孤独”，“你身后隐秘的花园徒然升高”（《花园徒然升高》），尘世的修行，只有摒弃无聊的言谈，“一路上没有人与我谈起天气”，只有独自一个人聆听神圣的渊源处的声音，秘密花园的存在之门才会开启，“在一滴水里，我独自一个人被天空照见”（《独自一个人》），田园得到修补，秘密花园呈现，完整性写作的理念在这里得到显现。诗人在借镜和如镜的生活中获得了越镜和造境。

正是从这个角度说，礼孩是具有高度理论自觉和诗学自觉的诗人，他的写作是他灵性之光的闪耀，也是他诗学理念的实现，还是他生活实践的升华，这三者是三位一体，密不可分的。礼孩的诗歌写作就是将人间的生活当作神恩的馈赠，将最高的诗意植入当下的修行，此岸和彼岸，天国和人间的藩篱，在这种领悟神意的现世劳作中被打破，诗人成为天使，“到世界的另一边去，诗人应该有不同的边界”，诗歌写作实际就是探索边界和突破边界，就是“越镜”，“诗人在黑暗中思念边界上的事，超越的光就洒到身上，他就抵达了自己能力不及之处，写出心驰神往的巅峰之作”（《诗歌的边界》），“诗歌即是渴慕上帝，一个伟大的诗人应该具备上帝的能力：无中生有”（《无中生有》）。去触摸最高的不可能，让礼孩的诗歌获得一种纯粹，一种沉思和忧郁的气质，一种从生活的细小事物去发现神秘之物的追寻。黄礼孩的诗歌就是他的完整性诗学理念的现实展开，是当代中国诗歌神性写作的重要实践，而这也是黄礼孩新诗集的最重要贡献所在。

二　在珍爱细小事物中照见上帝造物的痕迹

广东完整性诗派的诗人都非常注重在细小事物中去发现某种隐秘，比如被看作完整性诗派写作先驱的东荡子的诗：“一片树叶离去/也会带走一个囚徒”（《一片树叶离去》），“那里是一滴水，蔑视神灵和光阴”（《那里是一滴水》），“大地将一切呼唤回来/尘土和光荣都会回到自己的位置”（《树叶曾经在高处》）①，东荡子的诗歌显示出一种深邃、苍凉和沉郁，那似乎是熬尽人间辛苦的长者在生命的归藏蛰伏中显现神性之光。黄礼孩与东荡子在珍爱细小事物方面是异曲同工的，但在诗歌的情感、风格和色调方面却有很大的不同，礼孩的诗歌总是处处闪耀着

① 东荡子：《杜若之歌》，浪子编，海风出版社2014年版，第113、68、69页。

爱的温暖、柔和、宁静的光辉，那似乎是一个刚刚开始认识这世界的孩子对于世界充满了惊讶和好奇，万物都在他的心里显出神秘和灵性。在笔者看来，礼孩诗歌的这种珍爱细小事物中所显示出的温暖色彩更多是在基督教文化之外所受到的中国的悠久而平和的传统文化的影响，这种影响就是来自那种儒家的深具现实关怀的入世精神、道家的齐同万物的自然情怀与佛家的空彻万相的慈悲大爱。如果说东荡子是凭借着最真朴的性灵与从西方飘来的神性诗学的结合在写作，黄礼孩却在此基础上又在汲取着东方诗学的最内在的、仁慈柔和的生命传统来展开着他的写作。因此，礼孩诗歌在珍爱细小事物中所照见的神性，就不再仅仅是基督教的上帝之光，而且同时是中国的道之精神和佛性光芒。

中国儒家文化对于礼孩的影响主要是仁爱的情怀和温柔的风格。在淡化西方基督教文化过于执着的宗教痕迹中，礼孩的诗歌就显示出一种对于入世的人间的爱的包容与开放，比如他始终爱着那些和他一样追寻着诗歌之道而超越了某种东西方宗教樊篱的诗友们，他写给安石榴的《从故乡射出去的箭》、给梦亦非的《在甲乙村》、给王乙宴的《飘向里斯本的琵琶》、给波兰诗人扎加耶夫斯基的《木兰花必是美的》、给俄罗斯诗人库什涅尔的《一个害羞的人》等诗作，都不是囿于某种宗教的，而是体现出入世的仁爱之道的。礼孩的诗歌的精神和风格也都是温厚和平的，似乎是直接承传着《诗经》的风雅的精神的，是中和而非激越的，是典正而非偏邪的，比如诗人的《窗下》所写的："这里刚下过一场雪/仿佛人间的爱都落到低处/你坐在窗下/窗子被阳光突然撞响/多么干脆的阳光呀/仿佛你一生不可多得的喜悦/光线在你思想中/越来越稀薄，越来越/安静，你像一个孩子/一无所知地被人深深爱着。"这首诗闪耀着一种近乎基督教的谦卑的爱，但似乎又特意抹去了欧洲宗教的过于执着与激烈的痕迹，而成为一种更接近于中国儒家文化传统的入世之爱，而且诗歌风格的温柔平和也完全是与儒家强调温柔敦厚的诗歌精神相契合的。孔子赞扬："《诗》三百，一言以蔽之，思无邪。"（《论语·为政》）这也似乎是同样可以用到礼孩的诗歌身上的。礼孩的诗歌似乎就是儒家诗乐观的滥觞，始终散发出一种“致中和，天地位焉，万物育焉”（《礼记·中庸》）的美好和平之音，万物的秩序都在他的爱的吟诵中得到安顿。

黄礼孩诗歌对于自然世界或细小事物的挚爱，还具有一种强烈的道家自然精神的遗传，“以他的天性和审美的直觉接续了一个传统”，建立起了“以自然为中介的爱”[①]。在《自由的翅膀》中，诗人写道：“谁从自然中康复，谁就拥有植物的欲望/谁就懂得一粒种子的秘密/偶然的忽略，也许是季节的成全/所有播种并非为了大地的收获/一只灰色斑鸠像梦摆脱了预言/它自由的翅膀，有了随风的时刻”，这很容易让熟悉中国传统文化的读者想到庄周梦蝶的寓言，在个体生命回归自然万物中，就拥有了不再执着于人类中心主义的本然物态的自由，诗歌写的“植物的欲望”，实际是对人类欲望的消解，这就像庄周化为蝴蝶，就是“吾丧我”的进入“天籁”的世界，就是老子所说的“反者，道之动也”，人类不再是一味地朝着进化论的方向狂奔，而是经历着从人到动物再到植物的退回与返归，诗歌呼唤人类“从自然中康复”，就似乎悄然响应着老子的古老的箴言：“人法地，地法天，天法道，道法自然。”（《老子》二十五章）生命之道隐藏在朴实之物里，隐藏在植物里，那是“损之又损，以至于无为”（《老子》第四十八章）的“遗忘”，是真正的“至人”的爱。这也就是诗人在《蓝花楹》中所写的：“爱没有遗忘这一点，它学习着把心灵还给自然”，“没有遗忘”实际就是“遗忘”。人和万物的区别，就是学会了真正的爱，就是老子说的“天地不仁，以万物为刍狗”（《老子》第五章）和庄子说的“天地与我并生，万物与我为一”（《齐物论》）的回归自然的大爱。诗人说“它自由的翅膀，有了随风的时刻”，就近于庄子所写的至人“乘天地之正，御六气之辩，以游无穷”的无待的逍遥。这样，当诗人在诗中描写很多细小的事物，如小动物、小昆虫、植物、飞鸟、斑鸠、鸽子、

① 李俏梅：《尚未消失的风景——论黄礼孩诗歌中的自然描写》，《海南师范大学学报》（社会科学版）2015 年第 1 期。

蝴蝶、蚂蚁、蜗牛等，就体现着一种朝向万物的他在精神，就有着庄子的道在蝼蚁、在稊稗、在瓦甓、在屎溺的无所不在的他化境界。从这个角度说，黄礼孩的诗作中的道家自然精神的余韵就让他的神性写作具有了和西方诗人的完全不同的东方诗学特质，在西方基督教诗学语境中，人总是上帝的宠儿，是世界的中心，是万物的管理者，然而，在东方道家文化的视野中，人却完全可以化入万物之中。这样，我们就可以看到，黄礼孩诗歌虽然汲取了基督教的某些元素，但他的亲近万物的诗歌精神又更多的是来自道家的道通天下和道通为一的生态精神的。

黄礼孩诗歌珍爱细小事物中所闪耀出的淡泊宁静的风格，还来自他所受到的佛教文化传统的影响。基督教是指向上帝的绝对存在的实体论的，而中国化的大乘佛教禅宗却是指向佛性的无住、无念、无相的性空论的。礼孩的诗歌就以无住、无念的空灵性的书写化解了西方基督教的绝对性实体论的执着，而带来了整部作品的禅化的意味。比如诗集特别提炼出六个小标题：1. 借镜；2. 如镜；3. 越镜；4. 造境；5. 临镜；6. 海镜。这里的“镜”和“境”都有取于“水中之月，镜中之象”的“以禅喻诗”的特征。在《黄昏，入光孝寺》中，诗人就特别以禅寺和佛禅精神作为映照西方基督教文化的一面镜子，写出了一个基督教诗人在东方佛教圣地所经历的“当下”遭遇和“心境”变化：“碰巧遇上晚课，灯光升高窗户/神秘仪式在梵音中起伏/屋子旁的菩提叶闪动暗绿的轮廓”，“此地在流转中能否将痛苦化为美/无人过问。也无人知道”，僧侣的晚课、神秘仪式的梵音、菩提叶等以特有的方式感染着波兰诗人扎加耶夫斯基并让他陷入对人世痛苦的沉思，随后，诗歌又从叙述者角度向西方诗人发问：

你是否想起了波兰教堂的赞美诗
你和妻子坐在台阶上冥想
波罗的海的声音正一层层落下来

“在从前，我们信仰不可见的事物
相信影子和影子的影子，相信光”
此刻，就要收拢的光线为你说出一切
大海的涟漪归于静谧
而它底下暗潮的影子难于触及

西方基督教诗人在东方佛教圣地借着佛教的悠扬梵音，似乎唤回了西方的古老的神性之思，大慈悲的佛音似乎带来了一场灵性相通的拯救，这种拯救既是针对诗中的基督教波兰诗人的，也是针对作为文本叙述者的作者黄礼孩的。正是从这个角度说，黄礼孩的诗歌就具有以中国佛家的空灵之思和重释西方基督教神性之思的诗学深度的叠加。于是，在诗人的笔下，世界在光的照耀下就构成了内在自足的圆满，这里的光就可能不再只是上帝的光，而更可能是来源于不可见的神圣佛光，一沙一天国，一叶一菩提，刹那里有永恒，在珍爱细小的事物中有着大慈悲，神圣的痕迹遍布于万物，沿着这痕迹前行，诗人终将领悟世界的秘密。

从东西方文化共有的神圣维度来看，诗人珍爱人与人之间的友情，还珍爱细小的事物，就不仅是基督教谦卑精神影响的结果，而且同时是东方文化及其诗学精神的自然的生长。在精神和自然的关系中，诗人领悟了精神首先在于对直接的自然的否定，却又在将自然纳入精神中实现了对于自然的重新肯定。诗人的创造因为超出了自然的东西而直接进入了精神，并达到了真理。自然之镜，只是被诗人借用着以照见被隐藏的精神本身，这自然，就是儒家的人文化成的自然，就是道家的道通为一的自然，是佛家的佛性光辉和基督教的天国光辉照耀下的自然。细小的自然事物，就是诗人精神的一面镜子，诗人在这镜子的映照中，撇下他的肉身，以他澄澈的精神造出他自己的诗境。在这个创造里，作为物质性的自然的一面被否定，万物都因为神性的莅临而熠熠生辉，整个世界如大海一样湛蓝，并映照出神性之光。这就是诗人以借镜展开诗写，以海镜作为诗集终篇的缘由。从这种东西合璧的美学精神出发，诗人在灵魂的深处有着对至高的神性的追寻，然而在他的写作中，又满溢着对于自然事物的喜爱："我珍藏细小的事物/它们温暖，待在日常的生活里"（《细小的事物》），"世界潜藏在细微的变化里"，"细碎的脚步声把听觉带到远处"（《一些事物被重新安排》），"一滴死亡的海水也有浮木的侧影/无数珍宝埋在生活的某处"（《庞山耶音乐会》），"我一直在生活的低处/偶尔碰到小小的昆虫"（《飞鸟和昆虫》）。礼孩的诗歌就特别珍爱琐碎的事物，他从细小里去发现那来自最高处的力量，那不可见的深渊之光：

但它们已让我无所适从
就像一粒盐侵入了大海
一块石头攻占了山丘
还有那些叫不出名字的小动物
是我尚未认识的朋友
它们生活在一个被遗忘的小世界

诗人因为敬畏，满怀感恩，他总是将自己置于生活的低处，因此，他和昆虫、小鸟、家禽等比邻而居，"我想赞美它们，我准备着/在这里向它们靠近"，因为赞美细小的事物，诗人拒绝了被某种高尚的道德、某种先进性的意识形态、某些狂热的宗教极端主义者所绑架，他"删去了一些高大的词"，删去，意味着拒绝，不合作，不抬轿，不吆喝，诗人只做真诚的孩子，他只爱那些上帝派遣给他的朋友和赠送给他的礼物，诗人和细小的事物的交谈，就是在和他的朋友们玩耍，就像孩子在和他的玩具娃娃一起谈心说话，孩子的眼里容不下那些"高大的词"，他们和那些小事物、小玩具就构成了完整的家。

生活在低处，珍爱细小的事物，就是诗人对于未曾被破坏的完整性的爱护。细小事物的隐秘就在于都有通向上帝的自足、独立和完整，这种细小事物的萌发、生长，就是人生的丰富性的开展和完整性的实现。

当然，这些细小事物本身是有限和残缺的，但因为都有一扇窗子向着上帝打开，从最高处和深渊处的光就得以照耀细小的事物，细小的事物对于至高的不可能性的渴慕就是爱，这爱甚至先于事物本身，是残缺性事物的原始居所，是在民族最古老的传统中孕育，也是为儒、道、佛、耶诸教所提倡与践行的，是诗人先在于他自身就聆听到的古老天命与生命秘密，就是诗人引用狄金森所说的："爱先于生命——/后于死亡——/是创造的起点——/世界的原型"，也是诗人自己所说的："内心存有自由元素的人，他为爱的灵光吹拂，他追随了自己的信仰"，"诗歌是诗人对爱的另一种发现，是对不能拥有的世界的表达"（《爱是自身力量的联合》），诗人强调"天赋是诗人通过语言掌握命运的发生器，它使物种恢复生命，也因为给事物命名带来的社会接纳成为可能"（《如此，如此……》），这里的天赋就是一种爱的能力，是朝着不可能性前进的可能性基础，诗人就是能去爱的人，是爱神的人，爱让诗人进入对于细小事物的秘密的发现，这种发现就构成了礼孩写作的陌生感和亲近感的双重性，把细小事物如此广泛地写入诗中并写到极致，就造成了陌生感，但这些细小事物又如此常见，写得如此动心，这又让诗歌获得了亲近感。

三　借用寓意和象征以构造自然的神殿

至高的圣道和上帝不可言说，诗人只能借形象以让至高者出场，这就是寓意和象征。当先秦老子领悟"道可道，非常道"的妙谛，他就以柔弱的水、牝牡、溪谷等作譬喻，当庄子理解了"道不可言，言而非也"的奥妙，他就只说鲲、鹏、小雀、斥鷃等寓言。这也是西方基督教诗学认识到的，上帝无法被人看见，诗人和哲人只能依靠着寓意和象征去追寻神圣者。礼孩的诗篇就是在自然的写作中映照着神性，就是借着寓意和象征的修辞手法来构造了一座自然的神殿。寓意和象征的手法又略有不同，温克尔曼在《希腊美术模仿论》专门论及"寓意"时说道："寓意就是表示普遍（allegemein）概念的图象（Bild）。"① 在《艺术寓意之探》中又开篇言道："寓意，就其广义而言，是通过图像而影射（Andeutung）概念，它也是一种普遍的语言，尤其是艺术家的普遍语言。"②"寓意"并不指向理念，而是指向思想或观念，在涉及绘画中的寓意时，则往往指艺术家的思想性意图。"象征"却要隐晦得多，感性形象与理念领域，可见物与非可见物是相互叠合在一起的，两者之间并无明确的界线。寓意借着特定的、与观念并无天然联系的古代图像来表示概念，而象征是有机地、自然地形成的，它所指称的概念似乎是从感性符号中直接或半直接地衍生出来，概念躲"藏"在符号后面，永无止境地、不确定地发挥作用。按照加达默尔的说法，象征的深度在于它天然的形而上学背景，而寓意的背景则是历史的，即历史上已然生成的、固定的传统。也就是说，象征的生成无须借助外在的解释系统，而寓意的生成则依傍历史中已然确定的传统与规定。就接受者而言，领悟象征只需要借助体验；而领悟寓意则需要"解读"或"解码"，在寓意中，借以指向意义领域的中介本身是规定的，是有待"解码"的确定物，它对那些并不熟悉其解释系统的眼睛而言隐匿而不见，而对意义背景了然的人们却确凿无疑。③

在礼孩的作品中，寓意和象征手法同时得到了运用，但象征手法是主要的。在我看来，西方绘画更多地采用寓意手法，即通过图像来影射概念，比如圣母像、十字架受难像、最后的晚餐等画作，这些画作，虽然在不同的画家笔下有不同的绘画方法，但其所指向的概念却往往都是确定的，这种寓意画的写作，是一种具有集体性和历史性传统的延续。在礼孩的诗作中，这种具有历史性传统的确定指向的寓意写作方法也有

① 转引自高艳萍《寓意：思想之"披"——关于温克尔曼寓意说的一种探析》，《外国美学》2015 年第 1 期。

② 转引自高艳萍《寓意：思想之"披"——关于温克尔曼寓意说的一种探析》，《外国美学》2015 年第 1 期。

③ 高艳萍：《寓意：思想之"披"——关于温克尔曼寓意说的一种探析》，《外国美学》2015 年第 1 期。

适当运用。波兰诗人亚当·扎加耶夫斯基在评论黄礼孩的诗歌时指出："他是一个纯粹的当代诗人，同时吸收了诸多欧洲现代派的元素，但也忠实地保持了自己的传统。在他的诗歌里我们看到了传统与现代的完美结合。"① 这种评价非常中肯，但还要强调的是，黄礼孩的诗作还具有欧洲传统的基督教文化背景，这种背景元素在他的诗作中常常以寓意的方式得到呈现，比如《被抵押的日子》就有着确定的宗教寓意背景，尘世的生活是被抵押的，人只有向着神的修行才能获得救赎；《黄昏，入光孝寺——给扎加耶夫斯基先生》则同时具有佛教和基督教的双重寓意背景，无论是扎加耶夫斯基先生正在进入的光孝寺，还是他在光孝寺想起"波兰教堂的赞美诗"，以及诗人在诗中明确提示的"这不是观光之地，也非等待之所"，都能让人根据东西方的历史文化传统，想到这地上的建筑和来访者的行为所指向的普遍性的精神背景，指向某种我们可以确定知道的宗教信仰，"信仰不可见的事物"，这种信仰所指向的遥远世界是我们不可见的，但其所指向的东西方共有的超越维度，却是我们有着这种背景知识的人可以理解和予以诠释的。我们如果了解这种植根于东西方文化传统的"寓意"写作手法，那么，我们就能理解礼孩很多诗篇的基本指向，还有些诗篇如《礼物》、《天国的衣裳》和《没有人能将一片叶子带走》，都同样具有某种历史和传统的寓意背景。

然而，诗歌毕竟不是绘画，绘画的图像视觉效应更多的是将图像披在观念之上，图像和观念被共同置于表现性的前台。诗歌更多的是时间的艺术，读者是在对于文字的时间性流动的阅读中，去感觉其中所隐藏的某种理念与精神世界，每位读者在阅读完一首诗歌以后，都会根据文字在自己的脑海中构建出一幅图像，但这图像并不是清晰地呈现在画布上的。画家的一幅画作呈现的视觉图景对于每个观看者是一样的，只是读者因为其历史背景知识的深浅程度而理解的层次不同；诗人的一首诗歌所呈现的文字虽然也是在纸上的，但却没有这样的清晰的视觉图景，

① ［波兰］亚当·扎加耶夫斯基：《黄礼孩和他的诗》，参见黄礼孩《谁跑得比闪电还快》，花城出版社 2016 年版。

作者是在文字中直接寓托其情感和意义，并进而呈现自我生命中诸多不确定的元素，读者根据文字可能直接理解作者的感情与精神，也可能会构建出某种心灵的视觉图景来理解作者。高超的诗人，会给读者一些可以构建心灵视觉图景的线索与路标，这种线索与路标常常是和寓意相关的，那就是寓意构成象征的某种历史的前提和传统的视界，并进而和诗人精神的象征相结合。礼孩的诗篇在借助东西方历史文化传统的寓意写作中，更广泛地运用象征的艺术手法，将情感和精神隐藏在诗歌的文字和图像之内，以让读者自行去构建。

从象征的角度来说，礼孩将世界和细小事物都视作神的殿宇，或者细小事物背后都隐藏着来自深渊的秘密，这些细小的事物并不是西方基督教文化历史传统中那种常见的神话、宗教的寓意图景，如金苹果故事、伊甸园故事、圣母、圣子故事等，当然也不是中国传统诗人所经常使用的广为人知的寓意明确的意象，如秦月、汉关、梅、兰、竹、菊、浮云、朝露等，他在大多数诗作中都避开了东西方文化中为人熟知的图景和意象，而更多地选用那些新鲜、陌生、切近于细小事物的东西来象征他所要表达的理念。这种象征手法是普遍和整体运用的。诗人善于描写细小事物来启示读者去把握和领会他所显现和构筑的宇宙图景，这宇宙图景的最高处居住着人不可见的神，细小事物都在诗人的描绘中因为通往神而获得其意义，“大地的居所多么空茫，我愿意怀着旧梦/在光阴里种植金露梅，不忘把旅途当故乡”（《多少人把旅途当故乡》），“金露梅”并不是东西方文化所熟悉的意象或图景，诗人通过这个独创的意象来表明，如果没有神，大地上的居所就只能是空无，只有诗人愿意怀着旧梦，在光阴里种植金露梅，他的旅途有神的瞩目，他的故乡不再只是在不可及处的伊甸园或者天堂，因为对于神的虔诚仰望，得救便在信仰里。于是一个新颖的创造性的象征，就让诗人笔下的一事一物都成为神的暗示，成为诗人对渊源之地的象征。“每一处敞开的事物都是痛苦的闪电”，在象征的书写中，细小事物的秘密在经历如受难的痛苦死亡中获得复活，过往的记忆砌成的拱廊被奔腾的泪水穿过，旧的身体死去，新的身体绽放出灵性之花……过往的“到处都是缺乏雨水的生活”，因为向着感谢神恩的劳作，而获得拯救，“教堂的钟声/飞过了建筑群”（《劳动者》），神性和诗性降临，在尺度的获得中，人得以安居。因此，当诗人说“河流像我的血液/她知道我的渴”，这或许就是诗人源于信仰深处的对于圣灵的渴望，他渴了，当他说“我要活出贫穷”，就意味着他对旧的物质肉身的生活放弃，“时代的丛林就要绿了/是什么沾湿了我的衣襟”，在对神圣的仰望中，诗人为新世界的到来而双眼溢满泪水，他的灵魂闪耀过大地，在超越一切存在者中奔跑，“丛林在飞/我的心在疲倦中晃动/人生像一次闪电一样短/我还没来得及悲伤/生活又催促我去奔跑”（《谁跑得比闪电还快》），只有在灵魂向着神的仰望中，诗人才赢得了超越一切存在者的速度，他才可能跑得比闪电还快！这就是诗人，在面向神的写作中，构筑了他的象征的森林！

综言之，神性写作可以说是每个民族中诗歌最古老的渊源和最深层的维度，然而，随着人类文明的进程，万物被祛魅，沦为人类正在开发和有待开发的资源，当人成为万物的尺度以后，人类以自我中心主义的姿态主宰万物，工具主义和功利主义更是在启蒙运动以后，成为这个世界的主导性伦理价值。人远离了神，万物失去了神性的光辉，人心被欲望所充满，失去了敬畏，在予取予求中戕害着他赖以生存的自然世界，天地神人的平衡关系被打破。正是从这个角度来说，以黄礼孩为代表的当代中国诗人的神性写作实践及其诗学理念的倡导，便具有了极其重要的现实意义和理论价值。善待和珍爱细小的事物，知道万物里都隐藏着神圣的踪迹，世界就是神的殿宇，人不应当只是被他现世的法律和他人的眼睛所监视和约束，更知道自己还被那不可见的神的眼睛所注视，在现世的法律和规则无法通达的地方，人仍旧因着神给予人的尺度，敬畏上苍，懂得感恩，从而让自己的生命临照着神性的光辉。

当然，在对这种神性写作的赞扬中，我们也得警惕一种可能的缺失。如果将这种朝向不可能的上帝的完整性诗学提得太高，就可能会导致一种窄化生活的危险。从理论上来说，完整性诗学也是容易让人误解的，这种诗学主要是关注自我心灵和自然万物的关系，在这种关注中，一种心灵的自我充实的获得，却可能导致另一种生活的丰富性的丧失，其他的紧迫的关乎民族的、政治的、时代的重要话题就可能被忽略，而这也是不少诗人学者批评东荡子、世宾等完整性诗派作品中无关乎现实的一个重要原因。在黄礼孩的诗作中，无疑也存在着很多诗人所说的那种未能介入社会公共事件与现实苦难的政治性批判叙事。然而，从另一个角度来说，诗人各有其所擅长，有的诗人擅长于内在心灵的探索，以去追寻人的内在情感信仰的确立；有的诗人擅长于外在的社会的批判，以去指斥人间的黑暗与堕落。前者从肯定性的层面去保护生命，在对自我信仰的肯定中，个人得以防御世界的惊涛骇浪，后者从否定性的层面去保护生命，在对黑暗人间的否定中，个人将同样确立内在的价值尺度。故而，内在信仰建设和外在社会批判，就构成了相辅相成的两个维度，只是在不同的诗人那里，各有其侧重的不同。正是从这个角度来看，黄礼孩、东荡子、世宾等诗人的神性写作就成为当代中国诗歌写作中不可忽略的一环，理当受到我们重视。

第十三章　一个绝对唯我主义者的艺术追求：论浪子*

漂泊者命定漂泊。并无必要
获得，饶恕和怜悯。

——浪子《跌倒》

浪子注定了是一个漂泊的诗人，这根源于他无法改变的顽固执着和拒绝进入世界，拒绝身体和灵魂与他人的对话。浪子的诗集《无知之书》也可能是这个时代的诗人在一个商业化时代抵抗自我身份被边缘化的文本见证。诗人世宾认为："写作就是裸露自己的灵魂与身体。"①这无疑是片面的，诗人的灵魂和身体远没有他的诗歌来得崇高，这个所谓的裸露不过是隐含着诗人的自我圣化的诉求。浪子认为他的《无知之书》所趋近的，"正是那接近透明的无限蔚蓝"②，也同样隐藏了世俗生活中诗人身体的欲望和灵魂的激情部分，是诗人渴望成为或自我塑形为天使的超越性的需要。于是，写作就是构建城墙和栅栏，以将艺术世界和现实世界隔绝开来，这或许就是以东荡子、黄礼孩、世宾、浪子等为代表的完整性诗学写作要为这个浊浪滔天而自己也难免于俗的现实生

* 载《原诗》第2辑，岳麓书社2017年版。

① 世宾：《我的读书生活》，参见"善意坊"微信公众号2015年12月24日。

② 浪子：《无知之书·前言》，花城出版社2011年版。

活所寻找的另一种生存方式。当然，栅栏和城墙也有缝隙和城门，有些微光从现实世界照进了艺术世界。因此，在我看来，完全的裸露和无障碍是没有的，完全的隔绝和自我放逐也是不可能的。在本文中，我们仅以浪子的《无知之书》来着手进行分析身体、灵魂和诗歌所构成的一种有距离的交错和延伸关系。

一　漂泊：浪子对于东荡子的逆向继承

在现实世界，我和浪子原本是两条道上的人。我是属于学院的，浪子是属于民间的。但借助着诗歌，我们竟然神奇地相遇了。浪子经常说的一句话是“诗歌和现实没有一毛钱的关系”。我却觉得，这个相遇，似乎就让诗歌与现实有了那么一点关系。到现在为止，我也就见过浪子两次，但浪子你不用多和他交往，他这个人几乎是你一眼就能看穿的。直率、真诚、粗野、暴躁，或许就是他做人和做事方式的最直接写照，如果你不读他的诗歌，你肯定会觉得他就是一个爱自吹自擂的粗鄙的家伙。这是一个具有双重性格的诗人，他有很多朋友，应该也有很多冤家。有时很可爱，滔滔不绝，激情洋溢；有时又很可厌，唯我独尊，有一种要将自己的意志强加于所有人的绝对主义者的执着。

当我在现实生活中遇见浪子的人，又读到了他的诗以后，我觉得真不可思议，这么一个暴躁和粗野的家伙，怎么可能写出这么细腻、深沉而有力量的诗歌？当然，如果你真以为浪子是目空一切，无法无天的，那可能又错了。浪子似乎还是有深爱和敬畏的，这种深爱和敬畏最真切地体现在他对诗歌的热爱和对东荡子的崇敬上面，浪子实在是太喜欢东荡子和他的诗歌了，他几乎是将东荡子看作他的精神的先驱的，我是从浪子这里知道了东荡子的，另外也从梦亦非那里知道，东荡子还被普遍看作广东诗坛的教父。如果说，那种直接从诗歌精神上继承东荡子的，第一个可能要数浪子，他在不遗余力地推进东荡子诗歌的传播，他似乎就是要完成东荡子的未竟的事业，在这里，你又看到了浪子的某种使命和担当。

浪子刚送了我一本他主编的东荡子的《杜若之歌》以及他自己写的一本《无知之书》。翻看东荡子的《杜若之歌》，就看到了浪子写的前言：

> 为诗人东荡子编选一部诗选，是我多年来的心愿，曾几次与他谈过，亦与一些好朋友提到过。
>
> 然寄居浮世，为稻粱谋，杂事缠绕，可以专门为理想而行的时间自是少得可怜。这件事情，便这样拖了下来。
>
> 我永远不愿意相信，也绝对想不到的是，真正动手编辑这部诗选时，一生热爱诗歌和朋友的诗人东荡子，与我们已然阴阳相隔。①

浪子的精神世界和诗歌事业只有放到和东荡子一起来看，我们才可能获得更深彻地理解。东荡子是中国当代诗坛的一个奇迹，是广东完整性诗歌写作流派的一面旗帜。如果说，“完整性”写作这个概念是世宾首先提出的，那么，真正的完整性诗歌写作的实践却是从东荡子这里开始的。东荡子的诗歌写作注重“使灵魂和精神消除黑暗，归于光明”②，他完全从民间的层面影响了一大批诗人，比如黄礼孩、世宾、浪子、郑德宏等。而浪子可能是他们当中受到东荡子影响最大的一个。浪子在这部东荡子的《杜若之歌》编选的前言中说道：

> 多年来，在人前我从不讳言：东荡子是当代中国最优秀的诗人，没有之一。这样子说话，或者会得罪一些诗人，一些朋友，不过我知道，我只有这样说才能不得罪诗歌，不得罪它自身的纯粹、神圣与光荣。

---

① 参见东荡子《杜若之歌》的浪子所作《前言》，海风出版社 2014 年版。

② 东荡子：《消除人类精神中的黑暗——完整性诗歌写作思考》，参见黄礼孩主编《诗歌与人·完整性写作》，《广州民刊》2003 年第 5 期。

东荡子，作为一位长期被有意无意地忽略的诗人，从《九地集》到《王冠》到《阿斯加》，他所书写的、一直是源自卓越而来的卓越诗篇。这样说，完全是基于我自身对诗歌的虔诚和认知，以及我们之间二十多载相交相知、无数次争辩与审视后的知根知底。

浪子经常说，他还没有找到读懂东荡子诗歌的批评家和读者，这是他的一个遗憾，他经常痛批中国诗坛和批评界对于东荡子的忽略，这也是他在这篇前言中所说的。浪子最喜欢东荡子的诗歌中有一首《树叶曾经在高处》，这首诗就被他经常提到，也在这里推荐给大家，并有助于人们理解浪子和东荡子的精神的连接：

树叶曾经在高处

东荡子

密不透风的城堡里闪动的光的碎片
并非为落叶而哀伤
它闪耀，照亮着叶子的归去
一个季节的迟到并未带来钟声的晚点
笨拙而木讷的拉动钟绳的动作
也不能挽留树叶的掉落。你见证了死亡
或你已经看见所有生命归去的踪迹
它是距离或速度的消逝，是钟声
敲钟的拉绳和手的消逝。大地并非沉睡
眼睛已经睁开，它伸长了耳朵
躁动并在喧哗的生命，不要继续让自己迷失
大地将把一切呼唤回来
尘土和光荣都会回到自己的位置
你也将回来，就像树叶曾经在高处

现在回到了地上①

浪子说没有人读懂东荡子的诗歌，但在我看来，浪子自己也同样被包括在这个未读懂东荡子的人中。浪子喜欢这首诗，大约是源于这首诗所表达的“树叶曾经在高处”的意象牵引，即对那“高处”的向往。奇妙的是，东荡子虽然指出了树叶“曾经”在高处，而其真正的重点却是要告诉我们“现在”树叶“回到了地上”，“尘土和光荣都会回到自己的位置”，“你也将回来”，这表达的是一个人类永恒的回乡主题，也就是东荡子所讲的“人类精神体现在诗歌中的光明”②，诗歌的光芒驱散了人类对于死亡和虚无的恐惧。

当然，这首诗篇重在消除黑暗，显现光明，因此它并未展开或者说隐藏了未曾写出的前半段主题，那就是树叶“曾经”从一粒种子在泥土中长成为“大树”而后长出高处的“树叶”的过程。东荡子隐去了“树叶”的前半世的命运，而直接诉说“树叶”的“归去”，这是听从世界和命运之神的召唤，是一种无限宁静的心灵对于世界存在之命运的应答。然而，浪子却并没有进入这首诗中，他所喜欢的是“高处”，是漂泊，是东荡子未曾写出的从种子到树叶的远离，这就是浪子在他的诗歌《跌倒》中所写的：

漂泊者命定漂泊。并无必要
获得，饶恕和怜悯。
码头，异乡人驻留的地方。
“种植者颗粒无收。”当我正要说出的
已被说出，当我在收割后的农田躺下

① 东荡子：《杜若之歌》，浪子编，海风出版社2014年版，第69页。

② 东荡子：《消除人类精神中的黑暗——完整性诗歌写作思考》，参见黄礼孩主编《诗歌与人·完整性写作》，《广州民刊》2003年第5期。

对我来说，从此无所谓什么跌倒。[①]

浪子诗歌的漂泊精神，就注定了他的写作成为一种精神之陷于孤独与苦难的展示，“漂泊者命定漂泊”，“码头，异乡人驻留的地方”，这种对于漂泊命运的写作，体现着浪子诗歌一贯的唯美化的极致性追求，“并无必要/获得，饶恕和怜悯”，这种对于和他人进行心灵对话和情感交流的拒绝，让浪子的诗歌呈现出一种封闭的结构，也很难让读者看到光明的力量，“种植者颗粒无收”，就是对于某种人现世努力的悲观和不抱希望的决绝，既然人生难免跌倒，我就先行在辽阔的农田“躺下”，于是，“对我来说，从此无所谓什么跌倒”，这是一个失败者的写作，是本来没有失败，但他却将“失败”的理念先行植入心中，“失败”成为浪子对于这个时代和自我命运的终极性书写，这个世界是没有未来和远方的，也是没有家乡和归宿的。从这个角度来说，浪子的诗歌就构成了与东荡子、世宾、黄礼孩的呈现光明的力量的写作完全不同的另类风格的展示，孤独、冷峻、伤痛、苦难乃至骄傲，就构成浪子诗歌的永恒漂泊主题的纯粹而又复杂的内涵。这种“漂泊”性主题呈现出他对于东荡子诗歌“回归”主题的叛离。某种程度上说，浪子在表达着对于一个现代性冲击的破碎的中国的深沉绝望，他不准备做出拯救。东荡子的诗歌却既着眼于现代性中国的破碎，又瞭望着人类普遍命运的悲怆，而仍旧期望以诗人的写作构建出人类回乡的路。

浪子的诗是苦涩的，某种程度上说，浪子在沿着东荡子的道路前进，却又是逆向地前进，而这又确实让他走出了自己的道路。当我前段时间第一次读到浪子的诗《写下一首你无从读懂的诗》时，我很惊讶，因为在读到他的诗歌之前，我真的以为浪子是一个粗俗的人，一个没有礼貌的人，但当我读到他的这首诗，我写下了《浪子：城市的孤独者》的评论，我写道：“浪子的诗中有一种内在沉默的冲击的力量，那是源

① 浪子：《无知之书》，花城出版社2011年版，第63页。

自岁月、亲情、沉思、成熟的生命的风华在穿越历史的隧道中，所爆发出的闷雷式的低回吼叫，抑或从大地母亲该亚深处孕育出的一种向着地面倔强伸展反抗着天宇的力量。”① 在这首诗中，浪子写他的漂泊：

“永恒的乡愁，你是多么的短暂。”
短暂得就像少小离家的人，刚刚
还站在你跟前，刹那没了影踪。

“永恒”和“短暂”交织，“离家”和“乡愁”伴随，某种程度上说，浪子并没有真正向远方漂泊，因为浪子没有远方和未来，他的心仍沉浸在古典时代：

哦，它不全是一个人的孤独
在这泪水和落叶的交叉之地
它是一座城市，被村庄养育
而你却不能提供任何的见证
你只是继续操劳：在你的领地，在我童年
游戏的地方，经营残存的荒凉。

“泪水”“落叶”，都是从历史深处向我们飘来，并沉重地覆盖着我们。浪子的诗在拒斥着现代性的冲洗，他要重新唤起古代世界的灵魂，他是活在华夏民族的根底处的。虽然要唤回，但浪子又无法回去。浪子就成为一位漂泊在古典和现代之间的流浪者，成为一片悬浮于心灵和现实之间无法找到归宿的飘飞的落叶。

你坐在旧居的门前，微笑不语

① 何光顺：《浪子：城市的孤独者——读〈写下一首你无从读懂的诗〉》，参见“云山凤鸣”微信公众号2015年12月12日。

灰白的头发保留着桑椹和石榴的秘密

“旧居”，不再被青春、未来和希望所眷恋，而只是成为即将离去的老人们的留守之地，他们“微笑不语”，“灰白的头发保留着桑椹和石榴的秘密”，秘密只是被旧居门前的老人保藏，但这秘密不会在古老的乡村获得延续，因为现代城市早已洗劫了乡村，带走了青年和未来，古老的故事不会再次被诉说，这是一个乡土中国的缓慢死亡……

你藏匿多年的秘密：它一分为三
一条通向东莞，大儿子在那里谋生
一条通向深圳，小儿子在那里赚钱
一条通向我……我做梦的广州

留守的老人或年迈的父亲隐匿的秘密只能向着已经远离的儿子们无声地诉说，他有三个儿子，但都已经远离古老的乡村，老人的秘密一分为三，“一条通向东莞”，“一条通向深圳”，“一条通向我”，这是乡村秘密的破碎与残缺，不再完整，实际也不再延续，“我做梦的广州”，已经不再是关于古老乡村和父辈历史的储藏，而成为虚幻的荣华的梦……

张开的翅膀突然停在半空。我不想
让你知道，我和伤风的早晨在一起
写下“我们能说的东西是多么少”
写下“微笑、阴影、虚无”
写下这一首你无从读懂的诗。

漂泊的浪子并不想让父亲知道他的秘密，他的伤痛，父亲也不会再向他诉说古老乡村的故事，他们如此亲近，他们的血液的脉动中都相互流淌着对方的血，然而，他们又是如此疏远，父亲在“旧居的门前，微笑不语”，而作为儿子的浪子，“不想让你知道”，于是，浪子只能“写下‘我们能说的东西是多么少’/写下‘微笑、阴影、虚无’/写下这一首你无从读懂的诗”。他就是不要世人懂的，他“张开的翅膀突然停在半空”，这就是他的位置，既无法停驻大地，也无法飞向穹苍和神圣。黑色和痛苦的影子深深地纠缠着浪子的诗，而在东荡子诗歌中所呈现的光明却不知道在何处，也未曾被看见。浪子成为一个悬浮的漂泊者。这就是“漂泊者命定漂泊”，没有故乡，没有未来，这拉开了他与东荡子的距离。

二　坚硬：浪子构建起的绝对唯我主义的精神世界

在关于漂泊主题的书写中，浪子向世人呈现出一种坚硬的外壳，以构建起一个绝对唯我主义者的精神世界。在浪子的《无知之书》的组诗《梦痕录》中，他就向世人诉说着自己的坚硬，拒绝一种流动性本应带来的心灵的柔软，就在确立着一个有伤痛但拒绝对话的硬汉的形象，就在构建着一座纯粹艺术的坚硬堡垒，比如在他的这首《构成》中，浪子写道：

明月在上升。我分明看见
另一轮明月在沉没，
并迅疾覆盖我的内心，而不是覆盖
我所走过的乡村和城市。
那儿白茫茫一片，仿佛潮退后的海。
它由我的泪水和我身上的石头构成。①

浪子在他的诗中看不到真正上升的和超越的力量，这是一个没有神性和

① 浪子：《无知之书》，花城出版社2011年版，第61页。

信仰皈依的浪子，这是他对东荡子的同样的叛离，“明月在上升”，明月在古典的华夏民族文学中，是柔软的乡愁所投射的永恒的牵挂，然而，浪子却写道“我分明看见/另一轮明月在沉没”，古典的世界沉没了，伴随着的是古老的乡愁的无所依归，“沉没”覆盖的不是“我所走过的乡村和城市”而是“迅疾覆盖我的内心”，这是扛着古典性旗帜的浪子向着现代世界的屈服与投降，他的内心“白茫茫一片”，“仿佛退潮后的海”，他被现代性的海浪洗劫了，然而，浪子没有去寻求拯救和希望，那被洗劫和打击的内心却“构成”了一个“自我封闭”的结构，“它由我的泪水和我身上的石头构成”，柔软的泪水被作为身体的石头围蔽了起来，无人能抵达。这种“石头”的坚硬包裹起来的“自我封闭”的心灵之城又构成了浪子拒绝向现代性世界投降的硬汉形象！他又成为现代中国的一个西西弗斯式的反抗者。

因此，当很多诗人朋友说浪子的诗歌和他的生活是分裂的时候，我倒想从学理上来探讨这种生活和诗歌的分裂。实际上，这种分裂就如上面我们所看到的，浪子的诗歌已经呈现出他的拒绝、逃离和坚硬，呈现出在故乡和远方之间的裂变，他只能悬在空中，他无法落地，而这就是批评者所说的浪子的诗篇不能反映现实，看不到他生活的痕迹，因而也就显得似乎不真诚的缘故。然而，在我看来，如果要谈诗歌与现实的关系，我们应当先界定关于“现实”的概念。在柏拉图那里，现实就是现象世界，是假象，是摹本，是应该被摒弃的；在黑格尔那里，现实是理性的自我实现，是存在的现实，只有符合绝对理念的才是现实的；在现实主义作家那里，现实就是生活，就是艺术的源泉，艺术就应当反映现实、反映生活。

这样，我们就可以将现实划分出三层：生活的现实，心灵的现实，存在的现实。诗歌写生活的现实，就是所谓的现实主义写作，是再现生活的；诗歌写心灵的现实，就是所谓的浪漫主义写作，是凸显主体自我的；诗歌写存在的现实，就是所谓存在主义的写作，是神灵凭附的迷狂的真理的写作。伟大的诗篇会在这三个维度（生活、心灵、存在）同时抵达，并呈现出层次的逐渐上升，其在思想的深度和艺术的完美上也是同时兼具的；优秀的诗篇只将其中一个层次发挥得淋漓尽致。低劣的诗篇，则既无法书写存在，又于现实与心灵方面严重失真，其在艺术上也是粗糙的。关于诗歌的几个层次，我曾经在《玄响寻踪——魏晋玄言诗研究》的最后的余论“什么？诗?”当中有过讨论，在该章节中我谈到诗是自然的清音、道德的理念和存在的回声的三层次，谈到“诗作为语言的守护者，创建着持存，保持着人的存在根基”，谈到诗人的道路当经历在乡的层次（农人）—自然的清音；漂泊的层次（船夫）—道德的理念；存在的层次（诗人）—真理的回声这样三个阶段的逐级实现。①

依据这个标准，我们就有了自然之诗人、伦理之诗人、存在之诗人的划分。因此，作为诗人，最终也就必须作为一个哲人。在低层次方面，诗歌与哲学是没有关系的，在某种层次上，诗歌是逃避现实的，在最高层次上，却是诗哲合一并进而抵达最高的现实的。因此，当浪子在他的诗集《无知之书》前言中说：

> 如果从1985年算起，我的诗歌创作生涯已延续了20多年。……现在回想起来，依然是那么美好。只是，我深知自己还没有写出对得起那些隐秘岁月的诗篇。
>
> 诗歌是靠文本说话的，我一直如是认为，重要的并不是写什么和怎么写，而是你写下了什么、呈现出了什么。②

浪子无法在他的诗篇中袒露他的“隐秘岁月”，他既想对得起这些“隐秘岁月”，又告诉我们“诗歌是靠文本说话”，“重要的并不是写什么和怎么写，而是你写下了什么、呈现出了什么”，这实际暗示我们，诗人并不是要告诉我们有关生活和现实的真相，他不会做第一个层次的自然

① 何光顺：《玄响寻踪——魏晋玄言诗研究》，暨南大学出版社2011年版。

② 浪子：《无知之书·前言》，花城出版社2011年版。

之诗人，也做不了第二个层次的伦理之诗人，那么，他是否要做第三个层次的存在之诗人，即他不是要告诉我们关于生活的当下或过去是什么样，而是想告诉我们生活或人生本来应该是什么样，或说他希望是什么样呢？或许，他的诗歌期望指向的第三个层次和诗歌的前两个层次的背离，就“构成”了浪子对于他的“泪水”和“石头”构成的世界的再次重塑和建构。这种重塑和建构的基础和指向就是我们要继续探讨的。

三　分裂：一个虚无主义者的现实和他的诗歌

这里我想追寻浪子为何形成了他的诗歌的内在裂痕以及他的生活与诗歌的分裂之间的多重关系。诗人的为人（人格、品格、风格）是缠系着他的诗歌的，有时是直接的，有时是间接的。在浪子的诗歌与为人中，存在着某种深刻的裂变。诗界朋友多批评浪子的诗歌与他的为人不一致，并认为浪子的诗歌不真诚，我却想从这种不一致看到浪子的诗歌和诗人、时代所呈现的某种张力关系。无疑，浪子注定是无法成为诗圣和诗仙的，但他可以成为类似阮籍的诗人。生活中无法寄托、无法言诉的痛苦，让他以放荡不羁的洒脱和嘲弄世界的玩世不恭来表达某种深刻的反抗。他的每首诗篇都可以看作一首《咏怀》诗，都在吟咏时代的深刻裂变和个人内心的孤苦彷徨，并以很多具有特征性的意象如“村庄”“旧居”“广州”“城市”“月亮”“落叶”等来渲染某种情绪，表达一种内在精神世界的冲突。这让我想起了王尔德，他以最嬉戏的方式嘲笑这个世界，不管是谁，比他优秀的或是普通的，他都嘲弄，在王尔德的世界，只有他自己，纯粹的自恋，这个世界就有这样一种极其自恋的诗人，非常可爱，却常常以小我之力对抗全世界，弄得满世界讨厌他，但这样自恋的人又常常确实有自恋的资本。这样自恋有缺陷的诗人成为时代的一道风景，而让一个时代变得不那么平庸。

我记得曾经和一位外国文学教授闲聊，他说起，西方文学中有两类人，一类是浪子，一类是圣徒。波德莱尔、王尔德都是典型的浪子形象。唐璜是西方文学浪子形象的文学书写。圣人或圣徒则有苏格拉底和基督教中的圣徒序列。浪子和圣徒都是具有哲学深度的思想者，只不过前者采取了虚无主义的反抗方式，而后者采用了绝对信仰主义的方式，浪子和圣徒之间只有一步之遥的距离。比如奥古斯丁就从一种浪子的虚无主义的纵欲生活转入信仰基督的宗教生活，并从而被封为圣徒。浪子和圣徒的两种形象一直贯穿西方文学的始终，并从而构成某种内在的张力。中国社会有圣人和贤人，但缺少浪子形象。如果要寻找，《红楼梦》的贾宝玉可以算一个浪子形象。但在当前中国社会，如果说早已没有了圣人产生的条件，那么，平庸的道德和短视的功利主义却同样阻止了浪子的出现。

作为当代中国诗人的浪子，在做人和做事两个方面，都确实可能是有问题的。想到有意思的事情，就是前天两广诗会朋友们吃饭，作为主办诗会的浪子，竟然是参加诗会的朋友们都要躲着的，都怕和他坐到一起的，几乎所有人都跑到另外三张桌子，只有浪子一个人孤独地坐在一张桌子上，大声地喊着别人过来啊，喝酒啊，就是没有人愿意过去，我心里忍不住地笑，这家伙很好玩，我也听说过他喝醉酒的可怕，但毕竟才第二次见面，还是希望多了解浪子，所以就过去陪着他喝酒了。在我看来，浪子的放浪形骸，或许就是他要在一个堕落和麻木的世界，要以极其撕裂的方式来显示出某种实际无力的抗争。当然，浪子还有一些缺点可能是属于人性的，而非是要反抗社会的，这也同样是他在诗歌中进行回避的。

浪子经常说的话是“诗歌没有未来”，“诗人也没有未来”，这与其说是他在对诗歌和诗人表达着绝望，毋宁说是在对世界和时代表达绝望，当然也可能是自己对于人性的软弱和某种可怕表达着一种不信任与绝望的姿态！然而，我们又要说，浪子实际所做的，却并不是这么一种悲观主义的态度，反倒是极其入世的行动主义者的风格。他筹划进行的诗会，我虽然不能说做得多好，诗会讨论是热烈的，但资金和条件有限，以浪子的做事和做人风格又会得罪不少很好的朋友。但浪子确实很努力，在他所说的诗歌没有未来和诗人没有未来的时代，却愿意去追求一种当下的精神之光的闪烁，这无疑是具有一种只求当下而不求未来的身在此时此地的存在感和介入感，而这也让他成为一个激进的、毛躁的、坚定的行动主义者，这也是很多朋友包括我本人喜欢他的坦率又痛恨他的不足的缘故吧。

在我看来，浪子的诗歌呈现出和他的人格形象、行事风格以外的第三种特征，这就是三重撕裂，就像柏拉图说的理念世界、现象世界、画家的世界隔着三层。浪子的行事风格背叛着他的诗歌精神，他的人格形象又背叛着他的行事风格。或许又可往回溯，他的行动者的风格是他的人格形象的某种前进，而他的诗歌世界又是他的行动力量的上升。这种诗的世界，是在反抗麻木时代和妄图洗掉自我缺陷的绝对自我精神的寻求。浪子是一个非常自我的人，这可能是贯穿在他的人格、行动和诗歌中的唯一的东西，这种太过自我可能确实局限了他的诗歌的世界，但他的诗歌的世界因为要摆脱前两种层次（人际关系—人格形象；行动介入—现实社会）的诸多烦恼、缺陷、瑕疵而呈现为一种彻底的甩脱重负的精神的轻盈上升。当然，说“轻盈”是不准确的，我只是表达着浪子诗歌的精神有一种“上升”的力量，我得说，浪子的诗歌的“精神”与其说是“轻盈”的，还不如说同时是“沉重”的。

这两天我读到他的新的未发表的诗篇《经历》，我觉得颇能表征出某种岁月的疮痕所带来的沉重感：

是如此久远，一生中的散步
从沉睡莽撞的岁月开始　那笨拙的姿势
在后来的追逐里被重复了无数次
到处拥挤不堪 你经过的地方

空无一人 村前的河 小镇的街道 深圳
星罗棋布的工厂和摩天大楼　广州欲说还休的

人情记事簿……人们茫无所视　像幽灵
来来去去　你终于接受内心的警告

在人世的深处　在乡村
失去名字的地方　你独自醒来
写下炊烟　水牛　大碌竹和牧鹅少年
眺望的距离与空想　纵情挥霍

过去和正在过去的美好 卑微的事物
自以为是的卑微　被隐藏的劳动真相
日渐显露　一生中的散步
从此空前辽阔　随你无边地流浪

浪子的诗始终呈现出“现实”力量和“精神”力量的纠纷，浪子是一个能进入现代性的诗人，如果说前面我还刚批评郑德宏的诗集《华容传》① 尚未能摆脱古典传统的束缚，在知识结构方面还缺乏现代性转换的话，那么浪子却能够摆脱传统写作套路，而承继着古典精神并让其在现代世界的土壤生长。比如这首《经历》就是将历史人生的苍茫瞬间以不落俗套的语言展现在读者眼前：

是如此久远，一生中的散步
从沉睡莽撞的岁月开始　那笨拙的姿势

浪子在写着他生活中所缺少的，写出了那种他渴望和需要的宁静的精神与纯粹的力量，随后他写到这种纯粹沉静的心灵力量在这个繁忙的都市里被无视：

① 郑德宏：《华容传》，现代出版社 2015 年版。

……人们茫无所视 像幽灵
来来去去

浪子的诗歌始终是最自我的，如果说，东荡子的诗歌显现出用柔和的生命之光浸入粉碎的世界而让世界重新获得生长和生命的话，那么，作为受东荡子诗歌影响极深的浪子却因为太过自我，而显示出在这个喧嚣的闹市里的无所归依。我不清楚“东荡子”笔名的由来，但感觉他似乎寓意着随性地将自己栖息在任何一个里弄和胡同的象征性意蕴。然而，浪子的诗和他的笔名一样，让人感觉到一种无法返回渊源也无法找到归宿的茫无所归：

在人世的深处　在乡村
失去名字的地方　你独自醒来

浪子始终是沉浸在自我的世界的，他的诗篇都可视作唯我论的精神独白之诗。这样的孤独彷徨的纯粹自我的写作，在他的其他诗篇中处处闪现，比如在《无知之书》的另一组诗《历险与变奏曲》中，有一首《墨水和梦想还在一起》，他这样写道：

穿过空无一人的城市
流失在存在的无垠里。①

这里，浪子似乎撇开了整个世界，在追寻我所说的存在的真理，然而，这种存在的追寻是锁闭的，浪子的诗歌阻断了那种和他人交流以及与世界应和的可能，那种在东荡子诗歌中反复出现的心灵与世界应和的复调式交响始终难以在浪子的诗中出现。他的这篇新作《经历》更强烈地

---

① 浪子：《无知之书》，花城出版社2011年版，第96页。

渲染了那种被压制和被锁闭的世界：

> 过去和正在过去的美好　卑微的事物
> 自以为是的卑微　被隐藏的劳动真相

生活中的浪子经常表现出一种在旁人看来狂妄的自信，然而，这种自信实际是另一种卑微地极度反弹，“卑微的事物/自以为是的卑微”，可能恰好是浪子在这个世界难以找到知音和认同中的一种真实体验，然而，他要活出卑微的事物和个体所本有的尊严，他拒绝和那些与体制距离太近的人，他希望以纯粹的草根方式活出属于体制外的卑微个体的价值。故而，当诗人朋友们批评浪子说他的诗没有他的为人真诚时，在我看来，这可能是一种反向的真诚，那就是浪子希望和期待的纯粹的自我。浪子在《无知之书》的前言中强调“诗歌是靠文本说话的”，就是对他的诗歌的内在指向与自我选择的辩护。广西诗人非亚强调诗要写生活，生活是什么样子，人是什么样子，诗歌就要写出生活和诗人的本样。浪子却不赞同，他是一个作品中心义者，认为诗人最靠得住的就是文本，那个文本展示着诗人希望呈现的样子，或已经呈现给读者的某种被建构的形象。浪子确实是在朝向诗的“存在之真理”的维度进行写作的，只是浪子的诗歌所呈现的存在的真理是闭合的，是没有光明和温暖的未来的。

显然，浪子诗歌文本的“存在真理”的建构与浪子个人生活的“放浪形骸”让很多诗人觉着一种巨大的分裂。如果我们要为浪子略作辩护的话，那么，我们可以说，浪子确实在写着一种未曾实现的可能性与精神向度，而这也就远离了他的现实的生活世界，当然，这种现实的生活世界是有着柏拉图所说的欲望、激情和理性的纠缠。浪子的诗歌就是他的灵魂的理性部分的开展，他不会写他的欲望和他的激情，因为那会将他的缺陷裸露在世人面前。世宾说：“写作就是裸露自己的灵魂与身体”，浪子的诗歌恰好不是裸露，而是隐藏，是拒绝裸露。这种隐藏，让他有了一种希望展示自己成为时代先知的自负和自命。因此，他就像一个浪子在辽阔的世界孤独地彷徨：

……一生中的散步

从此空前辽阔　随你无边地流浪

我曾经怀疑浪子是否受到苏格拉底式的精神的影响，但阅读他的文本和接触他的人，我知道，浪子是凭借着他的天赋和孤独在写作，他并不是一个有丰富生命阅历和深厚的学术修养的人，然而，他仍旧是在以他的极具才情的写作来进行某种哲学的沉思，并希望“构成”他拒绝生活也没有未来的孤独的精神世界。作为生活中放纵感官享乐的唐璜式的人物，他没有找到向着苏格拉底前行的伦理超越，也更无法找到进入亚柏拉罕式的信仰救赎。他拒绝了伦理和信仰，他只信仰诗歌，一生中的散步，于是只是成为一种纯粹艺术的散步，成为纯粹精神的内在追求和外化表达。这种单子式的极端艺术信仰限制了他的写作的多维化和深刻化。最后，当他写道“随你无边地流浪”，其实就不再是跟着“谁”，而不过是自己跟着自己，成为大地的永远的孤独者。这既构成了他的局限，也同时生成了他的某种高度！

第十四章　当代东方诗歌的隐秘之维：论陈会玲*

一个人一生只寻找一个知音，一首诗只等待一个读者。那一个知音并不存在于何处，那一个读者却并非前生注定。芸芸众生本是因缘成就，人生的相遇和相知，只是随缘而发，缘起时则得着相爱，缘散时便各相分，在因缘聚散的红尘里，你是否遇得着那样一个知音，都看你是否和另一个人去尘世里随缘漂泊，而后在某个不可知的瞬间相逢，而这就是陈会玲诗篇《拾碎》诉说的重要主题“尘缘”，也是我曾经提出的东方诗学的“缘域”① 精神，在尘世里有某种执着，希望开辟自己的疆域，但最后又不得不化解掉疆域，通达于无我之境。

一　退守中的永恒

陈会玲的诗篇是可以传世的，这首组诗《拾碎》只是零碎生活的点滴思考，却深藏着内化情感的隐秘之维，这组诗的每节都可以成为传

---

* 原载《当代文化思潮与艺术表达》，中国文联出版社 2016 年版。

① 何光顺：《文学的他化》2007 年第 8 辑；何光顺：《文学的缘域》，《暨南学报》（哲学社会科学报）2013 年第 11 期。在近年来，笔者注重发现文学中的他化精神和缘域思想，指出文学并非自我指涉，而是成其自身又隐去自身，是回归故乡又远离故乡的对反运动；文学成其自身是事物开辟自我疆域成其自性和学科疆界的努力，文学逆反自身延伸到其他学科的领地又是向他者化去的因缘生发，这就是文学的缘域。文学的他化和缘域思想突破了王国维的“境界”说和西方文学的“疆域”论。

世名篇，都可以传之久远。然而，当我们说“传世”，说“永远”这些词的时候，却瞬间遭遇了来自会玲诗歌的迎头痛击，会玲的诗歌消解了世人对于某种关于“永恒”的执着：

一
你一说永远
仿佛我命已休
仿佛悼词，送我上路

德国诗人荷尔德林高度重视语言，视人之此在即为语言的存在，“人借语言创造、毁灭、沉沦，并且向永生之物返回，向主宰和母亲返回”①，人在语言里出场、隐匿和坠落，只有当一个人在语言中被叙述时，他才被带向世界，他得以名垂青史，得以名闻遐迩，他也同时被语言带向毁灭，带向沉沦，最终落得声名败坏，落得臭名远扬，因此，荷尔德林又指出：“人被赋予语言，那最危险的财富。”② 海德格尔指出，语言是一切危险的危险，因为语言首先创造了一种危险的可能性。危险乃是存在者对存在的威胁。而“人唯凭借语言才根本上遭受到一个敞开之物”③，它作为存在者驱迫和激励着在其此在中的人，作为非存在者迷惑着在其此在中的人，并使人感到失望。唯语言首先创造了存在之被威胁和存在之迷误的可敞开的处所，从而首先创造了存在之遗失（Seinsverlust）的可能性，这就是——危险。④

“永远”，是人们多爱说的词，特别是在爱人、情人和知己之间，然而，在上帝目光所可触及之处，凡尘世之物，岂有恒久和永远，这个词只属于凡人妄想触及神圣的不可能的追寻，更属于有朽者在辞去尘世

① ［德］海德格尔：《荷尔德林诗的阐释》，孙周兴译，商务印书馆2000年版，第38页。
② ［德］海德格尔：《荷尔德林诗的阐释》，孙周兴译，商务印书馆2000年版，第35页。
③ ［德］海德格尔：《荷尔德林诗的阐释》，孙周兴译，商务印书馆2000年版，第39页。
④ ［德］海德格尔：《荷尔德林诗的阐释》，孙周兴译，商务印书馆2000年版，第39页。

的临终之际，他那遗留在人间的亲朋好友对于辞世者的悼词，这个词如此沉重，却又常常被世人说得如此轻浮，爱人呀，当你说“永远”时，你不知道你这是在说不可能么？你不知道你是为我送上一个不当存在于此世的虚空的美妙言辞么？会玲的诗歌始终具有极沉重的历史含量和极深邃的哲学意蕴，这开篇的风格，也几乎是会玲诗篇的凝练、简洁、隽永、深沉的风格的一贯表达，没有多余的形容词，没有华丽的装饰①，只有动词和名词，只有“你”和“我”这两个现代诗歌的极具特征性的人称性表达，一种想走近而却无法走近的遥远距离悄然横亘在“你”和“我”之间，这种遥远的距离来自现代人的某种不可能追求，“永远”，是不可能的本质预设，每个现代人都身处上帝消逝的时代，却仍旧在空无和虚假地说着只有上帝才有的“自有永有”的本体、本质和永恒，急速变幻的现代文明早就粉碎了“永远”背后的形而上学的追求。

这组诗的开篇就奠定了诗题“拾碎”的深沉基调，就几乎是波德莱尔对于现代性定义的东方化诠释：“现代性就是过渡、短暂、偶然；它是艺术的一半，另一半则是永恒与不变。”② 当然，会玲的诗不只落脚于诠释一种既有命题，而是要将这种“碎片化”的生存植入诗歌的肉身，现代汉语诗歌的艺术探索和精神生长，寻找“永恒”与“不变”的“你”，在“我”对于“过渡、短暂、偶然”的顿悟感知中，已然演化成现代世界无数迷茫的众生的形象写照，在这里，我似乎看到某种佛学的中观精神，某种中国人灵魂中对于“永恒”的东方式沉思，万物

① 在《用诗歌对抗恐惧》中，陈会玲提出了自己的诗学主张：“诗人写诗必须追求自己的风格，从而得以区分‘我’与‘你’与‘他’之间不同的面目。在众多的风格中，我喜欢朴素、干净、结实、外冷内热的风格。”参见陈会玲《用诗歌对抗恐惧》，“云山凤鸣”诗歌公众号 2016 年 3 月 2 日。

② 现代性的主题多在东西方现代和当代诗人中得到表达，然而，现代性中同样有着一种对向和逆反的运动，这就是和本篇文章所谈到的文学的缘域和他化思想相呼应的，既打碎永恒与不变，又追求永恒与不变，在笔者看来，波德莱尔是西方第一个打破西方古典文学的本质论和疆域论的思想者，西方文学的他化思想和缘域思想在波德莱尔的写作中得到展现。参见波德莱尔《现代生活的画家》（1863 年）。

皆缘起，无有自性而名空，无有真空而假有，每一种执着，都不过“仿佛”间的梦呓，是非真实性的幻化，人一生只能是一个因缘之域。“命”，是一个沉重的词，是人最执着的本己存在，是被渴望朝着永远的，然而，当你一说“永远”，这曾经被执着的“命”就呈现出一个结束状态，诗人发出一个强烈的叹息，“我命已休”，事与愿违，最热烈的词语成为最悲凉的词语，并呼唤着“我”不得不远离，你的说出，就是我的退场，“悼词”显现了“你”和“我”的不能相遇，显现了“完整性”[①] 的不可能，人不可能获得完整性，诗歌也不可能实现完整性。触摸最高的不可能，只能是一种虚妄。“碎片”，就是这首组诗一开篇就向读者呈现出的残酷，诗歌不当欺骗读者，诗人向读者显现生命之真。

二　两个自我的对话

陈会玲的诗，始终隐藏着两个争执着的自我，她把一切外在世界的喧嚣、扰攘或裂变都转化成了自我内心里的对话：

二

你远离人群
寻找解脱困顿之法
我蹚过雨后积水
只要一个答案

“你”的执着仍旧贯穿于一个孤独者的内心寻求，在这里，似乎，在人际关系中并峙的“你”和“我”又内在于诗人自身，我的内心有

① “完整性诗学”是广东诗人黄礼孩、世宾等提倡的一个诗学流派，是对诗歌纯粹性的追求，是提倡诗歌超越现实去触摸最高的不可能性的神圣化写作，会玲的诗歌有一种纯粹性和丰富性，既有对最高的不可能性的观照，但又消解了人对最高的不可能性的执着。

着“两个声音”在反向行驶，一个声音要远离人群，要去寻找永恒的解救，这个寻找解救的“你”有时是类型化的不能看清世事真谛的众人，有时可能又是寻找真理的独行者①；然而，另一个“我”的声音，并不寻求永恒，并不去荒原或彼岸寻找真理，“蹚过雨后积水”，这里有多重意蕴，雨后，意味着下过一场雨，这场雨可能是分离之雨，下在了“你”和“我”之间，意味着“我”在尘世的寻觅中摆脱了“你”的不可能的本质主义的追寻，当雨结束后，也就是“我”和“你”的争吵终了，我穿越了“你”和“我”之间曾经纠缠的网络，就是那地上的“雨后积水”，诗人“蹚过雨后积水”，要到哪里，显然，诗人不愿放弃世人，诗人作为先知和智者，她将她的天职安放于面对众生的责任，“答案”必须在她面对众生的对话和交流中，柔弱的诗人向众人走去！

诗人发出呼唤，并给出应答，一种紧张感潜藏在诗人的内心争执以及诗人自我与他人的外在争执，我们看到诗人恍惚的身影向人群走去，一种寻求自古老圣哲孔子以来就有的“鸟兽不可与同群，吾非斯人之徒与而谁与”（《论语·微子》）② 的深植民族和个体灵魂中的责任担当和精神救赎在指引着诗人，然而，这种担当如此沉重，“远离人群”的“你”是孤独的，“蹚过雨后积水”走向人群的“我”仍是孤独的，那避世之人和那入世之人，究竟谁是谁非？两种不同的方向可能并不意味着两种不同的人生，而仍是同样的人生，“你”只是“我”的镜像投

① 我们当前学术研究中，总见到有学者提倡中国诗歌的独白的艺术，这往往是只知其一，不知其二，诗人在孤独吟唱，这只是一个表象，他（她）的内心总是有两个声音或多个声音在对峙、交谈和博弈，那是生活世界的众语喧哗和复调交响在诗人诗中的呈现，陈子昂的《登幽州台歌》似乎是独白的，但实际却是和逝者、将来者、苍天和大地的对话，是质问、怀疑和回应，会玲的诗同样是现实中的你和我，心灵中的你和我，还有对人群和天地自然的回应，她成就了自己文学的世界，又通化于虚空之境，这就是一种真正的文学他化和缘域精神，这是远比一个简单的“境界”说来得更深沉而丰富的，是需要我们去发现的。

② 一种源自古老的华夏传统的社会关怀与人文关怀是深植在会玲的诗篇中的，会玲的诗总是写到“人群”，这是对于人的从自然性到社会性的跨越中的责任的正视，当她试图把这社会性带向苍穹或天堂时，她并不是将其抽空的，会玲害怕那种抽空了社会性的神圣性，故后面她的诗写到要从天堂回到大地。

射，“你”在荒原呼唤，无人回应；“我”在人群呼唤，仍旧无人回应。然而，在“你”和“我”中仍旧存在着深深的鸿沟与差异，那就是“你”不再去投入“爱”，你进入荒原，复归自然，“天地不仁，以万物为刍狗”（《老子》），“你”视世界如澄明之水；“我”却仍旧愿意去投入“爱”，进入人群，重回世俗人伦，“知其不可为而为”（《论语·宪问》）。不愿抛弃，要进入红尘，去投入爱，真理不在孤绝弃世的彼岸，就在扰攘尘世的穿行。

三

遗弃她
那个在夕阳下沉默的人
她伸出的双臂
只抱住了自己

“你”和“我”的分途在第三节达到高潮，“我”成为“你”心中的“她”，不再亲近，不再面对，而成为遥远的影像，那个“远离人群”的避世之人终于喊出“遗弃她”，这不禁令人想起隐者长沮、桀溺呼吁子路遗弃孔子，诗人、哲人和圣者连续性地遭遇着被遗弃的命运，他栖栖遑遑于纷争的诸侯的城池，怆然涕下于历史的风尘烟云，每一个国君，每一个人群，都在遗弃他，都在驱逐他，然而，诗人具有圣者的心，她的真道并不轻易说出，在不可言处保持沉默，当夕阳即将落下，她的一生都将在落寞中度过，她恍惚听见圣人的喟然叹息“甚矣，吾衰也！久矣，吾不复梦见周公”（《论语·述而》），“予欲无言。……天何言哉？四时行焉，百物生焉。天何言哉？”（《论语·阳货》）诗人被遗弃，她伸出双臂，她要唤回圣哲的理想，但她终于无所寻获，“只抱住了自己”，斯人已逝，诗人重陷孤独。

“遗弃”成为本节诗歌最突出的主题，从本节开始，“你”不再出现，当“我”被“你”转换成“她”，而“你”也被“我”转换成

“他”，一种无可挽回的疏远，在后续章节不断被呈现，“我”将独自面对“你”的远去以后，在人群中去遥望“他”的模糊背影的困境，然而，诗人仍将向尘世走去，那就是向众人走去。这里呈现出一个诗人对于进入尘世之爱的“坚持”和对于被遗弃的“恐惧”，而这可能形成会玲诗歌写作中持续呈现的某种孤独情结与锁闭结构，她的诗篇总是呈现出天使一样的纯洁的爱，她既始终担忧着这纯洁被尘世的杂质沾染，又害怕这纯洁的不近人间烟火，而无所着落。她的诗歌的灵性追求和纯美的肉身就在这种紧张中展现出一种运动状态下的健康的美。①

三　人生正午的旅行

四
一场暴雨带来恍惚
我在公交车上
看见长发少年
重新回到中年的躯体

雨水、暴雨构成了会玲组诗的一个重要意象，它也似乎构成了尘世的辛酸、坎坷与诗意的一个隐秘源头。这场雨打乱了世界，也打乱了灵魂，打乱了时光，在恍惚中走过了多少岁月，也有多少错过，多少迷失，多少不舍，多少牵挂，当诗人在21岁时，她就写过：“我无所经历却善于隐迹人群/这是青春隐秘的伤口”（《我是一个没有声音的人》），“我许诺过的祝福是什么/伪善的放弃就是隐秘的坚持”（《太阳一样的冷漠》），从21岁的青春年华，到女诗人而后十余年在工作、家庭、诗歌的奔波中，她是否有太多感伤？这场“暴雨”是岁月的雨，是心灵的雨，她坐着公交车，或许是在赶往她所工作的报社的路上，或许是赶

① 会玲的每节诗章，都有一个主题，第一节是“永远”，第二节是“远离”，第三节是“遗弃”，但每节主题又并非孤立的，而是相互纠缠和贯通的。

往回家的路上，也或许是赶往接送小孩的路上，这一切都是她不得不经历的在世生存，是她的牵挂和爱意所在，这牵挂是沉重的，恍惚中逝去的岁月太多，她似乎看到了“长发少年”，这是曾经的梦中记忆，是曾经的青春爱恋，然而，一切都已然逝去，她仍旧要回到一个可怕的年岁，那是女人所惧怕的年岁，似乎美丽不再属于女人。或许，这里还有歧义，也可能是自己所看见的长发少年已变幻成某个中年，自己所爱的人的苍老，不再是身体的衰老，而是某种精神的衰老，不再具有青春活力，不再让诗人产生悸动，也或者是诗人自己也失去了激起某种去吸引他人的生命的热力。这是诗人的自我放逐，是情感的流放到荒原？诗人，永远是人类道德的隐秘突破者，又是坚守者？她在灵魂深处尝试突破，她在现实生活中又遵守着某种规则？她感到某种可怕的力量，然而，她仍旧要用精神来约束？①

在这节诗章里，会玲的情感变得恍惚沉郁，令人难以捉摸，我们需要特别注意“一场暴雨”所隐含的寓意，这个寓意不难被释读，而另一个意象“公交车”却容易被忽略，公交车，是现代城市最忙碌的交通工具，那狭小的空间暂时地挤满着素不相识的为生活奔忙的劳碌人群，它具有将“这一个”独特的人“抹平”为“芸芸众生”的凡俗形象的独特功能，具有将“灵魂”抹去而成为现代工业城市文明的“工具”的压制功能，具有遮蔽“欲望”而让人平面化的“抽象”的功能，然而，诗人的一双眼睛，却从这样一个“抹平”的现代性意象进入了立体化的时空，“少年”和“中年”形成了强烈的时间性对比，这种时间性和历史性是从公交车碾平众生的空间之物中生长出来的，这充分显示了诗人赋予“物”以“生命”的内在呼唤，在一个万物被驱魅而失去灵性的异化时代，诗人重新唤回工具性之物的灵性化生命。于是，当普通人在公交车里挤得窒息，抑或在非上班时间的目光游移于街市，抑

① 这节诗写到的“恍惚”是对于幻化的身体感觉和可疑的精神世界的穿行，是具有身体和精神的二元对立被消解的缘域精神的表达，故而这里的躯体不是柏拉图神学里的有罪的存在，这里的精神也不是抽离了身体的绝对性单一，而是构成了相互交织中的因缘式存在。

或压抑的肉身逡巡于其他肉身之时，诗人的心却进入历史在岁月的时光中游历……

五

我去过天堂

但没有一个天使

带我回到尘世

女诗人的游历，太过于聚集，聚集在上帝之灵的召唤，或许，从她进行诗歌写作的少女时代开始，她就在憧憬着一个诗歌构织的天堂，那是圣灵引导诗人进入的上帝的城池，这人间的少女，去到了那里，却发现了虚空，上帝的城市，那天使飞翔的天堂，只能是未曾经历红尘的少女之心的向往，如果没有经历尘世的考验，上帝之城便只能是一个梦幻，诗人要将自己唤回人间。天堂之梦将诗人带向歧途，她找不到一个带她回到“尘世”的“天使”，诗人在天堂迷路了，她的目标并不在天堂，她回不到尘世，一种悲凉的内心孤寂紧锁着诗人的门户，她的心被天堂的音乐环绕，她想回到尘世，却只能做尘世喧闹里的隔空对望者，热闹是不属于她的，她如何才能找到回归尘世的路？谁能带她去经历红尘？

会玲的这节诗篇的写作，就是东方民族的文心或诗心的经典，这让我想起了西方诗人荷尔德林，当他说：

如果人生纯属劳累，

人还能举目仰望说，

我也甘于存在吗？

——《在明媚的天色下》

作为经历宗教改革的日耳曼民族的诗人，荷尔德林领悟了马丁·路德和加尔文将信仰安置于现世善功之中的真谛，因此，德国诗人都能从尘世劳作中看到天堂和上帝之光，在善功和信仰的并举中，基督教的深层原罪意识逐渐得到洗净。在这里，会玲的这节诗章既是东方民族诗心的映照，又是她自我生命历程的显现。作为东方民族的诗心，在开端处就构建了某种植根于自然本善的纯粹天堂，“人之初，性本善”（《三字经》），但这个天堂并不具有丰富性，而必须经历人文世界的历练，去经历红尘，而后得着美丽；作为自我的生命历程，或许诗人最初就在单纯的爱和梦想的引领中进入了一个她自我构筑的国度，这个国度其实又是被各种理性和道德规则所封闭和维护的，里面似乎没有杂质，但诗人却渴望着突破这样一个曾经在少女时代开始就构建的理性和道德王国指向的天堂，她渴望过一种尘世生活，然而，引领她的天使又在哪里？她希望这天使不是将她引向她厌倦了的天堂，而是将她引回尘世……

于是，我们看到，荷尔德林的诗歌虽然也有一种在世的牵挂，“充满劳绩，但人诗意地，/栖居在这片大地上”，但这种牵挂却是指向神性的，“诗意”，是超越于劳绩和大地之上的，这种诗意就是某种“尚与人心同在”的“纯真”，就是人的“以神性来度量自身”，“神性”是荷尔德林诗歌的指向所在。在会玲的诗中，我们同样看到这种对于在世存在的牵挂，但这种牵挂的指向却是朝着尘世的，如果没有尘世的历练，天堂就是抽象的符号存在和虚空的贫乏。正是这样的写作，清晰地呈现出会玲诗歌的东方美学或诗学情调，没有对于神圣性的本质主义的追求，而是生命的在世存在就涵摄了自然和神圣的双重因缘，人在尘世的劳作，是他自己耕作的疆域，却又是众多因缘牵缠之地……

六

一个婚姻中的男人

想要更多

神就给了他

一身的肥肉

女诗人渴望尘世生活，并不是男人们的物质化感官渴望，而是远离着那些婚姻中的男人的无限肉欲追逐，这种男人的肉欲追逐丧失了灵魂，丧失了爱之道的当下践行，当这些男人“想要更多”时，当他们贪慕肉体时，神答应了男人的所愿，于是，“一身的肥肉”，都给了男人，这真是绝妙的讽刺，男人贪慕着女人的肉体，而那肉体原就来自男人，是来自和男人近乎同样的泥土和大地，男人失去了对于女人的灵魂的交接，当他们只爱着物质的肉体时，那就直接把肉体给他们自己。

诗人写到了婚姻，在东汉班固等编撰的《白虎通》有记述：“婚者谓昏时行礼，故曰婚，姻者妇人因夫而成，故曰姻。”在基督教的《旧约·创世记》中也记述着：“耶和华就用那人身上所取的肋骨造成一个女人，领她到那人跟前。……因此，人要离开父母与妻子连合，二人成为一体。”在中西方的文化传统中，“婚姻”是都具有秉承神意或上祀先祖并保证生命延续的两性联盟意义，是自然性、社会性和神圣性的多重结合，是男人和女人在神灵和家族的见证下的契约和承诺，然而，在这个物欲泛滥的时代，一个婚姻中的男人，却早就失去了对于神圣的敬畏，对于契约的遵守，只有对于欲望的贪婪，当男人只想着肉身时，他的形象开始变得丑陋，只有一身的肥肉，爱的联结遭到破坏。这也可能隐含着上节诗章诗人为何要回到尘世的因缘，为这世界重新签订灵性之约，上帝让女人辅佐男人，成为神谕的传达者，女诗人承担着传达神意的职责。

四　边界上的游移

七

一个人老了

馒头一样松软的心

成了山岗上的石头

一半深埋，一半裸露

“馒头一样松软的心”，疲惫松软，失去了韧性耐力和坚强，失去了希望和信仰，化为无生命的石头，一半埋入尘土，一半是无意义地展示于日光之下，“一个人老了”，这里的老，不只是身体，而是精神的衰变，是情感的麻木，是活力的消失，是生命的枯萎……诗人或许是在写时光之流里的衰老带给人的不可挽回的侵蚀，抑或许是在用诗之精神来对抗这种自己虽然仍旧年轻而实际可以预见到的未来之衰老？谁能抗拒衰老？只有诗人和她的诗歌？是的，我相信，诗歌保持着人心的柔软，诗之神让人心如水可以承载落花，可以储藏生命，诗人就是爱之神，柔软的会玲的诗，岂不是向诗之神的呼唤和应答……

在这节诗章中，蕴含着诗人化时间叙事为空间叙事的巧妙比喻，在这时间叙事和空间叙事的变奏中，诗人置入了身体和心灵的双重维度，衰老是时间性的流逝，也同时是身体的衰变，心灵是精神性的存在，却被转换成空间物质的馒头，这也就是我们前面所提出的事物的自性和他性的相互转化过程，万物都从他缘而来，又他适而去，并他辞而异①，衰老和流变，是这节诗章着重要叙述的，诗人跟随万物的流变，思考生命和世界的关系，心灵和石头、柔软和坚硬、隐蔽和显现、流变与不变、有限与无限，都在这里呈现出某种具有张力的弹性关系，一种命运的启蔽归藏，一种生命的缘域绽放，充分显示出诗人的极具禅意和空灵的东方式的审美体验和美学自觉。

这种东方美学的缘域体验，还可以和叶芝的诗歌《当你老了》来作比较，叶芝的诗歌叙述的是当爱人老了，那些曾经爱着自己的人都因为她的青春和美丽的消逝而离去，却唯有诗人“爱你那朝圣者的灵魂，/爱你衰老了的脸上的痛苦的皱纹”（袁可嘉译），叶芝的诗歌呈现出流逝（痛苦的皱纹）和永恒（朝圣者的灵魂）的双重变奏，同样是西方文学的缘域化思想的表达，然而，整首诗却显示出某种追求灵魂永恒的悲凉，“垂下头来，在红光闪耀的炉子旁，/凄然地轻轻诉说那

① 栾栋：《文学他化说》，《文学评论》2009 年第 4 期。

爱情的消逝，/在头顶的山上它缓缓踱着步子，/在一群星星中间隐藏着脸庞”（袁可嘉译），会玲的诗歌没有特意地往“神圣”的方向提升，这里面虽有流逝与不变的缘域化生成，但植根于东方诗学的老庄和禅宗精神的那种通达变化与空灵①，让这节诗章始终隐蔽于不确定的生成之中。

五　阳光下的憔悴

八
满坡阳光下的杜鹃花
让我眼含泪水
它们开得越娇艳
就越憔悴

诗人为何写到杜鹃花？杜鹃花是自然之物，却又不仅仅是自然物，它并不外在于诗人，杜鹃花召唤一个世界到来，它是天地所玉成，它接受着来自苍穹的阳光，它又从泥土里生长，接受来自大地的滋养，它又是神恩的赠礼，根据久远的传说，杜鹃花是战国时期蜀国望帝死后化为杜鹃鸟，是他因思念妻子而悲啼的鲜血所化成，唐代李商隐就有《无题》“望帝春心托杜鹃”一句来表达一种难以实现的人间的爱恋，在这里，望帝就是爱之神，就是春之神，于是，我们就明白了诗人写到杜鹃花为何会“眼含泪水”？因为诗人就是秉承爱神的旨意而写作，就是时间的春之神的礼赞，杜鹃花呼唤人世之爱，呼唤诗人进入红尘，青山寂寂，斯人杳杳，唯有红尘，可托春心。望帝为爱而死，杜鹃鸟为爱而啼

① 老子有“道生一，一生二，二生三，三生万物，万物芸芸，各复归其根”的“道体”和“万物”的转化关系，庄子也有鲲化为鹏，庄周化蝶的“天地与我并生，万物与我为一”的思想，禅宗也有“青青翠竹，无非般若，郁郁黄花，尽是佛性”，“一沙一天国，一叶一菩提”的透脱空灵之思，会玲的诗篇既继承了这种古老的缘域化境，但又多了一种置身于21世纪的现代性浪潮中的沉郁和忧伤的情怀。

鸣，杜鹃花为爱而开放，女诗人为爱而写作，在这节诗里，我们找到了贯穿全篇的女诗人要遗弃天堂而进入红尘的秘密，那就是她热烈的爱，哪怕这爱之花仅仅短暂开放，娇艳之后，就憔悴零落，作为人的在世生存，去经历这爱的真实，也就是真正的属于我的生命存在之体验，也就是值得去展开的。

会玲的诗篇是隐匿之歌，是对于绚烂生命终将归于静寂的书写，在她的诗篇中，我们总是能看到她在落寞地行走，如她为人称道的《林中》所写的："光线穿越密集的树林/没有人在暮色的那头等候/我重新寻找一条未知的归路。"诗歌的叙述平实而深沉，细腻的触感中引发深层的哲思，光线和树林构成了人生的某种隐喻，编织了介于异乡和故乡的歧路和归途，正在走的路的尽头和重寻未知的归路隐含着诗人思考着人生可能需要的某种转折，诗里还写"春天的冷"和"尘世的暖"又形成心灵安居尘世而洞悉其冷暖并保持着爱的寻索……而在她的另一名篇《回忆一个下午》中，诗人写道："我听见内心的声音，绕过久远的岁月/深陷秋天的惶惑/多年后我独自回到故乡，在山梁小憩"，岁月的隐匿，让诗人要绕过被隐藏的时间，回到初始之地，去倾听内心的声音……会玲的诗歌看起来总是在隐秘的时光和林中路下的徘徊和踌躇，但这种徘徊和踌躇却只是表象，在她的心中，她已然对这个世界的秘密有着深彻的把握和洞悉，理解了世界的丰富性和多样性的缘起之域，故而，这种徘徊并时刻回返的淡淡的忧伤就是对于人生理解中的非修饰性呈现……

六　谁能重新拾回火种

九

遗失火种的人

来到旷野

他的忏悔

褪尽槭树一身的衣衫

会玲的诗篇永远有太多的隐藏和不确定，这就如跟随着人生的太多的遗落在时间之流里的遗忘与飘忽。在这节诗篇中，又生起了太多疑问：谁遗失了火种？为何遗失火种？他来到旷野何为？他要向谁忏悔？他为何要褪尽槭树一身的衣衫？这里有太多的省略，有遥远的起着支配作用的力量，有未曾出场却决定着在场者的历史的声音，这历史向最初的人类发生地回溯，回溯到人类钻木取火的古老时代，那是燧人氏给人类带来了火种。“火种”的获得，或许意味着人类文明的开端，“遗失火种”，或许是指文明内部所具有的一种反向力量，文明逆反自身，获得火种，是为着成就生命，让生命获得力量，然而，文明却往往走向压制生命，让人失去某种在原初自然和神圣世界中的敞开与澄澈，人心变得机诈，人失去了与他所属世界的联系，失去了纯粹和纯洁，人违逆了他与神灵和自然的契约，他遭到惩罚，他要重新寻回自己，寻回曾经遗失的伊甸园，为此，人，又再次选择了远离，远离人群，来到旷野，在这里，他只将他的信仰朝向神圣，朝向上苍，“他的忏悔”，获得了上苍启示给他的秘密，重新缔结了和神灵的新约，他终于寻得火种。人类自钻木取火以来丧失的生命的原始力量，重新再次燃烧，这种生命本能力量的燃烧，就是对于人类出生之地的重新回溯。

关于这个人类出生地的回溯，在女诗人那里，她以回到她自己的故乡来隐喻，据会玲自述，“槭树”是她家乡的常见的物种，她非常喜欢，秋天火红，易落叶，这里是一种象征性的写作，当秋天来临，万物萧疏的时节，槭树的火红的叶子片片飘落，这些落叶就是“槭树一身的衣衫”，那衣衫的“褪尽”，就好像再次掉落人间的火种，给这世界带来了热力和光明，世界被再次照亮！在女诗人那里，“故乡”始终是她隐秘生命力量的源头，也构成她的诗歌的隐秘之维，这正如我们在她的其他诗篇所读到的：

很多我说不出名字的树
它们生长在异乡，也生长在故乡

——《林中》

多年后我独自回到故乡，
在山梁小憩

——《回忆一个下午》

梦想中游历的一生，在睡眠中辗转
还没有一个春天让我出发
让我义无反顾，永不归来

——《片刻》

故乡是休息之地，在异乡的漂泊，终会回去，没有任何事物可以让诗人永远离开故乡，永不归来，游历只在睡梦中发生，现实的游历都有一个源头处的归宿，梦想中的游历，都永远未曾离开故乡。会玲的诗总是在故乡的本源力量的约束中呈现出节制，因此任何梦想都是被故乡的线牵着，而不能飞得太高太远，“一个中年人最大的放纵，也只是让/南方的雪落满白头”（《不安》），作为自我约束的诗人，她的作品中的我和任何角色，都把某种本源的生命力量安放在故乡，我们在会玲的诗中也找到了她让自己在浮躁和动荡中保持宁静的因缘，这种故乡的力量既是来自华夏文化的强大传统的，也是来自诗人的最真切的自我感悟的。因此，在会玲的诗中，故乡，实际上意味着一种自觉的道德力量，从而构成了她的诗歌的隐秘性的更深层维度。这也是女诗人始终显出沉静内敛而不跟随喧嚣和浮华的因缘所在。

十
围棋的黑子落下
人间的水土流失
他仗剑而去

从此痛恨江湖

会玲的诗隐含着忧伤、弃绝、离去、遗忘、远行，诗歌的第十节，诗人写到了隐遁者。诗歌的意旨极隐秘，隐遁者的行为也让人疑惑，我们不知道，诗人这里写的“围棋的黑子落下”，是否是指人生和世间的输赢和胜负？我们不知道她为什么是写黑子而不是白子？这里诗人写的“黑子”，是指人间或尘世无可挽回地陷落到一种可怕的结局么？这种可怕的结局，以“水土流失”来比喻某种和谐被破坏，某种平衡秩序被打破，某种远遁者进入尘世以维护人间之爱的不可能，“他仗剑而去”，他的剑原是为这人间准备的，是准备匡扶正义的，然而，当某种结局已然被注定，这作为承载道义的剑，便终究无法挽回失去的人心？因为道义并不是由剑来承担的，而是由人来承担的，作为时间性和有限性的领悟者，已经失去对于自我生命之恶与原罪的认识，故而虽然有遗失火种的人的忏悔，成为这人世的诺亚或基督，但他终究无法疗治罪所覆盖的生灵，没有第二次拯救，除了“痛恨”这陷入江湖纷争的人类，他只能以远离来表示一种弃绝，世人或许能感到他的远离所带来的虚空，抑或感受不到，但这一切都不再重要，他必须离去，这离去和痛恨，是他内心的孤独之爱的反向表达？没有爱，也就没有恨，他终不能平静，即使远离这世界，却仍不能忘却，他虽然已漂泊到远方，或再次遁入旷野，但深沉的悲哀始终覆盖着他的生命，他不能逃脱，他虽然以放弃的姿态离去，但他终不能放弃，也不能离去，这或许就是爱神通过诗人向世间传达的让人痛苦的爱？

会玲的诗总是恍惚飘移的，这是一种东方式的美学表达，没有本质主义的预设，没有历史目的论的演绎，始终只是一个个孤独者在这尘世的牵缠，她既是孤独的，却又始终不能真正弃离人间，她没有进入天堂获得永恒的幻想，也没有甘为虫豸的直线坠落，会玲的东方式美学表达，如果借用我前面所提出的“文学缘域”命题来诠述，那就是会玲的诗歌表述是缘起的、跨界的、杂语的，在她的诗歌中，有多个声音在说话，她的自我的世界不是固执和单一的，而是很多个声音同时在发出呼唤，也同时在回应，方向或答案是不确定的，她的诗就是打破某种自性疆域而面向他者的关系性和过程化的连接，是注重在边界处的牵连、错合、交叉、跨越、缘发，注重在自我否定运动中面向他者的非我化，她在追寻，在路上，在疑惑，她不知道这样的努力会把自己带向何处，但她终究不会停歇。

七　梦中的禅悟

十一
一个陌生人递给我
一个老式发夹
黑色尾部缀着红色樱桃
我心如刀绞，迅速醒来
梦中的泪水溢满眼眶

这是一个梦，每个人都会做梦，梦都具有跳跃性，梦也都折射人心的潜意识，都显现我们不可言的隐秘欲望和幽暗情愫。有人会梦见和亲人争夺家产，有人会梦见自己爬到了某个权力的高位，有人会梦见被抢劫，这都是人的物欲、权力欲或不安全感的梦境呈现。诗人的梦呢？诗人梦见的不是世人所追求的日常之物，她只通过隐秘的喻象指向生命存在本身，“老式发夹”，这是一个暗示着畏惧生命流逝或担忧红颜老去的“时间”隐喻，但这个暗含着“时间”的苍老意象又有两种强烈对比的颜色及其物象，“黑色尾部”缀着“红色樱桃”，这里的红色樱桃，是一种青春的颜色，是诗人希望为整个逐渐显得暗淡的生命添加的一种装饰色，整个梦境是色调暗淡的，“老式发夹”显出沉重，“黑色尾部”同样显出沉重，但那缀着的“红色樱桃”，却让一种生命不甘心的亮色跳跃而出，这里诗人写到这是一个“陌生人”递给她的一个奇怪的老式发夹，这是女诗人在她经历过岁月沧桑并在即将到来的年岁的忧虑中的某种渴望么？她在等待一个理解她的陌生人么？这个陌生人隐然出场了，却还未被命名，不是她的亲人，不是她的朋友，不是她的爱人，那是她潜意识里的等待么？在这个世界里，她在等着一个陌生人的到来，这个陌生人递给她一个年岁象征之物，在唤醒她，试图告诉她，快快抓住这黑色尾部缀着红色樱桃的老式发夹吧，抓住，抓住时光，诗人或许不能马上意识到这个暗示性的象征之物的全部意义，但她的直觉告诉她，这是她的最深层处的生命意识的呼唤，然而，她又害怕接受，她处于矛盾和痛苦中，她“心如刀绞”，在一阵阵纠结的痛楚中，她“迅速醒来”，在醒来的时分，她发现了她的眼眶已然湿润，原来那是梦中的泪水打湿了她的眼眶。美丽的女诗人，为生命本身的存在和变幻而流泪，这世间我们又可以抓住什么？她始终在梦中追寻一个隐秘的自我，然而这自我在和隐秘的他者（陌生人）的交集中，又变得晦暗不明，一切都未曾给出答案，一切仍在等待中，诗人的梦指向不可知的世界，这是诗人自己无法解决的，这就是一个缘起意识的瞬间绽放，只有用文字为这绽放进行一种追忆中的叙述，这是诗人唯一能做的……

十二
清晨我来到寺庙
只为了探身古井
看一看这张脸
是否还干干净净

诗人为自己的隐秘的梦而惧怕，她必须缓解这种惧怕，这个梦为何让她惧怕，因为这个梦在冲击着她的日常生活，冲击着她已经习惯了的秩序，她必须寻求一个去处，来缓解这个梦带给她的某种平静的被打破，她必须让心灵重新回到平静。清晨，这或许是承接着上一节诗章，就是她的梦打破平衡后，她得去寻求解答的一个早晨，在这个早晨，她来到寺庙，“寺庙”，在中国文化传统中是一个祈求净洁心灵以获得佛祖菩萨保佑的圣地，当然，在这里，诗人没有向世人跪拜的泥塑木雕的偶像式神灵求解这个梦的隐示之谜，她来到那一口寺庙的“古井”，这清晨寺庙的古井是神圣的，是能够映照诗人的隐秘的、深邃的心底的。

这节诗章，诗人无疑化用了古老的诗篇，这里有唐代诗人常建《题破山寺后禅院》的影子：“清晨入古寺，初日照高林。曲径通幽处，禅房花木深。山光悦鸟性，潭影空人心。万籁此俱寂，惟闻钟磬音。”也有唐代诗人王维《过香积寺》的回声：“不知香积寺，数里入云峰。古木无人径，深山何处钟。泉声咽危石，日色冷青松。薄暮空潭曲，安禅制毒龙。”在清晨进入寺庙，在禅房诵经声的悠扬回荡中，内心的焦虑或隐秘的欲望被制服，“潭影空人心”，“安禅制毒龙”，诗人要看一看自己的脸，这意味着诗人对于某种生命的隐秘的期待的惧怕，这种惧怕可能是被世俗所不相容的，寺庙是解脱红尘之欲望，以让人走向无念、无相、无住的寂灭世界，她想寻求干净，或者说她要看自己是否干净，这干净，我们其实不知道是要符合世俗的干净，还是符合佛禅的弃绝红尘的干净，我们从诗的不断延伸来看，诗人仍旧徘徊于红尘与空门之间，诗人在这里并没有给出回答，没有指向一个确定的答案，某种隐秘的寻求仍旧悬而未决……

十三
明月坐在河边
给我打电话
“你尘缘未了，有一天……”
有一天，我白发苍苍
却找不到一条休憩的河流

清晨到寺庙的探身古井的寻找，并未给诗人找到一个答案，诗歌从开篇第一节起处，就埋下了某种不能寻获的期待，我们再回到开篇

“你一说永远/仿佛我命已休/仿佛悼词，送我上路”，无疑，在开篇处，或许已经有某个爱人或某个已经在生命中相守的人，要给她一个永远的承诺，然而，这个熟悉者，并不是诗人的等待者，她的等待者还未出场，在整首组诗中，她纠缠于对于熟悉者的分离和对于陌生者的期待，或许，她曾经不得不为着满足尘世的需要，缔结了某种契约，然而，她在等待着另一场仰望苍穹等待彩云之上的来客的守望，她并不知道谁会到来，但她只知道，她整首组诗要执着地“回到尘世”，就是要等待那一个并不知道是谁的到来者？这个未被命名的被等待者，可能是一个“遗失火种的人”，他可能在旷野里忏悔，也可能是仗剑而去的弃绝者，“从此痛恨江湖”，或许是为这世间的堕落而从此远遁，这个被等待者也可能是婚姻中的男人的化蛹成蝶，但似乎又不可能，因为婚姻中的男人，未曾得到神恩的眷顾，而只获得了“一身的肥肉”，越到组诗的后半部，诗人的等待便愈益强烈，被等待者开始在她的梦中出现，虽然是尚未被命名的“陌生人”，但这个未被命名者已经扰乱了女诗人源初看似平静的生活，让她的世界骤然起了巨浪，她虽然寻求化解，但那被等待者终究不能被驱逐，诗人陷于痛苦和迷茫中……

这种痛苦和迷茫，在诗歌的末章第十三节得到清晰地呈现，“明月坐在河边/给我打电话”，据诗人所说，明月是她的朋友，是一位女诗人，在贵州修道，这位远方的叫明月的女诗人也期待作者能与她一起修道，在这里，明月就像是一个旁观的智者，这位旁观的智者无疑取了一个极富中国古典意象的诗意的名字，或许是希望像高空的明月那样澄澈，或许是希望以道之精神来照亮世人的尘世生活，她坐在河边，河流是流动的意象，作为诗人的精神劝慰者，诗人明月在流动的人生之河中找到了栖息之处，“明月坐在河边”成为一个蕴含极为丰富的意象，她给诗人“打电话”，希望诗人能和她一起去修道，然而，诗人在等待，这里的等待同样意蕴极为丰富，可能既有属于可以言说的家庭和孩子的牵绊，但又可能不仅于此，还有隐秘的更多的希冀，或许，正如她梦中昭示的，她在等待那样一个陌生的未被命名者，诗人隐秘的心底的情愫被这个从远方传来的电话所昭示，一个最明确的信息被传达：“你尘缘未了，有一天……”，这段话并没有完结，有太多的留白，然而，这留白已经有了一个大概的指向，那就是女诗人需要去接续尘缘，她不需要到寺庙的古井边去逃避，虽然这电话诉说的“有一天”，并没有告诉诗人将会发生什么，但前面隐含的“尘缘”却已有着明确的暗示，“尘缘”究竟为何？需要诗人自行去决定……

诗人的自行决定，将决定尘缘是何种尘缘，诗人将把尘缘带向何方？最后，诗人似乎在暗示这种尘缘寻找的无力，她在诗中还没有找到尘缘的着落之地，“有一天，我白发苍苍/却找不到一条休憩的河流”，诗人至少在写作之时，对于尘缘为何，她将如何找到那样一个未被命名者和陌生者，未曾抱有希望，因此，在诗的结束处，她只能给自己一个此生已矣，万事皆休的无奈的叹息，她“找不到”，她需要“休憩”，她需要休憩的“河流”还未曾出现，也将不会出现。无疑，诗人寻找未被命名的被等待者的期望是强烈的，当然，这里还有另外一个解读，那就是如果被等待的陌生者能够出场，并能够被命名，并被带到诗人的近旁，那么，诗人就将得到休憩，她就将获得一条属于自己的河流。然而，这一切都仍旧在未定和未知之中，这里没有确定的可知的，而只有在路上的寻找，诗歌在向未来延伸，这是未完成的指向生命的远方的路标式的诗篇，诗篇的暂时被完成就是为身处密林深处的诗人寻找启明星的方向……

第十五章　“70 后”诗人的时间之思：论阿翔和翟文熙*

自启蒙时代以来，诗歌逐渐摆脱了神学的非历史化和非现实化写作，而开始具有历史与时间意识，有了面向时代和生活的肉身化维度的开显，而这就是我们要提出的“诗歌的道成肉身”这一诗学命题。在中国当代诗歌写作中，“70 后”诗人所取得的成就及其面临的困境尤其值得注意。“70 后”诗人的书写，既有时间在历史的维度上的某种进入，又有着某种欠缺；而现实在其空间维度上同样有着某种展开，而又有着某种遮蔽。这种矛盾、困惑和纠缠的状态就构成了“70 后”诗人颇为鲜明的时代印记或总体特征，而每个具体的诗人又有其个体化的表述方式。① 当代中国诗歌写作，既无法避免那种具有总体性的时代印记，却又涌现出一批带有强烈个体性标记的重要诗人。一种具有相通性的总体写作与具有差异性的个体写作的平衡就决定了这个时代的文学高度。我们本文将借着探讨阿翔和翟文熙的作品，来叙述“70 后”诗人所呈现出的总体性时代特征以及其个体化的探索经验，来探讨其在诗歌的“道成肉身”的历史性与现实性的双重开展中的利弊得失。

---

* 原载《海南师范大学学报》2018 年第 1 期。

① 这里引入“总体化”和“个体化”原则是为着清理个体的诗人和总体时代的关系的一个方便言说。从哲学角度来说，总体性的同质化历史观是以黑格尔为代表的古典哲学的标记，而个体性的差异化历史观则是以尼采为代表的现代哲学的印戳。

一 等待的焦虑

诗人是历史的开启者和讲述者，文明的曙光就是在诗人的吟唱中绽现的。诗人曾经被赋予了太多身份，先知、神使、预言家、立法者……在最初，诗人具有全能者的角色，但随着历史的进程，诗人的角色开始专业化，抑或者边缘化，然而，诗人渴望介入历史与关注现实的精神始终被暗中保存着。只是这种历史性与现实性，在某些时代被抽空，而只剩下了抽象玄虚的“道”或者“神”，那具有历史的时间性和世界的空间性展开的肉身维度丧失了。神学的秘语、道德的教条、政治的禁忌让诗成为干瘪的非诗的存在。诗有道，诗也有其肉身，这是我们观照一个时代的诗人的两个重要维度。

“70后”诗人，值得讲述的太多，如黄礼孩、黄金明、梦亦非、祥子、陈会玲等。从道成肉身的诗学命题出发，我们仅以阿翔和翟文熙刚出版的这两部新书《一切流逝完好如初》和《时间软壳》来管中窥豹式地探讨“70后”诗人的某种深层的历史焦虑及其现实化表达。作为“70后”诗人的重要代表，阿翔和文熙的诗都强烈地体现着一种“70后”诗人的“时间”之思和“等待”焦虑。从这两本诗集来看，作者都有一种软化时间、触摸时间和穿越时间的期待。翟文熙的《时间软壳》就隐含着消解时间的残酷以软化时间的用心。阿翔的《一切流逝完好如初》暗示着作者希望在时间的流逝和毁灭中又保存某种初始的完好，而这又涉及空间。但这两部诗集如何将时间化入具体的人类的历史和现世的生活世界方面，又有着某些维度的缺失，从而造成了诗歌的肉身还透露出一种营养不良的问题。

这种诗歌的肉身和道的双重维度的失衡，很大程度上是根源于70年代出生的诗人所共同遭遇着的一个生存困境，那就是历史性的某种中断，造成了其时间性的思索难以具体化，他们渴望关心历史和现实，但其书写的权力和建构历史的自觉逐渐被压制和虏掠。然而，那种承继于前代诗人和源于屈原以来的民族诗人的天命感①，又让他们渴望作为一个时代的和民族的书写者被重视，他们热切地希望，以自己的写作，能被纳入一个“先知”、“神使”和“见证者”的序列，他们等待着进入这个序列，等待被写入文学史和诗歌史。但遗憾的是，没有一个重大的事件突然到来，以将他们放入历史和社会关注的焦点，以成为现在和现实性的中心，以让他们的形象和肉身被放置到历史舞台的中央。这样，我们就看到，他们都在认真写作，都很优秀，但是到底谁能够在突然间脱颖而出？这又很难说。

“70 后”诗人是沉没的或命途多舛的。历史的位置似乎一直未曾为他们准备。那些曾经成就诗人的重大突发性历史事件和历史机遇，是“50 后”“60 后”诗人所碰到的。召唤历史，为民族而呼吁，似乎就是为“50 后”“60 后”诗人准备的天然的命中注定的使命。“50 后”“60 后”这两代诗人，当他们在学校读书的时候，似乎是不幸的，教育被贬低，学校被关闭，只有部分孩子因各种特殊条件略多读了些书，但当这个荒漠化时代结束，一个思想解放时代的到来，他们就突然爆发了。因为一个重大的历史时刻的需要，他们就被烘托出来，成了明星，这个成为明星的过程是不期而遇的，他们并不知道会有这样的命运，不知道会闪耀在历史的天空并被写入文学史。“70 后”诗人就没有这样的幸运，“70 后”诗人有一种强烈的使命意识和写作自信，都希望被写入文学史，而这就有了一种焦虑，在历史中等待的焦虑。

因此，从这个角度去看，“70 后”诗人和“50 后”“60 后”诗人虽具有境遇的差异，但其时代背景却并未如西方那样真正完成从古典型同质化哲学时代向现代型差异化哲学时代的转型。我们的“50 后”“60 后”诗人被笼罩在大历史的同质化叙述中，当 80 年代到来时，他们抓

① 何光顺：《神性的维度——试论〈离骚〉的“他在”视域》，《南京社会科学》2011 年第 1 期。该文提出了神性诗和人性诗写作是中国文学的两条线索的命题，提出了屈原的神性诗写作是以其对于楚民族历史和命运的介入为其具体化展开，并从而深远地影响了后世诗人的神圣性和民族性写作的维度。

住历史的机遇爆发出另一共同体的被压抑的生命呼喊，叙述另外一种自由、真爱的总体性话语。[①] 而当“70后”诗人目睹了前辈的成功以后，他们被历史机遇抛弃的痛苦以及官方从红色意识形态转向功利主义意识形态所产生的压抑，让20世纪向21世纪转向的中国文学的现代性叙事的进程变得异常艰难。在这种情况下，“70后”诗人等待的历史机遇和历史时刻就变得飘忽和捉摸不定，一个真正的差异性介入时代的内在深度的叙事就无法展开。

二 “70后”诗人的时间之思

但“70后”诗人也有其明显优势，这个优势就在于他们在成长的奠基期还是以传统纸媒阅读为主，还有着对经典的尊重，对传统的守望，对历史的进入。这种优势是相对于“80后”诗人而言的。“80后”人上初中、高中就开始进入商业化时代，到21世纪读大学时网络又开始普及，网络阅读可能会占用太多时间。“80后”比较出名的几个明星作家，如韩寒等的迅速成名好像压过了“70后”，好像可以直接从60年代跳到“80后”就行了，把“70后”一下抛出历史以外。但我们知道，当下读者的多少并不完全决定某个诗人或作家在历史中的位置，历史的位置是由历史给出的，所以这里要谈到历史和位置这两个问题，历史是一个时间性概念，而位置是一个空间性概念。当我们说到历史的位置，就涉及时间和空间的双重维度。[②]

我们知道，“50后”“60后”诗人，被耽搁了不少岁月，当机遇来

---

① 顾城《一代人》：“黑夜给了我黑色的眼睛/我却用它寻找光明”，开启了生命对于自由的寻找和对于光明的挚爱；北岛出生于1949年，但也可纳入“50后”诗人来观照，其《回答》：“告诉你吧，世界/我—不—相—信！/纵使你脚下有一千名挑战者/那就把我算作第一千零一名”，体现着自由者的怀疑精神和对于民族和时代的献身精神，一种强烈的历史使命感和现实介入感，体现着这代诗人的共同的身份自觉与责任担当。

② 很多诗人并没有对于自己所处的“历史的位置”的自觉，他们大多将自己的诗作从技巧和艺术上与同时代人进行着眼于空间层面的横向比较，而缺少了从历史的时间性维度来展开自己的写作介入民族历史的可能性，这导致了其诗之道和诗之肉身的双重缺失。

临时，他们便突然得以乘风破浪，在一个短暂时段内，突然成名。但“50后”“60后”诗人的困境在于相对缺乏系统的阅读和深厚的学术沉淀，他们的写作可能是难以为继的。他们在80年代突然爆发，但随后就被抛在历史之外，他们的成名主要定格在80年代，此后他们的作品再难闪耀了，在20世纪末和21世纪初是一切文学作品都归于平淡走向边缘的时代。那种因为重大社会政治事件所带来的机遇就不再存在了，文学不再成为时代话题的中心。

“70后”诗人没有经历前两代诗人的这个历史机遇，他们处于一个历史的夹缝中。但他们在经典阅读和学术训练方面，却是超越前两代人的。“70后”肩负着一种使命感和责任感，既要把前两代诗人和学者所具有的对经典的仰望、对传统的尊重和对信仰的坚持传给“80后”“90后”，又同时要适应“80后”“90后”的网络阅读和写作常态的激烈竞争，既要依靠自我叙述和批评来建构我们在文学史的位置，又要靠“80后”“90后”的叙述来建构这种位置。我们要带领“80后”“90后”进入一个写作谱系，要打破传统的某种惯性批评方式，要打破前代学人总去问作者写什么和怎么写的传记式和社会学式批评。

我们知道，诗人都是靠着作品去成就自己，作品被完成之后就脱离了作者。但作品在被作家完成后，还有一个继续完成的过程，这继续完成就包括接受者、传播者、阐释者、再造者的长长的读者谱系的阅读、批评和征用。一部作品如果没有人读，它就死了，有人继续阅读、阐释和理解，那就可能成长为经典。两部写得同样好的作品，一部因为持续地对这个世界、这个民族、这个文化产生重大影响，就更可能成长为经典；另一部被战争毁灭了，几百年几千年后发现，它写得很好又怎样呢？它失去介入具体空间和时间的可能，失去了在历史谱系中成长为经典的可能，失去了对具体生命存在产生影响的可能。①

---

①　一部文学作品经典化的要素极多，这里仅从接受者和传播学的角度来作出阐释，实际主要在于说明诗人的作品并不仅依赖于其某个高悬的理念和本质，而同时依赖于其始终伴随着的民族历史文化的肉身。

我刚才说“70后”相对于“50后”、“60后”和“80后”所处的那种夹缝中的困境和优势，在于对传统和经典的尊重，在于从民族传统和历史渊源深处去汲取力量的文化自觉，但这种自觉还未完全上升到理论高度。比如诗人梦亦非擅长从世界性的古老文化传统中寻找某种灵性力量，但对自己所处的文化传统和历史渊源却写作甚少。[①] 其他“70后”作家也存在同样的问题，即太过熟悉西方，太过高置一个玄虚的理念，却反倒漠视了我们的民族历史文化的肉身。

在阿翔和翟文熙的作品中，我同样看到了作者期待实现自己在这个世界中位置的可能性，同样看到他们和同时代诗人交往、酬唱、应答的现世活动，看到他们对于具有哲学的时间维度的警觉，然而，这种时间维度却未曾和具体的民族历史关联起来，未曾涉足重大的社会和历史事件，抑或历史的细节。于是，当肉身被抽空以后，他们的作品就如一些读者朋友所说，越来越让人读不懂了。这种读不懂当然不完全是消极的，但值得深思，它有两种可能：一是写得更深奥，更伟大了，读者未能跟上作者的脚步；一是作者的视野、学养因为受到某种限制，缺乏了对于民族、时代和历史的深度介入，他们的写作越来越远离生活。

在“70后”诗人那里，都有一种普遍的想克服、超越、挣脱时间带来的毁灭的危机意识。如黄礼孩《谁跑得比闪电还快》以及安琪《像杜拉斯一样生活》（接近“70后”）都表现出那种紧张的节奏感和危机感，X表现出让我们想去抓住和追赶时间，在自我生命中断到来前不断地去进行自我完成，将一个完整的我展示给历史的焦虑和自觉。从这个角度说，我作为“70后”的同代人，也是感同身受的，我时常感觉到某种焦虑和紧张以及贯穿其中的强烈的时代感、历史感和在场感。我非常在意从自我的生命体验去探寻华夏民族的空间意识与时间意识的内在脉络，致力于将内在化的时间生命意识外化到我们具体化的生存和

---

① 梦亦非的《儿女英雄传》《苍凉归途》等长诗都有对于本民族文化历史的抽空或悬置，这导致了其写作虽具有前沿性和未来性的维度，但却因缺乏民族历史的具体的肉身，而难以唤起植根于这片土地上的读者的共鸣，这也制约了其诗作所能达到的高度。

行动中。

然而，在阿翔和文熙的作品中，时间和历史还没有被具体展开，这可能就和我们对具体历史事件、政治事件和生活事件的不敢去写作，不敢去介入有关。“70后”和“50后”、“60后”诗人的生存处境不一样。当“50后”“60后”诗人进入80年代时，恰逢思想解放的历史机遇期，政治非常包容，可以大胆些。当然“60后”诗人的情况也不完全一样，如60年代后半段出生的诗人介入这个历史机遇期就不太充分，其生存困境可能同于“70后”。从总体上来说，“70后”诗人生活在一个话语禁区处处被设置的时代，而这就造成了现实生活永远比文学更精彩，造成了文学无法充分表述我们的时代和生命自身，造成了文学的肉身的缺失。

这样，“70后”诗人所遭遇的困境就是既失去了“50后”“60后”诗人的机遇，又没有“80后”“90后”人对网络的熟稔。我们面临着一种困境，就是不敢把诗歌进行道成肉身的最激动人心地表达，不能将内心的具有时间意识的火焰化成生活的火焰。阿翔诗集《一切流逝完好如初》无疑有着时间意识的自觉，但这种自觉还缺乏对于时间的更深层的历史体验，比如阿翔说“写作即消逝”①，我觉得这句话没有说完，写作当然是消逝，你写作了，你的文字已在历史中流过，但阿翔未能注意到，写作同时也是对历史的保存，是对于消逝生命的保藏。他对被表征的物理时间说得太多，而对本源时间也即生命时间和历史时间缺乏深刻自觉。写作就是从物理时间进入本源时间，本源时间最后实际是消解时间，就是生命时间和历史时间的在场化和客体化，诗人必将流逝的时间化作历史的永恒的纪念碑。

“70后”诗人缺乏了“50后”“60后”诗人对于民族历史和社会政治的天然热情，他们很可能更多地受到了张爱玲式的“出名要趁早”的个人化、内心化写作的影响，他们的“时间性”感伤，更多的是对

① 阿翔：《一切流逝完好如初·代序》，长江文艺出版社2015年版。

于自己不能快速成名而又时不我待的忧虑和叹息。当然，从进入纯内心的本源性的自我生命时间的体验来说，“70后”诗人也是深刻和独特的。[①] 这种自我生命体验时间可以看作民族历史时间的某种绽出与瞬间定格，这就像当我在一个沙龙或研讨会的整体或群体的文化氛围中发言时，主持人在计算物理刻度的时间，听从或因我讲述的精彩而忘记时间，或因为我讲述的冗长而觉得时间漫长，而我只能通过精彩的发言，来让自己与听众一起忘记属于群体的时间，甚至让执着于物理计量刻度时间的主持人，也可能不忍心打断我的发言。

然而，这种沙龙中的发言者如何能让听众和主持人都遗忘一种线性时间，而醉心于时间绽出与定格的某一次精彩的个体化的言谈？这就实际涉及从发言者的孤独的自我的跳出，要打破自我单子式的封闭表述，而同时跃入那些在讲述前只是作为陌生的“他者”的听众和主持人，这里，就不再是他人向着“我”的聚集，而是“我”向着作为共同体的“他”的潜入，这也就是我曾经提出的“共他”的精神[②]，就是一种“无我”或“忘我”的文化共同体的建构。这种对时间性的克服，而让一个他者化和绝对的对象化地呈现，在东西方文化中都有所体现，如西方讲末日审判，那是时间的终止，是得救者进入天国的美的永恒和定格；如中国禅宗讲顿悟，在顿悟中，那种线性物理时间就突然中断了，顿悟就是对时间的终止，让时间和生命跳出轮回，跳出循环。于是，我们就获得了一个文学评价值的尺度，伟大的写作是和时间的旋律起舞的，又是超出时间的有限以进入永恒的。在这里，个体生命时间和民族历史时间的共同熔铸，当是诗人写作能进入历史并被定格化叙述的关键要素。

---

① 何光顺：《陈会玲诗篇〈拾碎〉的隐秘之维及其东方美学精神》，参见《当代文化思潮与艺术表达》，中国文联出版社2016年版，第106页。在该文中，我探讨了“70后”女诗人陈会玲诗篇中的自我隐喻与时间体验之维，并借此发现东方诗学的缘域化特质。

② 何光顺：《环视中的他者与文学权力的让渡》，《文艺理论研究》2011年第3期。

三　以阿翔和翟文熙为例的两个诗歌文本的阅读

我们的诗歌批评必须从诗人的具体文本来展开，这就是理论和思想同样要着落于具体诗歌文本的肉身，要审视这作为肉身的诗歌文本是否真正成就诗歌之道，要考察诗人的个体生命时间是否和民族的历史文化时间实现了相互融入地有机生长。我们先来看阿翔这首《与余丛登梧桐山，或山泉诗》，作者写道：

上升的仙湖，甚至胜过途中
那浓密的绿荫，不限于被风吹
我触摸它身上的遗址，毕竟，
它知道时间的洞穴在哪儿。真正的，
出入溪涧，每个山阪秘而不宣①

在这里，诗人在空间的存在之物中去触摸时间的隐秘，"触摸它身上的遗址"，就是去发现时间消逝在仙湖的肉身中刻下的印迹和伤痕，"它知道时间的洞穴在哪儿"，就是在这仙湖的肉身的印迹和伤痕中去进入时间的通道。而随后接着的另一首《仙湖诗》，作者又写道：

珍稀树木依然碧绿，晓月的波浪
匍匐在天边，它参与的传说不必跑题，
仅围绕我们宽大的叶子，如同固定的老年
强调我们为数不多的时间。②

阿翔的诗歌语言始终有一种古典美，这里写仙湖的珍稀树木和仙湖

① 阿翔：《一切流逝完好如初》，长江文艺出版社 2015 年版，第 205 页。
② 阿翔：《一切流逝完好如初》，长江文艺出版社 2015 年版，第 207 页。

的波浪蕴藏着的历史传说，在时间流逝时，仙湖依然美好，珍稀树木的“围绕我们的宽大的叶子”却又似乎在警示着我们，“如同固定的老年/强调我们为数不多的时间”，诗人写作仙湖，似乎是想让仙湖来把自己保存，让自己避免被时间洗劫。

我们来看阿翔其他诗歌都表达着抵抗和克服时间流逝的期望，比如《异乡人》“‘别对我遐想，登高望远别坠落下去，你要继续找寻/那消失的人。’从你年少不懂事开始/替垂死人呼吸，站在黑暗的一边”，写漂泊者和逝去者，“我曾经有过腐烂的漫游”，客居者的灵魂无所归依，“必须让自己回到酒精”，“安魂曲有些显得孤单”① ……又如诗人在《拟诗记·出生传》里写道“其实我畏惧藏匿的使命，我的出生地/使我不停地颠簸，坚持到默不作声”，“一切容易流逝，身体容易掉下碎屑”②，《拟诗记·应和》“不能说出的隐秘，一年已经结束/也是你的开始”③，都在诉说时间所带来的强烈的破碎感和毁灭感。某种程度上说，作者在诗集主题上所标明的“一切流逝完好如初”就未曾得到真正体现，就呈现出一种严重缺失。我们提倡诗的道成肉身，就是强调时间叙述的历史化和现实化的真切表达，就是要写出某种更为具体化的生命疼痛和丰富，就是要描绘那种在群山连绵和大地伸展中的苍生和个体的多维丰富性，但这种丰富性在诗集中都缺失了。阿翔的诗歌太过个人化了，太过进入内心的时间，而道成肉身的民族历史时间并未得到真正开展。诗歌所涉及的主题、题材、生活和历史的广度与深度都较为贫瘠，因此，这部诗集就显得太厚了些，一本厚厚的诗集却缺乏内在的丰富和变化，而成为自我内心时间的单一表述，这就造成极大的不足。

在我看来，如果说，阿翔的诗有一种古典性的保存，翟文熙则可能更具有现代性或者后现代性。文熙在他的诗集《时间软壳》“自序”中写道：“我穿过时间，我拥有它赋予我的皮相，时间所形成的软壳像是

① 阿翔：《一切流逝完好如初》，长江文艺出版社 2015 年版，第 21 页。
② 阿翔：《一切流逝完好如初》，长江文艺出版社 2015 年版，第 11 页。
③ 阿翔：《一切流逝完好如初》，长江文艺出版社 2015 年版，第 3 页。

生命蜕变的产物，它坚定、隐忍、宽容而富有力量，因而时间不再是虚无之物。”[①] 这说得非常好，已具有某种哲学思考的深度。诗人明确表达着对于时间地克服或超越，诗集题目“时间软壳”就有一种软化或柔化时间的用心，时间常被看作无情的和摧毁性的，然而，诗人用的“软壳”比喻非常形象，它将时间的残酷性和摧毁性都柔软化了，将时间变成了肉身化绵延的空间存在，诗成为自我生命体验的外化表达，这正如作者所说：“诗一定是每个人所认定的样子。你认为诗是一棵小树它就是一棵小树，你认为诗是一粒糖果它就是一粒糖果，你认为诗是一片海洋它就是一片海洋。”[②] 在表达的圆融方面，文熙有一种哲学的深刻，比如他说道：“我欣喜于诗歌的某种特性与功能——它摧毁语言又重建语言，打破逻辑又联结逻辑，它的脚在没有尽头的时间穿梭，它的身体在黑暗的地下和秘密的云端遨游。”[③] 这就道出了写作既流逝又保存的双重悖反性质。

从这个角度说，翟文熙的诗的哲学意蕴和存在书写就极其强烈，当他说：“诗搬运、重组和提纯存在之物又使存在之物成为灵魂的映像，诗是时间的起点和世界的尽头。”[④] 这就已经从时间与存在的地平线上打量诗，已经触及诗的书写时间性展开的生存论维度。因此，从这篇自序《时间、存在之物及诗歌》到他这部诗集的篇目编排：

第一辑　神的天空

第二辑　死亡与石头

第三辑　帝国

第四辑　自由与虚无

第五辑　意欲的表达

① 翟文熙：《时间软壳·自序》，中国出版集团、现代出版社 2015 年版，第 10 页。
② 翟文熙：《时间软壳·自序》，中国出版集团、现代出版社 2015 年版，第 11 页。
③ 翟文熙：《时间软壳》，中国出版集团、现代出版社 2015 年版，第 10 页。
④ 翟文熙：《时间软壳》，中国出版集团、现代出版社 2015 年版，第 10 页。

第六辑　新年，旧年

…………

我们不难看到那种存在论式的思考，那种内在结构中的时间性流动与空间伸展，那种在神与人、生与死、自由与虚无、新与旧、外与内的相互牵连中的循环往复与纯粹完整，那种意图让时间流逝在此在存在的物化生存中打下印记的通往神性的写作，诗遂成为一条道路和生成着一个世界……“神”确立了众生不可企及的高度和努力的维度，“死亡与石头”确立了速朽与坚硬的对立式存在；“帝国”意指人类凭借写作所进行的创建永恒的企图；“自由与虚无”指明这种写作是自由生命的体证，这种自由或许是对虚无的穿越抑或指向虚无；“意欲的表达”指明诗歌的精神化和肉身化的双重维度，而“新年，旧年”则让年岁在轮回和流逝中出场，并指向具体化的生活，以呼应前面的神性、速朽性、自由、虚无等相关问题……

在《神的天空》开篇的《遗物》中，诗人就写道：

我拥有的天赋，骨头。
我说过的方言，看过的河流和岛屿，鸟群和星宿。
…………
我们活着不是活着，只是为了
跟树交换氧气。
我赋予我全部的意义：存在、死亡
沉默地对抗。①

诗人写我们接触到的一切都像“一件遗物”，都是“我们灵魂发出的颤音”，存在和死亡连通，而死亡赋予存在以意义，我以向死而生的

① 翟文熙：《时间软壳》，中国出版集团、现代出版社2015年版，第14页。

存在去抵抗死亡本身与虚无本身，从而让生命活着。世界的一切都在回应我们的生存良知的呼唤，这也是诗人在《声音》中写的：

居住在天空的人，看到和倾听一切。
并最终向我们
发出声音。①

作为有死者的人都在倾听着诸神的召唤，而诗人是能倾听这召唤的应答者，是让时间之有限性和毁灭性在生存的向度中被软化和生长，从而成为如天空诸神一样的完整存在，“风没有消失，时间/也没有过去。他是天空之下/微小且单一的实体”（《单一实体》）②，在这里，原先在物理时间中的速朽者因着诗人将我们引向面对诸神的倾听和应答，“时间”被终止，“微小且单一的实体”，成为神圣存在本身，人性终被提升到神性，实现了荷尔德林所说的“人以神性度量自身”，实现了对于时间所带来的虚无的柔化。《在山中》，诗人写道：“我到过的任何地方，都不曾使我怀念，/在故乡的山中，劳作，眺望山色，/只有这一刻是永恒的。”③ 诗人把尘世的漂流唤回到故乡的山中，这某种程度上仍可看作古典怀乡主题的当代延续，其在创造性上并无独特处，但却写出了那种疏离时代与历史的退却和归隐。作者还写了《在祠堂陪病母有感》等略显具体化的写作。但总体而言，那种历史的时间、生活的质感与时代的印记却并未得到充分体现，诗歌似乎成了某种理念的直接表达，而未曾经过中间化的具体环节的展开，而这也某种程度上造成了道的虚悬和难于落到实处。

最后，还需略作补充的是，两位诗人都想把流逝的时间保存为在场的空间，从这个意义上说，写作不仅是流逝，而同时也是保存，是在流

① 翟文熙：《时间软壳》，中国出版集团、现代出版社2015年版，第17页。
② 翟文熙：《时间软壳》，中国出版集团、现代出版社2015年版，第55页。
③ 翟文熙：《时间软壳》，中国出版集团、现代出版社2015年版，第105页。

逝中去保存生命的体验，以让其成为隐藏着生命密码的化石让后人去发现。以阿翔和文熙为代表的“70后”诗人所遭遇的困境不是我们马上可以解决的，但我们要领悟到写作所应当具有的肉身存在感和历史时代的介入感。上帝在天上，但要道成肉身，降身为人，我们才可以去触摸。我们不要把读者想象成神一样的存在，我们自己也不是神，我们要去触摸时间或诗歌能成为肉身的空间性、生命性、当下性，将我们的诗歌物化为事件、生活和最直观的感受，要显现为道成肉身的具体化现实，要从初始存在走向本质丰富，走向理念的生活化实现，最后达到诗歌的完美。每个诗人都在追求一首完美的诗，我们不可能达到完美，因为只有神才是完美的，但我们要去触摸，去追寻。从这个角度说，我把文熙和阿翔的诗看作他们在抵达完美的诗之路上的努力和前行。

第十六章　身体、灵魂和大地：论余秀华*

余秀华可谓当代诗歌界的一个传奇，作为湖北钟祥横店村一个患有轻度脑瘫的农家妇女，始终坚持在私人博客上进行诗歌写作，直到被《诗刊》编辑刘年发现，并在2014年9月开始推出她的作品《在打谷场上赶鸡》《我爱你》等诗歌，迅速引起了诗歌界的关注。她接着出版的两部诗集《摇摇晃晃的人间》《月光落在左手上》也迅速得到了传播，并为她赢得了有着重要影响的当代女诗人的声誉。随后，诗刊社为余秀华在人民大学举办了个人诗歌朗诵会，《当代文坛》等重要刊物也相继发表了探讨余秀华现象及其诗歌的学术文章，华中师范大学王泽龙教授也与其博士生一起就余秀华现象做了专题课堂讨论并结集在《学习与探索》刊发。余秀华的被发现和成名，似乎带有着一种偶然性，或者被认为是炒作，究竟应当怎样看待余秀华现象并如何评价其诗歌写作，这无疑是一个值得关注的话题。

一　在乡者渴望着对大地身体的突破

或许，正如王泽龙教授所追问的："作为农村妇女的余秀华身份与她诗歌及其表达构成了怎样的关系？她的诗与一般民间诗歌有哪些不一

* 原载《海南师范大学学报》2016年第8期。

样的东西？她的诗歌中应该说有较为突出的身体意识，我们如何从身体的角度理解她的诗歌?”叶澜涛认为：“作为一个乡土诗人，乡村生活的点点滴滴都变成了她的诗歌。大量与人的生存境况相互隐喻的环境描写，构成了她诗歌中一个特有的乡土场域。”这样一个行动不便的农民，很少外出，“她感受到的自然是村庄中四季的轮换、风雨雪雷的交替和日月星辰的斗转”。倪贝贝等认为：“余秀华首先应该是一个乡土诗人，是一个身在乡土、表现乡土、与乡土有着复杂关系的诗人。”① 这都指出了余秀华诗歌写作的在场性、当下性和现实性，那就是将自我真实和独特的生命体验化为属于她的大地之歌，她的灵魂的思索和她的身体的行走，就物化出了属于她的土地，而这就是我展开余秀华诗歌的“身体、灵魂和大地”关系讨论的首要原因。

然而，我们的评论不能将灵魂抽空或将身体虚化，这里我们说的灵魂是有欲望的，我们说的身体是有残疾和劳作的，是有限的并痛着的。这就是我所认为的，诗歌就是诗人在大地的劳作中浇灌出的生命的花朵，是肉身存在的感官化体验在灵魂的意识流动之镜中倒映和折射出的影像和构图。诗就是人的本质生存方式之一，诗歌附着于大地而指向穹苍，并依此获得来自穹苍的神性光芒的照耀。在当代中国，在商业化和物欲化笼罩的时代氛围中，要获得某种指向穹苍的神性写作是艰难的。下半身写作、身体写作和性别写作，却是极吸引眼球的，余秀华的诗歌是否有这种将灵魂完全拉入身体和大地的物质化维度，而失去了其仰望穹苍的神性和超越，这也是颇引人争议的，特别是当她的《穿过大半个中国去睡你》发表后，余秀华及其推赞者就被很多人视作标题党和炒作党，被认为其艺术上是粗糙的和思想上是贫乏的。对于该问题，我们却必得进入具体文本中去展开辨析这样一个争论的是非。

为方便批评，我们先录余秀华《穿过大半个中国去睡你》全诗如下：

---

① 王泽龙、杨柳等：《在诗歌里爱着，痛着：余秀华诗歌讨论》，《学习与探索》2015 年第 6 期。

其实，睡你和被你睡是差不多的，无非是
两具肉体碰撞的力，无非是这力催开的花朵
无非是这花朵虚拟出的春天让我们误以为生命被重新打开

大半个中国，什么都在发生：火山在喷，河流在枯
一些不被关心的政治犯和流民
一路在枪口的麋鹿和丹顶鹤

我是穿过枪林弹雨去睡你
我是把无数的黑夜摁进一个黎明去睡你
我是无数个我奔跑成一个我去睡你

当然我也会被一些蝴蝶带入歧途
把一些赞美当成春天
把一个和横店类似的村庄当成故乡

而它们
都是我去睡你必不可少的理由

在黄灿然看来，余秀华诗歌的爆红，只是暂时的，“她眼下红了，这是太过眼前的事了。等读者的兴趣转移了，就不会那么火了”，黄灿然以“时代氛围”和“民族氛围”的距离来说明这个问题，“民族氛围，或说是民族精神，不管时尚也罢，落伍也罢，它就在那儿，你躲不开的”①。黄灿然所不满意的当前的时代氛围大约就是一种物欲化和商业化的对于人性与灵魂的污染，他所说的民族氛围大约是一种可以贯穿于民族始终的某种精神的信仰。对于黄灿然的关于民族和时代的这个坚

① 傅小平：《黄灿然：真正的好诗人，第一件事就是放弃很多东西》，《文学报》2015 年 3 月 12 日。

持，我个人是认同的，但黄灿然对于时代氛围和民族精神的张力关系如何在一首诗篇中得到把握，还缺乏具体分析。余秀华的诗作中是否缺乏这种民族氛围和时代氛围，这都是需要具体论述的。

当然，还有学者指出余秀华这首诗作涉嫌抄袭，如王西平认为余秀华的这首诗很可能是抄袭诗人普珉在更早前创作过一首《我穿过一座城市去肏你》的诗歌，“如果称其抄袭过于严重的话，那至少也算模仿，很不成熟”①。我比较阅读了普珉和余秀华的诗，公正地说，余秀华应当是受到了普珉的影响，在题材上也有某些相似，即都是以身体、欲望和性为题材来展开书写，但在主题的指向和表达重心方面却有所不同。普珉的诗作是典型的当代城市生命影像的书写，表达的是如何在城市生活所带来的身体和心灵焦虑中通过欲望转移来释放一种紧张感与孤独感，余秀华的诗作却不限于城市，而更多地着眼于身体欲望和灵魂苏醒中所带来的撕裂，更着眼于某种希望书写而又难于深化的政治主题。从这个角度说，余秀华这篇《穿过大半个中国去睡你》却是至少有着时代氛围的，有肉欲和政治纠缠中的挣扎的。

其他批评则还有涉及语言和欲望的。如诗人大藏认为：“这首诗有一定的创新之处，不管其词句是否有抄袭之嫌。但其中流露出来的赤裸裸的情欲、以自我的迷狂呓语和暴力美学来代替对整个后政治语境下的时代进行发言，对现在本来堪忧的汉语诗歌写作秩序将带来不可预知的破坏性。”认为这首诗“最严重的就是破坏了原有诗美的语言，后继者将怎么写诗，怀抱什么样的情怀，用什么样的语言？”② 大藏对以余秀华为代表的当代诗人的情欲写作、自我中心化和对暴力美学的推崇都表达出了深深的忧虑，提出了对于汉语诗歌写作的内在秩序的坚持，对于诗美语言的某种执着，大藏所说的破坏性是否确切，我们也有待从诗歌

① 《诗人谈女诗人余秀华：〈穿越大半个中国去睡你〉涉嫌抄袭》，中国新闻网，2015 年 1 月 26 日。

② 此系笔者和诗人大藏在谈论此诗时大藏所作的批评，大藏的批评某种程度上可以代表当代批评家对于诗歌的身体化和肉欲化写作的担忧。

文本的具体分析中来予以讨论。

在这里，我也得承认，对于黄灿然和大藏等诗人和诗评家的担心，我也是有同感的，但我的真正的忧虑不在欲望、自我中心化和暴力，也不在诗美语言的破坏，而在于对我所一贯坚持的灵魂、神性和精神缺失的忧虑。身体写作或曰下半身写作，已成为这个时代诗坛或文坛的一种时髦，成为不少诗人必得涉足的主题。在我个人看来，诗人确然离不开以身体的爱去实践灵魂的旅行，然而，灵魂却不可以因为身体而被虚悬或僭夺，不可以因为身体的放纵而吞噬属灵的信仰。在感性的身体欲望，现世的工具理性，信仰的属灵诗性方面，我们需要某种平衡。这种平衡构成了女诗人余秀华的性别化写作与个性化写作的内在张力，她“鲜明地抒发了女性自我爱欲的痛苦，却不局限于对女性自我欲望的书写，诗人将对自然、环境、人性的关切熔铸于自身的生存体验和生命经验之中”①，这也正如埃莱娜·西苏指出的：“她的肉体在讲真话，她在表白自己的内心。事实上，通过身体将自己的想法物质化了；她用自己的肉体表达自己的思想。”②

二　在肉欲中沉睡或绽放的灵魂

我们现在试着来分析下余秀华的这首诗作是否达到了“身体”和“灵魂”的内在平衡，是否通过身体将自己的想法作出了物化的表达？是否具有了诗歌写作应该领属的“时代氛围”和“民族氛围”？我们先从诗歌题目来看，“穿过大半个中国去睡你”，无疑是一个极具张力和新意的题目，“大半个中国”，极为辽阔的物质性和地域性的空间存在，“穿过”，既是一种实写，代表着一种从此地到彼地的游历或旅程，但同时意味着一种精神对于物质、空间和地域的突破。我们知道，天文学上有“穿越时空”的说法，时空是对身体的限制，“穿过大半个中国”

① 唐晴川、汤雪莹：《底层经验的诗性表达》，《当代文坛》2015 年第 6 期。

② 张京媛：《当代女性主义文学批评》，北京大学出版社 1992 年版，第 195 页。

就是对时空的身体性限制的突破。但这首诗的题目用“穿过”而非“穿越”，并结着以“去睡你”收起，就意味着诗人既不是要写对于“大半个中国”的纯外在化的旅行，当然也不是要作纯精神的超越，而可能是要从肉身出发，达到精神，而又要让精神回到肉体，“睡你”，昭告天下，我不是为了崇高的精神目的去会你，我去，就是要让我的身体和你的身体纠缠在一起，身体到达了你，就是我到达了你。这种昭告就正如王泽龙所说的：“《穿越大半个中国去睡你》，就是一种女性情感欲望的穿越”，“诗歌中是女人穿越一切去睡你（男人），女性成了自我解放与身体救赎的主体，这样一种本色的情感体验与表达，构成了一种对我们常见的女性诗歌图像的挑战”①。

故而，从这个题目本身来说，就构成了一个宣言，就形成了一道昭告，就构成了当代女性的性别写作和平等意识的自觉，这种写作让我想起了伊蕾的《独身女人的卧室》、翟永明的《女人》、唐亚平的《黑色沙漠》等作品，它们以具有鲜明标识的女性身体的独立自主和欲望自主，展开了现代文学“性别写作”的宏大序幕。女性的身体不再是害羞的，不再是屈从于男性的，女性为自己的身体做主，并支配自己的欲望。这种强烈的宣示贯穿在该诗的主题中，也让人感觉这应该是一首气势磅礴的诗，是具有惊人容量和呼应时代氛围的女性之诗，应该是有着丰富的想象力和最震撼人心的穿透力的重要诗篇。但是，从所引用的全诗来看，这首诗虽然有着一种奇巧的构思，但在如此短的篇幅和匆忙的结束中，却感觉未能将其有效展开，不免让人觉得可惜，可惜了这么一个极具张力的有意味的题目。这题目从性的欲望上说是赤裸的，从艺术构思上说又确实新奇的。比如，诗人在前三句写了肉体欲望的碰撞：

> 其实，睡你和被你睡是差不多的，无非是
> 两具肉体碰撞的力，无非是这力催开的花朵

① 王泽龙、杨柳等：《在诗歌里爱着，痛着：余秀华诗歌讨论》，《学习与探索》2015年第6期。

无非是这花朵虚拟出的春天让我们误以为生命被重新打开

这是承接“去睡你”这个肉欲化的主题，但在第三句里对这种肉欲化进行了一种反思，那就是“肉体碰撞的力”所“催开的花朵”展现的不过是“虚拟的春天”，让我们造成了一种“误以为生命重新被打开”的幻觉，因而“睡你”和“被你睡”并不见得就具有某种精神征服的自豪，不要认为男人或女人的任何一方就具有了从身体和精神上压倒对方的优势，这打破了男人对于女人的性别话语和男权话语的偏见。这里的构思是奇巧而别致的，这正如学者所指出的：“诗人所有的怀疑和追求就在‘花朵’、‘虚拟’、‘春天’、‘误以为’、‘重新打开’等相互补充、相互背离的话语中游弋，诗句内部、诗句与诗句之间的相互延宕、递进、扭结的情绪，建构起充满悖论的诗意空间，最大程度地还原了诗歌主体的生存体验。”① 这最开篇的写作是具有振聋发聩的效果的，某种程度上说揭开了当代女性性别写作的新篇章。

当然，女诗人言说的重心，并不是要借助女性的身体来反抗男性的话语权力，而是希望进入一种超乎性别差异言说之上的普遍性的人的苦难写作，于是，诗人从第四句开始进入了“穿越大半个中国”的灵魂穿越肉身的灼痛感受：

大半个中国，什么都在发生：火山在喷，河流在枯
一些不被关心的政治犯和流民
一路在枪口的麋鹿和丹顶鹤

这种苦难写作，实际是当代女性政治写作的自觉，又是超越于性别写作而体现出女性充分介入社会政治生活的“时代氛围”。诗人的灵魂并没有死去，诗人并不想以肉身的狂欢来让精神进入沉睡，我得说，一个女

① 唐晴川、汤雪莹：《底层经验的诗性表达》，《当代文坛》2015 年第 6 期。

诗人关注宏大主题，这无疑是值得惊叹的，然而，既然是诗人，我们当消泯性别带给诗歌的困扰，而进入诗之普遍本质的维度来要求诗人。诗歌不能不写世俗的欢乐和痛苦，但又不能仅仅写世俗的欢乐和痛苦。诗歌不仅是大地上的欲望爬行，而且必得具有来自灵魂和神性的照耀并怀着对世间苦难的悲悯和同情，没有这种悲悯和同情，就不会有伟大的诗篇。显然，从这个角度来说，余秀华作为一个脑瘫患者和最真实的农村妇女，她却不苟且于世俗，而关注世界的苦难和个体的命运，这无疑是让人感动的。因此，诗人唐小米说："她的诗歌有独特的对生命和生活的体验，能打动我。"听余秀华进行诗歌朗诵时，诗人严彬说起现场的情景："有人还流了泪。"① 我想这都是真实的。余秀华在她的写作中融进了她的生命特质和现实感悟，特别是那种真正经受苦难者对于中国现实苦难和政治问题的思考，尤其令人注意，而这某种程度上说又具有了我们正在经历了"民族氛围"和"具体国情"。《诗刊》副主编李少君说起自己能理解余秀华诗歌能够"打动人"，但"没料到这么受到社会的广泛关注"②。这或许就因为这么一个底层农村残疾妇女能以自己的性别写作、政治写作带我们进入一种感同身受的时代氛围和民族氛围的真实语境中。

三　在一个时代氛围中的民族苦难重述

显然，女诗人在自我生命体验的强烈感动中试图去写一首伟大的诗篇，她在想着要进入一种超越的维度。因此，如果说诗歌的前三句还只是在世俗的欢乐中试着去遗忘，那么从"大半个中国"开始的三句，就让诗人领悟到，世间的痛苦难以让诗人好好地去睡。或许，只有从某种精神的高度来观照世间的苦难，才不至于让我们的灵魂被肉体的沉睡带入深渊。女诗人在这里转向了诉说现实的苦难和个体的苦难，这也是

① 曾园：《当我们谈论余秀华时我们在谈论什么》，《南都周刊》2015 年第 3 期。
② 曾园：《当我们谈论余秀华时我们在谈论什么》，《南都周刊》2015 年第 3 期。

贯穿“大半个中国”的苦难，“火山在喷，河流在枯”，有自然的灾害，也有人为的生态灾难。当然，诗人的批判指向是明确的，那就是指向对于人类之罪恶的谴责，“政治犯”“流民”“枪口”，被杀害的“麋鹿”和“丹顶鹤”。但是，我们同时也得指出，这几句关于苦难的写作固然展现了一种可贵的悲悯和同情，然而在语言和修辞的表达上却是无力的，在稍显生硬的植入中，诗人只是告诉我们有这样一种苦难和灾难，只是进行了一种现象的罗列，而缺乏了层次化的苦难变幻和涌现。在难以沉入苦难中，诗人匆忙结束了苦难的书写，并重新回到了个体自我的世界：

我是穿过枪林弹雨去睡你
我是把无数的黑夜摁进一个黎明去睡你
我是无数个我奔跑成一个我去睡你

这里的表达有一种痛快淋漓感，当诗人在写个体时，她有一种舒畅和自由，有一种笔触和文辞的得心应手，个体的幸福，是小我的幸福，是不易获得的，是在穿过枪林弹雨之后实现的，是需要把无数个黑夜摁下去，摁到黎明里去稀释，无数个分裂的我要融进一个幸福的我，在睡的狂欢中，要洗尽世俗的痛苦所带来的精神的痛苦，作为弱女子的诗人不想为宏大的精神主题而烧残此生，她有去追求现世幸福的权利和自由，这是一种呐喊中奔向自由的热望。

当然我也会被一些蝴蝶带入歧途
把一些赞美当成春天
把一个和横店类似的村庄当成故乡

在这里，我们应当注意到，诗人非常狡猾，她的肉欲化的写作不过是虚晃一枪，她实际要表达的是一个时代的麻木和堕落，而这就不完全是

“赤裸裸的情欲”、“自我的迷狂呓语” 和 “暴力美学”，女诗人告诉我们，她难免“也会被一些蝴蝶带入歧途”，“蝴蝶” 在中国文学思想史上有很深的寓意，既有庄子的蝴蝶梦的幻化迷离，同时也有男女情事方面的花心的寓意，这两重寓意都隐藏在诗中，诗人强调偶尔也会犯这样的错误，可能因着肉身的性爱而误把某种现象的东西视作一种精神性的东西，误把和她家乡 “横店”[①] 类似的村庄当作故乡。但当她意识到可能的迷失时，她实际又是一个自觉的反思者和内在的反抗者。

而它们
都是我去睡你必不可少的理由

作为一个反思者和反抗者，对那种肉身化和表象化的幻觉的清醒，让女诗人感觉到一种灵魂的内在痛苦。然而，在这种痛苦中，女诗人也充分感觉到个人的无力，“大半个中国” 的苦难固然让我看见了，我又如何能解决，那就让 “蝴蝶” 带我去进入梦幻吧。痛苦的难以排遣遂又成为“我去睡你的必不可少的理由”，当然，在结尾呼应篇首和题目中，我们还无法知道女诗人是否真正得到了赤裸裸的肉体的快感？抑或得到了而仍旧痛苦？抑或在痛苦中放纵着快感？抑或这痛苦不过是放纵快感的遮羞布，亦从而为肉体赋予一个精神的牌坊？或许，从这个角度说，那众多的批评的声音都在于余秀华写出了某种痛和伤，但却未能达到更深刻的思想力度和更深邃的历史洞识。因此，才有叶匡政指出：“余秀华是网络时代诞生的诗人，她的走红应该引起诗人群体的反思。”[②] 当然，也正如我们在上面的文本细读和辩护中指出的，余秀华的诗歌也并非仅仅止于网络的炒作，而是有着强烈的时代氛围和民族氛围，是带着性别写作和政治写作的自觉的，只是受其自身环境和学养所限的，她凭

① “横店”，一是浙江东阳的横店影视城，一是湖北省钟祥市石牌镇横店村。余秀华这首诗说的“横店” 当指后者，即她本人的家乡。

② 叶匡政：《诗人离公共生活越来越远》，《京华时报》2015 年 1 月 30 日。

借的是一种对于生命和生活本身的敏感在进行写作，而未能进入一种诗学自觉的维度来写作。而这也就是余秀华自己所说的："诗歌是什么呢，我不知道，也说不出来，不过是情绪在跳跃，或沉潜；不过是当心灵发出呼唤的时候，它以赤子的姿势到来；不过是一个人摇摇晃晃地在摇摇晃晃的人间走动的时候，它充当了一根拐杖。"① 这是诗写者对于自己写作体验的真实表达，是近乎自然话语式的，还缺乏一种从历史和民族渊源深处而来的东西。

对于这样一个生活在湖北钟祥横店的原具有底层农村妇女的身份，具有轻度脑瘫性质的女诗人，我们无法去揣测她最初写作诗歌的动机，她的现实生活是贫乏的，虽然女诗人在男性批评者眼里，天然具有暧昧的情愫，那是和柔软、性别、欲望结合在一起，并能够唤起男人的多种意念的欲望集合体，但余秀华作为一个略带残疾的农村妇女的身份注定了她其实并没有太多可能的情感和欲望体验，然而，她在诗作中却又明明白白地昭告着欲望。因为这欲望可能是虚拟的内在主体情感的外化表达，是她并未真正放纵过的，所以她转向了对于苦难和政治的书写，就也是容易理解的。但诗歌几经盘旋，其最后的意旨仍旧是在未曾达到某种高度中归于晦暗。这种高度就是灵魂和精神并未能被提到穹苍和神性的位置，只有在那里才有星光闪烁，才可能带来人性的纯洁；只有在那里，才有着丈量大地的尺度，才有那至高者的照耀，才能显现出苦难的沉重和必须救赎。无疑，这种位置的缺席，带来了诗歌的某种未能完成。诗人在肉体的短暂狂欢中去摁住自己对于灾难性中国的忧伤和愤怒，最后又在戛然而止中表明了某种才力的限制，她始终难以把握这样一个极具创意性的主题，以及融进时代、历史、民族、个人的宏大主题和私人主题的统一。

我们这里说的宏大历史主题和个人生命主题的融合，在余秀华这里已经带着强烈的时代氛围和民族氛围，并彰显出我们一再强调的性别意

① 余秀华：《月光落在左手上》，广西师范大学出版社 2015 年版，第 223 页。

识和政治意识的自觉，但却终于未能找到突破的路径，这种未能突破在当代诗人这里也同时呈现出一种集体性的困惑和思想的困境。我们无疑要承认，在才情的自由挥洒方面，当代中国诗人已具有极大的空间，但学养的相对欠缺造成了他们难以创造出属于这个时代的真正经典，而那种超越时代的伟大就更难企及。我们批评余秀华这首诗，并不表示对她的努力和她的未来的否定。我们的批评，只是希望能引出中国诗歌创作的多重可能性向现实性的转化。或许，余秀华还仍旧前进在她极具探索性的道路上，或许更多的中国诗人在具有灵感的想象和思想的深邃方面将会有更完美的结合，这些都仍旧是我们应当鼓励和期待的。因此，我们可以将余秀华这篇诗作看成一个半成品，而当代中国的精神图景有待更多的诗人去写作。“睡”或者“不睡”，我们都必得有灵魂和思想同行！“醒”或者“不醒”，我们都不能忽视肉身的感觉和疼痛！

别篇

南方诗人的艺术缘域

南方诗人的艺术缘域，不是静态的，不只是面对文本的，而是在当下的现场互动和与时代共振着的各种因缘条件中生成的。一个新的文本的诞生，一个新的民间奖项的设置，一场诗歌晚会的举行，一次诗人间的邂逅，一个诗人的离去，都会引发出激烈的、巨大的震荡。我曾经在《文学的缘域》中提出“文学缘域”的命题：“缘域，是事物自性和他性共在的关系性结构状态，是中国传统文化关注的重要思想境界。文学缘域，是指文学是一种非疆域的人文现象，是既有其暂时的自性自觉，又是缘他在而来又缘他在而去的缘起式的人文存在样态。”[①]“文学缘域说”是根据中国古典文学经验和近百年来中国文学研究状况提出的全新理论命题。该命题的理论和现实意义在于消解西式文学观“文学是什么”的本质主义提问方式和解答方式及其对中国古典文学的生硬裁割，从而以灵性化的中国古典文学思想激发一种创造性的生命体验。在本书别篇中，我们探讨南方诗人的艺术缘域，就主要是以一些事件、诗会、艺术展和重要的诗歌文本，来展开一场别开生面的艺术缘域之旅。这场特殊的旅行，就是以最近辞世的广东诗人温远辉曾以其精神纽带编织着的南方诗歌场域来开启的，是在诗人和艺术家海上的岩画创作中谛听华夏文明边缘和亘古时代的召唤的，还是在马莉的中国新诗百年百位诗人肖像艺术展的特别仪式中裸露和呈现的，以及我们又再次以广东女诗人陈会玲的一首独具意味的诗篇《回忆一个下午》中的闪烁的时间和生命记忆来进入的。而在别篇的最后，我们选入了作为《南方诗选》后记的《南方的夜晚》来作为结束，以表明南方诗歌及其南方精神就是在一个具有现代意味的时空中持续酝酿的，南方标明一个空间，一个事件场域，而夜晚，虽是昼之反，但因为南方的限定，又标明一个特殊的时间，那是一种新异的变革的精神在夜晚里升起的时间。当代中国新诗的未来，就必须在这样有力量、有时代精神的自觉中才能开启中国新诗的辉煌，才能真正走向世界。

---

① 何光顺：《文学的缘域——兼论文学的自性与他性》，《暨南学报》（哲学社会科学版）2013年第11期。

第十七章　不会一切都被带走：悼温远辉

不会一切都被带走，闪光的灵魂，仍将在大地上闪烁。在赴四川开会途中，惊闻噩耗，诗人温远辉先生不幸离去。在我进入诗歌界以来，我强烈地感觉到，这是一位赢得了广泛尊重与认同的诗人。或许，至少，在我所遭遇的当代诗人中，还没有一位诗人像他一样，感动着那么多的灵魂和不同领域的人们。

对于这样一位诗人，我知道，任何人能够认识他，都会觉得是一种上天馈赠的恩典。然而，或许，是连老天也嫉妒他吧，嫉妒他在这个沧桑的人间滋润了那么多远行者。正如温远辉先生在他的诗作《天上的湖》中所写的："一定是上天悲悯大地/垂落泪水，才有了这样的湖"，苍天啊，岂真是有情，那分明是诗人的泪水，是悲悯的诗人以他的温润的泪之河，浇灌了这片大地。或许，我们也不能怪苍天无情，因为华夏民族的苍天，从来都只是自然的运作，天又何言，只有人的贡献。当一位诗人太多地将他的生命贡献于世人，那么，他累了，他要休息了，回到自然，或许，也是上天对他最好的安排。

"一代又一代，一年又一年/他们坚定地去，他们坚定地回"，这似乎就是诗人在他的《驶向祖先的花园》里对自己的命运，也是对世人命运的召唤，我们来到这世间，我们也都必将回去。回去吧，驶向祖先的旧乡，在那里安息，那里有祖先的灵语，有万水之源对于生命的供养，我们谁又能逃脱时光的轮回，又有谁能不惊慌于命运的眼神？然而，自由生命的创造，就在于领悟轮回中的生命的节奏而在参与中获得至高的快乐。

离乡者，就像“一条鱼穿梭带出海沟的涟漪”，虽然，终是短暂，它却酿造出生命的完美的形态，虽然“一开始就是迷蒙”，却“一定有呼吸恒久绵延，缓缓诞生生命/从最深处开始，岁月诠释砥砺和坚忍/一点又一点享受荣光的悲愤”（《珊瑚岛屿》），“熟悉的船回来了，又驶过去/告诉你，祖先的呼唤在梦里”（《珊瑚岛屿》），温远辉先生，是一个地道的华夏的儿子，那就是华夏的诗人对于家祖先的永恒的思念。不必痛苦，累了或疼了，就驾一条船回到祖先那里去，有安排好的位置予以我们，这是一种何等自得的恬淡和坦然！

无疑，诗人温远辉先生，就是找到了自己生命的归宿地和信仰的幸福者，无论是寒夜还是深渊，他都能看到温柔之光，看到有生命的星辰升起，于是，最忙碌的南方，在北方人眼里常常是精神荒凉的南方，生长出了蓬勃的欢乐，“一个奔跑的城市能有多少欢乐/一个城市的欢乐能跑多远/沿着深南大道年轻的城市在奔跑/那奔跑的欢乐卷起巨大的浪潮/淹没了一条谷以及明媚的港湾/欢乐细碎的浪沫/让一个城市心跳加速”（《奔跑的欢乐在这里停留》）。我读着诗人的词句，我知道了为何我们认识如此之短，却相交如此至深。我也常常对人性怀着极大失望，但在我看来，上苍和神灵赐予了我们此生，就不是让我们仅仅来抱怨的，而是来让我们也要回馈的。这样，当我来到南方，言说南方之诗、南方君子和南方精神时，温远辉先生联系到了我，我确实很惊讶，因为作为后辈，他委托给了我一个在我看来是一个沉重而艰巨的责任，那就是我们共同来编撰《珠江诗派》。关于这部书的编选，虽然已获得了极好的反响，但它的意义却还未曾被诗歌界充分洞悉和理解。

我曾经多次说起，《珠江诗派》需要放在和《南方诗选》的姊妹篇的位置来阅读和研究，它的意义才会被充分彰显。我于此说的依据当然是充分的，因为也正是在我着手主编《南方诗选》的过程中，温远辉先生觉着了“珠江诗派”流淌着南方精神的血液，而“南方诗选”又扩大着珠江诗人的疆域。这正如我在《南方诗选》中所指出的："珠江入海的三角地带，岭南名城广州辐射的范围，就是真正的精神的南方，就是现代的南方，就是我们要说的南方。"我把珠江流域看作南方精神的最现实的肉身，而由它辐射，才会带来一个现代的未来的中国，而中国之其他地域的精神都必将与这个核心地域的精神相呼应或相互补正，而后生成现代的中国。这两部诗选之所以构成姊妹篇，就在于我介入当代诗歌既晚，就只能着眼于1990年代以后的当代广东诗歌或南方诗歌，即使如此，也有颇多遗漏，并不得不常常致歉于后来认识的诸多广东诗友。虽然，我曾说明，《南方诗选》的主要目标在于建构南方诗歌的现代精神谱系，求其内在线索和主体轮廓，但毕竟，我只要关注这里，就自觉的有了一份不断扩展着的责任。从这个角度来说，《珠江诗派》就不同，因为有了温远辉先生对于广东诗歌的熟悉和了解，有了在我们两人确定编选思路后又邀请广东重要诗人和批评家林馥娜专门负责广东诗歌古典部分的分工，温远辉先生专门负责民国到1980年代，我所负责的1990年代以后，也都得在资料思路方面得到他很多指正。这样，在我看来，《珠江诗派》的编著，就不仅是一种合作关系，而是提供了一个我向一位优秀的长者和师者学习的机会，这也是我在心底里更愿意尊温远辉先生为师并习惯称呼他为温老师的缘故。显然，《珠江诗派》就把我《南方诗选》所未曾关注的一个1990年代以前的诗歌谱系确立了起来，而这对于研究广东诗歌乃至广东文化，都是非常重要的。

从对这样一位优秀的师者和长者的钦重和敬爱出发，我必须继续阅读这位我以前还未曾深入阅读的诗人的诗篇。在他在世时，我总觉得有充足的时间以后再专门谈他的诗篇。然而，当他离去时，巨大的责任却督促着我必须谈他的诗篇。优秀的诗人，在他离去以后，不当被遗忘。这样，我又读到了《贡多拉》，哦，那里有着诗人多么美好的年少的时光和爱恋，"在威尼斯的晚风里，我俩哼着故乡的谣曲/甜草和薄荷的气息飘漾着/穿过半生的时光/我还依然嗅得着那夜晚的你的香气"，这美好的"月光下的初恋"，是与诗人的对于他颇具归宿和信仰意味的爱恋相融的，充满感恩，就有了他对于女儿、后辈、亲友、同道乃至陌生人的那份爱的投入，那是辽阔的爱，这正如诗人在《十八拍》里所写的："为什么大海如此辽阔，辽阔得如同星空/那么深邃，把一切都收藏其中/那是因为它的伤悲。"大海为何伤悲？因为它太过眷爱世人，它需要把太多的疼痛者收藏和安抚，它的浩瀚，都是因为它流下的泪水。

这样，我们就看到，温远辉先生诗歌的具有内在关联的几个关键词：眼神、泪水、慈悲、辽阔、祖先的花园，这些共同构成了诗人的生命线索，他的眼神瞩目着人世，因为人间的痛楚，而泪水流淌，他的慈悲如此浩瀚和辽阔，都和他有着那温暖的朝着祖先的信仰有着隐秘的联系，于是，在诗人那里，就驱逐了黑暗和丑恶，"其实没有黑暗的河流/只要是河流，就不可能黑暗"，诗人看到了流动和轮回对于黑暗与丑恶的消解，流动的，永远是鲜活的，它会把一切陈腐之物洗涤荡净。诗人也由此获得"多么巨大的宁静。多么/宁静之后的宁静"，"花儿也轻轻吹过/一直吹进宁静的心里"（《吹过湟水的风是花儿》）。诗人既在悲悯和抚慰世人，而最重要的是，这种悲悯的抚慰来自他内心里永不枯竭的升腾着的柔和的力量，"我从最低的南方起飞/去看青海的青，去品酥油茶的酥"，"我一路越飞越高高至/我心中的天堂"，"西北青海的蝴蝶，比我的心/飞得更高"（《蝴蝶比我的心飞得高》），自由的心在飞翔，然而，诗人永远不会把自己绝对化和高傲化，他总是谦和、谦卑地看着万物，他又看见了青海的蝴蝶比一颗心飞得更高，其实，那也不是外在的蝴蝶，那仍旧是诗人的诗心跟随着万物飞翔。这里，就已经没有了高和低，没有了远和近，因为诗人已经跟随着万物，一起驶向了祖先的花园，驶入了旧乡。

我想，写到这里，我对一位师者和长者的精神世界，或许，有了一些真正的理解和体悟，或许，跟随着这样阅读的读者，也由此得以进入一位优秀的慈悲的诗人的辽阔的世界。当然，我们作为还未曾完全达到超脱至境的有限存在者，我们还难免陷于悲伤之中，那就从我们作为在世的悲伤者来流下我们怀念的泪吧，虽然，我们也会在继续缅怀他的精神中，因着他的爱的感染，而继续微笑着面对人世，但在这个时刻，我们却必须把我们对他的感恩，请他一起带着满载着，以驾起他的航船驶向祖先的花园。我们必须说的话就是：诗人温远辉的离去，造成了广东诗歌界，也是中国诗歌界的一个巨大伤口。这个伤口，疼痛着所有人的心，也将在后来更加清晰地被看见。我们在无限的感伤和感激中纪念和哀悼他，爱不会随风逝，愿阳光永伴他在彼岸的岁月。

第十八章　英雄会倒下，但爱不会被苦难和侏儒击倒：悼陶春

四川诗人陶春，是我们时代的诗歌英雄！未曾想，在这个凛冽的冬天，他却倒下了，然而，他所播撒于诗歌中的爱的精神，却不会因为苦难被击倒，也不会被充斥于这个时代的侏儒所打败。英雄的倒下，只会让一种更高贵的精神茁壮地生长。

我与陶春兄相识，是因着中国当代被誉为民间思想家的海上而开始的，一位卓越的超脱凡俗的诗人和岩画艺术家将我带回了我的故土四川，带到了成都宽窄巷子中李亚伟的香积厨，因着一位在广东成名而漫游于中国大地的诗人，我迂回进入了四川诗歌的老家。在四川诗人这里，也在陶春这里，我找回了久违的感觉，他们在酒杯里，挥洒出了灵气氤氲的诗篇，这真是四川诗人不同凡响的能力，不是在书桌前苦熬，而是在纵情快意的人间烟火中，铸造出了汉语所能抵达的最超凡之境。

正是感于这种归属于故乡的洪钟大吕的诗歌精神，我慨然应陶春兄之约，完成了《四川诗人，大陆精神的书写者——从“第三代诗”到“存在”诗群的演进》上下两篇约 3 万字的文章，后在《中国文艺评论》编辑吴江涛兄建议下压缩为《当代新诗发展的现状与前景——以四川新诗群体为例》一文。这篇文章因陶春兄约稿而写，没想到，如今，斯人已远去，真是让人感慨神伤。想当初写这篇文章之时，陶春兄为我发来了四川各位诗人的完整资料，在修改过程中，也多次和他商

榷，也得他修订诸多细节和具体问题。这篇文章成稿后即投于《中国文艺评论》，听闻编辑吴江涛兄说起，杂志社领导颇为看重这篇文章，并建议将我所提出的四川诗歌的“大陆品格”或“大陆气质”修改为“陆地气质”或“内陆诗风”，以避免“大陆”概念的模糊化，随后，文章在该刊2019年第5期诗歌专栏重点推出。

回忆起和陶春兄讨论四川诗歌，而今很多情景仍历历在目。当时，我也和陶春兄说起，我提出四川诗歌的“陆地气质”或“大陆品格”，是与我探讨广东诗歌的“南方精神”相对应的。两者相较而言，前者是深具厚重的华夏历史文化传统而又朝向现代的，其根本性的维度在“正”，正而有变；后者是在首先迎接西方文化冲击的新思潮和新诗潮的生成，其根本性的维度在“变”，又变而存正。四川诗歌因为先溯源而存正，故根基深厚而始终为中国诗歌重地，并往往实际上占据着中国诗歌的半壁河山；广东诗歌因为先应变而后求正，难免根基薄弱，故虽得风气之先，但常常显出内功尚浅。在20世纪90年代以来，广东诗歌在承接四川第三代诗并直接吸引全国各地诗人中，遂实力开始不断上升和蓬勃发展。

真未曾想到，在2016年初，与陶春兄开始的美好缘分，却在这个庚子年末，突然结束了。这真是多灾多难的一年，疫情还在肆虐，个人也遭遇很多坎坷之时，陶春兄却不辞而别了。我们不得不记住这个时日，2020年11月16日，诗人陶春永远地离开了四川这片养育诗人的沃土，也离开了他深爱的众多诗歌兄弟。

在11月18日，诗人谢银恩兄发来了他纪念陶春兄的文章《论诗剧》，并写道：“深夜，伴随一支笔，血肉被词锋划开，词语的铁锹，埋葬白天的喧哗与骚动，向中国诗坛递出了七一年出生的诗人陶春的身份证和通行证。”向以鲜兄也向我说起：“我们真的失去了一位好兄弟！”李永才兄也在朋友圈留言：“曾邀陶春兄一起编了三本诗集《中国诗歌版图》《四川诗歌地理》《四川诗歌年鉴》，他走得真是太匆忙了。”当我沉浸于悲伤中之时，广州诗人典裘沽酒也发来安慰的话语：

“你的诗友陶春在不该逝去的时候去世了/而你只是春风得意马蹄疾跌了一跤/爬起来拍拍灰尘继续上马驾一声就是了。”诗人们相互爱着，却不会如世人相互仇恨。诗歌的语词之渊里始终潜藏着生命和友谊之光，英雄虽然会倒下，但爱永远不会被苦难和侏儒击倒。这正如诗人刘泽球赞誉陶春兄时所说的“用词语抬高每一级黑暗”。

一位诗人往往就是黑暗森林中最高大的一棵树，他的倒下，可能拉远人间与天空的距离。对于诗歌界来说，陶春的离去，无疑是21世纪20年代开端之际的一个悲伤的事件。这也是一棵诗歌大树的倒下，但它曾经的屹立，却从根本上确立了一些我们的基本信仰，这就如李铣兄所写的：“秋风劲吹/拦腰折断一棵青葱的树/你仍然留下余温，诉说：/人心，可信。”胡马兄也用一棵树来比喻诗人陶春：“有一棵树被黎明砍伐，/但你听不到哭泣”，“相信你，还在‘语言之梯’/向着天空攀登，不曾喘息/怕错过觥筹交错中平静下来的河流。”我们可以说，有形的树倒下了，无形的树却仍旧屹立于人间。

作为四川诗歌的重要组织者，陶春和他的兄弟刘泽球、谢银恩、梁珩、吴新川、索瓦、曾令勇、陈建、张卫东、胡马、李龙炳等组建的实力非凡的存在诗群，无疑已构成了一片茂盛的森林，它重绘了四川诗歌的地图，也影响了当代中国诗歌的走向。从承接四川第三代诗人而来，存在诗群扛起了当代中国先锋性诗歌的大旗。作为难得的兼擅写作和批评的双面手，陶春还以他的豪迈、真诚、坦率、义气凝聚起了一批关心和支持存在诗群的诗歌界朋友，更多的优秀的诗人或批评家。全国各地乃至世界的很多诗人们，都往往是以陶春那里为驿站，而走近四川和四川诗人。

而今，陶春兄走了，诗人们的泪水汇成了河。诗神太爱陶春了，他必须要有陶春这样的好助手，九泉之下的碧草才会重新长到天涯，九天之上的神歌才可能被重新谱成乐曲。所有的诗人都在纪念他，陶春兄走了，他走得太匆忙。我想，他一定在另一个世界修筑语词的殿堂，我们只是在这个世界追踪他的语词之路。或许，只有在写作中，我们才能约略摸索到他的精神燃烧中留下的灰烬。他的语词，仍旧是在烟火与美酒中挥洒，这也是谢银恩所呼喊的："老陶，汤好了。刚买好菜送快递到我们最常谈的托尔斯泰与陀斯妥耶夫斯基"，"呜呼哀哉，长歌当哭。兄弟且饮此杯，御寒"，"没得耳朵，只有酒与泪。"陶春兄，我们还有多少美酒未曾与你一起喝，那我相信，这些兄弟们的诗篇一定是你为我们赐赠的美酒！

第十九章　大地里蛰伏着沉默的力量：论海上岩画

海上，蛰伏着，岩石里聚集起从远古和时空开辟之初而来的神秘之力，巫师一样，召唤出宇宙的精灵力量，他挥手之际，天地间电闪雷鸣，风雨大作，文字和图画生成。

如果，一个时代，先知不再莅临，平庸便必困扰人心。如果，一个民族，思者不再说话，浅人便必占据市井。那些以文字为游戏而自高者，害怕先知和思者的光芒照耀。

当你走近海上的岩画之时，你是否有瞬间超验的穿越时空进入秘境和封印打开的神奇？最高阶的艺术，是通天地之化，感鬼神之变的艺术，有一种解衣盘礴裸对天地的至真至纯，遮蔽生命的层层黑暗幕布被不断扯开，一个原人和真人，从光芒里诞生。

海上的画，就是原人之画，真人之画，他是以真人之笔，画出了原人之象，他是直接从《论语》跳入了《庄子》，学而时习、朋友远来、不知不愠的人伦世界被他轻轻撇开，鲲化为鹏、天籁交响、庄周梦蝶的天道妙境全都浮现于笔端。

看见了，他在阿尔泰山奔跑的足迹，听见了，他在阴山山麓解读秘语，祁连山蜿蜒起伏，他徘徊在大地筋脉交错的纵深处。人类文明的欲望机器所制造的机事和机心，被狂风卷去，被长河荡涤。当各种诗人和艺术家忙着划分势力范围之时，他向着被遗忘之地走去。

虽然不是不可以诗人、思者和画家来命名，但超越于一切命名，却是他的决心。遗忘吧，世俗之名，不当成为一个原人和真人的荣耀，荣耀人者，必不在人，而必在照耀着令其成为人的原初，他要画出人，画出人之大，画出人之大不在己身，而在昊天。

遗忘吧，被诩为文明的钢铁城市，制造出了批量生产的诗人和画匠，驱赶着人们如蚂蚁般追逐浮名，标准化的操作程序生产出了好坏的标准，有谁再能于咸池之旁听一曲至美之音？有谁再能于具茨之山寻大隗之所存？

汉民族，曾经荟集着周民族之《诗》的典正和楚民族之《骚》的奇诡，旁收博取诸边缘部落之八方殊音，终成其壮大，而成亚洲与世界之一伟大民族。浩浩长空，滔滔江海，可喻其大。伟大之民族，必有磅礴之精神以令其不朽。看吧，这画，以汉民族之汉字，为其精神血脉，流淌着，跳跃着，把一伟大民族从亚洲边缘地带处而来的谛听，化作了这一最古老文明，他以汉字为画之神，以岩画之象为画之骨，那不被文字言说的岩石上的简单原人图画由此就被带入了现代文明语境，在各大城市的展厅奇异突兀地显现。

归去，在身体和精神病灶丛生的时代，归去，在钢铁森林抹去生命气息的时代。在经历亿万年的蛰伏而得诞生的遥远世纪里，有着民族之真人和原人，一个精神上萎靡颓废的民族，必须回到那精神磅礴的人之初的时代。

当一片黄叶在城市的水泥路面被扫入黑暗垃圾箱的时候，人类早已迷失了归途。走吧，到自然里去，看吧，在这一幅幅海上岩画的线索指引中，去那风雨涤荡污浊的高山、森林、猎场和长河边去。

不必乞求于古希腊的众神，不必仰望古犹太的先知，不必打开罗马上空的上帝的天书，不必倾听中东沙漠里最后先知的呼告，草木必荣枯于其地，汉民族的生灵，在昊天的眷爱中，必当不会沉沦。华夏的礼乐衣冠，必遵循古老的天地之象。

不会再沉默了，你是否已经听到了地底里蛰伏的惊雷的声音？人之精神和民族精神的苏醒，不在机器隆隆作响的喧动里，而在以诗、以画、以音引导着的向着原人和真人诞生的初原处。当你看到原人之象时，一个民族就将不再在体制和机器的怪兽下战栗和匍匐。

第二十章　一个女性笔下的民族精神图腾：评马莉肖像画

2017年3月7日，我们记住这个日子，马莉纪念中国新诗百年百位诗人肖像画展在白云山下碧溪水畔，在广东外语外贸大学幽静的校园内开启了她的南方高校巡展的第一站。

前不久，马莉刚在北京大学举办了诗人肖像画展，那里是中国新诗的发源地。更早前，中国现代文学馆也收藏了马莉的20幅诗人肖像画。马莉非常喜欢广外，这里有民国著名诗人梁宗岱先生，也有当代重要诗人柏桦先生，还有小说家薛忆沩，这里正处于中西方思想交锋的前沿地带。这里需要中国的思想和中国的艺术出场。

何谓艺术？

艺术不是对现实的拙劣模仿，而是对某种可能性和理想性的表达。马莉纪念中国新诗百年百幅诗人肖像画展，从某种意义上说，很可能开启了中国艺术的新纪元。马莉是自学成才的，她达到了很多中国专业画家所不能达到的高度，这既来自她天才般的卓越的艺术感悟力，也是源自她根本性的诗人的使命意识和角色担当。这是一场艺术界的革命，一只黑天鹅从诗歌的领域闯进了艺术的园地，引起了诗界的震荡，也引起了艺术界的兴奋。

马莉的诗人肖像画是对中国传统人物画进行现代变革的高峰。这个变革早就开始了，但只有在马莉这里，才得到了完全的实现。如果撇开画种之别不计，只就主体性的精神在画中的地位而言，我的说法或许并不过分。或许，古典时代，专制权力的压制太过沉重，传统人物画，其着墨疏淡，情趣淡雅，人物或浑然于山水，或传神写意尽在虚灵之中，人的主体性的精神是被特意隐藏的。不合作的清高，那无疑是传统文人反抗专制权力的另一种方式。然而，在进入 20 世纪以后，尽管有水墨画的技法改变，有西方油画的引入，但中国人的形象和中国人的尊严，却仍旧是缺失的。张大千、徐悲鸿仍主要画山水、走兽、花鸟，亦有人物，却也未能有以现代或当代中国诗人为主角的塑造中国诗人群像的自觉。马莉的画完全用实笔和重笔，浓墨重彩地以实写虚，人成了整幅画的唯一主角。这里的人，不是普通的人，而是应该的人，是诗人，诗人是人之精神的最高象征形态。在这里，人出场了。从这个意义上说，我对马莉的赞誉是不过分的，那画中诗人的冷峻犀利的眼神，让那些曾经以打倒知识分子和文人学者为荣的阴谋家和麻木的民众，感觉到一种内心的罪恶和卑微，他们如果没有以诗人之眼来审度自己，那曾经所犯的罪又如何得到清除？

马莉的诗人肖像画也是对中国当代技术性专业画实现突破的真正起点。并不是没有其他跨界创作的画家，但能熔诗和画于一炉者，却并不多见。马莉最初栖身于诗艺的领域，但诗画相通的古老艺术精神让她拿起了画笔，打破了现代学科的壁垒。我知道，还有很多诗人和画家也和马莉在做着同样的工作，并开辟了自己的天地。这种跨界创作，构成了一种极大的优势，马莉的画作已经远远超越许多绘画领域的专业作手，在她的笔下，我能看到疾风暴雨和电闪雷鸣，看到她携带着这个民族的精神在前行。我想，在马莉画中诗人犀利眼光和冷峻面孔下，就是带着马莉对于这个民族所经历的 20 世纪的苦难和沧桑的深刻思考的。鲁迅是华夏民族自我批判的起点，直指愚昧的民众在专制锁链下的麻木，胡适作为自由主义者，是肖像画集的第二幅，是自由独立之思将要打破这黑夜的囚牢。诗人在任何时代都不会沉默，他们穿越了风雨如晦的反右、大灾难、浩劫十年，一直在今天仍然前行。马莉把她的画笔直接引向了和她同时代的诗人。这些当代诗人无疑很多还是有争议的，但马莉在为这些成长着的诗人铸造出精神的高度，让他们朝着那个指向神性穹苍的维度前行。

马莉的画，是民族的画，是时代的画，那是有大气魄的，是有天地境界和一览众山小的格局的。不是停留于专业技术的精致，而是要呼唤出技术之外的艺术的神韵，那就是进入历史的史诗性写作的自觉，是要带着个体生命和民族精神共同出场的。或许，很多诗人和画家已经如马莉一样优秀，我还会继续去阅读和发现，但无疑，他们也将会受到马莉的激奋，在具有同样高度的精神切磋砥砺中，不会再有一个诗人被轻易击倒或迷失，每个人自成光源，但却又在相互的照耀中，为这个民族映照出一片绚丽的星空。因此，虽然马莉是从贫瘠中国被苏俄进行文化殖民化的精神荒芜时代成长起来的，然而，华夏民族注定是要超越那样一个北极地带的野蛮性民族的。马莉和很多同样努力的诗人和艺术家们的诗歌和画作，必将在呼唤中国精神中重建这个文明。

这种极具个体自觉的主体精神书写和具有悠久传承的民族精神铸造就在马莉的诗人肖像画中被凝聚和表达出来了。她没有去描画外国诗人，没有散乱地绘画各色人等，只有中国诗人，在马莉的画笔中，获得了优先出场的权利。而且是现代百年中国诗歌史上的100位诗人，马莉就是要明确地推出中国诗人，因此，马莉的画笔就首先贯注着她的自我诉诸民族表达的精神信念。这样，每一幅诗人肖像画都标举着独特的这一个，却又展现着整体性的精神图像。这就是中国诗人和中国文化的自我认同与确证。

在近代以来，中国人被屈辱地钉上东亚病夫的象征符号。不仅是身体的羸弱，更是精神的贫瘠。马莉的诗人肖像画，明确地雕刻着中国人所应当成就的精神高度。画出了中国人最应当去达到的可能维度，那是中国诗人为民族所开启的精神方向。

诗人，来写吧。画家，来画吧。马莉出场了！这是一个中国诗人和民族艺术家的出场！因为民族的而成为世界的，真正要进入世界艺术之林，就不能表达那些只为西方人所熟悉的，而要表达不同于西方，不同于其他民族的。为这片土地写作，在苦难的历史中，唤出他的高贵的精神，就是中国艺术家的使命和职志。马莉毅然承担起了这责任。

看马莉画作，我们怎能不震撼？有人说，马莉的才艺盗自天庭，她没有边界地打开我们的想象之域。是的，真正的艺术是来自天庭的，那是真理的纯粹性处所。现在，真理就借着马莉的艺术得到肉身化的感性显现。中国诗人，在马莉的画笔下，也内在地秉领了神性之光。诗人是人间的天使，马莉却是诗人的天使，为人间带去诗人。

看着马莉的画，亲爱的观众啊，你又怎能不感动？在每幅画前，你是否都感觉到马莉所画的诗人是在看着你，又在穿透你，望向极辽远和空阔处？强劲的线条、强劲的力量，在一种画面的极静穆中呈现出一种精神的历史运动过程，蓝色背景上的鲁迅的严肃，穿着纯白衣服的闻一多的烟斗上的喷燃的火焰，杂色和暗红背景上的诗人梁宗岱的衣着考究和深邃沉思，是不是把你带向了一个历史和民族的世界？

来看吧，重要的不是看画家画了什么，而是看她向我们召唤着什么……

第二十一章　灵性的天使为我们照亮生存：读陈会玲

初读陈会玲的诗，就被她的诗的特有的气质打动了。会玲的诗是真正的女人的，是引领男人的灵魂沿着幽幽的尘世曲径往上升，男人得跟着她努力，而后突然看到一道光，从上面照耀过来，当男人眩晕的时候，她已经轻轻地把你拎到云端和天堂，那是仙境，那是圣歌环绕的地方。当我读她的《暗巷》、《回忆一个下午》、《到花田去》和《平静的生活》等的时候，无疑，我是被她给俘虏了！这是一个用她的灵魂的力量俘虏男人们，俘虏任何一个读者的才情横溢的女诗人，一种纯静、纯粹，就是她的诗中自然外溢的精灵的力量。

据说，男人最初是上帝用泥土捏出来的，女人却是属于男人身上那最精致的属灵的部分。上帝并不用泥土造女人，而只用精灵之气骨造出了最精致的女人，从会玲的诗歌里，我们无疑能读出这种让男人去升华去脱离大地的沉重和物质的混浊的轻盈感和上升感！女人曾经带着男人吃下了第一颗知识之果，而后有了光明照亮世界！我们读会玲的诗，情不自禁地感到这种属于女人的神奇的力量，或许，会玲，就是圣哲和先知派来照亮我们这个时代的一个天使吧！亲爱的读者，请让我们屏住呼吸，用心灵去读这位年轻的当代女诗人。

我首先喜欢上了女诗人的《回忆一个下午》：

这是一个虚妄的下午
林荫道上的落叶，丧失了表情
一小片的阳光在聚集
刚刚说出的话，是笑浪里的波涛
我们站在远处，开始沉默
我听见内心的声音，绕过久远的岁月
深陷秋天的惶惑
多年后我独自回到故乡，在山梁小憩
我看见那奔跑的身影，带动
一阵阵的山风。倒伏的野草招摇
割裂指尖。这鲜艳的红
与蓝天一起，供认出
那从未遗忘的疼痛

2015.11.16 下午3：00—4：00

诗题明确标明是“回忆一个下午”，实际上，当我们在写“一个下午”时，这个下午，便已然在滑出我们的时间之外，然而，当诗人又给这个下午加上“回忆”时，便隐然指出了这个“下午”所具有的“时间性”的本质，“一个下午”只能在回忆的深渊里，女诗人想将这个“下午”捞出，我们看着这诗题，或许会想，这一定是一个让人眷恋的下午，美丽的下午，抑或恰好相反，是一个悲伤的、疼痛的下午，诗人捞出，不是为了勾出美好，而是为了弥合疮伤，当然，如果我们还没有读这首诗，我们就不能知道，这是一个什么样的“下午”？诗人缘何要去“回忆”？

疑问从诗题处就已经置入。然而，当我们刚刚进入诗篇，那种可能的让人眷恋的美丽或悲伤的疼痛，都没有在我们的期望中出现，“这是一个虚妄的下午”，多么奇妙，“虚妄”显得突兀，然而却指向了这样一个下午的本质，不再是古典时代闺中女子的“门掩黄昏后，无计留春住”的自怨自艾，而是直接指出了某种等待的虚妄。“虚妄”也同时标示出某种与古典时代断裂开来的现代性的体验，欢喜和悲伤，都不再是当代的个体生命或女性诗人的本真体验，只有虚妄、虚无和妄诞，标示着某种失落，和历史渊源断裂开来的失落……

随后，“林荫道上的落叶”，这是较为传统的意象书写，我们不免要以为女诗人又要写传统的伤春悲秋，要写经历春天的花开，夏天的浓烈，又感伤到了秋天的寥落，然而，这句因为有了前面的“虚妄”和后句的“丧失了表情”构成整体，便具有了不同的意义。于是，我们便不得不从这整体来重新审视传统意象的“落叶”和此处的“落叶”。

我们隐约感到，女诗人有意地淡化了传统闺怨诗的性别化书写传统，不再写女人如花易凋零，不再写女人如落叶被弃置，她在写着作为落叶的本质，实际就是在写着个体之从群体中脱落的本质，“落叶”原本是属于树的，当它从整体性的树的历史中断裂脱落时，它就已经被抛洒在时光之外。人被抛出历史，就如落叶被抛离大树。人是惧怕孤独的动物，“鸟兽不可与同群”，神性的居有，乃是人能群的本质根据，然而，人之存在的荒诞就在于，最能倾听神圣的诗人却被抛出了人群之外，“她”或“诗人”成了一片“落叶”，“落叶，丧失了表情”，有何种东西“落”下？有何种东西“丧失”？

或许，心浮气躁的读者会轻易地说，诗人不是指明“落”的是“叶”，丧失的是“表情”么？然而，当我们进入诗之整体所开启的场域，便不难发现，感官之色相，却恰恰是女诗人所要摒弃的，她既不是要写“叶”曾有的青春，也不是要写“表情”曾经有的丰富，她实则是要写这“叶”为何要“落”？这“表情”为何要“丧失”？只有敏锐的读者，才能又重新回到诗篇的第一句“这是一个虚妄的下午”，这才是叶“落”，表情“丧失”的本质根据，“虚妄”，意味着存在的虚无化和荒诞化。我从来以为，这是一个女性极大解放的时代，她们不用在闺中苦苦等待被功名收买的被称为客子的实际是负心者的男人，然而，在我读会玲的诗篇时，我发现，这是一个深深的误解，古典时代是远去了，另一个对于生命的本质性的扼杀的时代才刚刚开始，这个时代不再毁的是属于古典时代的女性的情爱之渴望，而更深地摧毁的是作为人、作为诗人的本质存在之意义。

当然，作为身处一个虚妄时代的诗人，一个相较于男人更具有灵性的女诗人，她不会甘于时代的虚妄性的沉落，因此，诗歌的第三句"一小片的阳光在聚集"，诗人是"光"的召唤者，光来自神，诗人倾听神，诗人为虚妄的时代召来了光，虽然只是"一小片"，但却在"聚集"，这"聚集"似乎有了结果，"刚刚说出的话，是笑浪里的波涛"，有了"话"，有了"笑"，而且有"波涛"，诗歌有了振动和起伏，似乎在走出诗篇开始处的"虚妄""丧失"，然而，我们也应当注意到，这只是表象，这里的两句，仍必须进行整体阅读，"一小片阳光"是女诗人的尝试性拯救，说出的"话"或许被诗人看作"意义"的拯救，这有近于最初"神说，要有光，于是就有了光"，但神性早已远去，女诗人说的话，或任何有意义的话，都只是被淹没在"笑浪里"，一个人的笑无法形成有"波涛"的"浪"，这显然是人群的哄笑、嘲笑所汇成的巨浪吞噬了来自诗人所召唤的"阳光"和"话语"，一切仍旧是虚妄……

我们站在远处，开始沉默
我听见内心的声音，绕过久远的岁月

我们应当注意到，女诗人在这里用了"我们"，这里我不知道是她和一个知己或一个爱人或一个内心的影子在一起？但我知道，她绝不是如古代闺中的女子要谴责浪荡子或负心人，这个作为虚妄时代的"我们"在面对"意义"的虚妄中，只能开始一种内在化的转向，"内心的声音”被“我们”“听见”，这声音不再指向这个虚妄的时代，而是指向回忆，多么奇妙，女诗人本来是要“回忆一个下午”，这个下午，是我们读者所期待的，然而，女诗人却又告诉我们，这个下午无可回忆，回忆只能从这个下午还要回溯，回溯到哪里，不是要回到“久远的岁月”，而是要“绕过”。“久远的岁月”必须被“绕过”，女诗人是要带我们回到渊源深处，去寻获最初的“词语”，回到创造世界的“神之说”的初始话语么？

深陷秋天的惶惑
多年后我独自回到故乡，在山梁小憩

诗人的使命就是要在世界的黑夜中去摸索诸神的踪迹，她“深陷秋天的惶惑”，诗人在远游，她或许游得确实太远，她从渊源之地出发，跟随作为有死者的人类一路漫游，她携带着人类的灵魂，然而，人类却把诗人携带的灵魂予以埋葬，这些或许都是女诗人未曾挑明，但隐约透露在诗中的，诗人必须逃离这弑神的人类，“多年后我独自回到故乡”，故乡是诗人的出生地，是神之灵曾经栖息的地方，因而，我们就理解了“在山梁小憩”，山梁，是群山的力量聚集而向着苍穹升腾的地方，是最接近诸神居所的可以祭神的所在，女诗人或许以为，她必得在这里仰望，她在等待诸神降临……

我看见那奔跑的身影，带动
一阵阵的山风。倒伏的野草招摇
割裂指尖。这鲜艳的红

确然，或说真的，女诗人在仰望神之居所的时候，她看见了“那奔跑的身影”，这虽然只是“身影”，可能只是遥远的理念的本真生命的影子，但在诗人的笔下，却显示出强劲的生命力，这“身影”在“奔跑”，而且“带动”“一阵阵的山风”，神性的到来需要献祭，凡人亲近诸神，人类重新回到和神的和谐，就必须得有牺牲，女诗人要以自己的纯洁的血来祭献，“倒伏的野草招摇”，这是倒立的“十字架”么？它“割裂指尖”，女诗人的“血”从指尖涌出，“血”是神圣的，是人身中流动的圣灵的气息，但在凡人处已经变质。在诗人这里，因为诗人不敢直接言说“神圣”，她只敢描述她所看到的颜色“鲜艳的红”，这是神圣的颜色，是神圣之出场和显现，神圣不能被直接道说，神圣只能在隐秘之名讳的暗示中显现……

与蓝天一起，供认出
那从未遗忘的疼痛

神圣的出场将诗人引向了蓝天，也将人类引向穹苍，世界或许将从黑夜中醒来，黎明即将分娩，即将新生的、纯洁的婴儿必带来临产的阵痛，“供认出”，诗篇开初的“虚妄”和“沉默”终究被击碎，“鲜艳的红”“与蓝天一起”，显示出奇异的神圣结盟的力量，当人性被唤向神性之时，沉睡的世界灵魂被唤醒了，在唤醒中，它“供认出”“那从未遗忘的疼痛”，“疼痛”是献祭和牺牲中留下的，早已被植入信仰之灵魂的深处，“回忆”“绕过”“久远的岁月”，终于回到了“渊源”深处，有死者的人类，在现代性的荒诞和虚妄中，无可拯救，然而，只有在诗人之献祭，在圣灵的召唤中，一切方可能被重新回忆，“遗忘”的现代病症也才终究可能被克服，只有在“回忆”之“回忆”中，未来才会有圣哲的重临。就沉沦的华夏而言，民族的精神也才可能回到孔子所引向的历史记忆的深处……

最后，当我们读完整篇诗篇的时候，我仍得感叹，这是一个需要发现女诗人的时代，或许，只有女性和诗人的合一，才能真正显示出造化之初，人类进入文明的神奇，真正的女人的诗篇，在“久远的岁月”中早已沉默无声，这或许就是女诗人要“绕过久远的岁月”的更未曾明言的根源，在这里，我不免想起“炼五色石以补苍天”的女娲之神，曹雪芹以那块顽石要补天未就，因为那只能补的是男权世界的天啊，会玲或许就是要唤起作为真正的女性生命的力量，去补被遗忘的另一半的天宇，这里从未曾补过，我们当然还不知道她是否能成功，但只要这沉睡的女性的精灵的力量被唤起，希望就可能到来……

第二十二章　南方的夜晚

一座城市的精神是由聚集到广场的民众和聚集到沙龙里的诗人共同塑造的。两者互相促成。聚集到广场的民众为着生存的权利来到广场呼吁，展现他们作为城市的市民和作为共和国的公民的自由，虽然他们的呐喊是更倾向于物质层面的，然而，这种呐喊却生长出了一个民族争取自由的肥沃土壤与广阔大地。当然，非常遗憾地说，这个体现着城市本质的广场精神在当前的中国是缺席了。我曾经在自己的叙事长诗《广州印象·天河城广场》里叹息：

从前，我在遥远的乡村，
就被你的名字吸引而来，
然而，当我来到这个被称作广场的地方，
却发现你不过是一个卖百货的地方，
原来就是我老家小镇百货商店的化名啊。
我穿过你可以被称作广场的那片空地，
人们在花坛旁边歇息，或步履匆匆，
他们不是奔着你而来，而是为着百货店的商品而来，
我敢说，你是全世界最喧闹也最压抑的广场，
他们都慕名而来，却其实谁都不在意你，
孤独的广场啊，城市的风

还未曾把你从沉睡中唤醒……

我们的民众还未醒来，这是残缺的城市，是寂静无声的城市，在看似最喧哗的繁华里，真正的属于生存之良知的自由本质却被深深地掩蔽了。来广州已经十六年，每当我从一个个所谓的广场走过，我知道，那不是真正的广场，那实际是被错误地叫作“广场”的“商场”。腐朽的气息在这个城市的上空弥漫开来，黑色的夜晚的纯洁早就被商品的炫目的光辉挡住了，南方的夜晚看不见蓝色的星空，看不见精神的无垠的自由。

然而，转机正在发生，希望正在出现，自2015年底我因着偶然的缘故介入当代中国诗坛以来，我发现这座城市蛰伏着、酝酿着一种真正的更为高贵的精神，那就是从民间兴起的沙龙里的诗人和思者的迅速聚集。当然，我这里说的沙龙，同时包括哲学思想沙龙和诗歌艺术沙龙，只不过在此以前，哲学思想沙龙更多的是在高校里存在的，而在此以后，我看到了民间的纯粹的诗歌沙龙。一种活跃的力量，就像一条河流永无止息地滋润着这座城市。河流的汇合正在这座城市发生，高校里的哲学和思想不再是象牙塔式的，而是开始发挥出其思想重镇的作用，吸纳、涵藏并输送着一个民族所需要的精神的力量，更多的学者从校园走了出来，他们在民间播撒下思想的种子。而更多活跃在民间的诗人，开始从一个个诗歌沙龙的活跃中现身，进入高校，带来诗之精神和艺术之精神。当我第一次参加民间的诗歌沙龙时，我不禁深深叹息，高校的学子离诗歌和艺术太远，多少优秀的人才因着所谓的学历和学术的缘故，被阻止于最当接受诗歌和艺术精神之照耀的高校学子的视野之外。一个民族是否有希望，根本就在于高校每年招收的数百万年轻的学子，是仅仅被物质的富裕所吸引，还是被精神的高贵所感召？人是不能像动物一样活着的，然而，我们拿什么让数千万的年轻人从动物状态的低级生活中走出来？一些仅仅停留于书本的人文教育能够承担起这样的艰巨的使命和责任吗？那些从来不写诗歌也缺少艺术精神的大学语文老师能够完成这样的任务吗?

在这一年来，我看到了一种柔和的力量在哺育着这个城市，那就是诗歌，那就是哲学，诗歌与哲学曾经在自柏拉图以来的观念层面长期对峙，然而，只有在切身地去体验和去存在中，诗歌和哲学才实现了和解。20世纪是诗哲的世纪，是身体与精神共同出场的时代。然而，20世纪同样是残酷的，世界大战和长期冷战的烽火贯穿始终地撕扯着这个时代的人类的痛苦的身体和灵魂。当保罗·策兰在他的诗歌《墓畔》里哭泣：

妈妈，南布格河的水
可还记得那伤害你的波浪?

那坐落着磨坊的田野可知道
你的心多么温柔地容忍了你的天使?

难道没有一棵白杨，没有一株垂柳
能让你摆脱痛苦，给你安慰?

神不再拄着开花的手杖
走上土坡，走下土坡?

妈妈，你是否还和从前在家时一样，
能忍受这轻柔的，德语的，痛苦的诗韵?

一个伟大的德语诗人，被同样说着他的母语的民族推向精神的绝望和死亡，在那轻柔的母语里，有多少温柔多少残酷，“神不再拄着开花的手杖/走上土坡，走下土坡?”，一切温柔之物都成为见证伤害的证据，“妈妈，南布格河的水/可还记得那伤害你的波涛?”这是一个被他的故乡和被他的精神之源所伤害的诗人，在最新披露的证据中又再次得到证实。一个显赫的名字，马丁·海德格尔，被人称为20世纪最伟大的德国哲学家，也是为诗人策兰毕生景仰和追随的，当他读到海德格尔的伟大哲学华章时，他是那样的为之感动和战栗。然而，我们看到海德格尔，这样一位令诗人顶礼的哲人，是如何在私密的信件中推崇着那样一个可怕的领袖，那样一个迫害着策兰所属的犹太族群的魔鬼式的人物：

看起来，德国终于要觉醒了，终于要认识到并掌握住自身的命运。

我希望你们去阅读希特勒的著作，尽管最开始的几章自传性内容相对薄弱。这个男人拥有非凡的政治直觉，即使我们所有人仍在一片迷雾之中时，他依然保持着这种直觉，这一点毋庸置疑。国家社会主义运动达到全新的高度。这不仅仅关系到党派政治——也关系到欧洲和整个西方文明是得到救赎还是衰落。任何没有认识到这一点的人都将被混乱所击溃。思考这些问题并不妨碍圣诞节的精神，相反，这标志着我们对德国性格和使命的复归，也就相当于回归了这个美好的节庆的原点。

1941年12月18日

我不知道海德格尔是否清楚希特勒大规模屠杀犹太人，然而，他确实在为一种德国精神所鼓舞，那是一种强劲的人类精神力量。敏锐的策兰实际同样在呼唤着一种伟大的犹太民族的精神，呼唤着一个被迫害民族的精神力量和政治力量的兴起。从这个角度说，在精神的高度，哲人和诗人都在为着他们的民族，为着人类的精神力量而呼吁。因此，严肃地说，在这里，诗歌和哲学并不形成对抗，他们反倒从不同的角度呼唤着一种伟大的精神力量，渴望人类从腐朽中重生，拒绝物质欲望的诱惑。这或许也是战后策兰不愿意过多介入批判他所尊崇的哲人海德格尔的缘故，这也是海德格尔从来未曾对他在我们今天看来投靠纳粹而忏悔的缘故，当他在离开这个世界之时说：“只还有一个上帝能救渡我们!”我想，他是怀着何等的绝望，德国精神的溃败，人类精神的溃败，早就开始了，从美国而来的弥漫世界的物欲主义和颓废主义的浪潮正在席卷全世界，这也正如海德格尔所预见到的：

> 将要造成世界毁灭的不是俄罗斯主义，而是美国主义。不仅仅是英国，而是整个欧洲已经沦为它的牺牲品，因为它以一种扭曲的方式呈现了现代性。

1941 年 8 月 18 日

美国的腐朽力量，在这几天的美国大选中就看是否能被特朗普从精神上进行拯救？从根本上说，美国只有重回孤立主义的建国理想，才能挣脱资本欲望的裹挟，才有拯救的可能。自 20 世纪初以来，美国已远离了其建国时代的精神之父们所制定的远离腐朽的欧洲大陆的国家方略，这种远离和沉陷在 21 世纪以来遭到了更为保守的伊斯兰宗教激进主义力量的激烈阻击，一场针对腐朽的欲望资本的全球性战争将远比 20 世纪来得更加惨烈，美国退回其自身的清洁运动，如果不能真正实现，那么，世界就将无可挽回地堕落。德国自二战以后，已经被英美力量深深地卷入了往深渊下沉的悲剧性命运，德国的毁灭已经无法阻止，汹涌而来的穆斯林圣战教徒们将会改变这个在德国精神已经死亡的国度。欧洲和美国，都只有从其居高临下的救世主态度和行动中撤退回来，其民族内部才可能真正完成凝聚与融合。

一种同样的危险正在中国的土地上发生，忙于向全世界输出商品和力量的华夏，从根本上忘记了民族自我保护的必要，印尼的排华事件再度兴起，来自缅甸和菲律宾的敲诈屡屡得逞，而更大的危险则来自古老的陆上丝绸之路延伸的亚欧心脏地带。历史上，两千余年的亚欧丝路，有一大半时间，都是他种文化侵入和腐蚀华夏民族的苦难史，如果不能避免以往的丝绸出去了，异族却进来的悲剧重演，那么，又一次亚欧丝路的开辟将不过带来华夏力量的另外一次衰竭，不仅仅是西域和关中土地的沦陷，危险将直接逼接太平洋之滨。如果说，美国还有可以抵御他种文化入侵的强大文化力量，有自由集结并投出选票的人们，当然，这选票逐渐会被另外的族群的力量所掌控，但其现在仍有反击的机会，那么，中国的机会在哪里？深渊的危险笼罩着这片无言的土地。海德格尔所拥护的政策和领袖已经失败，然而，海德格尔和策兰所共同在意和呼吁的人类精神力量和民族的思想力量，却不能被当作垃圾一样被扔掉。当人类再次走到十字路口的今天，我们需要诗歌和哲学的共同呼召。

在这个危险时刻，在这个南方城市的夜晚，我感觉到了一种来自诗歌与哲学共同哺育着的力量。当第三届“东荡子诗歌奖”刚刚落下帷幕，第十一届“诗歌与人·国际诗歌奖”又顺利颁行的时候，我为一年多来笼罩在这座南方城市上空的诗歌精神所深深感动了。我曾经在哲学中寻求的一种高贵的人类精神力量和民族精神力量，在这两次诗歌奖的仪式举行中，这种高贵的精神力量被迅疾地投射在华夏的土地上，像闪电，像烈火，开始燃烧着这座城市。哲学只有在诗歌这里才能找到真正的同盟。消除黑暗达到精神性的完整，抵御腐败的意识形态语言对民族语言的侵蚀，抵御专制力量对于个体自由精神的奴役，这都是诗歌与哲学共同的使命和天职。诗歌，天然的是比戏剧和小说更切近哲学的灵魂的，当戏剧和小说忙于表演给沉陷在物质欲望的普通民众并讨好他们时，诗歌却以无限地向着苍穹的攀越，为人类搭建起了精神的天梯。在今天，当大众开始掌握话语传播权的庸俗的时代，小众化的诗歌却毅然承担起了人类精神的圣书角色，成为哲学精神的道成肉身的最合适的表现形式。

近年来，南方的诗歌正在兴起，南方的精神正像南来的风，虽不能迅速吹散北方的充满毒素的雾霾，然而，南风已经在持续地轻轻吹拂。南方诗人们的持续努力，让我看到了希望。第三届“东荡子诗歌奖”已经结束，那是一位广东诗人为南方诗坛和中国诗坛带来的荣耀。今晚，“诗歌与人”国际诗歌奖也已经落幕，南方的花城和南方的夜晚，都还沉浸在这场诗之盛会所带来的悠远的精神意境中。这是一个人撑起的国际诗歌奖，这是一个理念所指引的诗歌方向，这是一个现代城市酝酿的文学风暴。诗歌和哲学在这里共同出场，并塑造着这个城市和这个民族的精神力量。当一个腼腆的中国南方诗人黄礼孩将他所举办的“诗歌与人·国际诗歌奖”终身成就奖颁给德瑞克·沃尔科特时，这已经不仅是南方的诗歌走向中国，而且是南方的诗歌在感召着世界。

南方的诗人黄礼孩、蓝草为德瑞克·沃尔科特所撰写的颁奖词，就不仅是对一个世界级诗人的肯定，而且是中国南方的诗歌精神为世界所认同的一次外在化确认：

> 德瑞克·沃尔科特以他切身的体验、独特的历史观和卓越的诗歌技艺，对西印度群岛苦难精神历程进行追溯，表现出不同文明探求融合的新象征。他的诗歌扎根于他深受影响的加勒比海社会和欧洲文化，反映了人类在现代历史中生存的普遍处境，揭开了历史冲突和变迁之谜。在探索人的关系、大自然的启示以及对现实批判之时，通过强有力的创造，他用作品为人类昭示出处在残酷现实中爱的可能。在八十岁高龄时，他依然保持着充沛的创造力、想象力和犀利的洞察力，以令人战栗的激情，不断拓展着隐喻这一古老通灵术的疆界，仿佛永远面对着世界的早晨——新的爱，新的希望和劳作，而这一切正是诗神所赋予人类最深切的愿望和祝福。德瑞克·沃尔科特以一生艰苦卓绝的创造回馈了诗和世界。

于是，这次颁奖词就具有了特别的意义，对于它的宣读，就可以视为以黄礼孩为代表的南方诗人和中国诗人对于世界最前沿诗歌创作秘密的洞察，而这秘密也响应着中国南方诗人们的探询，并向他们展现了最后的谜底。黄礼孩看到，冲突、变迁、融合、在地性、当下性、爱、希望和劳作、西印度群岛的苦难精神历程、人类生存的普遍处境，就是德瑞克·沃尔科特这样一位异域诗人所要书写的，就是他将他自己和他所属的族群和人民带向世界的出场。诗人为民族说话，也就是为人类说话，人的关系、大自然的启示和现实的批判，都是诗人需要思考的，洞察人类的黑暗，引出人类的希望，就是诗人所要做的，就是具有哲学精神的诗人远胜于戏剧家和小说家的。德瑞克·沃尔科特在将西印度群岛带向世界，黄礼孩也在将华夏民族带向世界。在以黄礼孩为代表的南方诗人的写作中，华夏民族的精神得到了具体的实现，这种为东方的古老民族的写作，就是具有强烈历史使命感的人类精神的伟大写作。没有东方的出场，人类的精神世界就是残缺的，就是贫瘠的，在满清的专制时代和20世纪中后叶曾经中断的悠久传统，正在被重新唤醒。

南方的精神，就是自由的精神，就不仅是在南方诗歌的写作中显现，也同样在南方诗人的行动中出场。珠江之滨的中大小礼堂颁奖现场的蓝色的灯光和蓝色的背景的闪烁，就像深蓝的大海，也像深蓝的天空，映照着城市，也映照着世界，当“诗歌与人·国际诗歌奖”被颁给匈牙利籍英国诗人乔治·希尔泰什和圣卢西亚诗人德里克·沃尔科特时，当异域的获奖诗人踏上这片南方城市的土地，并被这座城市的诗歌精神所感动时，他也同时是为支撑起这种诗歌精神的诗人们而感动，精神的力量就在于它的永恒的呼召和期待回应，回应必须来自同样伟大的力量。显然，能够实现这种呼召和回应的，必得是来自凯撒的世俗政权之外的上帝之道的力量。中国南方诗人们已经挣脱了体制化权力的束缚，赢得了他们真正的自由。海德格尔的悲剧和误入歧途，就是自由精神的未曾真正获得，就是在于他将精神的上帝之道寄托在了一个现世政治权力拥有者的凯撒身上，他追求塑造民族精神力量的雄心是一个伟大哲人和诗人所必然具有的，然而，当他混淆政统和道统，误将凯撒和上帝同等看待时，整个德国民族便已进入绝境。当代中国南方诗人的行动和南方诗歌的书写，就已经展现了南方精神的一种独立品格。那些还在神化某个政治领袖的愚蠢的人们，你们无法进入海德格尔思想的深境，却将走上同样的绝路。南方的诗人正是在这里保持了足够的警惕，故不至迷路。

一场南方诗歌的盛会结束了，诗之精灵从珠江之畔的中大小礼堂，撒落到校园的林荫道上，这座以民族的先行者孙中山命名的高校，必将因为它对于诗歌和哲学的支持，而获得与其命名相称的荣耀。这荣耀曾经在批斗陈寅恪等学者的疯狂中失落，而今这座学府正在艰难地重塑它的独立精神。这座南方的城市，也必将因为这场诗歌的盛会而荣耀，南方诗歌的精神，也就是真正的诗之精神，已经落到了这个城市的每个人的身上。那一个个被商场僭夺了权力的广场，必将在这诗歌精神的呼唤中，重新苏醒。一个民族不会沉默太久，凯撒的黑暗并不能永远笼罩人心。南方的夜晚，不再喧嚣，也不再沉默，在美丽的寂静里有着圣洁的力量在生长。在秋冬之际的沉静的夜，脱去了资本欲望和政治威权的灯光污染，再次显现出夜色的纯洁和深远。每一个从这里走出的人们，都得以在古老的诗之精神的呼召下，回到空旷的原野，朝拜古老的神祇。夜莺的歌唱，将让这座城市更加美丽，诗歌的天使之翼将让人们在夜里仰望穹苍……

参考文献

阿翔：《一切流逝完好如初》，长江文艺出版社 2015 年版。

艾青：《诗论》，人民文学出版社 1995 年版。

安琪：《极地之境》，长江文艺出版社 2013 年版。

柏桦：《万夏诗歌：1980—1990 宿疾与农事》，《江汉大学学报》（人文科学版）2009 年第 5 期。

柏拉图：《文艺对话集》，朱光潜译，人民文学出版社 1983 年版。

陈计会著，全国公安文联选编：《陈计会诗选》，群众出版社 2015 年版。

陈劲松：《为失语者发声，让无力者前行——郑小琼诗歌的写作姿态及其精神旨归》，《青年作家》（中外文艺版）2010 年第 7 期。

陈仲义：《百年新诗："起点" 与 "冠名" 问题》，《中国现代文学研究丛刊》2017 年第 10 期。

［英］戴维·弗里斯比：《现代性的碎片》，卢晖临等译，商务印书馆 2003 年版。

东荡子：《杜若之歌》，浪子编，海风出版社 2016 年版。

傅天虹：《对 "汉语新诗" 概念的几点思考——由两部诗选集谈起》，《暨南学报》2009 年第 1 期。

海上：《侘寂的魂影》，暨南大学出版社 2015 年版。

何光顺：《环视中的他者与文学权力的让渡》，《文艺理论研究》2011 年第 3 期。

何光顺：《解释即生成：强制阐释论的生存论指向》，《学术研究》2016年第11期。

何光顺：《文学的他缘——波德莱尔〈恶之花〉的“现代性—缘域”重释》，《国际比较文学》2020年第2期。

何光顺：《文学的缘域——兼论文学的自性与他性》，《暨南学报》（哲学社会科学版）2013年第11期。

何光顺：《玄响寻踪——魏晋玄言诗研究》，暨南大学出版社2011年版。

何光顺主编：《南方诗选》，四川民族出版社2018年版。

黄金明：《时间与河流》，花城出版社2016年版。

黄礼孩：《抵押出去的激情》，山东文艺出版社2016年版。

黄礼孩：《谁跑得比闪电还快》，花城出版社2016年版。

黄裕生：《论华夏文化的本原性及其普遍主义精神》，《探索与争鸣》2016年第1期。

黄裕生：《真理与自由——康德哲学的存在论阐释》，江苏人民出版社2002年版。

浪子：《无知之书》，花城出版社2011年版。

李永才、陶春、易杉主编：《四川诗歌地理》，四川文艺出版社2017年版。

鲁子：《鸟宿时间树》，长江文艺出版社2019年版。

罗麒：《从厂房走向殿堂：论打工诗歌的新变——以郑小琼为中心》，《当代文坛》2013年第5期。

[德] 马丁·海德格尔：《存在与时间》，陈嘉映、王庆节合译，熊伟校，生活·读书·新知三联书店1999年版。

马莉：《马莉诗选》，南方日报出版社2004年版。

马莉：《语词在体内开花》，江苏凤凰文艺出版社2017年版。

孟悦：《生态危机与“人类纪”的文化解读——影像、诗歌和生命不可承受之物》，《清华大学学报》（哲学社会科学版）2016年第3期。

梦亦非：《苍凉归途》，花城出版社2010年版。

梦亦非著，黄礼孩编：《儿女英雄传》，《诗歌与人》别册，诗歌与人杂志社 2013 年版。

世宾：《伐木者》，花城出版社 2016 年版。

舒丹丹：《镜中》，中国青年出版社 2018 年版。

托莉·莫（Toril Moi）：《性/文本政治：女性主义文学理论》，王奕婷译，台湾：巨流图书公司 2005 年版。

温远辉、何光顺、林馥娜主编：《珠江诗派》，广东旅游出版社 2018 年版。

夏中义：《重读克罗齐——从〈美学原理〉到〈美学纲要〉》，《华中师范大学学报》（社会科学版）2008 年第 6 期。

向以鲜：《我的孔子》，人民文学出版社 2016 年版。

向以鲜：《我的聂家岩》，华东师范大学出版社 2018 年版。

许霆：《二十世纪八十、九十年代先锋诗学流变论》，《当代作家评论》2010 年第 1 期。

曾欣兰：《就要响起音乐》，沈阳出版社 2018 年版。

翟文熙：《时间软壳》，中国出版集团、现代出版社 2015 年版。

张莉：《非虚构女性写作：一种新的女性叙事范式的生成》，《南方文坛》2012 年第 5 期。

张清华：《语词的黑暗，抑或时代的铁——关于郑小琼的〈纯粹植物〉》，《当代作家评论》2013 年第 4 期。

赵汀阳：《历史、山水及渔樵》，《哲学研究》2018 年第 1 期。

郑小琼：《玫瑰庄园》，花城出版社 2016 年版。

郑小琼：《女工记》，花城出版社 2012 年版。

后记　在绵阳，一场朝向西南的诗歌之旅

我是与诗歌结下不解之缘了，无论走到哪里，我都不禁在想着诗歌的南方和南方的诗歌精神，我是希望在一个被命名的“南方”的星空下实现对于当代汉语诗歌的“唤醒”之旅。

无疑，南方诗歌的命名，南方精神的出场，就意味着一场没有终点的旅行。珠三角，只是南方的起点，广东，只是寄托南方情绪的第一场春雨，《珠江诗派》完成了南方的第一次历史性集结，《南方诗选》实现了南方诗歌和南方精神的联袂出场。

在这场没有终点的旅行中，我首先是希望寻找不同于珠三角和广东的南方诗歌和南方精神的另一个端点，那就是西南，在四川，在成都，在绵阳，它恰好和作为起点的东南，在珠江，在广东，形成了两端，我早曾与成都诗人们建立了密切联系，并在本书的第五章收录了专为四川诗人实际主要是成都诗人所写的《当代新诗发展的现状与前景：以四川新诗群体为例》一文，在这部书即将结集出版之时，因缘凑巧，恰得回归绵阳，于是，中国西南诗歌的两个重点区域成都、绵阳便终于作为南方诗歌和南方精神的另一个端点得到完整呈现。当然，成都地区还囊括了乐山、德阳、内江、泸州等城市。而绵阳地区作为独立于成都地区的中国西部科技和工业中心，其在诗歌方面也具有独立性，它还囊括了江油、梓潼、三台、盐亭、北川等地，这里的诗人形成了其独立的生态群落。

绵阳是诗歌的故乡，亦是我的故乡。在9月19日，我途经成都，与成都诗人胡马、李铣等简单聚会，在9月20日即前往绵阳凯菲特酒店参加一场有关阐释学的会议，而又得顺道与绵阳一批诗人相聚。在9月21日全天的阐释学会议结束后，9月22日，赴江油市登窦圌山进行文化考察活动，该山奇峰异景、灵山秀色，据闻当年李太白所游第一名山即此山，并有诗《题窦圌山》："樵夫与耕者，出入画屏中。"惜乎此次未得到太白青莲馆，但却也能遥想一位民族的伟大诗人在此山孕育而得天地之灵，遂思及今日绵阳地区诗文之盛，当也有赖此造化奇缘以及诗仙精神之哺育。

在傍晚下山后，因江油离老家已近，思欲回去却难得其便，恰好有表弟询及我是否回老家，遂得乘其车趁晚回到吾乡盐亭黑坪镇慈光薛家村何家坪，得见父母亲和吾弟，见家里玉米满院，亦丰收之年成，而父母亲身体安好，吾弟也对人世和责任渐多自觉，而欲有以为，而亦可略减父母之劳心劳力，吾心亦略有释怀。吾自外出游学以来，初由道家入，而羡庄生自得逍遥，后知庄子有牵系人世而忧天下之大悲，而渐得悟儒道互参互补之精神，实为中国诗学精神之根蒂，而亦于孔子重家庭人伦之思有所同情之理解，遂也知中国诗学之本根乃在家国，乃在亲情，乃在遥远之祖先，现世人伦不安，又何得逍遥？吾曾昔时痛恨佛、道之沦落而为世俗，而今渐悟中国之精神在入世践行中自有超越和普遍之信仰，故吾每言之，中国人于黄帝、孔子之始祖或圣人信仰，乃必从存在论和生存论解之，方可入中国人文之化境，而后可古入于今，而中入于西，而后终得能混同中西，而贯通古今。

即以此次回乡之匆匆，渐少了过往对于父母与吾弟之责备。不禁思及二十余年来，每次回乡，都不免于难以面对父母和兄弟之牵挂而常觉人生之苦，每常思之，此尘世之情，去吾诗思之意远，而不知诗思终在此俗事之劳中。念多少年来，吾常忧，不知吾弟何时能得独立，吾父母何日能脱辛劳，则每每神伤，觉己之力薄，而弟已几年近四十，而尚无成，而其为生也苦，吾也尝劝父母当放其心而任弟之自立，然血缘骨肉相连，自有生以来朝夕相伴，终不可率尔逍遥，此亦有体舜之大孝实难，有悟孔子多言孝之难。

呜呼！南方诗歌，南方精神，常被一些诗友偏释为自由、独立与开放，此亦未知其根也。正如吾所言，南方诗歌，实为华夏大陆文明与西方海洋文明碰撞中的裂变与新生，它不仅是自由、独立与开放的，而同时还是承担着内在重负，有着久远的历史根脉，而难以割舍乡土与大地的既牵连而又裂变着的疼痛的。当然，在越靠近东南的珠三角，它的负重越少，一种南方精神就越趋于澄澈、透明和纯粹，而越朝向大海的辽阔与自由，这可以黄礼孩、世宾等人的诗为例。然而，从四川、湖南的乡土迁徙而来的那批乡土诗人，却同时承载着陆地与海洋的双重品质，东荡子的诗即已不同于黄礼孩、世宾的诗，而更多了大地的沉重与厚实，黄礼孩、世宾的诗更多一种朝向海洋的澄澈与明净。郑小琼、罗德远等来自四川的诗人，却更多一种勇于受难的赎罪者气质，他们的写作似乎是华夏陆地文明向着现代西方工业文明所做的一场献祭。这种献祭的精神，在四川本土诗人那里更显示出了一种具有整体性强度的品质，如第三代诗人李亚伟、雨田、向以鲜等，还有乐山诗人老非（李飞）等。李亚伟的《硬汉》：“我们仍在看着太阳/我们仍在看着月亮/兴奋于这对冒号/我们仍在痛打白天/袭击黑夜/我们这些不安的瓶装烧酒/这群狂奔的高脚杯/我们本来就是/腰间挂着诗篇的豪猪”，就是第三代莽汉诗派的宣言，雨田的《麦地》：“麦地雪白，麦地青青，麦地金黄，麦地漆黑/麦地上空飘荡着他们唱给他们自己的挽歌，挽歌……”这真是辽阔的华夏大陆农耕文明的一曲挽歌，悲伤而沉重，李飞的《脱逃记》：“漂浮的迷信和大陆失效的荷尔蒙/摊派/抗拒的偏方和玩笑的血痂/一只乌鸦稀释了仇恨的圆周也销毁了坚挺的菜谱/密室逃脱的淋巴结/啃噬割据的马路也啃噬解放的蚂蚁。”这更是在追问一个沉沦的大陆将向何处去，它们从一种否定性的角度来确立了南方诗歌和南方精神的背面或阴面。

这也正如我回老家的匆匆而来又离去的隐喻，父母亲已无力在太过坚硬的田野耕作，也难以管束在密林渐长而草渐疏的山里的牛羊，然而，他们却还在老家坚持，既是因为弟弟未能成家，未能独立，而同时也是因为一份难于割舍的牵连着土地而又被土地压得窒息的厚爱。然而，我终无法在老家太多停留，23 日早晨，在与父母及弟叮嘱家事后，即又先到盐亭县城，赴盐亭诗人王开平之约，而又逢回盐亭参加嫘祖祭的吾乡驻伊犁诗人雪野、在绵阳市任文联副主席的小涓姐、吾县最高学府盐亭中学已退休的老校长陈于林，在 1993 年我亦曾在盐中有短暂求学，而有师生之谊，另在盐亭凤灵粮油收储站任书记的赵加辉，为一纯粹诗人，而得其所赠送诗选，并在酒桌上论其诗。诗人赵加辉所写作，多有妙思，而更重要者，在全不为虚文，而多言故乡风物与历史，特别是其对盐亭历史上的名人袁诗尧、李义府、文同，以及黄帝妻子华夏人文始祖嫘祖的吟咏，都不落俗套而别启新义，又加之以王开平兄所主办《嫘祖》杂志，而共扇吾乡文坛之清风。

在将近中午一点时，因陈于林老校长有盐亭中学同事朋友欲共为其庆祝生日未能赴绵阳，我们几人都借此诗缘而共应第三代诗人重要代表雨田邀请，前往西南科技大学文学与艺术学院参加“四川诗人看《南方诗选》暨中国西南诗歌生态群落研讨会”，本次活动系西南科技大学文学和艺术学院与广东外语外贸大学创意写作研究中心暨云山凤鸣诗社联合举办，雨田主持了本次活动，除我们盐亭前来参加的几位诗人朋友之外，绵阳市文艺评论家协会主席杨荣宏、西南科技大学图书馆馆长、绵阳市李白诗歌协会副主席毛晓红、江油市作家协会副主席南地、三台县委宣传部副部长布衣、绵阳师范学院评论家冯学全和郭名华两位教授、绵阳职业技术学院何琴英教授、北川县文联文学编辑暨青年诗人马青虹、游仙区作家协会主席李资富、诗人任朝富、马青虹、何仁君、野川、李月荷、郭诗莉、徐颖、秦歌、王琦雯、张益聪、刘强等都参加了此次诗会。西南科技大学文学与艺术学院党委书记韩新明代表文学院与艺术学院对前来参加的诗人嘉宾表达了欢迎。

本次活动的重要性在于，这是我在主编完成《南方诗选》和参与主编完成《珠江诗派》两部重要的诗歌选本以后，希望就我所提出的南方诗歌、南方精神进行一种具有过程化生成性的诗歌写作实践与当代汉语诗学批评建构。故这次研讨会，我的本意主要就着眼于两个维度，一是四川诗人看《南方诗选》，以一种限制性视角来进入岭南和广东诗歌，并同时在对这个视角的批评性考察中确立更多的批评尺度。二是又以《南方诗选》所确认的诗歌群落研究方式进入对于中国西南诗歌生态群落的考察，以让中国西南诗歌在南方诗歌的概念中确立其不同于岭南诗歌的位置。从我目前所了解的来看，绵阳地区诗歌发展得相对比较好的主要是江油诗群，其主要代表有被称为诗坛三剑客的陈大华、蒲永见、蒋雪峰，另外还有南地等几位重要诗人，其他可能有群落性发展自觉的有三台—盐亭诗群、梓潼诗群等。三台以布衣为代表，盐亭有王开平、赵加辉等，以及在酝酿发展的嫘祖文学社，梓潼有白鹤林。但总体来看，在诗歌的生态群落方面还未能形成民间诗社的自治和自觉。

应当说，这次活动的讨论非常充分，但各位诗人和批评家厚爱，都主要把精力放在了关注《南方诗选》及其所涉及的岭南诗人，而对于我所期待的对于四川也即中国西南诗歌生态群落却还未能展开充分讨论，这是一个比较大的遗憾。但这次只要得以走近，只要交流的桥梁得以建立，一个中国西南和东南展开深度交流的场域或缘域就由此得以形成。南方诗歌的边界也在扩展，南方诗歌的精神旗帜也将继续在更广阔的土地上升起。这次回四川所展开的这场诗歌的研讨，更让我具体感受到了这座正在发展的引领中国西部科技与文化前沿的城市——绵阳——的先锋、前卫与深沉的力量。在新的时代，它将重耀诗歌的荣光。

在活动结束后，正在重庆开会的文学院郑剑平院长和张德明教授也赶了回来，晚上借诗人雨田私人贡献的美酒畅饮欢谈。正如我在座谈会和酒宴上所表达的，在这次活动上，我结识了很多具有代表性的四川诗人。不得不说，李白的故乡，就是盛产诗人的沃土。那种具有厚重承载的诗歌精神，必得由这批有着纯正根器又有着高远艺术理想的诗人来承担。中国西南的诗人群落，在 1980 年代就引领了中国诗歌潮流，一个响亮的名字，第三代诗，就是从这里崛起。雨田，作为中国第三代净地诗群的发起者和组织者，是今天仍旧活跃和引领中国当代诗歌的精神性人物。这里有很多优秀的诗人，如虽然未来得及参加这次活动，但却提前小聚而与我年龄接近的诗人白鹤林；整个绵阳地区具有重要影响的诗人还有郭同旭、剑峰、马培松、羌人六、粒粒、灵鹫、杨晓芸、胡应鹏、布衣等；从绵阳走出去具有影响力的诗人，则有王尔碑、木斧、宗鄂、廖亦武、西娃、李宏伟、敬丹栅；等等。这次回川也在成都相遇诗人胡马、李铣等，还有此前回去曾有机会长聊的诗人李亚伟、尚仲敏、向以鲜、张卫东、谢银恩、桑眉等，都是四川诗歌正在蓬勃发展中的写作者。他们的诗歌文本也得以借着相遇的诸种机会让我有幸阅读和学习。一个我生于斯长于斯却一直未曾深入的家乡故土在此次回乡之行中才真正向我敞开。我生命和精神的出生地，在这里将被打上更强烈的印记。

正如我在文章开篇所说的，这次回绵阳，主要是应邀参加在绵阳挂职而仍旧主持社科院文学所工作的丁国旗兄组织的“公共阐释学”会议。这场会议主题是探讨张江教授的“公共阐释学”话题，同时也是借公共阐释的概念，以展开当代中国文论话语和诗学话语体系的建构。这种话语体系建构，是要强调中西贯通、古今会通，是希望生成当代中国思想和艺术的公共视域和公共空间。我本人则提交了《中国气感论美学从诠正到阐幽的发生学进路》的会议论文，探讨了一种具有直觉、体验的生命美学如何在一个民族的历史中衍生出两条不同的美学进路，即儒家的诠正美学与道家的阐幽美学。这场活动的重要，在于原先一直在北京或广州等政治中心或沿海发达城市召开的重要学术会议，得以移师绵阳。这很大程度上体现了绵阳作为西部科技中心城市在人文社科的发展上开始得到了一个更大力度的支持。本次在绵阳地区挂职的，就有中国社会科学院作为骨干人才的人文学、历史学和哲学领域的 18 位哲学社会科学专家，他们必然为绵阳市的人文社会科学的发展作出最大限度的推动。

作为强制阐释论、公共阐释论的提出者张江教授也全程跟踪了会议，这场会议的争论非常激烈，包括我本人最初对强制阐释的质疑，而认为公共阐释论题更为成熟，但刘旭光又提出了对于公共阐释的质疑，认为公共阐释并不完全是理性的，如审美阐释，也是可以感觉体验的，张江教授回应了这个质疑，认为审美可以是感觉的，但审美阐释必然是理性的。而我个人认为，这涉及审美阐释的方式问题，如果以分析的方式来实现对于美感的诠释，那必然是审美的，但如果是以目击道存的象喻方式来进行审美诠释，或许就可以看作东方美学的独特的审美诠释或阐释方式。当然，这场争论还将继续。我想接着说的是，正是借助参加这场纯学术或偏向于哲学的会议后，一场由雨田组织的《南方诗选》研讨会又终得以顺利举行，而这又可以视作哲学向诗歌的审美领域的延伸。我之所以要说起这场阐释学会议，就在于它和《南方诗选》的研讨会形成了一个共生的结构，它也表明了绵阳地区的文学艺术恰好就是在中国当代最前沿的哲学美学的聚焦中逐渐酝酿发展成熟的。在我看来，南方精神，也即这个时代的精神，必将由哲学和诗歌来共同演绎和完成。

非常凑巧，在从绵阳回来后，我又邀请了中山大学方向红教授来为云山凤鸣诗社和中文学院创意写作专业同学做了一场题为“只是当时已惘然——诗歌现象学初步”的专题讲座。正如方向红教授所说的，他想到自己要到广外来做这场讲座，又恰好前面收到我赠送于他的《南方诗选》，就想到了这个主题，在讲解中，他从海子的诗《村庄》、李商隐的诗《锦瑟》引入，指出这些诗句虽然很难理解和明白，但它的特点却是把情绪百分之百注入诗里。又谈到杜甫《羌村三首》写日常生活之事，如果不是杜甫写的，我们就会惊疑其是否是诗。这里涉及物和情的关系问题，以及情如何表达的问题。由此，他想追问，何谓诗？在讲座中，方向红教授引入了马里翁的“满溢”现象学来对这个问题进行现象学地理解，并引申出现象学的意向性概念，指出意向性是意识的一个基本特点，意识总要朝向某物，但意向性却总是和普遍性联系在一起，超越了具体对象，它就是意识面对着每个具体个体的对象之外的溢出，就是剩余下来的，那就是语言所指向的普遍性。马里翁把认识的东西变成了一个生存的东西，生存的东西会让你惊讶或心跳。这种满溢现象学，我们是否可以拿过来，用它讨论诗歌的意义。只有我们在不得不写，一种满溢的状态下，我们才可能写好，而不能为赋新词强说愁。从现象学的角度来看，无论是诗言志，还是诗缘情，都比较宽泛，都无法达成对于诗的真正理解，由此方向红教授给出了对于诗的尝试性理解，即“诗，是对满溢现象的一个亏欠表达”，它必须是满溢的，然后才有亏欠表达。诗的表达，其情感应该是饱满的，诗要有节制，不是说要留有余地，而要表达得饱满，如杜甫的“星垂平野阔，月涌大江流”，用文字表达得越饱满，就越有力量。

在我看来，这场关于诗歌现象学的讲座，将我从南方诗歌在西南的四川那端，又拉回到了南方诗歌在东南的广东这端，它在寻求当代汉语诗学进入世界视野或直接与西方哲学诗学进行一种普遍性对接中的现代性维度，它将中国古典和现代诗歌都放入一个新的平台上来予以打量。这种打量，就是当代汉诗的重新锻造出炉，正如四川诗人胡马所写的：“如果神坚持隐身岩石，唯有锤錾/能将他们从沉睡中唤醒。”（《“末日”后在圣水寺迎接新年》）让中国现代汉语诗歌获得新生，大约就需要锤錾的敲打，这是神的锤錾，也就是属神的精神，唤起属己的命运，不再沉睡，而朝向一场现代诗歌之旅。一种纯粹的诗歌精神必须引入越来越多的力量，从现象学或阐释学来开展当代汉语新诗的研究，这需要一场别开生面的阅读，一种全新的阐释。于是，诗歌，便必将在哲人的锤錾中被重新锻造，摆脱世俗覆之于其身的庸脂俗粉，而升华出其纯粹性的精神！

蜀山牧人　于2019年9月30日